杏花如梦作梅花

（杏·卷）

王世颖 著

新世界出版社

图书在版编目（CIP）数据

杏花如梦作梅花：全 2 册 / 王世颖著. —北京：新世界出版社，2015.1
ISBN 978-7-5104-5288-8

Ⅰ.①杏…　Ⅱ.①王…　Ⅲ.①长篇小说—中国—当代
Ⅳ.①I247.5

中国版本图书馆 CIP 数据核字（2015）第 012224 号

杏花如梦作梅花

作　　　者：	王世颖
责任编辑：	张　奇
责任印制：	李一鸣　黄厚清
出版发行：	新世界出版社有限责任公司
社　　　址：	北京西城区百万庄大街 24 号（100037）
发 行 部：	（010）6899 5968　　（010）6899 8733（传真）
总 编 室：	（010）6899 5424　　（010）6832 6679（传真）
http：	//www.nwp.cn
http：	//www.newworld-press.com
版 权 部：	+8610 6899 6306
版权部电子信箱：	frank@nwp.com.cn
印　　　刷：	三河市骏杰印刷有限公司
经　　　销：	新华书店
开　　　本：	700mm×1000mm　1/16
字　　　数：	480 千字
印　　　张：	31.5
版　　　次：	2015 年 3 月第 1 版　2015 年 3 月第 1 次印刷
书　　　号：	ISBN 978-7-5104-5288-8
定　　　价：	56.00 元

版权所有，侵权必究

凡购本社图书，如有缺页、倒页、脱页等印装错误，可随时退换。
客服电话：（010）6899 8638

【杏之卷】

小楼尘土暗窗纱,不见楼头解语花,
棋冷文楸香冷篆,床头横着旧琵琶。

【杏之卷】

杏花如作梅花梦

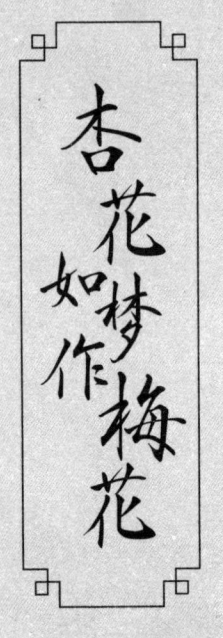

第十五章　不死朱衣为白头 … 116
第十六章　远臣有历谈天度 … 123
第十七章　乾坤何处是吾乡 … 132
第十八章　铁脊铜肝杖不糜 … 138
第十九章　春日花飞满四邻 … 147
第二十章　北塞那堪留景略 … 157
第二十一章　梦入南天建业都 … 167
第二十二章　三百年恩未敢谖 … 176
第二十三章　同袍失矣罢王师 … 188
第二十四章　将军明晦事何如 … 198
第二十五章　遥伏黄冠拜义旗 … 209
第二十六章　春正谁辨有王无 … 219

目录

第一章　此润伤心异国逢 … 001
第二章　孤魂不招也朝宗 … 009
第三章　恋着崇祯十七年 … 017
第四章　只觉今宵月不圆 … 022
第五章　一日偷生如逆旅 … 030
第六章　逍遥恋酒非耽罪 … 038
第七章　小楼尘土暗窗纱 … 046
第八章　乱离几度看婵娟 … 053
第九章　霎华历乱为谁春 … 062
第十章　真人醉舞挥如意 … 071
第十一章　鼓角高鸣日月悲 … 080
第十二章　棋冷文楸香冷篆 … 089
第十三章　王公昨夜浔霜裘 … 097
第十四章　梅花春信隔天涯 … 108

此润伤心异国逢

第一章
此润伤心异国逢

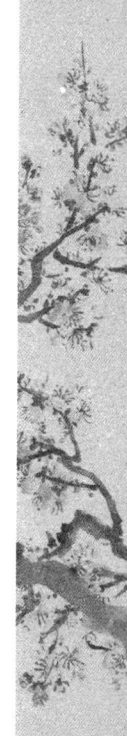

穿过一重重浓稠的黑色，远处仿佛有了光，星星点点细碎迷离的，在一片黑暗中晃动着、漂浮着，好像鬼火一般。

褚仁缓缓睁开眼睛，发现自己仰卧在一辆马车之中，乌黑的车篷罩在头上，周围淡淡地弥漫着药香。褚仁直起身子，抬头望去，只见车外是两个人，一长一幼，一立一跪。立着的长者手持藤条，一下一下，鞭笞着跪着的少年。

那长者头戴黄冠，身着朱衣，交领右衽，因侧着身子，面容看不分明。跪着的少年穿一身月白衫子，向前伏着身，低着头，由背及腰至臀，划出一条优美的曲线，那耀目的月白色，在暗夜的衬托下，似乎淡淡地发着清光。

耳畔只能听到藤条挥动的风声，和少年粗重的喘息声，却没有一丝呼痛呻吟。虽是鞭笞，但那丝毫不乱的节奏和安静的姿态，看上去倒不像是惩罚，更像是一种仪式。两个人被篝火的光笼罩着，升腾的热气微微扭曲了他们的身形，一切都迷离得像是隔岸的蜃景。

天上一轮满月，却晦暗得没有什么光，周围远山丛树的影子黑压压一片。天地像是一张噬人巨口，那些影子便是错落的獠牙，远远的，还漂浮着几处青白色的磷火，显得鬼气森森。

那少年一声低微的呻吟，将褚仁的目光又拉回到了他身

第一章

上，只见他微微抬起了头，脸白得像月光，一点朱唇，红得像火，额上细密的汗珠微微反射着火光，把一张清俊的脸衬托出几分妖媚的气息。随着少年抬起的头颈，身后那一条乌油油的辫子，蛇一样划过少年的脊背，垂到褚仁视线所及的这一侧来。

褚仁心中更是疑惑，那长者身穿汉装，这少年的大辫，又分明是清朝装束，今夕何夕？这里是什么地方？他们，又是什么人？

"现在是哪一年？"话一出口，褚仁惊觉自己的声音很是稚嫩，这才想起回看自己，发现自己竟是八九岁孩童模样。褚仁一时有些恍惚，竟呆住了。

那两个人听到褚仁的声音，停了手，齐齐转过头来。

"你醒了？！"那长者的声音带着惊喜。

褚仁这才看清那长者的容貌，三四十岁的年纪，清癯的一张脸，蓄着须，眉眼和那少年有七八分相似。

褚仁点点头，又问道："现在是哪一年？"

那长者和少年对视了一眼，却都不答话。

褚仁心中有些奇怪，这个问题有什么难回答的吗？看着远处飘忽的磷火，褚仁心中一缩，竟生出些恐惧来。莫非，这里是孤魂野鬼的游荡之地？不同时代的鬼魂尽皆汇集于此？自己，也已经成了一缕孤魂？褚仁左右看了看，又大着胆子问道："现在是清朝？还是明朝？"声音都有几分颤抖了。

这个问题，又似乎触到了那两人的隐痛。那长者举头望向明月，低低叹息了一声。

此润伤心异国逢

那少年抬头看了一眼长者的脸色,轻声说道:"弘光元年……"抬头见褚仁皱着眉头,不解地望着自己,又续道,"也是顺治二年……"说完又偷眼去觑那长者,见长者没有什么表示,便轻轻透了一口气,低下了头。

褚仁长出了一口气,定了定神,那么……自己是穿越到了清初?褚仁默默回想着失去意识之前的情景:那幅傅山的草书,在水汽中氤氲成一片模糊的墨色,将自己深深地吮吸着,包裹着,似乎要将自己融成一缕墨,一笔飞白……突然,褚仁心头灵光一闪,大声叫道:"难道你是傅山?!"

那少年微微张着嘴巴,呆呆地看向长者。那长者一怔,蹙起眉头,盯视着褚仁问道:"你是什么人?"

褚仁并不理会他的问话,又看向那少年,说道:"那你一定是傅眉﹡了?"

那少年眉毛一挑,一脸的惊讶,随即又几乎不可察觉的,微微翘起了嘴角,点了点头。

"我是傅山﹡。你是谁?怎会认得我?"傅山又问道。

褚仁脑子飞快地转着,回忆着穿越之前的情景……

高考完了,成绩也下来了,和预期的差不多,既不高,也不低。闲着无事,褚仁便托叔叔帮忙,找了一份暑期工作:在一家小拍卖行打工。褚仁从小就学习书法,喜欢历史和文学,但高中却因为父亲的公司是做机械外贸的,选了理科。这份工作褚仁很喜欢,像是和自己少年时的爱好做最后诀别似的珍惜着。

第一章

　　那天是一个暑期小拍的预展，只有书画和磁杂两个小厅。褚仁一身黑西装，负着手，笔直地站在书画厅的一角。身旁巨大的加湿器突突地冒着细微的水雾。旁边，是这次拍卖的书画当中估价最高的一幅：明末清初著名书法家傅山的草书。顶天立地的大尺幅，纵横开阔，磅礴不羁的气势，看上去就是那么赏心悦目。虽然没有上款，但估价依然超过了一百万。

　　看预展的人很少，褚仁无事可做，百无聊赖的盯着那幅字，把那些左环右绕，龙蛇旋舞的一笔一划，在心中描摹了一遍又一遍，回想着昨天恶补的那些关于傅山的资料，不知怎地，竟生出了一丝熟悉而亲切的感觉。

　　突然，那加湿器嗡嗡响了几声，风口扭转了一个角度，正对着那书法喷了过去。喷出来的也不再是细细的水雾，而是花洒一样的水滴，瞬间，那纸便湿了，墨色氤氲了开来……

　　不对！好像不是因为水，而是整张画似乎变成了液体，那些黑色的墨线在灰白的竹纸上隐隐流动着，扭曲着，盘成鬼魅一般的漩涡……褚仁大急，想关掉加湿器，但却一时找不到开关，情急之下，只好伸手去拉电线，想要直接拔下插销。

　　那一瞬间，一股电流涌过，褚仁只觉得自己的身体好像被液化了，缩成一团混沌的血肉，被那幅字吮吸了进去，跌入到一片深远的黑暗之中……

　　傅山见褚仁呆呆地不说话，伸出手来在他眼前晃了晃，随即便搭上了他的脉搏。

　　褚仁抬头看了傅山一眼，深吸了一口气，问道："先

此润伤心异国逢

生……不知道先生有没有听说过这样的症候,一个人昏迷了,醒来之后他说自己是另一个人,就好比另一个人的灵魂附在了这个人身上?"褚仁斟酌着字句,用他认为清初人应该可以理解的词汇组织着自己的语言。

傅山的眉头深锁着,点点头,"移魂症?"

"那,先生亲眼见过吗?"

傅山又点点头,扭头看了一眼傅眉,似乎也在说给他听似的,徐徐说道:"崇祯十年,我上京为袁继咸公鸣冤途中,见到过这样一例,是个士子,与人争执被推倒,跌破了头,醒来时却说自己是几十里外的一个老者。"

"后来呢?"褚仁问道。

"后来,从京城回来的途中,我又打听了一下,那老者已经亡故十几年了,几个儿子已经分了家,族中没有人愿意承认他,他只得以士子的身份继续活着。如今……几番战乱,故国飘零,也不知道现今怎样了……"

"不过他倒是平白多了几十年的寿数,有了个健康年轻的皮囊,也算占尽了便宜。"傅眉插言道,他依然跪着,浅笑着看向傅山。

"起来吧。"傅山头也不回地说道。

"是,谢爹爹教训。"傅眉赧然一笑,慢慢站起身来,那一身月白的长衫,竟然一尘不染,连一丝褶皱都没有。傅眉这样一站,真如玉树临风一般,周围仿佛一下子亮了起来,他脸上的笑容似乎散着清辉,衬得那暗淡的月光显得更暗淡了。

"看来,还是外表相貌更重要一些……"褚仁低低地感慨

第一章

道，不知道是感慨那只能以士子外表活着的老者，还是感慨傅眉那清丽逼人的相貌……回思自己，只怕也要蜗居在这副皮囊当中，慢慢咀嚼这偷来的几十年岁月了。

"你……也是如此吗？"傅山看着褚仁，略带惊诧地问道。毕竟褚仁这一口标准的京腔很是特别，说话的遣词用句，怎么看也不像八九岁的孩童。

褚仁点点头，说道："那老者是从十几年前附在那士子身上的，如果我说我是从几百年后穿越过来的，您相信吗？"

傅山低头思索了片刻，点了点头，"这也未必没有可能……"沉吟片刻，又问，"既如此说，你定然是知道满清的寿数了？"语气中突然有了些急切。

褚仁点头答道："知道，清朝总共十二帝，三百年。"

傅山听后一怔，踉跄地退了半步："怎么会？！虽然扬州已失，但目下江南还有大明半壁江山……"

褚仁摇了摇头："我知道的历史就是这样……"

褚仁脑中，突然涌现出教科书上的一句话——"历史的发展是不以人的意志为转移的"。不记得是历史课还是政治课的内容了，也不记得是会考还是高考时温习过，就这样凭空冒了出来，足以击退傅山脸上的悲怆。

"你莫骗我，你说说这十二帝的年号。"傅山抓住褚仁的手腕，像是溺水的人，紧紧抓住身旁的一棵稻草。

褚仁叹了一口气，心中酸楚。生命中从来没有一刻，像此刻这样深切的觉得，自己生逢盛世，远离战乱，是如此的幸福……突然喉头似乎被什么哽住了，艰难地咽了一下口水，舍

此润伤心异国逢

了顺治之前的天命天聪,徐徐说道:"顺治、康熙、雍正、乾隆、嘉庆、道光、咸丰、同治、光绪、宣统。"

还没等褚仁将这大清三百年数尽,傅山便已经听不下去了,只见他手持藤条,击打着车辕,放声吟道:"有宋遗臣郑思肖*,痛哭胡元移九庙。独立难将汉鼎扶,孤忠欲向湘纍吊。著书一卷称心史,万古此心心此理。千寻幽井置铁函,百拜丹心今未死。胡虏从来无百年,得逢圣祖再开天。黄河已清人不待,沉沉水府留光彩。忽见奇书出世间,有惊胡骑满江山。天知世道将反复,故出此书示臣鹄。三十余年再见之,同心同调复同时。陆公已向崖山死,信国捐躯赴燕市。昔日吟诗吊古人,幽篁落木愁山鬼。呜呼!蒲黄之辈何其多,所南见此当如何!"吟罢,两行清泪涔涔而下。

傅眉忙上前两步,扶住了父亲的手臂。

过了许久,傅山才平复了心情,嘶声问道:"你……是从何朝何代而来?"

"大约……四百年后吧,清亡了之后有民国,民国之后,就是我所在的时代,那个……国号很长,我们一般简称它为祖国……"褚仁只觉得汗都下来了,不知这么说,傅山这四百年前的古人,是否能听明白。

傅山沉吟道:"是汉人当政吗?"

褚仁一呆,不知道怎么跟他解释现代的政体,只得点点头:"……算是吧,但是……内阁中也可能有满人、回人、苗人等其他少数民族。"不管怎样,傅山似乎是已经相信了自己的身

第一章

份,倒不用遮掩着,隐瞒着去扮演另外一个人,褚仁不禁松了一口气。

说谎,对于褚仁来说,是一件很难的事,褚仁一直不习惯去欺骗别人,不想说实话的时候,便不说,所以更显得孤僻。

傅山也似松了一口气,竟双手加额,振衣对着暗夜明月拜了一拜,喃喃说道:"上天垂怜,我汉家江山终于得以光复!"默祷了片刻,傅山又问道:"你是怎么认出我的?"

褚仁便把自己的身份来历,和穿越之前的情形复述了一遍。

傅山听后点了点头:"看来你我竟是有缘。"语气也恢复了最初的平静淡然。

褚仁也是放松地一笑,又问道:"那我这身体到底是什么人?"

傅山扫了褚仁一眼,冷哼了一声,嗤道:"只怕是个鞑子!"

注:

＊傅山:字青主。明末清初一代大师,哲学、医学、儒学、佛学、诗歌、书法、绘画、金石、武术、考据无所不通。被后人评价为:"字不如诗,诗不如画,画不如医,医不如人"。他是全真教龙门派"真"字辈传人,被很多武侠小说描述为武林高手。

傅眉:傅山之子,工诗,擅书画、篆刻。

＊有宋遗臣郑思肖……:出自顾炎武《井中心史歌》。

＊本文各章节的回目均取自傅山诗作。

第二章
孤魂不招也朝宗

"只怕是个鞑子!"

傅山语气中的冰冷与不屑,让褚仁打了个寒噤。褚仁低头去看自己,身上是件类似马褂的上衣,锦缎的面料,似乎还嵌了金线,在夜色下闪着点点粼光,说不出的华美富丽。褚仁用指尖划过上面那些大朵的五瓣花卉,触手是花朵边缘凸凹有致的质感。褚仁一时竟无法分辨,这些花纹是织出来的,还是绣出来的……

"那是海棠古钱纹织金缎,大明的织造,却做了鞑子的衣冠,我们是国破家亡,流离失所,他们却讨得了满堂富贵的好口彩!"傅山愤愤不平的声音又冷冷响起。

"看样子,是个旗人贵族小孩呢……"褚仁正想着,突然便起风了,褚仁只觉得脑后凉飕飕的,伸手摸了摸后脑,却只摸到枕骨处有一小撮头发,编做一个小辫子,比手指还细,和傅眉的粗大发辫截然不同,莫非……这就是传说中的金钱鼠尾?褚仁望向远处那些漂浮的磷火,只觉得浑身一冷,缩了缩肩膀。

傅山转头顺着褚仁的视线望向那些磷火,叹道:"自甲申国难以来,连年兵祸,血溅天街,饥鸟啄肠,孤魂遍野,这山野间的磷火也渐次多了起来……"说罢转头吩咐傅眉,"今天

第二章

是七月十五中元节,眉儿,给这些不得安眠的孤魂野鬼,烧些纸钱吧……"

一时三个人都无话,唯有篝火"哔哔啵啵"地燃着。

风声呼啸,吹过旷野,宛如鬼哭。长草纷纷折腰低头,唯有傅山长身伫立,他脑后的逍遥巾,被风吹得飘飘荡荡,啪啪作响。

傅眉跪坐在篝火畔,纤白的手指持着姜黄的纸钱,一页一页,送入篝火之中,不徐不疾,庄静而虔诚。傅山默默对月,吟诵着什么。

褚仁有些困惑,又有些无聊,只是盯着傅眉看。

傅眉被看得有些羞赧,轻声说道:"你乘坐的马车翻到了山崖下面,随行的一个车夫,一个嬷嬷都身亡了,只你还有一口气,被爹爹救起。你跌伤了脑子,这几天一直昏迷着,身上也没有什么能辨认身份的物件,原想等你醒了便知道了,却没想到你是这样的境况……"

"又是……车祸吗?为什么这车祸像个诅咒,一直悬在自己头上?"褚仁想着,心中蓦然涌满了凄凉无助,就这样流落到了陌生的朝代,还是战乱尚未停歇的年景,举目无亲,这位救了自己性命的一代大儒对自己又是这种不冷不热的态度。难道不是因为那幅字的因缘吸引自己跨越时空而来的吗?没料想自己竟然穿成了一个旗人……褚仁并没有想哭的意思,却发现自己已经落下泪来,似乎这稚幼的身体和自己十八岁的灵魂并不十分契合。

傅眉走了过来,蹲下身子,轻轻拭去了褚仁脸上的泪,柔声问道:"怎么了?不舒服?"

傅山也走了过来,拉过褚仁的手,把左右手的脉搏都探了一遍,问道:"觉得哪里不适吗?"

褚仁摇了摇头,"没有,只是略微有点头疼。"

"想必是脑中有淤血,还需要服药静养一段时间。"傅山点头道。

"救命之恩,没齿难忘……"褚仁也不知道自己怎会吐出这八个字来,倒像是武侠剧的台词。恍惚中,自己好像是站在舞台上,搬演一出冗长而沉闷的清装话剧,没有剧本,不知道后面的情节,也不知道什么时候会结束……但是,不演完的话,总归是不能下台的,就算再不愿,也要在这个台上撑着。那些台词,都不是自己想说的,但自己真心想说什么,却又一片迷蒙,说不清楚。

"你叫褚仁?十八岁?"傅山问道。

褚仁点点头。

"汉人?"傅山又问。

褚仁蓦地又是一身的汗,外祖父是满族人,自己身上有四分之一的满族血统,但户口本上,写的却是汉族。褚仁脑中又涌现出母亲还在世的时候,每天坐在沙发上,拿着遥控器,看着各种清宫剧,笑嘻嘻地自称"太后"的情景,鼻子又是一酸,险些又要落泪。这身体,为什么这么爱哭?褚仁记得,即便是父母因车祸去世的时候,自己都没有流一滴泪。泪,是流给别人看的,若没有人在乎你的泪,那便没有必要流。

见褚仁僵硬地点了点头,傅山神色霁和地说道:"你若不

第二章

嫌弃，便跟着我吧，虽是粗茶淡饭，但终究不会委屈了你。"

"那……能不能教我书法和医术呢？"褚仁问道。

"哦？我的书法和医术，也能为后世师吗？"傅山玩味地一笑。

"后世评价您'字不如诗，诗不如画，画不如医，医不如人'。可就算这位居最末的'字'，却也是有清一代最具盛名的了……"褚仁说到这里，突然察觉到自己的失言，傅山是明朝的遗民，是誓死不做清朝顺民的人，就是各大博物馆在介绍他生平的时候，也都会将他标注为明朝人。虽然明亡的时候，他只有三十八岁，虽然他一生最好的书法作品，都完成于他的后半生，也就是清朝统治时期……

但傅山似乎被那十六字评价吸引了，并没有在意褚仁的这句口误，只是笑道："那为何你只学这两样呢？"

"为什么只学这两样？"褚仁心里默念着。父亲擅长书法，从小便教自己写毛笔字，后来母亲的病渐渐加重，便荒疏了，但自己仍是喜欢，只是没人督促传授了而已。至于医术，傅山有"医圣"之称，尤其擅长妇科，若自己学会了他的医术，若能够回到现代，若有幸……能够回到母亲还在世的时间，或许，还可以挽救母亲的性命……虽然父母是死于车祸，但若不是因为带着母亲四处求医，父亲也不会在暴雨橙色预警的天气在高速上开车，结果出事了……

但是，这些想法，褚仁并不想宣之于口，只是萍水相逢，没有必要解释这么多，于是说道："这两样，我喜欢，也有信心学好。"

"哦？之前可曾学过书法？"

"是。跟父亲学过一点。"

"写来看看。"

看着傅眉安置好的笔墨纸砚，褚仁有点扭捏，"我只是小时候学过一点点，很多年不提笔了，我们那个时代，平时不用毛笔的，用西洋人的那种硬笔……"

褚仁还想解释，只听傅眉笑道："你只管写便是，难道我们还会笑话你不成？"

褚仁看着自己圆胖的小手，每个指根都有一个浅浅的小窝，又是一声苦笑，这只手，搞不好只怕是从来也没拿过笔吧？褚仁定了定心，决定不写楷书，改写八分，或许还能稍稍藏拙。

褚仁提着笔，略一沉吟，便写下了那日拍卖会上，傅山那幅字中的两句诗："一舟相过日，千里独来心。"那副字是草书，他今日写作了隶书。"一舟相过日，千里独来心。"倒像是在描述今日的相逢呢，生命中擦身而过的那副字，像是三途之河上的舟楫，载着自己，千里独来此地，却不知要和谁结缘……

傅山眉毛一挑："李梦阳的《巳丑八月京口逢五岳山人》*？这诗可冷得很，你竟知道？"

褚仁其实并不知道这诗的作者和标题，脸一红，说道："诱我来此的那幅字，上面写的就是这首诗。"

傅眉拿过那张纸，细细看了一遍，笑道："爹爹你看，他这字，倒像足了仁儿，深得一个'拙'字之妙，可巧他名字也是个'仁'字，岁数也差不多。"

第二章

　　傅山也一笑："嗯，字确实有七八分相似，只是相貌半点不像……"

　　傅眉见褚仁不解，忙解释道："我说的是大伯的儿子，傅仁。去年他们一家三口都没了，也是马车掉下了山崖，连尸首也没寻到……"

　　傅山冷冷道："若不是鞑子抢掠，他们也不至于雨天半夜匆匆赶路……"

　　傅仁？褚仁回想起之前看过的资料：傅仁*，傅山的侄子，幼年父母双亡，由傅山抚养长大，传授书法。很多署名傅山但却不是傅山亲书的书法，大半是傅仁代笔的，据说傅仁的书法比傅眉的书法更似傅山，几乎可以乱真……这位傅仁，三十八岁便亡故了，也没有留下太多的生平，像是默默立在傅山背后的影子一般。此刻，他父子又说傅仁已经身亡，莫非……自己便是顶替这个傅仁活着的人吗？

　　褚仁正想着，便听傅眉说道："不妨让他改名傅仁，我们堂兄弟相称，可好？"

　　傅山问褚仁道："你意下如何？"

　　褚仁点点头："好。听先生安排。"

　　傅山一笑："既然答应了，你就该叫我二叔才对。"

　　"……二叔？"褚仁有些迟疑，又看了看傅眉，问道，"要磕头吗？我们那个时代，已经不兴磕头了，我不懂，你要指点我才是。"

　　傅眉忍不住轻笑了出来，扶着褚仁慢慢跪下，说道："磕三个头，再起来。"

孤魂不招也朝宗

褚仁依言笨拙地磕了三个头,被傅眉挽了起来,又啜嚅着,叫了一声"二叔——"

褚仁想了一下,仰头看向傅山说道:"我两手空空而来,没有什么可孝敬您的,这个辫子,想必您一定不喜欢,我便割了,权当送您的礼物。"说完,便拔出腰中砗磲柄的鞘刀,双手举过脑后,只一划,便把那小辫子割了下来。

褚仁把那辫子掂在手中,细细的一条,果然很像鼠尾,末端系着红绳,红绳末端,还拴着两个细小的花钱。褚仁一扬手,把那辫子投入篝火中,一股焦香的气味迅即腾了起来。

傅山意味深长地一笑,接过褚仁手中的刀,按着褚仁的头,轻轻地把发根的碎发刮了下来,托在手上,也抛撒到了火中。

褚仁看着那翻转飘零,徐徐而落的碎发,不知道为什么,有点伤感。也许世上的事,就是非左即右,非黑即白,容不得你不偏不倚。既然选择了做傅山的子侄,那么就把所有与满族有关的羁绊割裂开来吧,不去想自己身上四分之一的满族血统,也不去想这个小小的身躯,到底来自哪个旗人贵族的门庭。

褚仁低头看着自己这身花团锦簇的衣服,说道:"若能帮我买身替换的衣服,把它也烧了吧。"

傅山摩挲着褚仁肩头的衣料,叹道:"这'满堂富贵'织金,是大明杭州织染北局'岁造缎匹'中的定例纹样,每年都会赏用给各个王府的……"傅山语调幽幽的,似有无限感慨。

褚仁突然想起看过的资料中,提到过傅山的曾祖是大明宁

第二章

化王的赘婿,在这方面的见识自然是不错的……曾经也是王谢堂前的燕子啊,如今沦落到这四野寂寂的荒郊,与孤魂鬼火作伴。历史已经翻过一页,但前一页上的那些文字,那些名姓,那些兴衰荣辱,依旧不甘心被埋没,纷纷徒劳的挣扎着,呼喊着,想要在历史上留下最后的余韵……

褚仁低下头,蓦然发现腰间的一抹金黄,这个……难道是传说中的黄带子吗?这……这副身躯,竟然是皇族后裔吗?褚仁的心,不禁又砰砰猛跳了起来。

最终还是傅眉打破了这沉寂,只听他笑道:"该叫我哥哥了!"

"你今年多大?"褚仁问。

"我十八了。"傅眉答。

褚仁心道,古人是算虚岁的,若说十八,实岁最多十七而已,便笑道:"若按虚岁算,我都十九了,我比你大。"

"我不管,世人看到的只是你的外表,谁管你之前活过多少年呢,快叫眉哥哥!"

"哥哥……"褚仁含混地小声叫了出来,到底还是漏了那个"眉"字。但不知为何,话一出口,褚仁便觉得心中一定,似乎在这个时代也有了依靠。

注:

＊傅山草书《李梦阳诗轴》立轴:水墨绢本,2013 年 6 月拍卖,估价 80~120 万。

＊傅仁：为傅山兄傅庚次子。戴枫仲《傅寿元小传》："寿元，明茂才傅庚（字子由）之中子也。子由先娶于韩，生襄，才而早夭。又娶于李，生仁，骨干修削，黄发火色，性僻洁，五岁而孤。"傅仁生于崇祯十一年，去世于康熙十三年夏，其时傅山为六十八岁。傅仁自己的书画作品传世较少。

第三章 /

恋着崇祯十七年

七月十六，晨。

"从今日开始，途中车上，你从我学医。待傍晚宿下，再学两个时辰的书，睡前我查验，若不合规格，和眉儿一样，要受笞责。"傅山盯着褚仁，说得轻描淡写。

一旁的傅眉，却微微红了脸。

褚仁咬着嘴唇，犹豫了半晌，方下定决心似的说道："我有话说。"

"你要说什么？"傅山带着玩味的笑，看着褚仁。

褚仁突然觉得有些紧张，移开了傅山的视线，喃喃说道："嗯……我那个时代，上学学的都是简体字，书籍都是横排版

第三章

的,句读都是点好的……我古文不太好,也会有一些字不认识,资质也算不上佳,我会努力学,但您得容我慢慢适应,不要一下子要求太高……"褚仁觉得自己东拉西扯,一句也没说到点子上,抬头看向傅山,见他眼中笑意更浓,不觉腾地一下红了脸。

褚仁扭捏了很久,突然冲口而出:"我觉得您不应该打人。"

"哦?为什么?"傅山笑问。

"我们那个时代,法律不允许父母责打子女,父母与子女都是平等的人,不存在人身依附关系……"褚仁说到这里,就不知道怎么接下去了,想了想,又换了个理由,"如果说一个人很努力的去学,但是因为资质不好,或者身体不好,或者其他什么原因没有学好,应该给他时间慢慢再学,而不应该打他……"

"既这么说,若这人贪玩偷懒,心不在焉,便是该打了?"傅山微笑着,徐徐说道。

褚仁突然觉得自己给自己挖了个坑,若说背错书,写错字,倒还是客观的,对就是对,错就是错。可所谓贪玩偷懒,心不在焉,还不是傅山怎么说怎么是……想到这里,褚仁索性低下头,一言不发了。

傅山转头看向傅眉,幽幽地说道:"我少年时,一日侍奉你祖父沐浴擦背,见他肩背上有几处疤痕,心中奇怪,便问原委。他说那是幼时就学,被你曾祖笞责留下的。当时他感叹道,如今子欲养而亲不在,想要重温往昔情景,再聆父辈教诲,竟

恋着崇祯十七年

永世不可得了，唯有背上的疤痕，权作寄托思念……"

说罢，傅山转向褚仁："我傅氏家风便是如此，父子代代相传，岂能因你外人一言而更改？你若愿为我傅山子侄，便需得守我傅氏家规；若不愿，我也不强你，可收你为徒，但你也要谨守师徒的规矩；若仍不愿，待你伤势痊愈，便送你到官，让官府帮你寻找家人便是。"

褚仁大急，结结巴巴地说道："我没有说不愿，只是……只是……"

傅眉笑道："你就这么怕痛吗？"

褚仁脸一红："不是怕痛……只是觉得屈辱罢了，毕竟我们那个时代并没有这样的规矩……"

傅山笑道："若旁人都站着，你一个人跪着，那是屈辱；但若旁人都跪着，你也跪着，那便谈不上屈辱。你既然来到这里，便需要按这里的规矩行事，'入境问禁，入乡随俗'，这八个字的意思，你难道不明白吗？"

褚仁听到傅山的这个比喻，突然心有所感，冲口而出道："既然别人都跪着，你也跪着，就不算屈辱，那么您为何黄冠朱衣，不肯剃发易服呢？"此言一出，褚仁大感后悔，何必这个时候去触傅山的逆鳞。

傅山大怒，猛拍了一下车辕。

褚仁吓得浑身一颤，突然想起了《七剑下天山》等武侠小说中，对傅山武功神乎其神的描述，暗暗心惊，他不会把自己立毙掌下吧？

褚仁瑟缩着想要跪下道歉，但毕竟十八年来从未行过这种

第三章

礼仪，还是十分的不习惯，犹豫了片刻，只咬了咬嘴唇，低声说道："对不起，我说错话了……"说着，便伸手去拉傅山道袍的广袖，两只眼睛中含满了泪水，一副又惊又怕的神情。

在褚仁心中，不管自己的形貌如何，总是想着自己是十八岁的高中生，所以说话行事，常常意识不到自己的外表是个小孩。但在傅山、傅眉看来，总是先入为主地觉得褚仁是个小孩，需要一转念，才能想到他是来自未来的十八岁青年，因此褚仁这句道歉，这样娇怯的神情动作，落在傅山眼中，竟是一副可怜可爱的小儿女情态。

傅山忍不住伸出手来，爱怜地摸了摸褚仁的头，却吓得褚仁头颈一缩。

傅山的手指触到褚仁脑后，刚刚剃掉的辫根部位很是光滑，其他部位则毛刺刺的有些扎手，触感完全不同，想起昨日褚仁毅然剃发的情形，心中一软，叹了一声，说道："三条路，你自己选吧。"

褚仁嗫嚅说道："能否给我一点时间考虑一下？"

"你要多长时间？"

"……一年？"褚仁仰起头，眼巴巴的看着傅山。

傅山忍俊不禁，"你倒不如说一辈子。"

褚仁低低一叹："如果我真是顶替了傅仁的寿命，那也只有三十八年可活而已，如今只怕剩不到三十年了。"

傅山一怔，默然片刻，突然吟道："三十八岁尽可死*，栖栖不死复何言。徐生许下愁方寸，庚子江关黯一天。蒲坐小团消客夜，独深寒泪下残编。怕闻谁与闻鸡舞，恋着崇祯

恋着崇祯十七年

十七年。"

褚仁见话题转了一个圈，又扯回到亡国之痛上面，不知如何转圜，心中一急，泪便流了下来。

傅山轻轻帮褚仁拭去了泪，柔声说道："以一个月为期，八月十六，再定行止，好吗？"

"嗯！"褚仁用力点了点头，突然觉得，重新当回小孩子的感觉很好，真有点不想长大了。

一个月的时间，倏忽而过。

这一个月来，父子叔侄三人就这样行旅在晋省大地。白日驾车而行，夕暮或投宿或野宿，一路上随手采集药材，每到镇甸城市，傅山便忙忙碌碌，访亲探友，盘桓个三五日，便再度启程。不知道何处是终点，也不知道为何而奔忙。倒似这山川已经归了大清之后，傅山便不屑于在其上驻足了，唯有奔忙来去，居无定所，方能对得起他对大明的一片臣心一般。

一路之上所见，旧日王公贵族纷纷凋零，如枝头萎落的鲜花，随水入泥，被践踏得了无生气，再也无法翻身。而那些新贵们，攀附着旗人，横行乡里，如藤蔓一般攀援向上，直入青云。那些卑微的平民则是人心思定，经历了闯王之乱和清兵铁骑的两度摧折之后，还是要艰难求存，草一样恣肆生长着，纵使秋深，也要挣扎着发出一丝新绿……大乱之后的山河大地，正喘息着，缓缓地恢复着元气，等待下一个盛世的到来。

褚仁白天随傅山采撷炮制草药，从最简单的《药性歌括四百味》歌诀学起，晚上临帖，一笔一画，平平稳稳，兢业谨

 第四章

慎地描摹着傅山的小楷，日子过得如流水一般清澈安逸。果然傅山信守承诺，只教不考，并不刻意检查褚仁的功课，也未提出任何标准和要求。

注：

＊三十八岁尽可死……：出自傅山《甲申守岁》。

第四章／
只觉今宵月不圆

八月十五，夜。

案上孤灯，窗外圆月，隔着支起的轩窗，遥遥相望着，一暖一冷的光，相互交织。天上是繁星明灭，地上有流萤闪烁，交辉着为天地披了一袭妆金的玄衣。秋虫呢喃，不知在诉说离别，还是团圆。明月千里，照着顺治，也照着弘光，还照着仅余一隅的大顺。一样的月光，不一样的朝代，城头的旗帜已经变改，但城垣依旧，房宅依旧，那飞檐下的匾额上，也依旧是端端正正的三个汉字："归人驿"。

只觉今宵月不圆

纵使山川改换了新名姓，纵使神州脱却了旧冠服，但那些文字，那些诗书，那些过往中闪耀的智慧是不会改变的，只会历久弥新，散发出更耀目的光辉。

褚仁写下了《庄子·天道篇》中的最后一个"夫"字的最后一捺，停了笔，轻轻合上那本傅山亲书的楷书册页，长出了一口气，露出一个松弛的微笑。这一个月来的生活单调而清苦，褚仁已经微微觉得有些厌倦，但又无可奈何。又能如何呢？这样的乱世，能有一方安静的书桌，已经很奢侈了，能够师从傅山这样的大家，又是多少人求之不得的事情。想到这里，褚仁便也平心静气了，但唯有口腹之欲，却不是那么容易能克制得住的。

褚仁瞥了一眼案上的两个果盘，一个堆着几块月饼，另一个是一串葡萄，几枚秋梨。刚好此时，褚仁的肚子咕咕叫了两声。

"饿了？"傅眉的视线从书卷上移开，关切地问道。

"不饿……"褚仁抿着嘴，不好意思地笑笑。

"若饿了，便吃块月饼顶顶饥吧。"傅眉说着，拿起一块月饼，递到褚仁手上。

褚仁双手捧着月饼，咬了一口，甜腻的五仁馅儿，是褚仁平素最不爱吃的，想要吐出来，却又觉得不妥，只能细细咀嚼着，嚼到后来，细腻的甜香充塞着唇齿喉舌，竟觉得味道并没有那么不堪。

"不爱吃吗？"傅眉目光如炬。

"嗯。"褚仁点点头，随即又说道，"还好……"

第四章

"这些日子,粗茶淡饭,委屈你了……"

"没有、没有……这些已经很好了……"褚仁急忙摇头否认。

"你家……我说的是你来这里之前的那个家,是否也是殷实富贵之家?"傅眉问道。

褚仁一怔,之前傅眉从未主动问起过自己穿越之前的情况,自己的家?算得上是富贵之家吗?父亲的公司,据说每年有上千万的收入,自己住着三环边的复式,应该还算是吧?于是点了点头。

"每日里青菜豆腐,吃不惯吧?"傅眉又问。

当然吃不惯!且不说每日的菜肴不见荤腥,午餐也只有干馍冷水而已,即便晚间投宿客栈,也多半也只是一碗又酸又辣的面片打发过去。并不是清代的五仁月饼变好吃了,而是褚仁一个月未识甜食滋味,饥不择食而已。但这一个月以来,褚仁一直隐忍着,怕被傅山看轻了,自问没有露出一丝端倪,傅眉又是从什么地方看出来的呢?

"还好……"褚仁心虚地小声答道。

"想必还是挺难过的,我也曾经过这么一遭儿,甲申之前,我也是小康之家的富贵公子,国破了,奴仆散尽,家也不成家了……一月不识肉味的时刻最难熬,但三个月之后,便会彻底适应了。"傅眉怜惜地看着褚仁,轻声说道。

傅眉这话一出,褚仁几乎落泪,这几天夜夜做梦,都是大快朵颐的美梦,从燕鲍翅到肯德基,从麻辣小龙虾到街边烤串,几乎把自己十八年来吃过的所有东西都一一回顾了一遍,看什么都像肉，鼻端一直萦绕北京夏日夜市中那些膻腥香辣的气息，挥之不去。

傅眉把手轻轻覆在褚仁的手上，说道："再坚持几日，便不难过了……留下来，好吗？"

褚仁这才想起，明日便是八月十六，一月之期已满，到了该选择傅山给出的三条路的时候了。傅眉，这么不想让自己走吗？他十七年来和父亲两人相依为命，被父亲严格教导着，并没有同龄的玩伴，想必也是寂寞的吧？

褚仁反手握住了傅眉的手，那纤细的手指白得如透明一般，指尖微微的薄茧想必是常年执笔所致。他的背上，是否也有鞭笞留下的伤疤呢？若有，那便是一块美玉，被平白添上了瑕，无异于焚琴煮鹤了……想到这里，褚仁脸一红，想问，又不好开口，只得远兜远转地问道："这一个月，我看你也尽有背错书的情形，却并未挨过打，这是为何？"这些日子以来，褚仁已经逐渐适应了这个时代的遣词用句，口音也微微变成了晋省的口音。

傅眉微微红了脸，垂下了头，低声说道："责打只是为了鞭策子侄，又不是刑罚，不需要有错必罚，只要日日勤勉努力，即便偶尔有疏漏或是无心之过，都不会被责罚。"

褚仁心中一宽，"那么……以后我就是略有小错，应该也不会被责罚，是不是？"

"若是书法上，只要勤奋努力，不曾偷懒，自然不会被责罚；但在医道上，但凡有一丝一毫的错误，爹爹一定会重重责罚，决不轻惩的。"傅眉抬起头，认真地说道。

第四章

褚仁大惊，"为什么？！"

"书法有错，只不过毁了一纸，浪费一墨而已；但医道有错，轻则让病人白白多受苦楚，重则致人丧命，却是半点也错不得。鞭笞再痛，也痛不过人命。"

褚仁打了一个冷战，嗫嚅道："那我不给人开药方便是……"

"不只是方剂，就是草药的晾晒炮制，每一步骤也都不能有一丝大意差错，否则损失了疗效，无异于谋财害命。"

"那……那日你犯了什么大错？"褚仁回想那天，傅眉至少被打了几十藤鞭，自己那时有些恍惚，只呆呆看着，连一句劝阻也没有，想到这里，心中便是一痛。

傅眉垂下眼睛，一双睫毛如翅膀般颤动着，"那天……也没什么大错，总之是我不对，而且……那天爹爹的心情也不好……"

"为什么心情不好？心情不好就要打人吗？这也太没道理了！"褚仁急道。

"那天，南边传来消息，袁继咸公在九江被俘了……"

"袁继咸？"褚仁觉得这名字好熟，似乎在哪里听过。

"是爹爹的恩师，当年在晋省开办了三立书院，爹爹是他的得意门生之一，崇祯十年时，他得罪权臣，被诬告入狱，是爹爹带领晋省百名生员徒步赴京，联名上疏，印发揭帖，申诉请愿，伏阙鸣冤，最终使冤案得以昭雪……"

褚仁听着，恍惚记起看过的资料中，似乎是有这么一段，不禁心驰神往，说道："想不到明末便有这么成功的学生运动了……先生，还是学生运动领袖呢！"

傅眉一笑，对褚仁所说的"学生运动"并不全懂，但也不追问，只继续说道："这次袁公被降清奸人所卖，落入清廷手中，爹爹心中愤懑，无从宣泄，便……"

褚仁对因果已经了然，虽然觉得就算如此也不应责打子侄出气，但又觉得不该指摘傅山的不是，只安慰似的，又握了握傅眉的手，转过话题问道："那我们这一个月来颠沛流离，忙忙碌碌，又是在做什么？"

"傅家也算是大明王孙一脉，在晋省各地都有些田产房舍，逢这乱世，也无人力收租管理，又时有豪强仗势侵占，倒不如变卖了，换些银钱……袁公一案，也需要银钱打点。"

"袁公是南明的臣子，被清廷俘虏，这是两国之争，只怕并无转圜余地，打点又有什么用？"褚仁不解。

"即便最终仍是一死，但是……是凌迟还是斩首，是摧折凌辱还是能稍全忠义，这中间有很大不同，此外尸身要有人收，诗书要有人传，遗愿要有人继承，袁公阖家都在南明弘光朝廷辖下，这边……总要有人上下活动，疏通关节的。"

褚仁点点头，这些事，的确都是要做的，但去做这些事的人，需要绝大的勇气，更需要忍辱负重。做忠臣烈士死节殉国已经很难，站在烈士背后去处理这些琐细事情的人，只怕更难。

"你想好了吗？"傅眉问道，"将来如何行止？"

"明天才是最后一天呢！"褚仁有些撒娇耍赖的语气。

"我明日便要动身赴京。"门外传来傅山的声音，话音未落，傅山已推门而入。

第四章

"爹爹！"傅眉忙起身恭立。

"袁公已经被押解入京，这是他托人给我寄来的诗札。"傅山说着，把手中的信札递给傅眉。

傅眉展开信札，轻声诵读："独子同忧患，于今乃离别。乾坤留古道，生死见心知。贯械还余草，传灯不以诗。悠悠千载业，努力慰相思。"又展开下一页，继续读道，"江州求死不得，至今只得为其从容者。闻黄冠入山养母，甚善甚善。此时不可一步出山也。有诗一册，付曲沃锡斑*，属致门下藏之山中矣。可到未？乙酉秋季。"

傅山叹道："袁公信中所说的那诗册*，我并未见到。我必须尽快上京，迟了，恐怕有变。"

傅眉点点头。

傅山又道："你明天也动身，回到祖母那里，好好侍奉老人，学业也不可荒疏，知道吗？"

"是，爹爹。"傅眉恭谨地答道。

褚仁见傅山看也不看自己，有点着急，用食指拼命点着自己的鼻子，企图吸引傅山的视线。

傅山见状，微微抽动了一下嘴角，随即又板起脸问道："想好了吗？"

褚仁想着，反正你要上京，也不知道什么时候才能回来，能拖上几个月，便拖上几个月，有什么不好？于是仰头说道："想好了，我愿为傅家子侄，谨守傅家家规，从今天开始，我就叫傅仁了！"说完，想到"傅仁"的谐音是"富人"，不禁莞尔一笑。

只觉今宵月不圆

傅山轻斥道："有什么好笑，即便我不在，长兄如父，眉儿也可管你！"随后转头对傅眉道，"仁儿的功课，你按照我之前的安排去安排，他若不用心，你可替我罚他。"说完，竟从袖中抽出了一柄戒尺。

褚仁一缩头，吐了吐舌头，冲傅眉挤了挤眼。

傅山又道："仁儿服用的活血化瘀的汤药，要照我的方子每日煎服，不可间断，你盯着他点儿，不要因为症状不显便疏忽了，否则日后会留下病根。"

傅眉点了点头，应了声"是"。

傅山转到桌案边，将窗户放了下来，遮住了窗外的月光，曼声吟道："共盼中秋夜不眠，乱离几度看婵娟。瓜楼紫暗冰盘侧，只觉今宵月不圆*。"过了许久，才轻声说道，"睡吧……"

注：

*文中诗与信，为袁继咸给傅山诗札原文。信中提及的诗册，傅山始终没有收到，后来袁继咸又寄出了另外一封信，让傅山不必去取诗册，但傅山收到第二封信的时候，袁已经就义了。

*只觉今宵月不圆……：出自《中秋惆怅诗八首》之二，傅山作于顺治二年中秋。

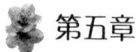 第五章

第五章 /
一日偷生如逆旅

傅山走了，褚仁便觉得轻松了很多。

刚投宿到客栈住下，褚仁便三下两下临完了帖，又拿着笔信手乱写了起来，笔体却是仿傅山的草书。

"这又是什么笔体？以前没见你写过。"傅眉问道。

"这是先生最有名的狂草啊！"

"胡说，爹爹的草书不是这样的风格，爹爹最不喜这种圆转流丽的柔媚笔意了。"

"应该是他晚年的作品吧，人总是会变的……"褚仁有些感慨，确实这些日子以来，他看过了傅山真草隶篆各种书法，却都像傅山自己形容的"墨重笔放，满黑桠杈"，没有一幅是后世最受欢迎的那种润秀圆转，飘飘欲仙的草书。

正沉吟间，冷不防傅眉一把抽出了褚仁手中的笔，弄了褚仁一手墨。

"哎！你干吗啊！不带这么欺负人的！"褚仁拿过一张临过帖的纸，揉成一团，一边擦拭手中的墨，一边抗议道。

"不许这么糟践字纸！"傅眉说着，拿过戒尺，在褚仁手背上轻轻打了一下。

褚仁一怔，方想起这是古代，不是随处都有纸巾，可以用过就丢弃的年代，自己知道不对，也顾不得手背上的痛，只怕

一日偷生如逆旅

怯地松开了手，那张揉成一团的纸在桌上缓慢地舒展着，褚仁愣在那里，不知怎么办才好。

"怎么？打疼了？"傅眉怜惜地问，手指抚在褚仁手背的那道红痕上，又软又凉，很是熨帖。

褚仁摇了摇头，"不疼……是我不对。"说着，便跳下椅子，自去门旁的铜盆中净手。

待褚仁回来，见那张揉皱的纸已经被傅眉展平折好。

傅眉拉过褚仁的手，在那道红痕上轻轻揉着，说道："不是我戏弄你，若你执笔有力，姿势正确，手中的笔是不会轻易被人抽出的。"

褚仁点点头："我知道，小时候父亲也这么教过我……"

傅眉怕他想起旧事，徒增感伤。便又拿起褚仁写过草书的那张纸，笑道："这写得是什么啊？鬼画符似的。"

褚仁也不好意思地笑笑："都是菜名，蒸羊羔、蒸熊掌、蒸鹿尾儿、烧花鸭、烧雏鸡、烧子鹅、卤煮、炉鸭、酱鸡、腊肉、松花小肚、晾肉香肠、什锦苏盘、熏鸡、白肚儿……"

"这是什么啊？这么多名目？还一套一套的？"

"这是个相声里的词儿，叫《报菜名》。"

"相声？"

褚仁想起相声这种艺术形式似乎是清末才出现的，只好解释道："就是口技，说笑话，说唱一类的表演。"

傅眉点点头，又问："这些菜，你都吃过？"

褚仁摇摇头："没都吃过，这段子大约也是清末的吧？有些菜已经见不到了……"褚仁突然想到这段相声还另有一个名

第五章

字,叫做《满汉全席》。三百年,满与汉便融合在这一段相声中,包袱抖尽后开怀一笑,天下大同,不分满汉蒙回……

傅眉在褚仁手背上轻拍了两下,笑道:"就这么馋这些东西吗?"

褚仁大窘,忙道:"也没有……只是随手写写罢了,真的没有……"

傅眉一笑,"我手头也没什么余钱,但若这几日我们都不住店,在外野宿,省下店钱来,倒是可以带你吃几顿好的。"

"真的?!"褚仁紧抓住傅眉的手,摇撼了两下。若穿过来一辈子只吃青菜豆腐,褚仁还真是十二分地不甘心。

"当然是真的,我怎会骗你,不过你要吃得下野宿的苦,不要又生病了,还得让我来伺候。"

褚仁歪着头想了想,"……我看还是算了吧,现在外面不太平,我们两个半大不小的孩子,天天野宿,万一出点什么事怎么办?为那点钱送了命不值当。不然……还是把我这件衣服当了吧,再买件普通一点儿的,应该也会余下些钱。"褚仁说完,自己也不是很确定,征询地望向傅眉。

"你真的不打算认亲了吗?"傅眉幽幽地问。

"就算是亲,也只是这躯壳的亲,与我什么相干呢?"褚仁不解。

"可是……如果这家人家找来怎么办?祖辈父辈殷殷盼着,你忍心不相认吗?你忍心伤他们的心吗?"

"可我不是他们家孩子啊,难道要为了安慰他们,违心去扮演另一个人?"

一日偷生如逆旅

"你……你留在这里,不也是扮演另一个人?"

"那不同,我只是叫傅仁而已,我的身世来历并没有瞒着你们什么,而且我是真心想拜先生为师的。"

"又叫先生,怎么不叫二叔?"傅眉嗔道。

"因为……我毕竟不是真的傅仁……只是个穷人而已。"褚仁说完,咧嘴一笑。

傅眉忍俊不禁,用手指戳着褚仁的额头轻斥道:"你就知道淘气!"停了片刻,又开口说道。"说真的,你要想清楚,这东西当了,将来若要相认,可就没有信物了。"

"把这条黄带子留下就好了。"褚仁说着,解下腰中坠有鞘刀、荷包和火镰的衣带,"这个帮我收好,若以后有人寻亲,也足以应付了。"心中却暗想,这黄带子可真不能拿去当,搞不好会有麻烦。清朝刚刚定鼎,晋省这样的偏远地方说不定还不清楚黄带子、红带子的含义,但万一遇到明白人,只怕自己就没法过安生日子了。

傅眉收了那带子,问道:"说吧,想吃什么?"

"每年中秋前后,是河蟹上市的季节,往年家里总要买上很多……"

傅眉有些怅然,"晋省不大产蟹,祖母所在的盂县是个小地方,只怕不易觅得,要到太原等大城才好……"

"我只是随口一说罢了,若不好买,有肉就行,我可是无肉不欢的。"褚仁忙道。

傅眉伸出食指在褚仁额头点了一下,"你等着,我送你两只螃蟹。"

第五章

傅眉说罢，取出一张一尺见方的纸，援笔濡墨，刷刷点点，两只横行的河蟹便跃然纸上，左边那只张着钳子，颇有几分耀武扬威的姿态，右边那只斜着身子，八爪伸张，似乎是勉力要跟上左边那只的步伐，竟是栩栩如生。只见傅眉又是刷刷几笔，上方两茎芦苇折腰垂首，下方数丛衰草，点点水波，活脱脱一幅《芦荡秋蟹图》*。

"古人画饼充饥，我们画蟹解馋，也不失为一桩雅事。"傅眉拎起那画，转头对褚仁笑道。

两人大笑着，在纸上涂画着各种美食，那些他们在富贵岁月中曾经享受过且并未珍惜的美食，如今想再要重品，已是奢望……一个是因为天下更替了姓氏，另一个是因为时间折叠了人生。

笑着笑着，夜便深了，便有丝丝缕缕的秋凉，从窗棂门缝中涌入，让两人不自觉的紧了紧身上薄薄的单衫。

十月初一，冥阴节。

北京，东便门外，三忠祠。

堂上供奉着诸葛亮、岳飞、文天祥这"三忠"的塑像，却没有香火。初冬的天时，门外有阳光，还不觉得冷，室内却是凝冰握雪的寒。

四下里环坐着一群人，有官衣的，也有便服的，更有那官帽上的翎子，可笑地向后伸张着，配上胸前补子上的织绣，只能让人想起"衣冠禽兽"这四个字。尤其是所有人的脑后，都垂着一条或长或短，或黑或白，或粗或细的辫子，像条尾巴。

一日偷生如逆旅

只有两个人，是没有辫子的。

一人坐在正中，五十来岁的年纪，一身交领右衽的玄衣，衬着白得没有血色的一张脸，一柄简素的玉簪束着发髻，正是被俘的袁继咸。另一人站在门口，头戴黄冠，身穿绛红色的道袍，两幅广袖像是吃满了风的帆，挡住了门外仅有的阳光，也挡住了门外肃立的八旗兵丁的视线，正是傅山。

那些"衣冠禽兽"们，七嘴八舌的，在劝袁继咸投降仕清。那话音，有吴侬软语，也有晋陕乡音，嘈嘈切切，听得人心烦。傅山一个一个看过去，见到了很多熟悉的面孔，有老师的旧门生、旧下属，也有当年三立学院的同学，甚至还有当初上京鸣冤的那群人中的一个。如今，他搬出了当年的冤案，口沫横飞地陈说着大明的腐败和昏庸，颂扬着大清的宽仁。做了狗，穿了新狗衣，便摇着尾巴，四处劝别人也同列。

傅山不由得一声冷笑，却见老师以目示意，便欠身一礼，退到了一边。

劝降的话，车轱辘一样说了好几遍，已经全无新意，那些纷乱的声音渐渐止了。

袁继咸方抬起头来，眸子中精光一闪，扫视了一下众人，朗声吟道："天地治乱，理数循环*。湛兹正性，鼎鼎两间。有怀乡哲，炳耀丹青。维唐中叶，秀耸二颜。越在宋季，文山叠山*。成仁取义，大德是闲。哀我逊国，方黄臭兰。名成族圯，刚中良难。淑慎以往，学问攸关。我心耿耿，我气闲闲。从容慷慨，涂殊道班。居易俟之，敢幸生还。"说完双目一闭，一言不发。

第五章

待那些说客悻悻散去,傅山扑身跪倒,叫道:"老师!"声音中带了几分哽咽。

"你终于来了……"袁继咸睁开眼睛,他的颈中,斜斜的亘着一条青黄的印痕。

傅山泣道:"老师,您这是……"

"在九江船上自缢,却没有死成。"袁继咸淡淡说道,"后来绝粒七日,竟又未死成……"

"那是为何?"

"千古艰难唯一死啊……绝粒到五日六日,灵台一片清明尚在,尚能够克制食欲,秉持正道。但到了第七日,人已经昏昏欲死,肉身便已不从意志,此时若有人灌喂浆水,唇、舌、喉便会接纳,如此,便功亏一篑。之前朝廷旌表节烈,常见到有节妇绝粒而亡的,此时亲身体会方知,若要绝粒,除去本人要有绝大愿心之外,总归还需家人的成全,否则便是死,也死不得……"袁继咸幽幽叹道。

"那……老师有何打算?"

"天不欲余为叠山,敢不为文山哉?江南未定,流寇四起,清廷对我,不会有太多耐心,门外十余名兵丁日夜看守,每日十余人轮番劝降,所费人力物力,是不容总这样拖下去的……更何况,鞑子为安定天下人之心,忙于旌表忠烈,迟早自会遂了我的心愿,全了我的忠义之心,让我死得其所。"

傅山泫然欲泣:"老师……"

袁继咸低声道:"我是被囚被困,别无他法,只能死节以殉,但你们不要轻易言死,更不要贸然而动,枉送了性命,

一日偷生如逆旅

须谨记'寻机待变'四字。我上次给你的信札，你多体味其中深意。"

"是，必不负老师所托。"傅山点头应诺。

"那诗册，你收到了吗？"

"并未收到……"傅山摇头。

袁继咸闭目冥思了片刻，睁开双眼，眸子中精光一闪，"既然没收到，也不必取了，这时节各人有各人的心思，也不能强求……有些人……便由他去吧！但凡能做到'不为恶'三个字，已经足够。"

傅山点点头。

"我在幽囚之中，闲来无事，写了《经观》、《史观》二书，其中《经观》已经完稿，但《史观》尚未写完，不知今生是否能终此一书。书稿你先带走，另有一件血衣，乃是我与清军交战所穿，你务必托人带去宜春横塘袁氏祖宅，给袁氏后世子孙留作念想。"

傅山走出三忠祠，有些恍惚，怀中的书稿和血衣，还留有老师的体温。抱着它们，似乎怀抱着大明绵延不息的血脉。回望堂中，纤尘笼罩下的三忠塑像悲悯的俯视着身下的黑衣人，薪火相传的忠烈死节，会这样一幕幕搬演下去，永远不灭。

身后，那一扇朱漆大门缓缓关上了，那身穿大明衣冠的孤臣，终将被封禁入历史。明史中，列传里，数百字的平铺直叙，便是一生。傅山被室外的阳光晃得一阵眼花，一道门，隔开生死，门内的人，全忠全义，身前事，身后名，尽皆清白如雪；

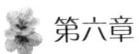 第六章

而门外的人,却要在清风烈日中煎熬,在花冥月谢,草烬枝残的轮回中,深深缅怀那想回也回不去的故国……

注:

*《芦荡秋蟹图》:西泠印社拍卖有限公司,2008年春拍卖。款识:辛卯秋杪,傅山戏写于长安怀云轩。钤印:傅山(白),立轴,水墨纸本。此图为傅山作品,此处借用。

*天地治乱,理数循环……:出自袁继咸《正性吟》。

*叠山:谢枋得。宋臣,被元俘虏后绝食殉国。

　　文山:文天祥。

第六章/
逍遥恋酒非耽罪

顺治三年。

二月二,龙抬头。

山西盂县。

褚仁坐在村头树下,一身簇新的鸦青色棉袄棉裤,活脱脱

是晋省乡下孩童模样。他脑门的头发已经剃光了，脑后的头发却还没有长长，只能扎成个一寸长的小辫子，看上去倒是很有朋克风格。形势比人强，再怎样也不能一辈子当小孩，不能一辈子不留辫子，总不成一家三口，全都朱衣黄冠。留头不留发，留发不留头，人在矮檐下，不管是高贵的头颅，还是低贱的头颅，总归是要低下来的。

　　身下是连绵的黄土，身后也是连绵的黄土，浑浑莽莽连成一片。远处那些黄土塬、墚、峁不屈的伫立着，那些沟壑转折的间架，像极了傅山的书法风格："宁拙毋巧，宁丑毋媚，宁支离毋轻滑，宁直率毋安排"。风吹起，那些黄土好像颜料一般，将房屋道路都染上了一层黄色，便是褚仁身上这簇新的衣裤，也溅上了点点的黄。

　　身后那树，是一颗古槐，开枝散叶的形状像是一颗心，中间一条弯曲的粗大枝杈，像是冠状动脉一样盘结着。

　　其时夕阳西下，彩霞满天，褚仁百无聊赖地坐着，嘴边噙着一枝狗尾草，伸着脖子，眺望着村口大路。傅眉早上进城去采买笔纸，午后便该回来的，可现在天都快黑了，还不见人影。

　　褚仁抚弄着棉衣上均匀而粗疏的针脚，恍惚觉得，自己或许并没有穿越到清朝，而只是个被拐卖到农村的小孩，阻隔着自己回到原来生活中的是地域，而不是时间。此刻沉睡在夕阳中的安静的小村庄，似乎和自己之前去过的偏远山区并没有太大不同……四百年的岁月鸿沟仿佛瞬间消失了似的，在这样偏僻的山野乡村，人们日出而作，日落而息，每日所思所想无非

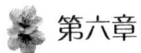# 第六章

是吃饱穿暖，生息繁衍罢了，又有几人在乎朝堂上的天子姓李还是姓赵？汉族还是满族？

当夕阳最后一丝余晖将近的时候，傅眉才远远地走了过来，唇角扬着，带着一丝不易察觉的笑意，就连脚步也显得分外轻捷。

"怎么在这等着？不冷吗？仔细着了风，又该生病了！功课都做完了吗？晚饭吃了吗？"傅眉看到褚仁，便一叠声地问道。

褚仁接过傅眉手中的一摞纸，笑道："当然都做完了，晚饭已经服侍奶奶吃过了，我等你一起吃，看你这么晚还不回来，怕你出事，人家担心你嘛！"话一出口，褚仁便觉得这口气倒像是小夫妻似的，说不出的古怪。

傅眉紧走了两步，头也不回地说道："有点事情耽搁了，快回去吧，饭菜要凉了。"

褚仁见傅眉什么都不说，便也不做声了。褚仁始终隐隐觉得，傅山还是一直在秘密从事着反清活动，但到底在做什么？介入有多深？傅眉参与了多少？这父子俩从来都不说，褚仁自然也不便问。

饭菜在柴灶大锅里温着，倒并没有冷，两人吃完饭，傅眉便开始检查褚仁的功课。

傅山留下的那几本楷书册页，褚仁已经临了无数遍，可傅山还在京中未归，傅眉只好让褚仁抄写医书，一方面练字，一

逍遥恋酒非眈罪

方面习医,一举两得。

抄书不论文字好坏,只要求无错无污便可。褚仁这些日子以来,对毛笔和繁体字已经运用自如,这部《苏沈良方》*也已经抄录过半,数日来从未被傅眉挑出错处。

"这里错了!"傅眉指着一处说道。

褚仁忙拿起原书,对照着看过去,见是"圣散子方"的第二味药,应该是"猪苓",自己却抄成了"茯苓",忙一吐舌头,讨好似的说道:"人家看你那么晚也不回来,心里不安定,所以才抄错的,我重抄就是。"

傅眉板起脸来,拿出了戒尺,轻轻敲着桌缘,说道:"以前跟你说过什么?忘了吗?"

褚仁咬了咬嘴唇,央求道:"这是第一次,就饶了我吧!"

"不行!把手伸出来!"傅眉厉声。

褚仁见傅眉毫不通融,只好迟疑地伸出了右手。

"换左手!"

褚仁又怯怯地换成了左手。

"啪!"戒尺落了下来。

褚仁疼得一缩手,如火炙一般地疼痛,迅速传遍全身。好痛!和上次在手背上轻描淡写的一击完全不可同日而语。

"把、手、伸、出、来!"傅眉一字一顿。

褚仁红着脸,把手背在身后,只是摇头不肯。

傅眉伸手钳住褚仁的手臂,一折一带,看上去竟是高明的擒拿手法。褚仁翻肘转腕,试图挣脱掌握。但,力气明显不在一个档次上,似乎……不仅仅是十八岁和十来岁的力气差距,

 第六章

褚仁突然脑中闪过一个念头：莫非傅眉是学过武的？

褚仁放弃了挣扎，任傅眉拉过自己的手臂，只是问道："你学过武功，对吗？"

傅眉看着褚仁眼中兴奋的光芒，有点奇怪，但还是点了点头。

"是跟你爹爹学的吗？"褚仁又问。

傅眉笑了，那笑容，倒像是褚仁说了什么极可笑的笑话一般："你怎么会以为……"

褚仁被他笑得有些尴尬，嘟囔道："我之前见过先生练习导引之术，好像是五禽戏一类的……"

傅眉意味深长地一笑："爹爹的师父是全真龙门派还阳真人郭静中，他的医术便是郭道长传授的，但爹爹拜师的时候已经接近而立之年，学不来高深的武功了，只学了一点内功和导引之术而已。真正得了全真龙门派静字辈高人真传的人是我，但我又没正式拜师，只是记名弟子，所以也并未按龙门派'道、德、通、玄、静、真、常、守、太、清'十字为号。倒是爹爹，被郭道长赐了个'真山'的号，是正经龙门派弟子，我若也正式入了门，便也是'真'字辈了，和爹爹成了师兄弟，辈分就乱套了。"傅眉说罢，抿着嘴，笑吟吟地看着褚仁，眼中满是得意。这，恐怕是他唯一超越父亲的地方了吧？

褚仁吃惊地张大了嘴巴，"原来这才是历史的真相！"

褚仁连连摇撼着傅眉的手臂，兴奋地叫道："你知道吗？后人那些演义小说，都把你爹爹写成天下无双的大侠，谁能想到，他是全然不会武功的，真正的大侠应该是你才对！"

逍遥恋酒非眈罪

傅眉看褚仁激动得满脸通红，不禁失笑道："我只学了轻功和内力，还有一点擒拿的手法，拳脚兵刃都是很粗浅的，哪里算得上什么大侠……"

褚仁却自顾自地按照自己的思路说下去："难怪你说要野宿，也不担心安全，全真教的高手，怎会惧怕寻常的匪徒宵小？还有！亏我觉得你体弱事繁，天天想着帮着你干活，见你回来晚了，还担心得不得了，果然我是瞎操心了。"

"你几时帮我干过活儿了？连用火镰打火都不会……真是大言不惭。"傅眉轻嗔道。

"刚才人家还帮你拿了一半的纸呢，早知道让你自己拿就是，反正你力气大，有功夫，留着力气也是用来欺负我的。"

傅眉这才想起刚才的事来，脸上虽带着笑，但语气严厉地说道："把手伸出来！还没打完。"

褚仁哭丧着脸，"要打多少下啊……"

"你自己说！"

褚仁皱着眉头想了很久，说多了自然是不肯的，但是说太少，又说不过去，心中反复掂对，才开口道："三下！……可以吗？"

傅眉被他闹得也绷不住了，叹了一声道："念你初犯，就三下，以后可没这么便宜了。"

褚仁嬉皮笑脸地点点头，"刚才已经打了一下，还有两下！"

傅眉也不反对，只冷冷地道："手呢？"

褚仁畏缩地伸出了左手，又用右手攥住了左手手腕，紧咬

第六章

着嘴唇，微微闭上眼睛，像是下了狠心似的，轻声说道："打吧……"

"啪！啪！"两声响过，很快，也没有第一下那么疼，褚仁还没睁开眼睛，傅眉柔软而微凉的手指，已经揉了上来。

"下次就没这么便宜了，错一个字十下，决不轻贷！"傅眉板起脸说道。

褚仁微微皱了下眉头，疼得缩了缩手，傅眉眉毛一动，似乎有点心疼，手下又轻缓了三分。

褚仁笑道："不如你教我武功吧？我这个岁数开始练，应该不算晚吧？"

傅眉一笑，幽幽说道："好啊，不过学武要'要学打人，先学挨打'，这话你听说过吧？"

褚仁的脸一下子垮了下来，"那我不学了……我这身子骨看着也不硬朗，资质也平常，学书和学医已经够我折腾一辈子的了，反正你会武功就好了，你会保护我的，对吗？"

傅眉没说话，只是把自己的手掌盖在褚仁通红的掌心之上，用力一握，郑重地点了一下头。

"今天的药吃了吗？"傅眉问道。

褚仁一愣，"不用吃了吧？这两个月都没头痛，应该是全好了，都吃了半年多了，那药又不是大风刮来的，也是要钱买的。"

傅眉点了点头，从怀中取出一个油纸包，打开来，里面是张荷叶，整整齐齐包成方形，再打开，里面是酱肉，细细地切成纸一样薄的片，浓郁的肉香，冲人鼻端。

褚仁一喜,问道:"你哪儿来的钱?"

"上次当衣服的钱,没有花完。"傅眉说着,拈出几片肉来放在一边,对褚仁说,"喏!给你的。"

褚仁拿起一片,惊讶道:"竟然还是温的?!"

"那当然!我揣在怀里,一路用轻功跑回来的。"

褚仁放下那片肉,板起脸道:"老实交代,你这一下午干什么去了?"

傅眉拈起一片肉塞到褚仁嘴里:"大人的事儿,小孩别管,肉还堵不住你嘴?"说完,又从剩下的肉里面多拨出两片,再把剩下的肉包好,说道,"这些,留着明天给奶奶!"

"你也来吃……"褚仁嘴里嚼着肉,说话有些含混。

"你自己吃吧!我已经吃过了……"

"少骗人,一人一片,休想逃过去。"褚仁说着,便拿起一片肉,朝傅眉嘴中塞去。

傅眉侧过头躲开,冷不防嘴唇碰到了褚仁左手手心,那挨过打之后的红肿皮肤有着异常温热的触感,让傅眉心中一滞,褚仁顺势一送,那肉片便突破了傅眉的牙关,和舌头纠缠在一起,吐不出,也咽不下,便这样纠缠着……一失神间,另一片肉又送进了口内。

注:

*《苏沈良方》:宋代佚名编者根据沈括的《良方》与苏轼的《苏学士方》整理而成。

第七章

第七章 / 小楼尘土暗窗纱

这一个月来,傅眉总是往城里跑,每次回来都特别晚,问他做什么,他又总是含糊其辞,褚仁便有些疑心,决定偷偷跟去看看。

褚仁人小,脚程是跟不上傅眉的,又忌惮傅眉"武林高手"的身份,不敢跟得太紧,待来到城里,已经是正午时分。城虽然不大,但要找一个人,也不是那么容易的。褚仁从傅眉常去的药铺、书店一路打听下来,锁定了一处小小宅院。

这处宅院的大门,倒像是一个两进院落的后门,缩在陋巷的一角,极是僻静的。褚仁趴在门上听了片刻,里面隐隐的人声,似乎正是傅眉的口音,于是他定了定心,轻轻扣了两下门环。

门开一线,露出一个妙龄女子,约莫十五六岁年纪,一身半旧的碎花袄裙,即不华丽,也不寒酸,只见她用门掩住了半边身子,只露出头和一侧肩膀,细声问道:"请问你找谁……"一双纤纤玉手捏着一方银红的帕子,扶在门框上,被斑驳的乌漆大门衬着,更显得肌肤细腻如雪。

褚仁有点不好意思,退了半步,说道:"我找傅眉,我是他弟弟……"

那女子向后一让,把门大开,身子更缩到门后。

小楼尘土暗窗纱

门开处,一袭青衫的傅眉站在院子中央,发如墨,面如雪,唇如朱。院中一树杏花开得如火如荼,粉白的花瓣被微风吹着,雪一样铺天盖地地飘落,仿佛是一出华美戏剧,大幕刚刚拉开,主角惊艳登场,却不知结局是喜是悲。

傅眉见了褚仁,皱起了眉头,"你怎么来了?"

褚仁扑身到傅眉怀里,撒娇地说道:"人家担心你嘛……"做小孩,倒也有做小孩的好处,不管遇到什么事,撒娇扮痴总能混过去。

褚仁抱着傅眉的腰,扭回头看过去,见那女子仍扶着门框,似乎非如此便无法站立似的,只见她垂着头,眼睛盯着鞋尖儿,那一双弓鞋,原本应该是粉色的,如今洗得发白了,纤小得倒像是那些落花模样。

褚仁眼珠一转,环视了一圈周围,宅子高大而结实,只是这隔出来的小院有点阴湿蔽塞,油漆剥落得斑斑驳驳,那苔痕,已经顺着墙,爬上了窗缘。

"那么……我先告辞了……"傅眉的声音有些干涩。

"嗯……恕不远送……"那女子的声音细如蚊蚋,不细听,倒像是落花砸在泥尘上的一声嗒然。

出了城,路上没有什么行人,傅眉绷着脸不说话,褚仁紧走两步去牵他的手,却被他甩开了。

"傅眉!"褚仁突然连名带姓的叫了出来。

傅眉停下脚步,却不回头。

褚仁跑到傅眉身前,拉住他的手臂,认真地道:"其实我

第七章

比你大一岁的,平常和你撒娇,只不过我乐得做回小孩而已,你若真当我是兄弟,有什么事情,就说给我听听,我也能帮你参详参详。"

傅眉皱了皱眉,长出了一口气,说道:"也没什么,就是上次去买纸笔,她也在,一不小心冲撞了一下,害她扭了脚。我见她一个姑娘家抛头露面的,身边连个服侍的人也没有,便帮她提了东西,送她回家而已。"

"若只是'而已',又何必三番四次去找她?"褚仁一脸坏笑。

"她脚上的伤因我而起,家里又没有使唤人,我总要去关照下,送医送药才是。"

"送医送药倒不打紧,别一不小心把自己送进去了……"褚仁调笑着。

傅眉作势欲打,褚仁连忙告饶,岔开话题问道:"看她家的宅子,虽不算富庶,也并不贫寒,怎么连个下人都没有?"

"这说来就话长了,她父亲是个孤儿,原是极贫寒的,生活不下去了,便去关外偷刨人参,一开始很是赚了些钱,置了这宅子,也娶了妻,生了女。但最后一次去关外,却失了手,被满人掳去,成了奴才,后来又编入了汉军旗,在一个满洲王爷麾下,数年间没有音讯,家道也渐渐败落了。

"前年朝廷有令,允许旗下为奴的汉人回乡探亲,他父亲这才回乡见了妻女一面,还没等妥善安置家里,那姑娘的母亲便患了急症病故了,家里原本有个伺候的老嬷嬷,也染病去了,就只剩下这姑娘一个,生活无着,家宅也变卖了大半。日前传来消息,说是她父亲跟随那王爷征南,在绍兴一役中,替

小楼尘土暗窗纱

王爷挡了一箭,也去了……那王爷念着他父亲的救命之恩,要收她做义女,说话便要接她上京了……"

褚仁听了,默然半晌,叹道:"这起起落落的,也算有个好归宿。"

傅眉嗔怒道:"这算什么好归宿?好好的汉家女儿,为何要认贼作父?!"

褚仁也有点火气:"那你让她一个女孩儿家怎么生活,难道你也赞成'失节事大,饿死事小',要逼死她吗?"

"她只要找个人嫁了,便是夫君家的人,安安分分相夫教子,那王爷也不能拿她怎样,总不能把她夫妻二人都强掳上京吧?"傅眉幽幽地说。

褚仁一惊,"莫非你要娶她?"

"她有心做红拂,我却当不起李靖……"傅眉低低叹息了一声。

"为什么?你不喜欢她?"

"我已经定亲了。何况……傅家有祖训:'子孙再敢与王府结亲者,以不孝论,族人鸣鼓攻之。'"

"怎么会有这么古怪的祖训?"褚仁心中一惊,想到那条黄带子,暗暗思忖,若"结亲"二字不单指男女婚姻的话,那么傅山收养了自己,只怕八成已经和王府结亲了,当然,自己这个黄带子宗室的阿玛封爵未至王位也未可知。

"那是爹爹的曾祖朝宣公立下的规矩。朝宣公少年时,一日骑马路过大明宁化王府门外,被王府中冲出的一伙家奴强拉

第七章

入府内,那些小王爷们将他穿戴打扮起来,不让离开,后来王爷知道了,便把他招赘在府中,成了赘婿……府中的那些舅爷对他百般挑剔苛责,行动也不得自由。直到老王爷身故,世子承爵,才得以分府出来,离了他们掌握……"

褚仁张大了嘴巴,惊讶万分,自古以来只听说过强抢民女胁迫成婚的,还是第一次听说王府郡主强抢美少年入府成婚。

褚仁不由得脑补了这样的画面:春日融融阳光下,骑白马的美少年,缓辔行经王府高墙深院之前,一回首间的淡淡笑颜,拨动了楼上深闺丽人的心弦……美人如玉,原不分男女,知好色则慕少艾乃人之常情,只不知躲在高墙后的恋慕目光,是否只是深闺丽人?或许,还有那些如狼似虎的小王爷们?想着,头脑中的情境便和眼前傅眉的清丽身姿叠映在一起,再也分不清哪里是真,哪里是幻。

"……朝宣公视此为平生奇耻大辱,始终耿耿于怀,临终便立下誓言,'子孙再敢与王府结亲者,以不孝论,族人鸣鼓攻之'。傅家一向以孝行天下,子孙对此家规自然凛遵不息。"

"可是,你今日这事,却并不在此家规之例。你若娶了她,她便不会去做那王爷的义女,你也不算和王府结亲。"

傅眉摇了摇头,"毕竟……那王爷已经明言要收她做义女……"

褚仁不禁笑了,"你若不想娶她,也犯不上搬出这家规来,只管不理她便是,难道她还会强抢你不成?"

傅眉长叹了一声,并不接话。

"若是你自己不想娶,又怜她境遇,那也不妨帮她另找个

小楼尘土暗窗纱

人家。"

"找谁?你吗?"傅眉脸上稍稍有了些喜色,调侃地说道。

听了这话,反倒是轮到褚仁面带忧色了,"我这一辈子是不打算成亲了,别耽误了人家姑娘……"

"这话怎么说?"傅眉奇道。

"我是这样突如其来而来的,也未准儿什么时候便突如其来地去了,自然是越少牵挂越好,免得到时候多一个伤心人。而且,我若是成了亲,你说我这移魂症,跟她说还是不跟她说?若不跟她说,我就要欺骗枕边人一辈子,我可做不来,就是你们,我也不肯有一丝一毫隐瞒;但若跟她说,终究是一根刺横在那里,一碰就痛,又是何必?"

傅眉听了,愣了片刻,喃喃说道:"你倒是想得比我透彻……"

"那当然!我算是死过一回的人,又比你大两岁,自然比你想得周全些。"褚仁拍着胸脯笑道。

"不是说大一岁么,转过年来怎么又成了大两岁了?"傅眉也不禁失笑。

"唉……一岁也好,两岁也罢,对这个皮囊来说,没什么要紧的,关键是,我若真顶了傅仁的寿数,就只有三十八岁可活了,我才不甘心呢,每一日都要遂着自己心愿好好过。"

"那可未必,仁儿自小就体弱,身子极瘦,头发又细又黄,面色潮红,有不足之症,爹爹很早就说过他是个寿命不长的,才给他起了个号,叫'寿元',你这身子肩宽背厚,骨节粗大,手指有力,身体的底子是极好的,一定是个有寿的人。"

第七章

　　褚仁想着，康熙和乾隆这两帝都算得上是长寿的了，自己这个黄带子搞不好寿数也不短……遂又问道："那你呢？你的号叫什么？"

　　"寿毛。"

　　"寿毛？好古怪！眉本来就有长寿的意思，寿毛又是指眉，看来先生是真疼你，希望你长寿呢！"

　　傅眉点点头："嗯……我小时候也有不足之症，后来经爹爹调治，又蒙师父传授内功，身体才渐渐好了起来。"

　　褚仁想着，眉通媚，也有美人之意，傅眉小时候不知生得有多美好，才得了这样一个名字。遂又想起那文房店中所谓的冲撞，或许……这一次的事情，就是五世之前，那强掳入王府的翻版？只不过强权者用强，弱势者用心……

　　"那，现在这日子，算是遂了你的心愿了吗？"傅眉侧过头问道。

　　"马马虎虎算是吧！我是真心喜欢先生的书法，也喜欢学医，跟你们在一起，挺好的……"

　　"也许……你认了这身躯的亲，会更好也未可知……"傅眉幽幽说道。

　　"不会！朱门大户规矩太多，行动不得自由，我可受不了……还是现在这样最好。"褚仁连连摇头。

　　"嗯。我们回家！"傅眉粲然一笑，拉起褚仁的手，快步向前行去。

　　"慢点啦！我腿短，走不快的！"

　　"傅大侠，我说慢点，你没听到吗？"

"喂！慢点儿……"

傅眉大抵是受不了褚仁聒噪了，一言不发地打横抱起褚仁，脚下运上了功，飞一样地向前奔去。

"放我下来啦！"

"别这样……"

"快放下……"

声音随着人影渐去渐远，唯有身后溅起的黄土尘埃，缓缓沉落，一下下砸在地面上，形成一个个小小凹坑，将那串脚印砸得千疮百孔。

第八章
乱离几度看婵娟

顺治三年，三月初三，上巳节。

荒村结庐隐居的岁月，并没有节日的繁华热闹，没有曲水，也没有流觞，只有笔墨的挥洒，在纸上描摹出曲水流觞的圆转曼妙。

从早上开始，便淅淅沥沥地下着雨，天色将晚，雨逐渐大了起来，硕大的雨点砸在黄土上，激起一朵朵轻尘，水声哗

第八章

哗,浓烈的土腥味弥漫在薄薄的暮色中,隐隐有杀伐之感,让人觉得不安。

傅眉和褚仁依然在灯下苦读。

突然,门被推开了,一个人像是水中捞出来的一般,站在门口。发梢上滴着水,衣摆下滴着水,就连那一双闪烁的眼睛,也被一团水光包裹着,不知是雨是泪……只片刻,她的脚下便汪出了一泊水渍,像是一方小小的城池。

不管傅眉是不是李靖,他的红拂最终还是夜奔而来。

傅眉没有说话,只定定地看着她。

不知道是因为冷,还是因为胆怯,她的身子微微颤抖着,嘴唇更是抖得厉害,"带我走……行吗?"

"去哪里?"傅眉明知故问。

"那王爷……派兵来接我了,那些人就住在县衙,明天一早就要上路。"

"桃源何处,可避暴秦?"傅眉的话,上不沾天,下不着地,在半空孤悬着,但又让人抓不到错处。

她垂下头,一滴,又一滴,脚下的水渍溅起了涟漪。

褚仁这才注意到她的脚,还是那双浅粉的弓鞋,此时已经被泥泞糊成一团,看不出本来的颜色,像是一双出水的菱角。鞋尖上丝丝缕缕的,竟然渗出些血色来……二十里土路,大风大雨的天气,她这一双小脚,不知道是怎么赶过来的,这份坚韧决绝,不禁让褚仁动容。

见两人都不说话,褚仁便打破僵局说道:"那王爷念念不

乱离几度看婵娟

忘你爹的恩义，应该也是个正人，你跟了他去，未必不是一条好出路。"

"我外公是大同人，全家三十余口大半死于鞑子的屠刀下！两个小姨，被鞑子的八王掳*去，生死不明……让我认贼作父，不如让我去死！"她抬起头来，一番话，掷地有声。

褚仁不禁默然，转头看向傅眉，见傅眉眉头紧锁，不知在想些什么。

"你……若你已经订了亲，我愿意做小，只求，你能带我走……"她鼓足勇气说了出来，全身战栗着，似乎勉力维持着摇摇欲坠的自尊，等待傅眉的判决。

傅眉眼神空茫地，望向窗外的雨幕，久久没有开口。

不知过了多久，她抬起头，眼中充满了绝望，用手揪着衣襟，似乎用尽全身力气，定住了心神，凄然一笑，淡淡说道："好……就当我今天，没有来过……"说完，缓缓地地转过身，蹒跚着向门外走去。

门开处，狂风卷着雨幕，箭一样打来，让她身子一震。

"等等！"傅眉开了口。

几乎同时，褚仁也说："你送她找地方躲躲吧！"

她站住了，却没有回头，全身又抖得厉害。

谁都知道，找地方躲躲，只是一时之计，她孤身一人，若找不到个妥帖的人嫁了，终究还是很难生活的……

"嗯，我去套车，先送她去忻州老宅暂避一时。"傅眉点头说道。

"好！家里你放心，我会好好侍奉奶奶的。"

第八章

"也就是几天而已,我把她送到了就回来……若这几天爹爹回来,别告诉他实情,你就说我进山采药去了。"

褚仁点点头,原来……只是把她送到老宅安置吗,她顶风冒雨前来,一定不是想要这样的结局。但是,她想要的,他不想给……有缘,但是无份,如此而已……

两个人走了,马车的辚辚声,依然回响在褚仁耳畔。

一道闪电,照亮了天边,劈开了重重夜幕,让褚仁不由得想起,那一日,也是这样的电闪雷鸣的雨夜,自己就是现在这个岁数,一个人坐在家里,等候夜归的父母。父亲带母亲去看病,找一个有名的中医,也是在山西……一夜无眠,等来的却是车祸的噩耗,出事的地点在南五环,家门近在咫尺……

褚仁只觉得惶恐不安,一样的雨夜,一样的车……纵然是沧海换作了桑田,汽车换作了马车,高速换作了土路,那份牵挂,那份挥不去躲不开的不安却是不变的。只要雨未停,天未亮,只怕,今夜是无法入睡了,褚仁漫翻着书,却一个字也看不进去,只是呆呆地,望着窗外的夜幕……

门,再一次无风自开,这一次站在门口的,却是披着蓑衣,戴着斗笠的傅山。

"这么晚了,怎么还没睡?"傅山一边说,一边将蓑衣挂起。

褚仁突然有种感觉,傅山,并不是刚从京里回来的,而是在忙其他的事,至于为什么有这种感觉,褚仁说不清楚。

"眉儿呢?"傅山随口问着。

褚仁却不答，只盯着傅山脚下的水泊看，之前的弓鞋足迹和丝丝鲜血已经化作混沌，新的水滴混入，将一切遮掩得天衣无缝……既然傅眉不希望父亲知道这件事，那么自己就帮他瞒过去吧……

"眉儿怎么不在？"傅山又问，语调高了，神色间带了一丝不安。

"他去采药了……"褚仁小声说，还是不习惯说谎，自己都觉得没底气，一拆就穿。

"采药？去哪儿采药？走了几天了？"傅山语气中带着焦急。

"就是附近山上，今天才去的，总要过几天才回来……"谎话就是这样，一句谎言出口，就需要更多的谎言去掩盖。

"胡说！今天从早上就开始下雨，他去采什么药？！"

果然，傅山并不是刚从京城赶路回来的，他，一直就在附近……想也知道他在做什么，无非是反清复明而已……自己已经告诉他大清的三百年基业是既定不变的，他又何必明知不可为而为之呢？

见褚仁不说话，傅山怒气更增，抄起了藤条，在桌上轻轻一点，"说实话，眉儿到底去哪了？"

褚仁看见藤条，哆嗦了一下，嗫嚅道："我不知道……他说三五天就回来，没告诉我去哪儿了……"无论言词还是表情，都是闪烁的。

"真的不知道？"傅山沉声问道。

"嗯嗯！"褚仁连忙鸡啄米似的点头。

"你跪下……"

第八章

褚仁抬头，用乞求的目光看着傅山。

"跪下！"傅山声音不高，但语气却冷冷的。

褚仁无奈的咬着嘴唇，心一横，便跪了下来，膝盖触到冷凉潮湿的泥地，便是一寒。褚仁从来没跪过，只觉得膝盖刺痛，完全跪不住，不自觉地，便用双手撑在了地上，一个屈辱而驯服的姿势。

"你看着我，说实话，眉儿到底去哪儿了？"傅山俯下身，抬起褚仁的脸，盯着他的眼睛，问道。

褚仁闭上眼睛，抿着嘴巴，一言不发。

"嗖！"藤条的破风声传来，褚仁只觉得背上像是被利刃划开了一样，痛不可当，不禁"啊"的一声，大叫了出来。没想到会这么痛，是这具小小的躯壳太过稚幼，经不得这种痛楚？还是自己原本就是太娇气了？褚仁只觉得羞耻，为自己比傅眉差得太远而羞愧，但随即一想，他是全真派高手啊，自然应该比自己耐痛才对！想着，不自觉的嘴角上翘，露出了一个含糊的微笑。

傅山见褚仁这个表情，怒气更增，又一记藤条打了下来。

褚仁这一次忍住了呼痛，但没忍住泪，吧嗒一声，泪落在地上，在嘈嘈雨声中，听起来竟也是如此清晰。

"仁儿……你说实话，眉儿到底去哪儿了？"傅山的语气中有了几分不忍。

褚仁深吸了一口气，开口说道："我不想说谎骗您，但又答应了……答应了傅眉，不能透露他的行踪，我不能言而无信。他不是去做什么坏事，而且过几天就回来，您就不能等几天吗?"

傅山眉头紧皱,脸上忧色更浓:"他跟谁一起走的?"

褚仁一呆,仰起脸来呆呆地看着傅山,心道你是神仙吗,你怎么知道他不是一个人走的?

"到底是谁?!"傅山扬起藤条,作势欲打。

"我不知道,我真的不知道!我不认识那个人!"褚仁连忙叫道,右手抓住了傅山的衣襟。他倒也不算说谎,那姑娘的名姓,傅眉始终没有告诉褚仁。

"那人多大年纪?什么相貌?"傅山又问。

褚仁心道,傅眉不欲你知道的,便是这一桩风流因缘,这个,自然也是不能说的,"我……这个我也不能说,我答应过的……"

"你说不说?你说不说?!"傅山大怒,又是接连数下,击在褚仁臀上背上,全然没有章法。

痛,潮水一样袭来,让褚仁无法思考……褚仁也不知道自己在坚持什么,只是,不想负了傅眉。

似乎过了很久很久,一波一波的疼痛,无休无止,越来越烈,褚仁实在忍不住了,突然大叫道:"等一下!"

傅山停了手,盯着褚仁。

褚仁粗重喘息了半晌,才开口说道:"我……我答应了傅眉,不能出卖他,我不能不讲义气……你就不能过几天等他回来,让他亲自告诉你吗?求你了……"褚仁说完,转念一想,这其实已经是招了,只是自己又不想背这恶名,便把傅

第八章

眉抛出去挡枪而已。褚仁心里一阵憋闷,暗暗怨自己没骨气,只挨了几下打,便什么都说了……好在拷打自己的是亲人,不是敌人。

傅山叱道:"什么你啊我啊的?你该叫我什么?"

"二叔……"褚仁顿了一下,鼓起勇气继续说道,"我能和傅眉一样,叫您爹爹吗?"

傅山闻言大惊,抖着手问道:"这也是眉儿教你的吗?他是不是不打算回来了?"

褚仁见他误会,忙道:"不是!不是!是……是我原来有个二叔,我不喜欢他,这称呼我叫不出口……您别误会,这和傅眉没关系,您要不喜欢,当我没说,我称呼您先生便是。"

傅山闻言,松了一口气,缓缓点了点头。

褚仁一喜,轻声叫道:"爹爹……爹爹……能容我趴在春凳上您再打吗?我真的跪不住了……"语声轻软稚幼,宛若呢喃。

大概傅家有史以来,从未有过子弟受责时不是求饶,而是要求换个姿势的,傅山呆了片刻,才道:"去吧……"

褚仁喜道:"谢谢爹爹……"便踉跄着要站起身来,但因为跪得久了,膝盖已经麻木,挣扎了两下,重又跪倒,双手也插进了泥水里,姿势极为狼狈。

褚仁哀求道:"爹爹……能扶我一把吗?"说完伸手牵了牵傅山衣摆,那衣摆登时便印上了一个小泥手印。

傅山叹息一声,无奈地摇了摇头,架起褚仁,把他轻轻平放在春凳上。

乱离几度看婵娟

褚仁在春凳上趴好，将手臂交叉着，垫在额头，闷声说道："好了，爹爹您继续打吧……"

经他这样一番做作，傅山哪里还打得下去？只扬了扬手，又放下了，左手抚摸着褚仁汗湿的头发，柔声问道："仁儿，你说实话，和眉儿同行的，是薛宗周？还是王如金？"

褚仁闻言吃了一惊，用手臂撑起上半个身子，扭身看向傅山，不想却触到了伤处，疼得直吸气，一边还忙不迭地说道："嘶！哎哟……爹爹您不是误会了什么吧？这两个人是谁？我从来都没听说过……"

傅山听了，眉毛一挑，松了一口气："那他到底是跟谁走的？"

"您别问了，行吗？总之他是助人为乐做好事，过几天您便知道了。今天这么晚了，先睡了好吗？万一吵到隔壁的奶奶，又是我不孝了。"刚才那一拧身，让褚仁突然感觉一阵眩晕，早已痊愈的头疼又回来了，自两个太阳穴连向脑后一线，痛得像是颅骨被锯开了一般……但褚仁觉得，此时若说自己头痛，又像是撒娇耍赖的样子，便忍着不说，只故意提到了傅山的母亲，傅山侍母甚孝，这个理由想必是能说动他的。

头，越来越疼，褚仁有点昏昏欲睡，恍惚间，觉得有人动自己裤带，便一下子清醒了。回身看去，却是傅山，忙叫道："别……您这是做什么？"

"让爹爹看看伤，总要清洗一下，上过药再睡，听话！"

褚仁忙用手去挡，扭捏着说道："没打太重，已经不疼了，不用上药了……真的！"

话音未落,门又开了,却是一身是水的傅眉走了进来。

注:

*八王:指英亲王阿济格,当时镇守山西。意大利马丁诺《鞑靼征记》中记载:"大同女人被誉为是中国最美丽女人,八王(阿济格)及其随人任意奸淫妇女。

第九章/
霓华历乱为谁春

傅眉一进门,二话不说,撩起衣摆,便直挺挺地跪在了那一片水泊中。尽湿的月白衣衫紧紧贴在身上,灯光下看去,活脱脱是一尊碾玉雕像。

"说吧……"傅山淡淡地看着傅眉,脸上不辨喜怒。

傅眉柔和而清亮的声音幽幽响起,三言两语,便说尽了前因,和之前褚仁知道的,并无太大不同。

"后来呢?你怎么又回来了?我这顿打算是白挨了……"褚仁迫不及待地出言询问。

寰华历乱为谁春

傅山瞪了褚仁一眼，却没有出言申斥，褚仁吐了吐舌头，做了个鬼脸。

傅眉看向褚仁，歉意地一笑，脸上尽是怜惜，又转向傅山，继续说道："我们刚走出几里地，那王爷的人便追赶过来了，足有几十人之多，从服装和马匹看，并不是王府的侍卫长随之流，而是真正的八旗骑兵。"

"哦？！"傅山眉毛微微一皱。

"她……她说，目前晋省除了八王英亲王阿济格坐镇之外，听说端重亲王博洛，承泽亲王硕塞也已经离京西来，晋省……只怕会有大变。那端重亲王博洛便是要接她去王府的那位王爷。"

"鞑子的耳目……竟是这么灵通吗？还是，另有其他缘故？"傅山的声音极低，像是喃喃自语。

傅眉抬头看了傅山一眼，像是要询问，却又忍住了，只继续说道："那伙追兵兵强马壮，我们的马车根本跑不过他们，眼看就要被追上了，我……我和她商量了一下，便驾车冲下一道黄土沟壑。那些鞑子不熟地形，觅路下来需要一点时间，我留她在当地的一个废弃土窑中，自己驾车远走，若能引开追兵，不让她落入敌手，自然是最好，若不能，我也跟她商量过，只说是被土匪绑票搪塞过去便是。"

"但那姑娘的名节又怎么办？"傅山脸上忧色更重。

"爹爹您怎么忘了？按照晋省规矩，若妇人女子被绑票，只要不过夜，便算不得失节。"傅眉说完，向窗外望去。

窗外，雨已经停了，天边微微露出一点青白的曙色，三个

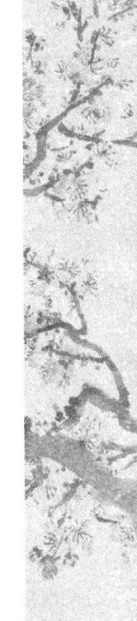

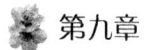 第九章

人,竟是一夜未眠。

"那马车呢?你可处理好了?可不能留一点痕迹在鞑子手上。"傅山问道。

傅眉点点头,"那些鞑子并没有追来,我一口气跑出十几里,把马车拆散了沉在河里,马也杀了,马臀上的烙印用火烧了个干净,斩做几块,也丢入了河中,没留下任何线索。"

"嗯……"傅山点点头,"此际正是非常时期,成败在此一举,断不能有一星半点差错。罚你禁足三月,不许出家门一步!"

"是……"傅眉垂着头,低低应了一声,随后拾起地上的藤条,双手托着,挺直了身子,朗声说道,"傅眉有错,请爹爹责罚。"

傅山接过藤条,沉吟片刻,抬起手,猛力挥了下去。

藤条带着呜呜的风声,重重砸在傅眉背上,褚仁只觉得傅眉整个身体都猛然向下一沉,但傅眉只是轻轻"嗯"了一声,并没有呼痛呻吟。

第二下,接踵而至。

褚仁心中一痛,便叫了出来:"爹爹!不要打了,是我让她带那个姑娘走的,都是我的错!"

傅山却好像没听见似的,继续一下一下地挥着藤条。

褚仁心中一急,忙撑起身子,想要下地阻止,没想到一阵晕眩,手足无力,竟滚下春凳来,眼前一黑,失去了知觉。

又一次,游弋在一团浑浑莽莽的黑色里,从黑暗中来,莫

非也要从黑暗中去？人生如羁旅，清初的这一段旅程，就这样结束了吗？一切才刚刚开始，还没看到结局……褚仁心中有些怅然，不甘心就这样离去，想要抓住些什么，却发现，身边并没有什么可抓住的，一切均如流年逝水，岂是十指所能挽留得住的？

"你醒了？！"朦朦胧胧中，一声呼唤，将褚仁从深远的黑色迷梦中拉回到这个喧嚣尘世。是傅眉的声音！褚仁心中一安。

眼前，还是一团黑，但又些微有些光，像是黑夜将尽时，那微弱而空茫的曙色，不真切的在天边凝结着。莫非，又到了黑夜，自己已经昏睡了一整天？

"现在，是什么时候了？"褚仁开口问道。

"已经午时了，你觉得怎样？若没什么大碍，起来吃饭吧？"还是傅眉的话音。

"午时了……怎么这么黑？遮着窗帘吗？"

"没有啊！"

褚仁只觉得眼前又是一暗，一个人影遮住了那若有若无的光，另一个更小的黑影，在自己眼前晃了晃，应该是一只手。但，仅此而已，看不见颜色，看不见轮廓，看不见相貌，看不见近在眼前的五个手指……眼前只有黑与非黑，像是浸了水而模糊的一幅字，一张拙劣涂鸦的水墨画。

"我的眼睛……看不见了……"褚仁喃喃说道，心中一凉，泪便流了下来。

一只纤而润的手指抚上了脸颊，轻轻拭去了那泪，指尖上的薄茧带来些麻痒的触感，褚仁知道，那是傅眉。

第九章

"这是几?"傅眉问。

褚仁只看见一团小小的模糊黑影在眼前,看不清手掌与手指,于是茫然地摇了摇头。

又一只手,干燥而温暖,轻轻撑开傅仁的眼皮,身子又侧开来,让开阳光,褚仁能够感觉眼前一亮,阳光照在头脸上,是温润的暖。这只手,自然是傅山的。

傅山看过了褚仁双眼,又搭过脉,沉吟片刻,问道:"他的药,一直都在吃吗?"

"从二月头上就停了……"傅眉低声答道。

"我走时说过什么?你怎么就是不听?!"傅山大怒,紧接着,"啪"的一声脆响,傅眉脸上挨了一巴掌。那样白皙姣好的面容,霎时便肿了起来,染上了一层绯色,手指的轮廓清晰可辨。

褚仁心中一颤,忙抢着说道:"是我自己不要吃的,我以为病已经好了。"褚仁手臂在空中漫无目标地挥舞着,企图阻挡着傅山的对傅眉的责打,"别……别打……"

傅山抓住了褚仁的手,脸上是又怜又痛的表情。

褚仁触到了傅山的手,忙用两手紧紧抓住,生怕他再对傅眉动手。

"你们两个这点微末的医术,就敢妄下判断吗?"傅山恨恨地说道。

"头已经不疼了,又没有别的症状,谁耐烦喝那苦药啊,况且是药三分毒,而且花销也不小……"褚仁还在絮絮地解释。

"唉……"傅山叹了一声,用掌缘轻轻拊着褚仁的眉头,似乎这样便可把愁容拂散,把眼睛点亮一般,"还轮不到你操心这些柴米油盐的事情,傅家就算再落魄,也养得起你一辈子……就算你想过锦衣玉食的日子,也是足够的,只是……有更要紧的地方要钱用罢了……"

褚仁心道,果然如此,傅山变卖各处田宅,所获必然不菲,但家中却见不到一星半点儿,这些钱,想必都拿去筹建义军了吧?联想到昨夜傅眉说的,三大亲王齐聚晋省,总觉得有些不安。

"看他症状,眼睛是无恙的,应该还是头脑中的淤血作祟?"是傅眉的声音,怯怯地,带着一丝小心,声音又有点含糊不清,可见傅山那一掌打得不轻。

"嗯……只是拖得久了,恐怕不好调养。"傅山的声音有些低沉。

眼睛只有光感,看不见东西,褚仁心中也是怕的,但转念一想,在这个时代,若傅山也治不好这病,只怕天底下就没有名医能治好了……更何况,根据流传下来的史料,似乎并没有记载傅仁是盲人,若是盲人,又怎能为傅山代笔呢?总归,是能治好的吧?想到这里,褚仁心中又有了几分安定,于是宽慰两人道:"应该是淤血压迫了视神经,只要化掉淤血,就能看见东西了。"说完仰着脸儿,冲着阳光的方向,露出一个淡淡的微笑。

春日的午后,阳光暖融融的,褚仁和傅眉因背上都有鞭笞的伤,便并排趴在榻上休息,难得的浮生半日闲。

第九章

　　傅眉拿着一卷书，随意翻卷着，为褚仁读诗："今夕何夕兮，搴舟中流。今日何日兮，得与王子同舟。蒙羞被好兮，不訾诟耻。心几烦而不绝兮，得知王子。山有木兮木有枝，心悦君兮君不知……"傅眉的声音低回婉转，在午后明朗的阳光中飘荡着，像一只温柔的手。

　　"最后两句好熟，这是什么诗？"

　　"《越人歌》。"

　　"讲的什么意思啊？"褚仁问道，"别笑我啊，我古文底子很薄，什么都不知道的。"

　　"意思是，一个渔夫，驾着小舟在河上，得知船上的人是个王子，他心中又是欣喜，又是自惭，又是烦闷，因为他喜欢这个王子，但是又不敢开口表白。"

　　褚仁痴痴地听着，又问："这诗，可有什么典故？"

　　"这诗讲的是楚王的弟弟鄂君子皙，一日乘船出游，那越人船夫爱慕他，便唱了这样一首歌，表达了对子皙的爱慕之情，子皙当即让人翻译成楚语，明白歌意之后，便走过去拥抱船夫，给他盖上绣花被，愿与他同床共寝。"

　　听到"同床共寝"四个字，褚仁心中一动，身子却像是僵住了，一动不敢动，生怕触碰到了傅眉。

　　傅眉却没注意到褚仁的异样，继续娓娓说道："不管两人的身份地位有多悬殊，也不管山水国界的阻隔，甚至他听不懂他的语言，他也听不懂他的语言，但爱慕这种心情，就像日月交替，四季轮转一般，既然来了，是谁都阻止不了的。"

　　褚仁问道："那船夫，也是男的吧？"

霁华历乱为谁春

"是……"

两个人都不说话了。三月天时，正是暮春，天气还不算很热。许是因为心猿意马，许是因为两人并头而卧，褚仁竟觉得全身燥热，手脚也似无处安放了似的。

褚仁掀开了身上的薄衾，"好热。"

却又被傅眉拉过来盖上，"仔细受了凉。"

褚仁定了定神，笑着说道："你还是给我读医书吧，我也好学点东西，我不懂诗，你这是媚眼做给瞎子看了。"

"别说什么瞎子瞎子的，多不吉利。"傅眉嗔道，"爹爹说你这是脑病，不能劳神，以后病好了，尽有时间学医的，哪就在乎这一日半日了？你既然不爱听古诗，说说你们那里有什么好诗给我听听，好吗？"

傅眉每每提到褚仁穿越而来的时代，总是说"你们那里"，就好像说着山东湖北一样，仿佛彼此之间没有隔着时空，只是隔着山水……

褚仁笑了，"我们那里……写的都是现代诗，没有平仄，没有格律，甚至押韵都不讲究的，你一定会觉得浅陋。"

"去了平仄韵脚的束缚，反而更能把精力放在意境上，只怕这才是诗的真味。"傅眉反驳。

"可惜我不大喜欢诗，只记得一些零星的句子，一整首可背不下来。"褚仁有些尴尬。

"便是句子也好，说给我听听！"傅眉的声音中，带着几分好奇与兴奋。

第九章

"譬如:'面朝大海,春暖花开'?"

傅眉一怔,"这算什么,也太短了吧?"

褚仁又想了想,"那么,'黑夜给了我黑色的眼睛,我却用它寻找光明'。"

"黑夜给了我黑色的眼睛,我却用它寻找光明。"傅眉低低重复了一遍。

褚仁只觉得手腕一热,是傅眉的手,握了上来。

"会好的,你别担心……"傅眉安慰道。

"嗯!我相信爹爹的医术。"褚仁侧过头,报以一个微笑。因为看不见傅眉,那个笑脸失了焦点,偏向一侧,反倒是平添了一丝凄凉。

傅眉红了眼睛,又强压着,故作平静地问道:"还有吗?再说一个听听。"声音中已带了一丝鼻音。

褚仁浑然不觉,侧着头想了片刻,说道:"你站在桥上看风景,看风景的人在楼上看你。"

"这个大有禅味!"傅眉赞道,回味片刻,又道,"这种的我也能写:'此辈确非饥寒累了我,正是我翻累了饥寒*'。"

"好诗!"褚仁听了,心中一动,反手握住傅眉的手,"不甘心就这样一辈子吗?"

"没有……王谢燕去,玉堂花萎,兴衰有道,世事无常,并没有什么可不甘心的……之前也没大富大贵过,此时也算不得有多贫贱,如此而已……"

真人醉舞挥如意

注：

＊此辈确非饥寒累了我，正是我翻累了饥寒：傅眉原话，见《傅山全书》杂记十。

第十章 /
真人醉舞挥如意

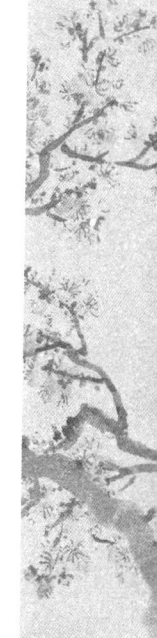

顺治三年，五月初五，端午节。

两个月来，褚仁已经适应了半盲人的生活，虽然不能视物，却看得见光，摸索着起坐行走尚可自理。日常生活纵有不便，但因傅眉寸步不离的照拂着，也未觉得有太多不习惯。傅眉的嘴，便成了褚仁的眼睛，每日里咳珠唾玉地说个不停，用语言为褚仁描摹出大千世界的万事万物。

在褚仁眼中，光也变得有了颜色，灶火是红的，阳光是橙的，烛光是黄的，水缸中反射出的水光，是清冷的白……眼睛盲了，其他感觉变得敏锐起来，暑热天时闲坐院中，让阳光吻遍每一个毛孔，像是下了针，些微的刺痛中，带着痒麻的舒

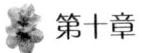

第十章

服。风吹过树叶的声音、纤草的声音,以及门楣上艾草的声音是那样截然不同,灶上飘来草香、米香、粽叶香混合的气味,让人垂涎。

这些日子来,傅山对褚仁外用针灸,内服汤药进行治疗,头痛的症候下了几次针便好了,但是眼睛却一直没有起色,方子换过好几次,没有一种有切实的效果。褚仁有时候也心灰,想着就这样死了算了,也许便能回去了,但是又总觉得有什么是割舍不下的,一想到死,心便像裂开了一样,空空洞洞,没有着落。

傅眉倒是足不出户,日日陪褚仁聊天说话,起居饮食,照顾得无微不至,这又让褚仁觉得,这样的日子,就这么一直过下去,其实也挺好。

隔壁奶奶的院落中,传来说话的声音,是傅山和傅眉父子两人,褚仁踱到墙边,凝神去听。

"那朱氏女的亲事,是很早便定下的,就这一两个月内,择个日子给你们完婚吧!"是傅山的声音。

"她……应该岁数还小吧?"傅眉有些迟疑。

"这几年可能会不太平,你们成了亲,了了我这一桩心愿,我便安心了,也免得夜长梦多。你母亲地下有知,想必也是欢喜的。"

"爹爹……孩儿还小,不想那么早成亲……"

"你已经十九了,还小吗?"傅山的语气中带着一丝笑意。

静了片刻,才听到傅眉的声音:"仁儿的眼睛没好,我不放心成亲……"

"那有什么关碍呢？你成了亲，还是和爹爹住在一起，多一个人照顾他，不好吗？"

"那不同的……"又是一段沉默，傅眉的话音才继续响起，"仁儿的病，始终是因我照顾不周而起，他一日不见光明，我便一日不能抛下他去成亲。"

"唉……是我不该匆匆抛下你们上京，又因旁的事情耽搁了，迟迟不归，那日更不该打他……"

"就是他挨打，也是因为我的错……"

一阵漫长的沉默。

"眉儿……若仁儿一辈子不能复明，你难道要一辈子不成亲吗？"

"爹爹！你……您这话什么意思？不是说调养几个月就能好吗？"傅眉大急，嘶声问道。

褚仁听着，心里也是一紧，手不由自主地，攥紧了衣襟。

"两个月了，不见一点起色……这样下去，也许哪一日突然便好了，也许，一辈子……就这样了……"

褚仁咬紧了嘴唇，一滴泪，自眼中滑落了下来。

"不会的！爹爹……不会的！要不要请郭真人过来看看？他一定有办法的！是不是？！"傅眉的声音中带了哽咽。

"他现在在南边，联络南明和大顺的余部，近期恐怕都不会北上……"

"那我师父呢！我师父或许有办法！"

"他现在在大同，也无法分身……你知道的。"

第十章

　　傅眉沉默了片刻，一开口，便是一字一顿："若仁儿一辈子不能复明，我便一辈子不娶，做他的眼睛！护着他一生一世！"

　　墙的那边，是久久的沉默。
　　听着那边的脚步声，似是出了门，向这院走来，褚仁忙用袖子擦了擦眼睛，跌跌撞撞地走回屋内，坐在床上。
　　"你醒了？"是傅眉的声音。
　　"嗯！"
　　"今天觉得怎样？"傅眉的话音中带着淡淡的鼻音。
　　"好多了，似乎眼前比昨天更亮堂了。"褚仁借着这句话，又用手背揉了揉眼睛。
　　"真的？！"傅眉又惊又喜。
　　"是呀，我想写字，能帮我找点儿大些的纸吗？"
　　"要多大的？"
　　"市面上能买到的纸，最大尺幅有多大？"
　　"常见的，也就是六尺左右吧？家里就有。"
　　"嗯！那就要这种。"褚仁点头。

　　六尺的纸，铺在条案上，刚好顶天立地。那一大片明晃晃的白，在褚仁眼中分外清晰。
　　傅眉研好了墨，把笔塞到褚仁手中，又牵着褚仁的腕子，去濡那墨。
　　褚仁定了定神，深吸一口气，便运笔如飞地写了起来，

真人醉舞挥如意

每一个字,都有巴掌大,在褚仁眼中,都是一个个小小的灰色影子。脑中,是那副"李梦阳《巳丑八月京口逢五岳山人》诗轴"的一笔一划,那些相连的笔意,那些盘绕的萦带,那些盘龙舞虺的线条,那些一泻千里的奔放,那些恣肆圆转而又连绵狂放的横竖撇捺,已经深深刻印在心版上,无需启眸,也能一一重现。

"夜雨清池馆,晨光散石林。一舟相过日,千里独来心。树拥江声断,潮生山气阴。异时怀旧意,应比未逢深。"写罢,褚仁投笔于地,只觉得全身的血都沸腾了似的,只想纵声长啸,又想纵情豪饮。果然……草书一物,是需要用整个身体、全部的精气去写的,要有将身体发肤都投入火中的那种决绝,才能煅造出最好的草书。第一次,褚仁领略到了,书法天人合一的境界。

"怎样?写得好吗?"褚仁问。

"好……"傅眉答。

"别骗我?"褚仁侧头一笑。

"真的是好,就是有点歪了,是我纸没铺正。"

"这种字体,如何?"褚仁带着一丝小小的得意。

"好看!像剑法,又像舞蹈,含着音韵在里面。"

"比爹爹的还好?"

"是……"傅眉再也忍不住,任泪水滚滚落了下来,落在那六尺长的皮纸上,将墨色晕染得一片模糊。纸上那字,有几处是极精彩的,但整体的间架和结构却十分乱,最后一列也写

第十章

歪了。

"你不用哄我,第一次写,我知道不好,多练练,一定会好的!"褚仁说着,俯身去拣那笔,像是神助一般,竟没有摸索,只一下,便抓住了笔杆。

转眼间,春去秋来,又是一年。顺治三年过去了,顺治四年到来了。

苟延残喘的南明,虽是毫无起色,但也未见有太多衰败之相,遗民们的一腔热血,依然沸腾着,在一连串希望……破灭;破灭……希望的轮回中,殷殷盼着,有朝一日,可以天地翻覆,乾坤变改。

神州数点燎原星火中,大同总兵姜瓖起义算是一处绝大的火头了。

姜瓖在大同高举义旗,割辫为志,尊南明永历为正朔,数日间便占据了大同附近的十一座城池。多尔衮派和硕英亲王阿济格、端重亲王博洛、承泽亲王硕塞、多罗亲王满达海赴晋省平叛。一时间,晋北陷入战火之中,晋南也有几处小股义军磨刀霍霍,准备遥相呼应。

那姜瓖本是大明总兵,李闯来时,投了大顺,清军攻来,又降了清,换了三个朝代,始终镇守大同。因为和八王阿济格时有龃龉,再加上明的遗民们一波接一波的游说,最终还是反了,绕了一圈,又回到原点,重新做回了明臣……但是白布染了皂,哪那么容易洗干净?生命中的污点,纵使倾尽鲜血化而为碧也无法掩盖的。

真人醉舞挥如意

傅山此时却一反常态，不再出门四处走动，并且严令傅眉、褚仁待在家中不得出门，连入城采买的琐事，他都一个人包了下来。

褚仁的药还在吃着，但眼睛毫无起色。字倒是越写越好了，好到连傅山都觉得惊讶。但褚仁毕竟没有正经学过草书，写来写去，只是那副李梦阳的《巳丑八月京口逢五岳山人》而已。

"仁儿！看我得了个什么好东西。"傅眉挑帘而入，脸上都是喜色。

虽说傅眉的话中带了个"看"字，但褚仁却丝毫不以为忤，只笑笑说道："拿来。"说罢平伸出左掌。像是心有灵犀，知道傅眉得的这个好东西，体量不大。

傅眉把攥在手中的那物事轻轻放在褚仁掌心，褚仁用右手去摸，油润而光滑的，还略略带着傅眉的体温，像是一方小小的章料。

"这是什么？章料吗？"褚仁笑道。

"是块上好的田黄，就是小了点儿，白叔叔给的。"傅眉的语气喜滋滋的。

这段时间，父子叔侄三人都不怎么出门，但家里的人却是川流不息的没断过，僧道俗都有，褚仁看不见，也不关心，更从不出去见客。只有傅眉来来去去，口中叔叔，伯伯的叫着，这倒是让褚仁想到了一句现代戏的唱词"我家的表叔数不清，没有大事不登门"。想来，他们要干的大事，应该和那戏里的故事差不多吧？四百年的历史，像个唱片，一圈转下来，又回

第十章

到原点，人变了，朝代变了，事却是如此相似。

"我刻个章子送你。"傅眉说道。

"不用了，你既然喜欢，就给自己刻吧，我眼睛看不见，用不到这个。"

"你的字写得这么好，又不落款儿，总不能连钤印也没有吧？"

"我的字真的很好吗？"

"那当然了！前儿爹爹还拿出来给几个文友看呢，大家都以为是爹爹写的，爹爹也没说破。"傅眉的语气中带了几分不满。

褚仁笑了，这，已经逼近历史的真相了吧？傅山的那些草书，真不知道有多少是自己这个傅仁代笔的。

"我还是别落款了，我落了款，这字的价格，至少去了两个零，太不划算了。"

"这话怎么说？"傅眉奇道。

"在我们那里，爹爹的字能卖到上百万，我的字，连一万都不到……"

"那我的呢？"

"你的……比爹爹的少一个零，比我的多一个零，十来万的样子吧。"

"哎……那也不错了。"傅眉似乎很满意，随即又捅了捅褚仁，问道："那这个十来万，是铜钱还是银子？"

"是我们那里的'元'，类似银票的纸币。"褚仁笑道。

"元？那一元相当于多少银子？"

真人醉舞挥如意

"这我还真不知道,我们那里已经不用银子做货币了。"

"那……一元能买多少斤米?"

褚仁为难地搔了搔头,他可是四体不勤,五谷不分的,去超市买东西自有保姆去做,要说米价多少,他真是一点概念也没有,一块钱一斤?似乎有点太便宜了……十块钱一斤?好像又有点贵,那就折中一下吧!于是答道:"一斤米五元吧?差不多……"终究还是有点含糊。

傅眉掐着手指,默算了一下,笑道:"那就算十万元一幅字的话,也值两万斤米呢!没想到我的字这么值钱!看来我也要好好刻个章子了。"

"那这个料,你拿去刻你自己的吧!我真的不用。"

"我把它剖开,一人一半!"

"你不是说这块料太小了么?还要分做两个?"

"小有小的刻法,你就别管了!"

褚仁突然发现,失明之前,自己在傅眉面前,像个小孩,傅眉也真有哥哥的样子。失明之后,自己像是脱却了这躯壳一般,恢复了原本的二十岁,而傅眉倒是聒噪得像个小孩,像是刻意迁就自己外表的岁数,要和自己比肩似的……自己看不见了,脱却了皮相这一层障,用心在和傅眉交流,恢复到比傅眉还大一岁的同龄人。而傅眉眼中,看到的是个失明的可怜孩子,反而想要用活泼欢快去开解……阴差阳错,总是错过,都只为体贴对方,却都做了对方不需要的事情……

次日。

 第十一章

"刻好了!你看!"褚仁的手心里,多了两枚小小的印章。

褚仁一个一个的摸索过去,印纽是龙的那只,是个凸起的"眉"字,印纽是狗的那只,是个凹陷的"仁"字。龙与狗,是两个人的生肖。

"为什么你的是朱文,我的却是白文?"褚仁问道。

"因为……我要把你的这里,剜刻出一方容身之所,好把我的'眉'字纳进去。"

褚仁只觉得一阵心悸,似乎心上被什么划开了,有一点痛,又有一点豁然开朗的欣喜。

第十一章 /
鼓角高鸣日月悲

顺治四年,腊月二十三,小年夜。

傅山顶风冒雪回到家中,大包小包的,带着很多年货。

"这么多好东西啊……"傅眉啧啧赞叹着,因父亲在场不敢放肆,不便细细说给褚仁听,便拉着褚仁,一样一样捧到褚仁手上,让他去摸,去嗅。

傅山爱怜地看着两个孩子,脸上绽放出久违的微笑。

"爹爹！是不是有什么好消息啊？不然为何突然这么大方？"傅眉笑道。

"胡说！在你眼中，爹爹就那么小气吗？"傅山佯怒，随后又莞尔一笑，"确实有两个好消息，你们想先听哪一个？"

"自然是先听大的，后听小的。"褚仁自失明以后，便比较少言寡语了，此时被这融融喜气感染着，也插了一句嘴。

傅山捻须笑道："好！那就先大后小，先国后家。这大喜事原本是不该说的，但此刻说出来已经无妨了，薛宗周、王如金两位的义军，已经起事了，就在今夜！"

"今夜？这马上就是年根儿了啊？"傅眉问道。

"正因为快到年根儿，鞑子防务松懈，才便于起事！"

"那另一件喜事呢？"不知怎地，褚仁不愿意听到他们提起关于反清复明的任何消息，或许是因为褚仁知道，不管开局有多美好，最终都是会失败的。而每一次失败，都付出了无数汉家男儿的鲜血与生命，无数家破人亡，妻离子散……褚仁不想听，也不忍听。但，又觉得不甘心被异族统治，奋起反抗并没有错，不让他们去做，难道任由他们在国破家亡的绝望中煎熬吗？

"另一件喜事是关于仁儿的，爹爹寻了个古方，专制仁儿的病，目前万事俱备，只欠药引。"

傅眉惊喜交加，"真的？！那是什么药引？我们快去寻了来！"

"需要经年戴过的旧竹斗笠，数目还不少，总要三五十个才够用。"

第十一章

"好！我明天就去采办！"傅眉很是兴奋。

"你要怎么弄来？"褚仁听到这个消息，心中也是欢喜的，但却是那种淡然的欢喜，或许是这些日子来勤练书法，不仅书法有成，连性子也恬淡了许多。

"这个容易，我去买五十顶新斗笠来，站在城门口，见到有人戴旧斗笠，就走上前去以新换旧，相信没有人不答应，三五日的工夫，就可以凑齐数目了！"

傅山嗤笑了一声，"道理是不错的，但是此时却行不通，因为北边战乱，城门盘查很严，待义军起兵，又会大乱，所以我才不让你们进城。你在城门口这么一闹，不出一个时辰，就会被抓去了，判你个蛊惑人心之罪，你有什么话说？本来以新换旧，就不合情理，到时候你可是百口莫辩。更何况，目前隆冬天时，若无雪，哪有人戴竹斗笠出门呢？"

傅眉愣了片刻，又道："那……只好找亲朋故旧搜罗了，还有爹爹您治愈过的那些病人。"

傅山点点头，"只能如此，明日若无事，你就去办吧，先弄到十几顶，我们就可以先治起来了。"

"是！"傅眉兴奋地拉住褚仁的手，上下晃动了几下，喃喃道，"太好了！太好了……"

一碗冒着热气的苦药，端在褚仁手上，浓烈的药气依然遮不住那"药引"带来的浓重的脑油气味，让人不由得作呕。

"喝吧！忍耐些，凉了就更难喝了。"傅眉柔声劝道。

褚仁一咬牙，一闭眼，仰头把那碗药，一口气灌了下去。

傅眉忙用帕子拭去褚仁嘴角溢出的药汁。

褚仁只觉得口中一甜,一枚杏干已被傅眉塞到了自己嘴里。

这一苦一甜的交替,从飞雪飘飘的隆冬,吃到了飞絮漫天的仲春,褚仁的眼睛,依然没有复明。同样的,万里江山家国天下的复明,也还是混沌一片。

姜瓖*起义失败了,他的地盘,从晋陕两省十几个城,缩回到大同一城。重兵围城,清军的炮火,将大同城垣生生削去了五尺。最终,弹尽粮绝,易子而食的大同,没有屈服在清军的红衣大炮之下,却死于内乱之手,姜瓖被部将所杀,清军的铁骑,又一次踏破了大同的城门。又一次屠城,又一次满城浴血。几番离乱逃过生天的人们,终究没有逃过这一次屠戮的网,无论官吏兵民,尽皆不得幸免。没有炊烟,没有灯火,残破城垣拱卫的荒城之中,一片死寂,只有昏鸦口中的人眼,野犬口中的白骨,闪着森森的寒光,说着悲凉。

薛宗周、王如金义军的情况虽然未见明显颓势,但也已经显露出衰败之相。大同既定,清军自然可以腾出兵力收拾这些零星的义军,败亡,似成定局。

一片烂漫春色的衬托下,笼罩在人们头上的愁云惨雾更显得浓重了。褚仁的心,也渐渐冷了,灰了……失明两年,不见复明,也只得认命了,不再抱任何希望……好歹有傅眉的承诺在,他要当自己的眼睛,就这样一辈子扶持着,在一起……也好!

第十一章

顺治五年，清明节。

褚仁被淅淅沥沥的雨声吵醒了，一睁眼，眼前是灿然的光，还有颜色：白的壁，乌的门，水色的帘和窗外的碧树黄土。这一切是那样真实的扑面而来，箭一样，将褚仁的眼眸深深刺痛。褚仁不可抑制地闭上眼睛，泪，汩汩涌出。

褚仁听到自己变了调的声音在不断回响，"我能看见了……我能看见了！"像是中了符咒，一遍一遍，不可止歇。

"千万不要睁眼！"傅山的手，掩在褚仁眼上，"眉儿！快去拿纱布来。"

纱布松松地缠了三五圈，那只手，依然覆在眼前。

"慢慢睁开眼睛，若觉得痛，便闭上。"傅山柔声说道。

褚仁的眼眸，在纱布中缓缓开启，这一次，看到的是一片灰白的、柔和的光，这一次，没有任何刺痛。

"怎样？"傅眉的语气紧张而兴奋。

"很好……不痛。"

傅山缓缓地，移开了手，那一片灰白，变成了明媚的乳白，两个灰影近在咫尺，轮廓十分清晰：一个头上戴着黄冠，是傅山，另一个头顶浑圆，是傅眉。虽然看不清脸，但褚仁分明看到了他们脸上的关切。褚仁一一指着他们叫道："爹爹……眉、眉哥哥……"到底，还是带上了这个"眉"字。

"你果然看到了！太好了。"傅眉兴奋地摇撼着褚仁的肩膀。

一个时辰之后，彻底拆掉了纱布，褚仁再一次看到了青天黄土绿树繁花，看到了一瓶一枕一案一椅，真觉得万事万物都是如此可爱，如此令人珍惜。尤其，褚仁看到了自己手书的那副字：六尺的草书，气势磅礴，婉转自如，张弛有道，和自己记忆中的那副字几乎一模一样，只欠一个落款，一方钤印，便是价值百万。

"我要去投奔义军。"吃过午饭，傅眉突如其来的，说了这么一句。他直挺挺地站在傅山跟前，抿着嘴，一脸坚毅。

"义军目前情况不好，在晋祠堡困守。"傅山淡淡地说道。

"我知道。"

"那为什么还要去？"

"若不是仁儿的眼睛，我早就去了，现在仁儿复明了，我也没牵挂了……"

傅山一拍桌案，怒道："这个家里，你只牵挂仁儿的眼睛吗？你将为父置于何地？将祖母置于何地？"

"薛、王两位叔叔，也是有高堂，有稚子的，他们能起义，我为何不能？！义军之中，谁无父母？谁无子女？谁无家无业？！"

傅山怒气更炽，抖着手，似乎便要一掌打过去。褚仁担心傅眉挨打，忙侧身插在两人中间，双手握住了傅山的手，眼睛却看着傅眉，劝道："眉哥哥……你好好跟爹爹说话。"

傅山强忍怒气，"是。旁人都有子女传承血脉，你呢？你有没有？需知'不孝有三，无后为大'。"

傅眉亢声道："我更知道'匈奴未灭，何以家为？'"

"啪！"褚仁矮小的身躯，到底没拦住傅山的巴掌，傅山一

第十一章

掌打过去，傅眉一个趔趄，几乎摔倒，脸上霎时便肿起了五个指印。

傅眉垂下头，撩衣跪倒，一言不发。父子二人就这样僵持着，剑拔弩张，却谁也不忍轻动。

过了良久，傅山伸出手来，抚向傅眉的头顶，傅眉以为要挨打，忙缩了一下脖子，见傅山只是轻抚着自己顶心那一线发际，这才放松了下来。

傅山淡淡地说道："眉儿……你可知义军的军费，多半是咱家所出？傅家五世积下的家产，已经一朝散尽……"

傅眉抬起头，眼中已经蕴满了泪，"爹爹，需知千金散去还复来，但人命只有一条啊！再多的军费，能抵得上他们抛家舍业，抵得上他们抛头颅，洒热血吗？"

傅山眼中也涌上了雾气，"爹爹只想为傅家留住一条血脉……比起薛、王两位，爹爹是太自私了……"

"爹爹……"傅眉颤声说，"你也觉得义军兵败覆亡，就在朝夕之间吗？"

傅山缓缓点了点头，两行清泪，自脸颊滑落。

褚仁突然意识到，也许是自己的直言不讳，已经影响了傅山的判断，让他对于反清大业，只敢付出身家，不敢付出性命。傅山，应该是相信自己所说的大清三百年基业的，纵是如此，他依然飞蛾扑火似的，把家业舍了进去，但，要让他舍弃独子，却是万分的舍不得。想到这里，褚仁不禁有一丝后悔，当初那样的坦诚，在自己想来，是不说谎的美德，但，或许错了？或许，这样的天机乍泄，会影响到傅山一生

鼓角高鸣日月悲

的清白与名声？

"那我更要去！"傅眉膝行两步，抱住傅山的大腿。

"眉儿……你到底想做什么？"傅山叹道。

"既然是败了，那么……能保住一条性命，便保住一条性命吧！尤其是薛叔叔，跟您十几年的生死之交，不能眼睁睁看着他就这样去了，留得青山在，不怕没柴烧。"

"你去了，又能怎样？"

"至少能助薛、王二位突围，保全他们的性命……就算不能，以我的轻功，保住自己也不是难事。爹爹！您就让我去吧。"

傅山沉默良久，最终还是缓缓地点了点头。

次晨。

傅眉收拾着行装，几件替换的衣服，一点散碎的银两。

见褚仁坐在床上，呆呆地盯着自己看，傅眉扭头灿然一笑，"别担心，我不会有事的，别忘了，我可是全真派高手啊！"

褚仁跳下床，用力牵着傅眉的衣襟，说道："任何时候，都要先保住自己性命！否则我绝不饶你！"

傅眉见褚仁张牙舞爪的样子，又是一笑，"放心吧！你说过的，我和爹爹都很长寿，对吧？"

褚仁心中一酸，自己是说过，但是这却是自己穿回大清之后，唯一的一句谎话。根据史料记载，傅眉的寿命只有五十岁*，尚死在傅山之前，远远谈不上长寿。

第十一章

　　傅眉见褚仁眼中又含了泪，忙道："别哭，这样不吉利呢！"

　　褚仁仰着头，努力想要把泪收回去，轻声问道："我说的，所有那些话，你都信吗？"

　　傅眉愣了一下，随即郑重地点点头，"我都信，你不会说谎。"

　　"那爹爹呢？爹爹也信吗？"

　　"应该……也信吧？"

　　"那、那你们为何还要知其不可为而为之？大清定鼎中原三百年，已经是个不可能改变的事实……"

　　傅眉沉默良久，看着褚仁的眼睛，一字一顿地说道："为了心中能安，为了临老不悔，为了无愧天地的活着。为了死后……有颜面去见那些大明的忠魂，有颜面去见那些屠刀下惨死的汉家同胞！至少……我们反抗过，而不是屈辱而驯服地活着，更没有屈身事敌！"

　　傅眉的话，掷地有声。

　　褚仁的泪，不可抑止地落了下来。

注：

　　*姜瓖起义始于顺治五年底，结束于顺治六年十月，薛、王起义为顺治六年，因情节需要而提前。

　　*傅眉实际寿终五十五岁，本文在时间上有压缩。

第十二章
棋冷文楸香冷篆

一个月后。

传来了薛宗周、王如金兵败晋祠堡的消息，据说义军的尸首相与枕籍，沿着大路到处都是，南城楼也燃起了熊熊大火。关于薛、王二人的下落，众说纷纭，有说中箭而死的*，有说投身烈焰的，也有说突围而出的……莫衷一是。但是，傅眉却始终没有归家，也没有任何关于他的消息传来。

随着一处处起义的火头被次第捻熄，清军对于义军残部的搜捕也开始愈演愈烈，搜捕的依据依然是那条辫子，是否剔去额发，是否结成辫子，变成了顺民与反叛的唯一标志，甚至有些人由于未能及时剔去新长出来的头发，也惨遭不幸。

傅山一家，不得不又开始了颠沛流离的生活，在晋省各处亲朋故旧家中四处寓居。还是一辆马车，却已经是借来的，还是三个人，只是傅眉换成了傅山的母亲。车中载着傅家的全部家当，除了少量的细软，只有书。

一家三口，每个人都在暗暗担心着傅眉，但每个人都不曾宣之于口。在这丧家犬一样惶惶不可终日的岁月里，傅山依然波澜不惊，尽心督导着褚仁学书，学医，也鼓励他多看一些经史子集。

第十二章

只是少了一个傅眉，家事便似乎繁重了许多，让傅山忙得不可开交，褚仁也不得不去帮忙。顾着褚仁的身体，繁重的事情傅山是不让他做的，但一些跑腿送信，抓药传方的事情，又琐细费时，又不劳累，自然便落到了褚仁身上。

这一日，褚仁去镇上卖药，刚出店门，便听到一阵鞭炮声响，是邻街又有新店铺开张了，褚仁忙凑过去看热闹。

各处的义军沉寂了下来，市井间便有了更多安定的气象，很多原本歇业的铺户纷纷重新开张，还有更多的新店铺正在紧锣密鼓地收拾修整，一派百废初兴的景象。

这时候若盘下个铺子来，却是正合适的。褚仁想着，与其辛苦采药卖与药店，倒不如自己开个药店，由傅山来坐堂，生意一定红火，全家人也可安定下来，这样，傅山和傅眉应该也就不会过多地涉足反清复明了吧？只是不知傅家还有没有这个财力。

新开张的店铺是一家古董文玩店，店面不大，但是极为干净敞亮。俗话说盛世古董，乱世黄金，这个时期，正是乱世将尽，盛世欲来之时，此时做这个生意，必然会低进高出，财源滚滚。这店铺老板，倒是个很懂商机之人。

褚仁在门口探头探脑了半天，自觉岁数太小，犹豫着要不要进去，但转念想了想，自己来时便因古董而来，说不定去时也应了这古董而去，不妨进去一看。万一里面有个穿越时空而来的当代艺术品，自己被吸回现代也未可知。褚仁一边胡思乱想着，一边抬腿迈过了高高的门槛，走进了店门。

因为是新开张，店里拥着不少客人，有些是老板的故旧，有些则是看热闹的，老板正殷勤地招待着，看褚仁年纪幼小，一身布衣，也是一怔。

褚仁却不理会旁人，从大人的身下钻进钻出，细细的品鉴着货品，脑中里却飞快地盘算着，这些明末清初的寻常市井文玩，拿到现代的拍卖会上，能够估价几何？

突然，一幅字，抓住了褚仁的视线。确切地说，是"傅山书"那个落款，抓住了褚仁的视线。因为，这是一幅伪书。

平心而论，这副隶书仿得很像，甚至可以说已经深得傅山书法的"丑拙"三昧。但此时的褚仁，书法虽谈不上有多深的造诣，见识却已经颇为不凡。若是旁人的书法也还罢了，褚仁日日在傅山身边，耳濡目染，这真伪，自然是一眼便能看个分明。

褚仁也不搭话，只盯着那副字看，看了片刻，又去盯着店老板，过片刻，再去盯着那字。如是三五轮下来，那店老板便坐不住了，径直走过来，低声招呼道："这位……小爷，可是喜欢这字？"

褚仁抬起头，盯了店老板片刻，也低声说道："我认识傅山。"说完便抿起嘴，一言不发。

那店老板看了褚仁半晌，方轻声问道："那……小爷可是有傅山的书法要出手？"

"有是有，但是比这个好多了，只是不知道你识不识货。"褚仁一边说，一边不错眼珠地盯着那店老板。

那店老板脸上掠过一丝尴尬，呵呵笑道："这幅字……自然是，很一般的，若有好的，我出十两。"

第十二章

　　褚仁扫了一眼店里其他货品的价格，想着傅山才四十出头，虽然颇有文名，但毕竟影响力还只限于晋省周边，他翻着眼皮，盘算着拍卖会上那些四十左右的当代书画家的作品价格，又兑成米价去权衡，算得自己脑子都乱了……

　　那店主又道："若确实是精品，还可以更高，如何？"

　　褚仁心道既然算不清楚就不算了，反正应该不算太亏，就点了点头："好！过三五天，我拿来给你看！"

　　褚仁原本是想着，从傅山的书法中随便找一件不起眼的，偷偷拿出去卖了，若被发现，便推说不知，反正这些日子各处辗转，便是丢了，也并不为奇。但，离家越近，越是心虚。

　　褚仁回到家中，压根儿没敢去翻傅山的东西，反而径自把自己临的那些傅山的书法一一拿出来细细分拣。褚仁挑出了三幅最肖似傅山的，又犹豫了半晌，到底还是捡了一副不易露出破绽的篆书出来，抖着手在后面提了个穷款，只有"山书"二字，而那个书字的最后一笔，没有收利落，长出来一块，看上去并不像是傅山的风格了。但褚仁此时已经管不了那么多，想着，试试自己的仿造水平也好，若是被那店老板认出来是假的，索性就不卖了，总归是自己学艺不精，若没被认出，便换些银钱也没有什么不好。

　　褚仁又偷偷去拿了傅山的"傅山之印"和"青主"两方印，钤了上去。做完这一切，褚仁只觉得双手汗津津的，忙在衣服上蹭了几下，又发现衣服上蹭上了朱砂，只得脱下来换了，自去提水来洗，弄得狼狈不堪。

棋冷文楸香冷篆

"果然……人还是不能做亏心事的。"褚仁边洗衣边想着，若让傅家这样家上无片瓦，下无寸土的漂泊下去，傅山一定还会动念去组织义军，若真能盘下个店面，有个宅院安定下来，家里有了恒产，反倒是可以安安稳稳过日子。只要傅山肯松口，靠卖书法赚到开店的钱，其实很简单。这事情，要等傅眉回来后说给他听，要两个人一起，恐怕才有希望说动傅山。但是……傅眉到底什么时候能回来呢？他，是否安好？褚仁想到这里，心中骤然涌起一阵不安……若傅眉回不来了，又该怎么办？褚仁不敢再继续想下去了……

过了几天，褚仁寻了个机会，把那副字拿出去卖了。那店老板看来看去，没看出任何破绽，神色间倒是觉得这是一幅精品，但嘴上却一直挑剔着，要把价钱压到八两。褚仁心里有鬼，索性便顺水推舟，装作不谙世事的样子，拿了他的八两银子，一路喜滋滋地回返。

褚仁掂着这锭银子，喜滋滋地想着，这可是自己在大清挣到的第一笔钱，而且用的不是傅山的字，而是自己的字。书法水平能被肯定，心里自然是喜欢的。虽然这幅字可算是赝品，但是三年时间，其中还有两年失明，就学得以假乱真，也算是不易了吧？若这身本事能带回去，一张一百万，十张一千万……卖上几十张，应该足以收购父亲的公司了吧？只是……若是在现代要仿造清初的东西，纸墨装裱也要做旧，才不会露出破绽来……这个倒是不太好办。除非，现在便置办下一些纸墨，预先埋在什么地方，待穿回去再挖出来……但是，

第十二章

真的有机会穿回去吗?

褚仁胡思乱想着,喜色带了一路,远远地看见了家门,便转成了忧色。褚仁把银子小心收好,蹑手蹑脚地进了家门。直到进了自己房间,把银子藏好,褚仁才抚着胸口,长出了一口气。

这一日,褚仁正在西厢习字,便听到正房中傅山的呼唤:"仁儿!"

"来了!"褚仁忙撂下笔,跑了过去。

一进门,褚仁见傅山一脸严霜,便是一惊,不经意退后了半步。

"这是什么?!"傅山喝道,说着便把一个卷轴掷向褚仁。褚仁吓呆了,没有用手去接,也没有躲闪。那卷轴击中了褚仁胸口,落在地上,散了开来,正是之前卖出去的那副字,已经用淡青的绫子托裱过。

褚仁见事情败露,傅山又在盛怒之中,一咬牙,便撩起衣襟,缓缓跪了下来。

"我只是想试试自己仿的字,会不会被认出来……"褚仁小声地解释。

"卖了多少钱?!"傅山厉声。

"八两……"

"哪只手拿得钱?!"

褚仁缓缓伸出了双手。

傅山抄起卷轴,狠狠地砸了下去。

褚仁猛地一缩肩膀，闭上眼睛，泪，又流了下来。

其实并不很痛，那卷轴是圆钝的，又被纸牵扯着，打下来的时候，已经失了力道。但是不知道因为怕，还是因为悔，泪，就是止不住了。

傅山看褚仁这个模样，眼中掠过一丝怜惜，猛力将手中卷轴掷了出去。卷轴撞在墙上，绫子和纸都被撕裂得七零八落。

"若不是你身子禁不起，我今天就打到你爬不起来！"傅山依旧余怒未消。

褚仁心中，倒是又几分不服，"你自己在诗文中多次提到儿子和侄子代笔的事情，就算那是以后的事吧……但是之前也有过有人来索书，你让傅眉代写的事情，怎么到我这就成了天大的罪过了……"

"你自己说说，错在哪里了？"

"我不该拿自己的字冒充爹爹的字去卖……"褚仁认错倒是规规矩矩。

傅山长出了一口气，神色稍和。

"可是……之前眉哥哥也曾经代笔过……"

傅山怒气又生，猛地一拍桌子，抖着手，指着褚仁。

褚仁忙膝行两步，牵着傅山的衣襟，轻声道："爹爹您别生气，我是真的不知道您为何这么生气，您说给我听，我一定改。"

傅山长叹一声，把褚仁扶了起来，拉到身边，说道："有人索字，我不亲自写，通常是因为那人是鞑子，或是鞑子的奴才，又或是那人粗鄙猥琐，心术不正，但又碍于各种情面，推

第十二章

脱不开，才让眉儿代写的。夺朱非正色，异种也称王？清风不识字，何故乱翻书？这些胡人懂得什么书法，只不过是附庸风雅而已，就算给他们假的，他们也看不出……"傅山不禁有些愤愤。

"但你这事儿却不同，你是明知道这字是你写的，却作伪当成爹爹字卖出去，这是欺骗！人生于天地间，当行得正，坐得端，不能靠这些鬼蜮伎俩生财。"

"那……"褚仁嗫嚅着不知道怎么开口。

"那些鞑子得了我的字，若是想要发卖，只要到了我的这里，我第一个揭发他出来。"傅山似乎知道褚仁要问什么，说着说着，不觉嘴角向上翘起，似乎对于愚弄鞑子，很是得意。

褚仁虽然在拍卖行业只工作了一个月时间，但是多少还是了解到一些行内赝品泛滥的内幕，再加上如米芾一类的古代名家也是造赝品的高手，而且即便是赝品，年代久了，也自然有了价值，因此在褚仁心中，伪造赝品并不是什么大恶，反而是一项技能。

褚仁想着，自己被那些资料先入为主了，一直默认为傅家父子叔侄三人类似畅销书工作室那样的团体，无论出售还是馈赠，都可能有代笔之作，却不知所有的伪书都是搪塞应酬所做，真正从傅家卖出的傅山书法，无一例外都是傅山亲书。

总之，既然认定了要做傅家子侄，就按照傅山的价值观行事罢了，褚仁想到这里，忙道："爹爹，我知错了，以后再也不会这么做了。我去把银子拿出来，还给人家。"

王公昨夜得霜裘

"不用了,我已经另写了一幅,才把这幅换回来的。"

傅山话音刚落,门口传来一声呼唤,"爹爹!我回来了!"

这一声呼唤,让两人心中一阵狂喜。

转头看去,傅眉站在门口,一身烟灰色长衫,浅浅的笑着,如一线明媚的光。

"眉哥哥!"褚仁扑了过去,紧紧的抱住了傅眉,似乎生怕一松手,就再也抓不住这个人了。

注:

＊傅山《汾二子传》:"……二子不知所踪,或传,工中两箭,晋祠南城楼火发,见薛卜投烈焰中。又或曰,未也,而汾之人皆亦笑之。"

第十三章 /
王公昨夜得霜裘

"怎么这么久才回来?"傅山心里是喜极了的,但语气还是淡淡的,听上去还略微有些嗔怪。

第十三章

"受了点伤,在山里养了一阵子,去盂县扑了个空,兜了个大圈子,才找到这里。"傅眉恭谨地回话。

"薛、王二位可平安?"

"平安。"傅眉点点头。

只淡淡的两个字,便足够了,傅山不再问,傅眉也不再多说。人的一生,有这样一次轰轰烈烈足矣,就算余生要隐姓埋名,默默无闻,光是咀嚼这一段辉煌,就足以填满未来的无尽岁月。

褚仁却不关心薛、王二人,只急切地问:"你受伤了?伤了哪里?严重吗?现在怎样?好了没有?"

"只是箭伤而已,已经好了。"傅眉粲然一笑。

"伤在哪里?让爹爹看看伤口。"傅山道。

"在腰下面,已经好了。"傅眉有些扭捏。

"脱了衣服,让爹爹看看。"傅山依旧坚持。

傅眉脸一红,缓缓地脱下了长衫,缓缓转过身去,便露出了后腰侧下方,一个拳头大的伤疤。那伤疤已经收了口,但还未痊愈,微微带着些绯色,像是雪中一朵妖艳的花,看上去,竟然并不丑陋,反而有一种惑人的美感。傅眉背上其他部分的肌肤,和前胸一样光洁,并没有褚仁一直担心的,鞭笞留下的疤痕。

褚仁松了一口气,又有一种"终于看到了"的满足感,心思半点没在那伤口上。

"这个部位,可是很危险的……"傅山沉吟道,一边用手轻触伤口周围,一边探上了傅眉的脉搏。

王公昨夜得霜裘

"伤口不深，没有伤到脏腑。"傅眉解释。

傅山点点头，松开了傅眉的手腕，傅眉忙拿起外衣，穿回身上。

褚仁这才长出了一口气，有些怅然，似乎刚才一直屏着气息，此时放松下来，头都有点晕晕的。

傅眉回来了，仿佛一切都变得有了色彩，褚仁像是又一次，由失明迎来了复明。

窗前，傅眉正在习字，背影镶嵌在一方阳光里，半旧的青衫似乎微微发着光。含胸，拔背，悬腕，沉肘，一撇一捺，皆劲道十足。褚仁呆呆地看着，什么也不想做，只想这样看下去……唯盼过去驻足不去，未来不来，时间永远停留在这现在。

似乎感知到了背上灼热的目光，傅眉回头对褚仁笑道："你自己不用功，净盯着我做什么？"

褚仁一笑，掩饰似的，走过去看他的字，一边看，一边念了出来："'野鹤孤云闲活计，清风明月道生涯。千山磊落收云气，四海光明耀日华。'这是谁的诗？"

"长春真人丘处机的《述怀》。"傅眉答道。

"那是你家祖师爷了？"褚仁笑道。武侠小说褚仁还是看过不少的，家住白云观附近，每年春节都要去上香，这位全真派鼎鼎大名的丘真人，他很熟悉。

"是。丘真人是全真龙门派祖师。"傅眉因提到了祖师的名讳，放下笔，端凝地肃立着。

第十三章

"据说爹爹头上的那种黄冠,也是丘真人创制的?"

"嗯,传说元太祖曾赐给丘真人一块金子和一块玉石,要他戴在头上,丘真人在手心把金子揉捏成月牙冠,又把玉石掐捏成簪子,用指甲掐着戴在头上,就成了黄冠。不过这都是传说,当不得真的。"

"但丘真人被元太祖尊为'神仙',却是史实。他是汉人,却受了蒙古人的封,你说这算不算投敌叛国?"

傅眉眉头一皱,"你怎么能这么说?'十年兵火万民愁*,千万中无一二留。去岁幸逢慈诏下,今春须合冒寒游。不辞岭北三千里,仍念山东二百州。穷急漏诛残喘在,早教身命得消忧。'丘真人万里赴诏,一言止杀,拯救天下苍生无数,乃是悲天悯人的大功德。"

"嗯……'万古长生,不用餐霞求秘诀;一言止杀,始知济世有奇功。'"褚仁吟道。

"这是什么对子?"

"北京白云观的楹联,顺治帝的重孙题的。"

傅眉怔了半晌,才转过来这"顺治帝的重孙"是什么意思,呆了片刻,又没头没脑地问道:"你在看《长春真人西游记》吗?"

"是啊……"褚仁叹道,"无论是蒙古皇帝,还是满洲皇帝,包括你这个汉家的徒子徒孙,对丘真人的评价都很高。也就是说,就算汉人做了清朝的官儿,只要利国利民,也不算失了气节,对吗?"

傅眉没说话,只是皱着眉头,似乎内心很是纠结。

王公昨夜得霜裘

褚仁继续说道:"但是爹爹却连童试都不让你去参加,倒似沾了一点儿清朝的好处,便负了大明似的,你说,到底是爹爹对?还是丘真人对?"

傅眉低头思忖良久,方抬起头来,娓娓道来:"都对!你……傅仁有个亲哥哥,叫傅襄*,因患上时疫,二十岁上故去了,他的妻子当日便服毒自尽殉了情,这是节;寡妇孀居一生,也是节;甚至寡母为了抚养子女而再嫁,在我看来,也不算失节。节,不是你做了什么,而是你的本心是什么。伯夷叔齐是抱节守志,袁继咸公何尝不是?就是有仕清的明臣,若真能做到丘真人的功业,想来日后青史中也会赞上一笔的。我若有丘真人的缘、才、势,我也会如他一样行事的。但我不过是一介庸人,野鹤孤云罢了……至于爹爹要怎么做,自然有爹爹的道理,为人子者,从这个'孝'字出发,自然要遵从、效仿爹爹的……"

"那你就一辈子不想赶考出仕了?"褚仁歪着头,觑着傅眉脸色。

"想又怎样……"傅眉低头一叹。

"以后……别再说这些了……好吗?"隔了很久,傅眉又说道,声音很轻,像是自语。

傅眉若说些旁的话,褚仁还是想辩一辩的,但傅眉这样柔声恳求,褚仁便什么都说不出来了,何苦说出来伤他的心……总归还是身不由己吧。

傅山像一座山,挡在前面,傅眉用一生也翻不过去。被禁锢在这时代中,被禁锢在这家族中,处处都是禁忌,

第十三章

处处都是枷锁。翼已折,剑已断,心头那一腔欲沸的少年热血已经沉沉欲碧。这囚在父亲训诫和规矩中的一生,恐怕只能用离世出尘的"清风明月道生涯"聊以自慰吧?那颗兼济天下的心,终将被漫长岁月中的琐碎俗务磨洗成细碎如红尘的齑粉,沉沦卑贱,在柴米油盐中蹉跎,转眼间,就是五十年……

相顾无言,傅眉磨着墨,褚仁百无聊赖的把水滴中的水,一点点滴到水丞中。

四周静到了极处,唯有一滴一滴的滴水声,慢慢平复着两个人的心跳。心中的波澜,如心头的波澜,散尽了,便成了止水。

忽然,一阵敲门声,将两人从安静的化外拉回到喧嚣尘凡中,让人感到一丝不安。

因傅山不在家,傅眉便去应门,还没到门口,便隐约听到门外的说话声:"……这家姓傅,刚搬来不久,借住在这里的,是白家的宅子,家中只有四口人……"

傅眉开了门,见甲头和保长都在,另有一个身材高大的男子,长脸,剑眉,留着八字髭须,穿一身石青色的团花衫子,看不出是什么身份。

傅眉心中有些忐忑,便不说话,等着他们先开口。

那甲头还是继续说着:"……一个老太太,还有傅先生,这是他儿子,还有一个侄子,刚来的时候便已经书了册牌了。"

王公昨夜得霜裘

那保长不置可否地"嗯"了一声,看了看手中的册牌,打量了傅眉片刻,问道:"另一个孩子多大?"

"十二……"傅眉有些迟疑,他不太清楚册牌上到底写的是多大岁数。

"请他出来,我有话要问。"那男子说道。

褚仁出现在门口,扫了一眼众人,虽然不明所以,但看到傅眉有些紧张,也不由得紧张起来。

那男盯着褚仁看了半晌,"你叫傅仁?"

"嗯!"褚仁点点头。

那男子又展开一卷画轴,侧过来让保长看。

保长皱着眉,轻轻摇了摇头,但那甲头却伸长了脖子看过来,说道:"像!我看有点像……"

褚仁和傅眉对视一眼,心中登时涌起了不祥之感。

褚仁故作天真地问道:"像什么啊?是说我吗?让我看看好不好?"

那男子一翻腕子,把画轴转了过来,问道:"你看看,像不像你?"

那是一幅极其生动的白描,上面画着一个孩童,眉眼五官和三年前的褚仁一模一样,身上也是那件"满堂富贵"的马褂,腰中也是那条黄带子,鞘刀、火镰、荷包,一样不少。连荷包上的杏林春燕纹样的刺绣,都一模一样。

傅眉伸手握住了褚仁的手,脸上却不动声色。褚仁只觉得傅眉的手心里全是冷汗,黏黏腻腻的。

第十三章

"不太像,不过……也有五分像。"褚仁强压住心中的紧张,歪着脑袋,似乎在细细品评。

甲头呵呵笑道:"那是自然,这画上的孩子,是三年前的样貌,这十来岁的孩子,变得最快,如今长大了,自然不太像了。若是十分像,只怕便不是了。"

那男子皱着眉头,问傅眉道:"他是你堂弟?"

"是。"傅眉点头。

"怎么跟你们住在一起?"

"他父母、兄嫂都亡故了,家里已经没有其他亲人,因此我父亲收养了他。"

"你们是家中受了灾,才寓居此地的?"

"是。"

"受了什么灾?"

"兵灾。"

那男子眉毛一挑,似乎便要发作。

褚仁忙牵了牵了那男子的衣角,问道:"他是走丢了吗?你们在找他?"

"是啊……"那男子叹道。

"那他爹爹一定着急得紧,可为什么过了这么久才想起找他呢?"

那男子看着褚仁的脸,沉吟了半晌,才开口说道:"因为我们找到了那孩子身上的衣服,才知道他可能还在人世。"

褚仁心中一惊,望向傅眉,恰好傅眉的视线,也投了过来。两人的目光一触即分,装作若无其事。

王公昨夜得霜裘

突然，那男子不知从哪里抖出了一件衣服，用手提着双肩，举在褚仁眼前："你可见过这件衣服？"

抽象的大朵五瓣海棠花，花梗上穿着彩绦装饰的古钱，正是那"满堂富贵"织金缎，三年过去了，还像新的一样，没有任何变化。人已长大，衣还如故。

褚仁摇了摇头，随即又喃喃地说道："真希望你们早点找到他啊！"

那男子盯着褚仁，"你真的不认识这件衣服吗？"

"认识，这就是刚才图上那件，只是少了一条带子。"褚仁依旧呆呆的，装作一副不谙世事的样子。

那男子若有所思，慢慢收起了衣服，卷起了画轴。

"你们若想起来在哪儿见过这样的小孩，就报到我这里来，若能帮忙找到人，王……大人重重有赏！"那保长看了一下男子的脸色，补了一句，便带着两人去下一家了。

待他们走远了，过了许久，傅眉才嗔怪道："你乱说什么话？"

"你才是乱说话呢！什么叫兵灾，你这不是故意的吗！"褚仁不服。

"就算我错了，你问那么多做什么？"

"我就是好奇我这副躯壳到底是谁……不行吗？不过他们到底也还是没说……"

"你想走了？"傅眉幽幽地问。

"我没有！"褚仁亢声回答。

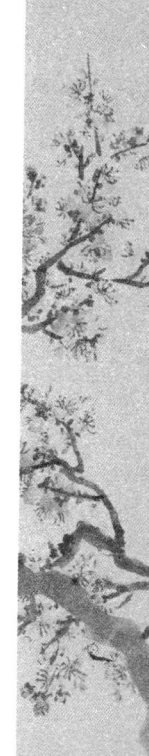

第十三章

"你就算想走,也是应该的……"傅眉顿了顿,又开口道,"那条黄带子,只有清廷的宗室才能佩戴吧?你是姓爱新觉罗的……又何必留在我们这寒门小户吃苦?"

"你知道了?!"褚仁一惊,"你是怎么知道的?"

"在义军中知道的,毕竟四大亲王都来了晋省,擒贼先擒王嘛,不知道这个怎么行……"傅眉的眼中掠过一丝黯然,"这黄带子是怎么回事,你果然早就知道……却不告诉我们……亏我这么相信你。"

褚仁抓住傅眉的手,急切地解释道:"眉哥哥,我没有骗你们,真的!我瞒下来不说,是因为我怕你们知道了,会不要我!你还记得爹爹说我是个鞑子时的语气吗?我真的是不敢说啊!我留下那条黄带子,也是怕如果拿出去质押典当,搞不好会惹来麻烦……唉!没想到就算只典当了衣服,还是惹来了麻烦……"

过了许久,傅眉方叹了口气,说道:"我知道……你不是有意隐瞒,你要走,我也不会怪你……"

"我不走!"褚仁迟疑了一下,"若你怕我走,那就……把那条黄带子烧了吧!"

"那又何必,就算烧了它,你想走,还是能走;若你不想走,就算是有一百条黄带子也拉不走……"傅眉摇头。

褚仁点点头,"嗯!这三年我应该变了不少,个头儿都蹿出去一个头了,只要我不认,他们一定认不出我来……"褚仁话虽这么说,但语气中到底有点含糊。

"那就好……"傅眉的语气淡淡的,似乎还别扭着。

王公昨夜得霜裘

褚仁不知道怎么劝解，也只好闷声不说话。窗外蝉声阵阵，叫得人心烦意乱。

"我去跟爹爹说，我们搬家吧！"褚仁突然说道。

"那不是更坐实了你心里有鬼吗？"傅眉一笑。

褚仁见他笑了，心里稍稍安定了下来，"也对，他们这次没认出我来，应该就算躲过去了，世上攀龙附凤的人那么多，搞不好他们已经找到了其他人也未可知。"

话是这样说，但褚仁心中的不安，却是与日俱增，矢口否认，就能躲过去了吗？

傅眉也是一样的不安，留下那条黄带子，只是不希望褚仁有遗憾。但留着它，就像是留着一条火绳，一触碰，就是灼人的痛。

注：

＊十年兵火万民愁……：出自丘处机《复寄燕京道友》。

＊傅仁的长兄傅襄亡于崇祯十三年，年十九岁。妻子为孝廉李中馥女，同日仰药殉。

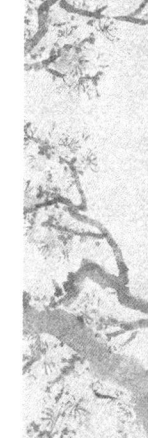

第十四章

第十四章 / 梅花春信隔天涯

躲，果然是躲不过去的，该来的，终究还是来了。

一队劲卒，荷枪持刀，人如虎，马如龙，将小院围得密不透风。

门开处，三个人缓步走了进来，当先是保长，身侧是之前见过的那高个男子，最后进来的是一个三十左右的锦袍男子，腰间那条黄带子，像阳光一样闪闪地耀人眼目。

看到锦袍男子的那一张脸，所有的人都恍然了，认也好，不认也好，血缘不会骗人，事实就像秃子头上的虱子，一目了然。那张脸，和褚仁实在是太像了。褚仁的脸，就像是他的脸被细细磨过，施了粉，染了一层淡淡绯色，又被稍稍捏圆了，缩小了……他的脸，就像是褚仁的脸经历了风霜和岁月的打磨，黑了，瘦了，有了些棱角，也带着点疲倦……那条黄带子，已经无关紧要，这两张脸，足以说明一切。

所有人都呆立着，只有那保长大声喝道："大胆草民！见了王爷焉敢不跪！"

原来是个王爷！褚仁一惊，傅眉也是一惊，若让傅山跪这位鞑子王爷，只怕杀了他也办不到。褚仁伸过手去，傅眉也伸过手去，两只手握在了一起，两张脸，同时转向傅山。只见傅山负手侧身立着，并不看来人，对保长那句话，也是

梅花春信隔天涯

置若罔闻。

"罢了！"那王爷淡淡地说了一句，挥了挥手，"你下去……"

保长点头哈腰的，匆匆退下去了。

屋中只是多了两个人，便显得窄小憋闷，让人喘不过气来。

一边是神定气闲的傅山，像是没看见那两个人似的，沉静得如同一泓秋水，散发着迫人的寒。另一边是王爷和他的随从，闪耀着毫不掩饰的锋芒，如利剑，如出匣的宝刀，灼灼逼人。阴与阳，柔与刚，白与黑，明月与清风，就这样对峙着，如太极图阴阳鱼的对峙，褚仁与傅眉，便是那阴阳鱼的双目，相吸而相生，但却被各自的父辈裹挟着，流动着，盘绕着……不得亲近，不得相守，反而渐去渐远。

"他叫傅仁？"那高个男子开口问道，眼睛看着傅山。

傅山像是没听见似的，不言，不动。

傅眉看了一眼傅山，答道："是。"

"他是你堂弟？"那男子转向傅眉。

"是。"

"他是你家亲生子侄？还是你们半路收留、认养的？"

傅眉咬了咬牙，沉声说道："他自幼就在我家长大，一直都是我的亲弟弟……"

"信口雌黄！既然他自幼在你家长大，那他臀上有块红色胎记，是在左臀，还是右臀？"

傅眉低了头，不说话了，他没见过。

第十四章

褚仁自己也没见过，傅山……应该是见过的吧？之前给自己上过药……褚仁转头去觑傅山的脸色，却见傅山还是那样的姿态表情，似乎不仅不屑于和鞑子说话，就连他们的声音，也不屑于让自己的耳朵接纳。

那男子已是满面怒容，攥紧了拳头，似乎已经忍无可忍。

倒是那王爷沉得住气，对褚仁柔声说道："你……小时候的事，真的一点都不记得了吗？"脸上溢满了怜爱之情。

褚仁摇摇头，"我乘马车从山上跌下来，跌坏了脑子，不记得从前的事了。"

那男子轻舒猿臂，抓住褚仁的衣领，轻轻巧巧地就把褚仁提了起来。褚仁大叫："你干什么？！"

傅眉踏上一步，双手紧攥，全神贯注地戒备着。傅山身子微微一颤，皱起了眉头。

那男子全然不理会褚仁的叫嚷，将褚仁拎到身前，让他背对着自己，便要解褚仁的裤带。

那王爷手一伸，阻止了那男子，"孩子大了，给他留些脸面。"说着便把褚仁拉到自己身前，攀着褚仁的肩膀，蹲下了身子，柔声问道："你看，你长得像不像我？"

褚仁点点头，又扭头看了傅山和傅眉一眼，似乎下定了决心似的，咬着嘴唇，轻轻闭上眼睛，开口说道："你是……我阿玛？"

"好孩子……"那王爷紧紧搂住了褚仁，一双有力的臂膀箍在褚仁肩头，让褚仁喘不过气来。

"来人！将这两个人拿下！"那男子高声吩咐道。

梅花春信隔天涯

"不要!"褚仁大叫一声,挣脱了那王爷的掌握,"阿玛,您先听我把事儿说清楚再说。"不知不觉,褚仁已带了一点京腔。

那王爷站起身,摆手制止了那男子,静静地看着褚仁,等待他开口。

"我乘坐的马车翻入山崖,我跌伤了头,昏迷垂危,幸亏……傅先生父子救了我。当时我的伤极重,脑子摔坏了,眼睛也看不见了,幸亏傅先生医术高超,为我精心调治,足足花了两年的时间,每日针灸服药,才把我的伤治好,让我的眼睛复明。"褚仁想着,我可是一点都没说谎,只是有些事情跳过去没说清楚而已。

"但是,我跌下去的时候魂魄散了,得了移魂症,忘了自己是谁,也忘了过去的事情,反倒是傅先生侄子的魂魄附了上来,所以我只记得自己叫傅仁……还是今天看到了阿玛的脸,才模模糊糊想起我好像并不是傅仁……"

那王爷又是一把搂住褚仁,双手摩挲着他光滑的额头和乌黑的发辫,将他的脸埋在自己腰腹之间。

褚仁只觉得一股男子身上特有的浓烈气息扑面而来,几乎无法呼吸,说不上是喜欢,还是讨厌……当下轻轻挣脱开来。脱离那王爷身体的瞬间,褚仁明显感觉到他身子一僵,似乎有些伤心失望。

"阿玛,我还没给你行大礼呢!"说罢,褚仁端端正正地跪下,膝盖砸到地面的嗒然一响,似乎让所有人都身子一震。一叩首,二叩首,三叩首,而后起身肃立,再跪,再叩……

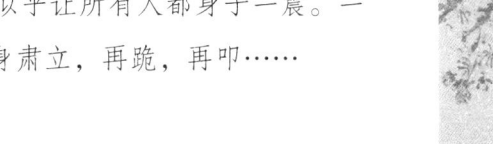

第十四章

　　此刻,褚仁又有了一种站在舞台上的感觉,这一次,却是认认真真地演戏,走位、台词、眼神、节奏……都一丝不苟。而且,剧本是褚仁自己定的,他能把握住故事的起承转合,能把握住结局!要说欠缺,只是欠缺一些感情吧……但既然叫出了那声"阿玛",那就要继续演下去了,为了保住傅山、傅眉,保住他们的性命,也保住他们的气节。

　　三跪九叩,最后一个头叩毕,褚仁缓缓站了起来,眼中已经酝酿出了泪,轻轻扑身到那王爷怀中,叫了一声"阿玛"。

　　"敏儿……"褚仁能清楚的感觉到,手臂环绕着的这个身体,在轻轻颤动着,似乎已经激动得无法自持。

　　"阿玛……傅先生救了我性命,应该好好感谢他才是,若不是他医术高超,换作任何其他人救了我,都没法保住我的命的……"褚仁伏在那王爷腰间,轻轻地说道。

　　"拿两千两银票来。"那王爷吩咐道。

　　那男子举着银票,但傅山看也不看,傅眉也一动不动。

　　褚仁接过银票,走到傅眉身边,拉起傅眉的手,说道:"眉哥哥……你拿着吧,这是我欠你们的,万一……万一还有上一次那样用钱的地方,便可以正好拿出来用。"褚仁故意将"上一次"三个字说得很重,傅眉应该能懂这里面的意思。

　　傅眉微微蹙着眉,仔细地盯着褚仁的眼睛,似乎像要看穿他的内心一般。

　　褚仁把银票塞过去,傅眉一动不动。

　　"眉哥哥……你拿着吧,求你了……"褚仁用了极轻的声音,耳语似的,对傅眉说着,又随手把银票塞在了傅眉袖中,

梅花春信隔天涯

傅眉没有动,手臂也一动不动地僵着,似乎,袖中的银票有千斤重。

一步,两步,三步……站定,转身,抬头,褚仁面对傅山。落入眼中的傅山的脸,混合着悲悯与不屑的神情,还有一丝说不清道不明的哀伤。褚仁牵了牵傅山的衣袖,说道:"二叔……仁儿找到自己的亲爹爹了,不能再跟您学医,学书法了,也不能在您膝下承欢了……对不起……"说罢,同样跪了下来,同样行三跪九叩大礼。前面的那一拜,只是为了这次这一拜,分别前的最后一拜。

叩完最后一个头,褚仁缓缓站起,一字一顿地说道:"救命之恩,没齿难忘……"还是这八个字,又一次,从褚仁口中说了出来。上一次只是随口说出的套话,这一次,却是真正要报恩了,不管傅山此刻明不明白,终究有一天,他会明白的。

褚仁转过身,对那王爷说道:"阿玛,明天一早,你再派人来接我好不好?我要再陪傅先生一天……我这身子如何调理保养,我还要再请教下傅先生。"

那王爷虽然十分不舍,但最终还是带着人离开了。

终于落幕了……褚仁长出了一口气,觉得既亢奋,又失落。这是一出好戏,自己的一举一动都踩在了点儿上,屋中其他四个人,从配角,变成了观众,被自己抢尽锋芒,所有的冲突都消弭无形,是一个不错的结局……但,这只是序幕,一个谎言,要用更多谎言去掩盖,一声"阿玛",也要用更多的岁月去偿还。

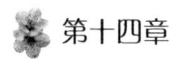 第十四章

褚仁趑趄着,不敢面对傅山,但又不得不面对。既然已经开了头,那就继续演下去吧……

褚仁跪在傅山面前,说道:"爹爹……我今日还是傅家子侄,您有什么要教训的,尽管开口。"

傅山低头瞟了褚仁一眼,"你……好自为之吧……"说罢一振衣袖,飘然走出了房门。

褚仁扭过头,呆呆地看着傅山远去的背影,先是遮住了门外的光,而后便离开了视野,留下门口的一片空……傅仁心中,百感交集,说不清是什么滋味。

这个西厢房,是褚仁与傅眉日日一起生活的地方,两个人同室而居,一左一右两张床,相对而置,辗转反侧之间,就能听到彼此的呼吸,看到彼此的身影,让人觉得安定……但,今天是最后一夜了,未来,就算能再相见,也是很久以后的事情。褚仁四顾着,心中焦灼地痛,想要把一切都装进眼中心中,以便日后的岁月慢慢咀嚼,慢慢回忆……

"说吧,你今天这是演得哪一出?"傅眉手持戒尺,在桌边轻轻敲着,有些薄怒,但更多的是嗔怪和不舍,"爹爹不问,我可是要问个清楚的。"

褚仁苦笑道:"你要是我,你怎么办?"

"我不认他们。"

"你觉得若是矢口否认,今天能善罢吗?"

"不能善罢又怎样?把我们都抓去,严刑逼供吗?若我们都抵死不认,他又有什么办法。"傅眉嘴上虽硬,心中却是清

梅花春信隔天涯

楚的，这样抵赖，根本于事无补。

褚仁摇摇头，"这是他亲生儿子，他是不会轻易善罢甘休的。"

"你之前还答应过我，不会相认的……"傅眉的语气中有几分怨。

"我之前没想到我和他这么像啊……"

"你总是有理由……你这么一去，把爹爹当成什么了？把我……当成什么了？"傅眉说着，紧紧攥住了戒尺。

褚仁瞥了一眼戒尺，嗫嚅道："你今天不能打我，不然留下了伤，我明天就说不清了……"

"你把裤子脱下来。"

褚仁闻言跳了起来，"喂！你想干什么？！"说完后退了两步，双手不自觉的捂住了身后。

傅眉看到褚仁这个样子，忍不住扑哧一声笑了出来，"我不打你，我只是想看看你那胎记。"

褚仁腾地一下红了脸："别……还是算了吧……"

"不亲眼看看，我终究是不死心的。"傅眉话音虽轻，但却很坚决。

褚仁咬着嘴唇，慢慢蹭着走近傅眉，转过身去撩起了衣襟下摆。

傅眉像是怕伤到褚仁似的，轻轻地拉下褚仁的裤子，"原来就在腰下面一点，倒是和我那箭伤的大小位置很像……"

听傅眉这么说，褚仁忙扭身去看，踮起脚，把臀部提起一点点，刚好能看见一半，绯色的胎记，像两片伸张的蝴蝶的翅

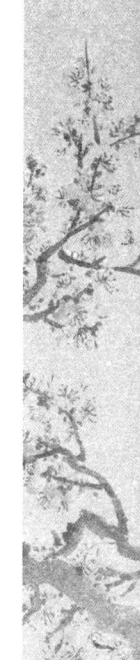

第十五章

膀，果然颜色和大小都与傅眉的箭伤仿佛……

褚仁整理好衣服，只觉得遍体都是汗，身上似乎冒着热气，脸也红得像煮熟的虾子。傅眉也有点尴尬，转过头不去看褚仁。

第十五章
不死朱衣为白头

过了很久，褚仁才清了清嗓子，正色说道："眉哥哥，这里面还有很要紧的事儿，我时间不多了，你要好好听着。"

傅眉见褚仁说得郑重，神色间也凝重了起来。

"你可知大清律中的'十恶'是什么？"

"谋反，谋大逆，谋叛，恶逆，不道，大不敬，不孝，不睦，不义，内乱。非止《大清律》，从隋朝《开皇律》始，历朝'十恶'皆无太大出入。"傅眉有点摸不着头脑。

"若犯十恶之罪，该当如何？"

"十恶不赦。不分首从皆凌迟，男性亲族年十六以上皆斩首，女性亲族给付功臣之家为奴。"

"你读的书多，你听说过有谋叛大案的嫌犯毫发无伤，全

不死朱衣为白头

身而退的吗？"

傅眉想了片刻，终究还是摇了摇头："似乎……没有。"

"但是，大清有个谋叛大案，叫作'朱衣道人案'便是如此！"

"朱衣道人案？！"傅眉惊得一跃而起，"那是怎么回事？是和爹爹有关的吗？"

褚仁点点头："详细的过程，我不清楚，似乎又是谁起义了，爹爹和他有联系，那人被捕后供出爹爹来，爹爹、你，还有傅氏其他亲族都入了监，这事儿反复拖延了很久，但最终所有人都无罪释放了……"

"那是为什么？爹爹是冤枉的？并没有跟那义军有瓜葛？"

"你觉得可能吗？"褚仁幽幽地说。

傅眉摇摇头，沉吟道："但凡有义军或者朱氏子孙的消息，爹爹都会去打听的，若是又有义军，爹爹绝不会置之不理……"

"所以，你应该知道，把坐实了的谋叛案，打成无罪，该有多难。"

"那……到底是怎样办到的？"

褚仁摇摇头："我没有看到详细的记载，这种事情……应该也不可能有详细记载，只是有记载说，亲友用'奇计'使爹爹脱困。"

"那……那个起义的人姓什么叫什么？我劝谏着爹爹，不让他们联络便是。"

褚仁又摇摇头："我不记得了……"

第十五章

"这么重要的事儿，怎会不记得了呢……"傅眉一跺脚，轻叹道。

褚仁苦笑道："眉哥哥，我不是研究历史的，之所以知道这么多，只是多看了一些关于爹爹的资料而已，随便一个起义军首领的名字，想必你也是不知道的，就算是爹爹也一定不知道。"

傅眉点点头，沉吟道："嗯……那这个'奇计'到底是什么呢？"

"我也不知道……"褚仁顿了顿，又道，"我虽然不知道那'奇计'是什么，但是谋叛案是要上报到刑部去复审的，而且要有题本直接上达天听。爹爹在晋省交游广阔，官场民间都有至交好友可以帮衬，但朝中应该是无亲厚友人的，对吗？"

傅眉又点点头。

"我想刑部那边，如果没有人关说，就算这计策再奇，恐怕也是不能轻易结案的……"

傅眉眉毛一挑，"你是说？"

褚仁点头，"我此番跟那王爷进京，再怎样也算是王府的贝勒，在京里总可以托人关照一下此事，一但事发，我还可以去求……他，他是王爷，至少在刑部是说得上话的。"

傅眉默然良久，才徐徐问道："这'朱衣道人'案，大约是什么时候的事？"

褚仁摇头："我也不记得了，但肯定是顺治年间，也许是三五年后，也许更久一些……"

"那就要有三五年不得相见……"傅眉很是怅然，"说不定，

不死朱衣为白头

一辈子都没有机缘待在一起了……"

"不会的！"褚仁笑着说，"大不了我装失明，就说只有爹爹的针灸才能治好我，那王爷难道还能不送我回来？"

傅眉摇头，"若那王爷要爹爹上京呢？"

褚仁一怔，让傅山去王府供职？恐怕比杀了他还难，想了片刻，又笑道："那我就说，我的病只有一种晋省特产的草药能治，而且这种采药必须用鲜的，干品无效，这样不就好了？你放心，我要想回来，总归会有办法的。"

傅眉展颜一笑，随即又面带忧色，"你不是在敷衍我吧？"

褚仁笑道："我几时对你说过谎来的？"

"你说过不会相认的……"

"好吧……这个算是我错了，你让我怎么赔你，你尽管说。"褚仁咬了咬嘴唇，"就算你要打，等下次见面，我让你打便是。"

"你……不会是因为认了亲，觉得对不起我和爹爹，才弄出这一套说辞来的吧？"

褚仁大急，"你！……你怎可以不信我？我起先是没想到，只是想着，不能让你们和他们起冲突，不能让你们吃亏，后来看到爹爹那态度，突然便想起了朱衣道人一案，若到时候他还是这样，可是要吃大苦头的……不管怎样，我若是在京里，多少能出的上力，我待在这里，却是半点忙也帮不上的！"

傅眉见褚仁急得面红耳赤，忙道："你别急，我信你，我信你！"

"你要时也不信我，我去何苦跟那王爷去？又何苦在言语

第十五章

间预留地步，筹划着将来怎么回来？"褚仁胸口起伏，依然是气得难以自抑。

"对不住……我说错话了。"傅眉说着，双手捏着那戒尺的一头，将另一头往褚仁手里塞。

"哼……明知道我最讨厌这个……"褚仁一把抢过戒尺，丢到床的紧里面，嘴角上翘，带了一点笑意。

傅眉也是一笑，翻出了那条黄带子："你带走吧……"

"留给你了。"

"我留着这鞑子的东西做什么……"

"什么鞑子的东西？那是我的东西！"褚仁不依不饶，"你还是收着吧，我两手空空而来，也没有什么其他物事可以给你留作念想的……这个就算借花献佛吧？是鞑子灭了大明，又不是这物件灭了大明，何必这么小气……"

傅眉被褚仁一番抢白，也说不出什么来，只得又把那黄带子默默收好。

"你生气了？"褚仁见傅眉不说话，反倒是有点担心。

"没有……"傅眉抬起眼睛，淡淡一笑。

傅眉的手，握住了褚仁的手，褚仁只觉得手心中硬硬的，有个东西。仅凭那形状，不用看，褚仁也知道，是那枚田黄的印章，一只憨态可掬的小狗，踩在一个白文的"仁"字上面。

"这个你带着……"

"嗯。"

"就算没有人督促，也别忘了时时习字用功。"

"嗯。"

不死朱衣为白头

"注意身体,千万不要再磕着碰着。"

"嗯。"

"别忘了……你是汉人。"

"……嗯!"

窗外,薄薄的暮色已经涌了上来,一轮明月悬在当空,又大又圆。四野俱寂,却有一点两点的火光,从一片沉黯的黑色中渐次燃起。

今天,是顺治五年的七月十五,家家都在祭奠亡灵。

今天,距离褚仁来时,刚好三年。

何时能再相见?要等待一个三年?还是两个三年?傅眉突然殷殷地盼望着,那"朱衣道人"案尽快案发,尽快如预期的那样结案,尽快再度这样和褚仁一起,并着肩,凭着窗,看窗外的明月。即使再度相见的代价,是要身入牢狱,饱经刑求也在所不惜……

"写幅字给我吧……让我留个念想……"褚仁说。

"我的字不好……不如爹爹的,也不如你的……"

"你太谦了……那就画幅画吧?你的画在我们那里,比爹爹的画还受欢迎。"褚仁微笑着,回想着之前看过的那些资料,傅山的画,有几分朱耷的风格,充满了明的遗民那种狷介孤傲、遗世独立之气。而傅眉的画,则是明丽清新,温婉秀美,真真当得起"墨轻笔韵、行间明婳"这八字评语。

"真的吗?你不是在哄我?"傅眉有些欣然,随即又赧然一

第十五章

笑。但凡褚仁提到傅眉比得过傅山的地方，傅眉都是格外欢喜。

"当然是真的！我什么时候骗过你！"褚仁叉手向天，似要发誓，却被傅眉轻轻一巴掌打了下来，"好好的，发什么誓？我信你还不行吗？"

褚仁夸张的甩着手："好痛！你就是不信我……还打人！"

"尺幅小点儿吧，你拿着方便。"傅眉说着，抽出一张盈尺的薄绢，铺平放好。

研好了墨，揿饱了笔，傅眉只寥寥数笔，便勾勒出一株硕大的古槐。心脏形的树冠，盘曲如冠脉的枝杈，正是盂县老宅村头的那一株。这古槐，端端正正地位于画面中央，几乎把整个画面占满，这样的构图，在现代平面设计中很普通，但是国画中，却是不多见的。

转瞬之间，傅眉运笔如飞，夕阳、浮云、昏鸦、远山便跃然纸上。前景纤草深深，随风摇曳，树下是两个着汉装的白衣士子，衣袂飘飘，手牵着手，并立着，看着远方……

傅眉写下了自己的名字，把笔交给褚仁，褚仁便也提上了"傅仁"二字。两方钤印，次第落下，红的眉，白的仁，一上一下。

"再相见时，你应该会跟我一般高了。"傅眉指着画上那士子说道。

"是啊……那时，我们就可以像这样并肩而立了……"褚仁也有无限感慨。

远臣有历谈天度

两个人就这样聊着说着，等墨干了，等夜深了，依然不想睡。夜寒逼人，月已晕，风未起，四野鬼气森森。原说鬼节的夜要早睡的，但两人已经顾不得这些了，因为这最后相守的一夜……

两个人东拉西扯，仿佛有说不完的话，不知道什么时候，才倦极而眠。待褚仁醒来，已经是满室阳光，日上三竿了。

注：

*傅山云：又辄云能辨吾父子书法，吾犹为之掩口。大概以墨重笔放、满黑桠权为父，以墨轻笔韶、行间明婳者为子。每闻其论，正衿痴耳。三二年来，代吾笔者，实多出侄仁，人辄云真我书。人但知子，不知侄，往往为我省劳。悲哉！（此话说于傅仁过世后）

第十六章/
远臣有历谈天度

和那个青衣男子并肩坐在马车上，褚仁觉得有种说不出的别扭，从一开始，好像就和他不对盘。

第十六章

"我阿玛呢？"褚仁问。

"王爷另有要事，让我们先启程回京，稍后他会和我们汇合。"那青衣男子答道。

"你叫什么？"

"古尔察。"

"你是我阿玛的什么人？"

"……王府一等护卫。"不知道为什么，这个问题，那青衣男子回答得有点迟疑。

褚仁想着，既然他只是个奴才，那么不妨把该问的都问了，虽说已经言明了失去记忆，但是在王爷面前对什么都一无所知，似乎也不太好。

"那我阿玛叫什么？"

古尔察眉毛一挑："你连自己阿玛的名字都不记得吗？"

"我昨天就说过了，我摔伤了脑袋，什么都忘记了……这话你应该也听到了吧？刚过了一天你就不记得了？难不成你也摔伤了脑袋？"褚仁一脸的不屑。

古尔察长长地出了一口气，似乎是强压住心头怒火，冷哼一声："你却记得谁是你阿玛……"

"我和阿玛长得这么像我怎么会想不起来？血浓于水你懂不懂？我什么都忘了，只记得我阿玛的样貌不行吗？"褚仁不知为何很是焦躁，张牙舞爪地大吼大叫。

古尔察反而平静了下来，嘴角勾起一个冷笑，幽幽说道："那件衣服，你怎么说没见过？"

褚仁愣了一下，脑中飞快地转着，随即便定下心来，"我

远臣有历谈天度

失明了两年,你当我这两年没长个吗?不换衣服吗?"说完也冷笑了一声,"我看你的脑袋还真是不太灵光。"

轮到古尔察愣在那里,半晌,他突然伸手揽住褚仁的腰,把褚仁的身子扳了过去。

褚仁还没反应过来怎么回事,便觉得腰中先是一凉,裤子已然被褪下数寸,只片刻,裤子又被提上了。

褚仁倏地拧回身,远远地退开,后背靠在车子板壁上,怒道:"看什么?!那是你一个奴才能看的吗?!"

古尔察嘿嘿地笑了,"你这张牙舞爪的样子,倒真有点当年小时候的模样。"

听古尔察这样一说,褚仁倒冷静下来了,看样子,这个小王爷似乎很是暴戾?

"那……那个汉人小孩,叫什么傅仁的?他小时候的事情,你都记着?"古尔察笑吟吟地,又问。

不知道为什么,一看到古尔察脸上的笑意,褚仁就气不打一处来,"我也不记得了,只记得自己叫傅仁。我摔傻了,摔瞎了,什么都不记得了!成了一个废人,你满意了吗?"褚仁说着说着,动了情,入了戏,竟不知不觉地流下泪来。

古尔察粗粝的大手,抚上了褚仁的面颊。

"别碰我!"褚仁伸手去拨开古尔察的手臂,但却像触到了铁板似的,半点也没有拨动,只好任他笨拙地拂拭。

"你阿玛是端重郡王齐克新,你玛法是端重定亲王博洛*,你翁库玛法是饶余敏郡王阿巴泰,他是太祖的第七子。"古尔察的声音柔柔的,很是好听。

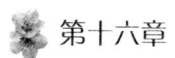 第十六章

　　端重定亲王博洛？是要认那姑娘做义女的那位亲王？已经故世了吗？褚仁想着，皱起了眉头，"那……我叫什么？"

　　古尔察脸上，又露出了那种笑意，似是戏谑，又透着一点亲切，"连自己叫什么都忘了？"

　　"不许笑！再笑，我让阿玛砍了你！"又是那样的笑容，褚仁又是怒气勃发。

　　"你叫齐敏。"古尔察说着，手掌轻抚上了褚仁的发辫。

　　褚仁把头一闪，挥手格挡了过去。古尔察的手臂应声飞起，重重撞上了车的板壁，随即又夸张得攥住手腕，弯腰弓背，十指曲张，脸上作出痛苦万分的神色。褚仁知道他是故意讨好自己，想板起脸来忍着不笑，但看到古尔察夸张的表情，终究还是没忍住，扑哧一声笑出声来。

　　"齐敏……倒像是汉人名字。"褚仁轻声道。

　　"你天天和汉人在一起，学汉字，读汉书，大概已经忘了自己是个旗人了吧？"古尔察又是一脸不怀好意的笑。

　　又是这样怀疑的口气，褚仁没来由的烦躁，"是！我是学汉字了怎么样？我巴不得做个汉人又怎么样？我受伤的时候你们在哪里？我失明的时候你们可曾扶我走过一步路？喂我吃过一口饭？都已经三年了，你们才想起来找我，还要怪我做了汉人？！索性就永远不要找我了，就让我当个汉人，自生自灭多好？！"愤怒是最好的掩饰，不能让这个人抓到任何疑点。

　　"你这是怨我？还是怨上王爷了？"

　　"都怨！怨你们所有人……"

远臣有历谈天度

"好了……都是我的错,你莫怨王爷。"古尔察声音低低的。

"当初不让我好好待在京里,跑到山西做什么?怎么会让我在这穷乡僻壤坠了崖?"褚仁嗔道。

古尔察轻声一叹,"你自打生下来就有头疼的症候,御医束手无措,京畿地方的名医也寻了个遍,一点起色也没有。后来听说五台山的寺庙很灵,小孩子去那里寄名可免灾厄。所以老王爷做主,就派人送你过来了,却没想到回程中会出事。"

"去寺庙寄名?不是应该一生下来就寄名吗?哪有这么大才寄名的?"原来那头疼的症候,是宿疾,并不是摔伤所致,这一点倒是大家都未料到的。

"之前并没有想到寄名这个法子,只是太后、摄政王都信佛,各位王爷也巴结着信佛而已……这也是病急乱投医。"

褚仁听他言语间对那位老王爷并不十分恭敬,于是问道:"那,老王爷……我玛法是什么时候过世的?"

"就是半年前,在南方中伏身亡……"

"哦……"褚仁想着,那么要认那位姑娘做义女的,应该是这位老王爷,不知道她是不是已经住进王府了……不过这件事,却是不方便问的,褚仁只好按捺住好奇心。

"你现在还头疼吗?"古尔察柔声问道。

褚仁摇头,"不疼了,多亏傅先生医术高明。"

"那位傅先生,本事倒是不小,就是脾气太臭,若不是看在他救了你的分儿上,我早就将他拿下了……"

"你敢动他,就是断了我的后路,跟杀了我没什么区

第十六章

别……我的病,天底下只有他能医。"褚仁淡淡地说道。

古尔察有点讪讪的,"那傅先生对你倒真是挺好,我还以为他是哑巴呢,没想到他今天早上絮絮叨叨的,跟我说了许多关于你的事。"

褚仁一惊,这怎么可能?忙问道:"他都说什么了?"

"就是诸如怎么照顾你的起居饮食一类,特别提到说不能让你磕着碰着,更不能动你一个指头。他说你的脑袋,就像那豆腐脑一般软嫩,一晃,就碎了,再也补不起来。"古尔察一边说,一边五指收成个碗形,迅速左右晃动了几下,然后瞬间一歪,停在那里,脸上一副"豆腐脑碎了"的惊讶表情,还是想逗褚仁笑。

但褚仁却不理会他玩世不恭的表情,只是心头一热,几乎落泪。傅山是多么抗拒和任何满人接触,抗拒和清廷沾上一点关系,褚仁心里很清楚,但是他为了自己,竟然破了这个例。"傅先生是好人,你不能不尊重他,没有他,就没有我,他是我的重生父母,再造爹娘,我眼睛盲的时候,什么都做不了,多亏他们父子无微不至的照顾,我才能活下来。"褚仁郑重地说道。

古尔察见褚仁说得动情,也收起了笑脸,说道:"是、是!咱们不是也感谢他了嘛,两千两银子可不少了啊。"

"银子不是万能的,寸金难买寸光阴,性命岂是银子能换来的?"褚仁冷冷地道。

古尔察笑道:"二爷跟着汉人,涨了学问啦,说话都文绉绉的。"

远臣有历谈天度

"我行二吗？上面还有个哥哥？"褚仁眼睛一亮。

古尔察有些诧异："你真的一点都不记得了？"

"说过多少次了，不记得就是不记得，如果记得，我干吗还要问你？"褚仁又开始有些烦躁。

"你大哥和你同岁，在六岁时出天花死了，就剩你一个，所以老王爷生怕保不住你性命，才会在战乱时也要带着你四处求医。"

"那么这些年，阿玛都没有再生吗？"

古尔察抬头瞟了一眼褚仁，摇头道："……没有。"

褚仁笑道："那阿玛要加油了，多给我生几个小弟弟才热闹呢！"

"你倒是心宽……"古尔察玩味地一笑。

"我身子不好，说不准寿数也不太长，总要多几个弟弟妹妹，给阿玛承欢膝下，养老送终才是。"褚仁心里想的却是，若王爷多几个子女，到时候自己要离开，可能会容易些，若只有自己这一个独苗，只怕没那么容易回到傅山身边。

"呸呸呸！休说这种话，多不吉利！"古尔察啐道，随后轻轻搂过褚仁的头，似乎有几分感动，"没想到二爷还么有孝心。"

褚仁厌烦地一拧脖子，脱离古尔察的掌握，怒道："我孝顺不孝顺，也是你这奴才能品评的吗？"

古尔察讪讪地缩回手，眼中掠过了一丝黯然。

两人相顾无言，气氛顿时有了几分尴尬。

第十六章

"那时候……你们就没找过我吗？"褚仁又开口问道。

"怎么没找过！当时原本应该是我护送你的，但是王爷那里出了点岔子，我……我违令丢下你跑去救王爷。若我在，也许你不会出事……"古尔察低下头，摆弄着腰刀的刀柄，"若不是王爷护着，当时我就被老王爷打死了，后来我带着伤，整整找了你一年，但一点线索也没找到……"

"没找到你们就不找了？"

"那时候南方战事吃紧，老王爷要带王爷征南，依老王爷的意思，让我留着这里找，一年找不到就两年，两年找不到就一辈子，如果始终找不到，就永远就不要回去了，可……可王爷坚持要带我南下，说一切都是缘法，若上苍垂怜，总有相见的一日。"古尔察长叹一声，"你……别怪王爷……"

褚仁点点头，又问："那后来怎么又想起找我了？"

"这件事，一直压在我心上，像块大石头……若不是王爷拦着，我恐怕早就自尽谢罪了。这次随王爷来山西，我便想着，若有机缘，还是要再找找看。临行前，我去了一趟白云观，求了个签，是上上签，签文是'衣冠重整旧家风，道是无穷欲有功；扫却当途荆棘刺，三人约议再和同。'解签的道士说了，应该从这衣服上寻出你来。我便把山西所有的当铺，一家一家查了个遍……天可怜见，终于让我找到了这件衣服，又拿着衣服寻了三个月，才见到了你。"古尔察的声音闷闷的，在空阔的车厢中略略生出点回声来。

"那……你第一次见我，没认出我来吗？"

"怎会没认出？看你的相貌，我就知道九成是你了，但你又不肯认，我也不好自作主张，便没声张，第二次又带了王爷前来。何况……认子这种大事，总要让王爷亲自相认才是正理，我这做奴才的怎么能僭越……"

"你倒不怕我们跑了？"褚仁歪着头笑道。

古尔察幽幽一笑，"我自然另外派了人盯紧了你们，十二个时辰毫不间断……好不容易找到了你，若再出岔子，就算王爷不怪罪，我也没脸活着了……"

褚仁心道，幸亏当时听了傅眉的，没有要求傅山搬家……自己想事情，果然还是不够周到。

注：

＊端重亲王博洛：病逝于顺治九年，终年三十九岁。

齐克新：博洛第八子，博洛死后同年九月承袭亲王，顺治十二年五月正式封为和硕端重亲王。顺治十四年其福晋佟佳氏被封为和硕福晋。死于顺治十八年，无子嗣，据说死时只有十二岁。

博洛共有九个儿子，其中第四子塔尔纳也曾被封为郡王，顺治十四年三月去世，时年十六岁。

本文中将博洛的事迹，拆散到博洛和齐克新两人身上，设定为博洛去世时四十多岁，齐克新此时不到三十。

第十七章

第十七章/
乾坤何处是吾乡

车,行进在由太原直抵京师的大驿道上,一路东行,经榆次、寿阳,进入太行山,出娘子关,便到了直隶境内。

起初一段是一马平川,道路两侧胡杨成行,蓬蒿遍野。而这些繁草密树,又被瀚海一样茫茫的黄土拥抱着,淹没着,宛若海中孤岛。马蹄踏过处,车轮行过处,漫天的黄土在车后遮天蔽日,久久不散,犹如行走的墙垣,又如一头黄色的蜃气怪兽,蹑足尾随。

正是秋风起时,黄土如雾,将远山近树点染成一幅浅绛山水。黄土如金,洒在人发间额上,将每个人都打造成宝相庄严的金身。多少丹心忠骨,多少绝代红颜,尽皆归于黄土。这片国土如同母亲,无论是爱她的人、弃她的人、护她的人、毁她的人、怜她的人、憎她的人……她都以宽厚的胸膛去包容。尘归尘,土归土,一朝朝一代代的繁华落尽,层层叠叠覆在黄土之下,如历史的册页,不忍去翻,一翻动,便是红尘遮天,迷了人眼,引来人泪。

一片萧条景象之中,间或有几处村庄田舍人家,如遗落在尘沙中的珍珠一般,远远自视野中出现,便令人心中一喜。褚仁从小生长在繁华都市,见惯了熙熙攘攘、拥挤喧噪,此番在一片荒凉中行走,反倒是第一次觉得人迹是如此可贵。

乾坤何处是吾乡

此时，正是金秋时节，路边牵牛荷锄的农人，见到如此华丽的马车，如此威武彪悍的一行侍卫，总不免驻足观望。每每此时，褚仁便也挑起车帷，注目着他们，直到车走远了，再也看不到为止。千村万落行尽，不知名字，千门万户行过，不辨姓氏，那些擦身而过的人们，甚至连眉目都没有看清，便转瞬而逝，渐行渐远……今生今世，甚至生生世世，再不得相见。唯一能确知的，他们是同胞，共踏一方土，同沐一片天的同胞。无论张王李赵，华夏夷狄，五千年来血脉传承，已是你中有我，我中有你，再也无法分开。

车过平定，便入了太行山，重岗复岭，道路艰险。车颠簸在崇山峻岭的岩峰石谷之间，如狂涛怒海中的一叶孤舟，褚仁双手紧紧抓住车上衡木，脸色惨白，勉力维持着身体的平衡。"欲渡黄河冰塞川，将登太行雪满山"，古时行路之难，是平素高铁飞机来去的褚仁远没有预料到的。

一个剧烈的颠簸，褚仁手一松，啊的一声惊呼，身子直从车厢一侧，撞到了另一侧的板壁上。

随即，一双宽厚的臂膀，将褚仁拥入怀中，没有多余的话，只这样紧紧拥抱着，稳如磐石。

褚仁只觉得心头一暖。傅山虽然待自己犹如亲生，但毕竟是儒家一脉，端凝自持，平素喜怒都是淡淡的，身体发肤的接触少之又少，这种亲热的相拥，更是从未有过……再远些，回到现代，生身父亲的怀抱似乎已是太久远的幼年记忆了……褚仁知道满族有抱见礼，这样的身体接触应该并不失礼吧？贪恋着这怀抱的暖，不忍推开，也不想推开，便这样，贪婪地享受

第十七章

了下去……

　　车出井陉,便到了娘子关,广袤平坦的华北平原,如一片绿毯,仰在碧空下,清风里,任人驻足。

　　一座太行,隔开了东西,也仿佛隔断了褚仁的前生今世。那一边,是旧朝代的忠臣烈士,誓不臣清,舍身赴义,屡起屡蹶,怀抱明月,不畏清风;这一边,是新朝代的宗室勋贵,赫赫扬扬,东征西讨,正欲打造一个全新的大清盛世。夹在中间的褚仁,心头一片混沌,不知道怎样去面对那茫茫未知的朱门深院。但,戏还是要演下去的,硬着头皮也要上场,锣鼓已经敲响,大幕已经拉开,戏没有演完之前,总归是没有办法下台的。

　　刚一出娘子关,齐克新的人马便赶了上来。
　　远远的,一匹白马,一袭紫袍,风一样卷了过来。
　　古尔察忙下车见礼。
　　齐克新也跳下马来,和古尔察寒暄着。
　　听着二人的说话,褚仁心中一惊,霎时,便急出了满头的汗。他们说的话,褚仁一句也听不明白!
　　那是满语,褚仁虽然听不懂,但知道那是满语。很小很小的时候,似乎外公教过几句日常礼节的话,记得有次过年,这半生不熟的满语还为自己换来过压岁钱……但,那是太久远的事情了,仿佛已经是前生,此时无论如何回忆,依然一个字也想不起来。

　　身旁的那两个人还在说着,褚仁努力地捕捉着每一个熟悉

乾坤何处是吾乡

的音节，但是终究无法把它们串联成完整的意思，心里一急，眼中便充满了雾气。

终于，那两个絮絮叨叨说个不停的人注意到褚仁了。齐克新将上半身探入车内，用手背轻触了一下褚仁的额头，神情惶急，又说了一连串满语。

褚仁嘴一撇，声音带着哭腔："我……我听不懂满语了……"

"怎么会？"齐克新换做了汉语。

"我、我什么都不记得了，怎么办？"褚仁呜咽。

"别急，别急！不要紧的。还有哪里不舒服？怎么这么多汗？头疼吗？"齐克新一叠声地问道。

褚仁摇摇头，"我听不懂你们说什么……"

"没关系，我们以后在你面前，用汉话就是。你别急，慢慢想，想不起来阿玛慢慢教你。"齐克新安慰着。

"怎么会记得汉语，不记得满语了呢？"。古尔察也弯下腰，在车帷开处露出了半张脸。

"我也不知道……我那时候昏迷了很久，眼睛睁不开，也不会说话，但是能听到别人说话的声音，后来醒来，自然而然地就能用汉语说话了……"

齐克新坐到车内，揽住褚仁的腰，柔声说道："别急，我们敏儿很聪明的，回去慢慢学，很快就学会了。"而后转头对古尔察吩咐道，"走吧，我在车里陪他。"

古尔察弯腰躬身，答了一声"嗻"。说完便跨上马，双腿一夹马腹，直跑到队伍最前去了。

第十七章

车,又辚辚前行,这一路,已是平原坦途,再无颠簸了。

齐克新紧紧揽住褚仁的腰,让褚仁靠在自己肩上,似乎生怕一松手,便会再度失去这个儿子似的。

"这一路过来,可劳累吗?"

"不累。"

"头疼病有没有犯过?"

"没有。"

"肚饿吗?要不要喝口水?"

"不要了……"

"冷不冷?若是冷便加件衣服。"

"不冷……"

"那热不热?热就把帘子打起来,不要闷着。"

"也不热……"褚仁破颜一笑。

齐克新不嫌絮烦地说着,仿佛要把这三年来欠下的关怀话语,一股脑统统倒出来一般。也许并不是为了冷热衣食,只是想说,想交流,想知道儿子的一切感受。对这个失而复得的独子,他恨不得捧在手中,含在嘴里,一刻也不想放开。

齐克新拿出一块羊脂白玉的玉佩,给褚仁挂在腰上,"阿玛特地给你的见面礼,可保你平安。"

褚仁低头看时,见那玉上刻着一只花瓶,两只鹌鹑,一柄如意,正是平安如意的口彩。

"腿总是这样垂着,脚会肿的,把靴子脱了,腿盘上来坐着。"齐克新又说道。

乾坤何处是吾乡

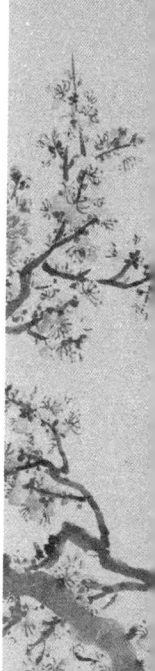

褚仁依言脱了靴子，把脚拿到座位上，却没有盘坐，而是略侧过身子，将后背靠在齐克新肩臂上，脚伸直了坐着。母亲还保有满族盘坐的习惯，但褚仁从小就关节硬，盘不起来。若是按照明朝的规矩，应该要跪坐的吧？时代的车轮碾压着一切传统，坐姿越来越懒散随意……褚仁怕齐克新看出破绽，忙把一只手背过去，放在齐克新的手掌中，任他轻轻揉捏着。

车帷落着，车中一片昏暗。若有若无的，是齐克新衣服上淡淡的熏香气味。褚仁分辨不出那是什么香，只觉得馥郁淡雅，很是受用。马蹄缓缓，配上车子微微的颠簸，不禁让人昏昏欲睡。和古尔察一起乘车，褚仁总是戒备着，此时和齐克新一起，不知为何，渐渐放松了下来，竟不知不觉睡着了。

不知道过了多久，褚仁被一下剧烈的颠簸震醒，爬起来揉了揉惺忪的睡眼，挑起车帷向外看去。只见车前并列两骑，是白马紫衣的齐克新和黑马青衣的古尔察，两人并辔而行，谈谈讲讲，似乎很是亲昵，听那话音，又是满语。褚仁一句也听不懂，只呆呆地看着，忽然生出了一丝怅然若失的感觉。

终于，到北京了！远远望见崇文门城楼，褚仁心中一阵激动，像是见到了久违的亲人，褚仁还是第一次见到这座雄伟的建筑。像是要把它塞入脑中带走似的，褚仁贪婪地看着它的一砖一瓦，飞檐雉堞，直到眼前一黑，车进入了城门洞。

车，继续前行，眼前豁然开朗，天高云低，视野开阔，一条土路略带弯曲的延伸向前方，远处还能隐约看到皇城的城墙。路的两旁，是低矮破败的买卖铺户，行人穿梭来去，大

第十八章

多衣履敝旧，不仅和褚仁记忆中的当代北京天差地远，就是和《清明上河图》中描绘的古代都城的繁华景象相比，也更显简素荒凉。

车一路北行，复折向西，绕过皇城，继而向北，褚仁估摸着，约为现在西四一带，便见到一座朱门深院，藏在街边巷弄之中，倒是一处闹中取静的所在。想必，这便是端重王府了吧？

第十八章／
铁脊铜肝杖不糜

褚仁从来没有像此刻一样，迫切地渴望回到现代。

之前在傅山那里，过着村居的隐士生活，再怎样苦，也觉得是应当应份的，并不觉得苦。如今到了王府，因为和想象中的富贵生活有些落差，那些不满的情绪，便如雨后的青苔一样，渐渐滋生出来。

这端重王府＊不大，人也不多。

所有的女眷都住在西面的三个跨院里面，包括齐克新的一个福晋，两个侧福晋，还有老王爷的一干妻妾。东面则是齐克

铁脊铜肝杖不糜

新和褚仁的居所，包括书房、佛堂，甚至还有一个练武场。后寝是原来老王爷的居所，现在空着。花园位于中路和东路之间，像是阻隔阴阳的一道屏障。

这几日的王府生活，远没有一干清宫剧中描述的那样奢靡豪华。衣食住行四个字当中，唯有"衣"和想象中一样，是没打折扣的，但是对于褚仁来说，衣服只要暖和舒适就足够了，浮华典丽的衣料，只能勾起他盘算拍卖估价的兴趣而已。饮食乏善可陈，单调的大鱼大肉，烹调方式原始粗放，只吃了几天，便开始腻了。日常住用倒是和想象中差不多，但是却没有《红楼梦》中那些娇俏可爱，水一样骨肉的丫鬟们，婢仆们大多唯唯诺诺，让人提不起兴趣来。总之，褚仁做风流小王爷的美梦瞬间碎成了渣渣，不免看什么都不满起来。

想着在现代拧开水龙头就有热水的方便生活，在四百年前的王府，则要等待半晌：现烧、现提、现兑，虽说伺候的人很多，但依然有着隔靴搔痒的不满足，似乎人生就在这种漫长等待中慢慢蹉跎，还没等好好享受，便已经老了。

或许……只是因为生活中没了傅眉，便觉得无趣，像是最美好的这一段少年时光被辜负了似的……

褚仁正在托着腮，咬着笔杆胡思乱想，冷不防，一根藤条带着风声劈了下来，啪的一声，打在桌案上。

褚仁一个激灵，反射似的坐直身子，抄起案上的《清文启蒙》*，做出阅读的姿势。随即又眨眨眼睛，这次才是真的如梦方醒，呆呆地看着眼前的古尔察。

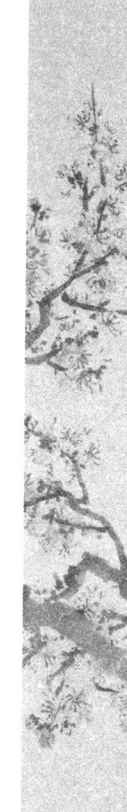

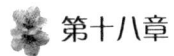 第十八章

古尔察一脸怒容，注视着褚仁。

"你……刚才说什么来的？我……没听清，你……能再说一遍吗？"褚仁嬉皮笑脸，故作无辜。

古尔察抿着嘴没说话，只是又甩了一下那藤条。

藤条带着呼呼的风声劈下来，让褚仁身子一颤，"你、你不能动我……你把那东西拿远点儿……"说完，也学着之前古尔察的样子，手指曲张如碗，用力晃动几下停住，做出一个"豆腐脑碎了"的大惊失色的夸张表情来，然后偷眼去看古尔察的脸色。

古尔察虽然依旧板着脸，但眼角已经微微有了些笑意。

褚仁立即讨好地一笑，"是不是该去骑马射箭了？"

"还不到时辰。"

"哦……"褚仁装作低眉顺眼的样子，垂下头又假装去看那本书。

对于满文，褚仁真觉得自己实在是缺少点天赋，每到此时，总是昏昏欲睡，一点兴趣都提不起来。也许……只是因为内心抗拒着，不想去学它吧？似乎学会了它，便负了汉人似的。

"等我禀过王爷，须得给你找几个哈哈珠子做伴读了。"

"要他们做什么？"褚仁不解。

"我打不得你，难道还打不得他们？"

"别！"褚仁大急，"我好好学就是，你别欺负别人……我可看不得别人为我受苦。我好静，别弄一堆人来招我烦，人一多我就头疼。"

铁脊铜肝杖不靡

古尔察一声苦笑,继续讲解着满文清字。

褚仁强打精神,愁眉苦脸地听着。

"闭上眼睛,跟着蹄声的韵律,人马一体。"

"背挺直,肩臂放松,抓稳缰绳。"

"屁股不要乱动,压在马背上,随着马起伏。"

或许因为身上到底还是流着旗人的血,褚仁对于骑马,却几乎是一点就透,只略略被提点了几句,褚仁便能自如地驾驭着马匹,和古尔察一起,并辔在场中缓步行进了。褚仁身下的这匹马,方当幼龄,黑身白蹄,乌云踏雪,是古尔察那匹黑马的儿子,几乎不用费心驾驭,便能自觉地跟在父亲后面行走。

"阿玛可真是抠门儿,请不起西席吗?文也要你来教,武也要你来教。"褚仁扭头笑道。

"我教不得你吗?"古尔察斜睨了褚仁一眼。

"骑射你是教得很好啦,不过满文嘛……呵呵……"褚仁狡黠一笑。

"你小时候,满文也是我教的,一笔清篆写得比我还好。"

"哦?真的吗?那我大抵真的是脑子跌坏了,现在是死活也学不会了……"说到这里,褚仁想着,要不然就混赖说一学满文就头疼,干脆躲过去不学算了,反正也不会在这个王府里待一辈子,不会满文也没啥大不了的。可转念又一想,如果不会满文,这宅子里别人说什么自己都听不懂,当面说自己坏话都不知道,那也真够郁闷的,看来……还是得要硬

第十八章

着头皮学下去。

"你要拿出学骑射的认真劲儿,学什么学不会呢?"古尔察感叹。

"你的满文又是跟谁学的?"褚仁问。

"跟王爷的先生学的,我是王爷的伴读。"

"就是你之前说的什么哈哈珠子吗?"褚仁突然有了兴趣。

古尔察点点头。

"那阿玛犯了错,是你替他挨打吗?"褚仁戏谑一笑。

古尔察却不以为忤,轻叹了一声:"是啊……所以我的满文,学得倒比王爷还扎实些。"

褚仁听了,却是有种说不出的滋味,笑说道:"我绝不会带累别人挨打的,休想给我弄什么哈哈珠子。"说完一夹马腹,身下的马,箭一般蹿出,绕着这个不大的场子,飞跑起来。

"随着马的起伏起坐,对!腿用力,屁股放松!"古尔察一边强调着要领,一边纵马赶上来护持。

"你是怎么教的?这么多天了,照着抄还抄得错误百出?!"齐克新将褚仁抄的一叠满文重重摔在桌子上,那叠纸四散开来,落得桌上地下到处都是,蚯蚓一样点点划划的墨色之间,净是古尔察朱笔勾画、批改过的痕迹。

褚仁吓呆了,怔怔地看着那些散落一地的纸,突然觉得这些乱糟糟的朱墨夹杂看上去有些像七星瓢虫,蓦然生出些密集恐惧来。

铁脊铜肝杈不糜

　　此前，齐克新对褚仁的学业只是时不时轻描淡写地问问，从未亲自检查过功课，因此褚仁也越来越懒散，越来越不上心。

　　已经入冬了，天一天比一天寒，也一天比一天短。每天早晨，天还是一片漆黑时，就要起床读书，这让褚仁总是昏昏欲睡。今天这不是褚仁正睡着，齐克新突然就进来了，看到这个情形，便怒火中烧，连带着检查了之前的功课，更是气得浑身颤抖。

　　齐克新平素一向都是温文尔雅，说话也是和风细雨，不紧不慢，看上去完全不像是能领兵打仗的王爷，因此褚仁一向对他并不惧怕，但今天看到他盛怒之下，爆发出隐隐的霸气和杀气，直把褚仁吓得一句话也不敢说，只低着头，看着那一地的"七星瓢虫"，大气都不敢透一口。

　　齐克新又吼了几句什么，褚仁完全没有听进去，只盼着时间快点流逝，这漫天的狂风暴雨赶紧消散。

　　突然，齐克新的一句话清晰地跃入褚仁耳中。"来人！拉出去，鞭二十！"

　　褚仁大惊，抬头看时，却发现要挨打的却是古尔察。

　　"不要！"褚仁拉住齐克新的衣襟，大叫道。

　　"四十！"齐克新沉声说道。

　　"阿玛！是我的错，您不能打他！"褚仁拉着齐克新的衣襟，再度求情。

　　"六、十！"这两个字似乎从齐克新牙缝中挤出来的，带着丝丝寒意。

第十八章

　　褚仁吓呆了，再也不敢说话，眼睁睁地看着古尔察站起身，走了出去，转身时，甚至冲褚仁无奈地笑了笑。没有不忿，也没有畏惧，似乎早已习惯，似乎……只是转身出去做一件穿衣吃饭一般的平常事。

　　门大开着，帘子被挑了起来，门外的丝丝霰雪被风卷着，涌了进来。因屋子下面地龙烧得很热，那雪粒一落地，瞬间便化成星星点点的湿痕。

　　天刚蒙蒙亮，外面只隐约看得到人影，雪又小又密，屋宇和丛树都像是罩在一层流动的浓雾中一般，显得那样不真实。

　　古尔察走到庭院正中，背向门口跪下，脱下衣服，袒露出上身。

　　鞭子，夹着风声劈了下来。

　　褚仁啊的一声，大叫了出来。

　　那行刑的侍卫吓了一跳，停下手望向褚仁。

　　而古尔察只是身子一震，依然保持着笔直的跪姿，没有发出任何声响。

　　齐克新一挥手，示意继续。

　　虽然外面天色很暗，但是古尔察麦色裸背的轮廓，却刚好让人看得分明，那背上，一道一道，越来越多的鞭痕也分外清晰。像是用朱砂，在潢染纸上，一笔一笔凌乱地涂写着。飞溅的血花，落在薄薄的积雪上，将那积雪融得凹下去一个个小坑，倒看不见红，却更让人觉得像是痛彻骨髓的伤。

铁脊铜肝杖不靡

　　风吹过，满地的雪粒簌簌滚动了起来，像是一片清冷的波光，那些散落在地的写满了满文的纸，也被风吹得飘飘地动，像是一群振翅欲飞的妖异的蝶。依旧听不到古尔察发出任何声音，只有风声、雪声、鞭声和纸声纠缠在一起，像是幽幽的鬼哭。

　　褚仁震惊于这样的景象，想要大喊，却像魇住了似的，完全喊不出声音来。

　　褚仁默默地跪了下来，膝行着，转到齐克新身前，一个头，重重磕在齐克新脚面上。

　　褚仁抬起头，双手紧紧抓住齐克新的衣襟，泪流满面，却还是不敢出声，只是抖着唇，无声地恳求。

　　齐克新低头看了褚仁一眼，随即便抬头看向门外，丝毫不为所动。

　　褚仁只得紧紧抱住齐克新大腿，将脸埋在齐克新的袍子中，似乎不听，不看，便可以当这事没有发生。

　　不知道过了多久，那呼啸的鞭声停了，只听齐克新说道："带他下去疗伤！"

　　褚仁这才死而复生一样，恢复了听觉和视觉，而齐克新的袍子，已经被褚仁的眼泪濡湿了一大片。

　　"你只回答我一句话，有没有用心学？"头顶是齐克新冷冷的声音。

　　"没有……"褚仁有些哽咽。

　　"那以后该怎么办？"

　　"好好学……"

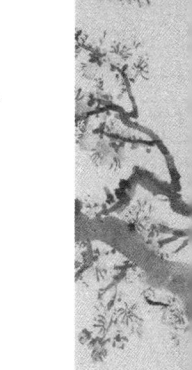

第十八章

齐克新缓缓抽出了腿，大步走出门外。

剩褚仁一个人，对着散落一地的满文，孤零零跪在那里，那一地密密麻麻蚯蚓一样的文字，似乎蠢蠢地蠕动着。

门外，雪大起来了，片片雪花鹅毛一样缓缓飘落，遮得那天色比刚才还暗了几分，也遮住了那些溅落血滴砸下的凹坑，不留一丝痕迹。只有古尔察跪过的地方，还留有一片凹陷，见证着这里曾经发生过什么。

原来，就算不要哈哈珠子，还可以打先生……褚仁只觉得这一切太疯狂，毫无道理可言。主子和奴才，中间竟是如许的鸿沟，不管平常谈谈讲讲有多亲热，到了关键时刻，就可以一点情面都不讲……褚仁莫名地替古尔察觉得不值，心也微微有些刺痛。就算……这只是苦肉计吧，褚仁不得不承认，这样的计谋，真真切切地戳中了自己的软肋。

注：

*端重亲王府应在东城石大人胡同。位于西城的其实是敬谨亲王府。本章王府内部结构描述依据了敬谨亲王府。但敬谨亲王府在西单路口南侧，不在西四附近，因情节需要调整。

*《清文启蒙》：成书于雍正年间。

春日花飞满四邻

第十九章
春日花飞满四邻

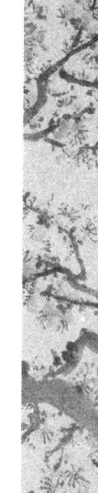

褚仁有些恍惚，不知不觉便走到了古尔察的居所门外。

因为天太暗，里面亮着灯，隐隐传来说话的声音。

"对不住……我在阿玛灵前发过誓的，这辈子绝不会让你再受这样的苦了，没想到今天还是破了誓……"是齐克新的声音。

"这算什么受苦，和之前比，只是挠痒痒罢了……"古尔察有些中气不足，但话音中却带着笑的。

"敏儿……现在倒是跟你越来越亲近。"

"王爷……"

"叫八哥。"

"八哥……"

"你既然不肯成亲，那我的儿子，自然也是你的儿子。若我走得比你早，须得让他向孝敬亲阿玛一样孝敬你。"

"王爷……别、别让二爷知道……"

褚仁只觉得内心有个地方被深深灼痛了，又好像一片幽暗中照进来一线光，似乎有什么美好绚烂的东西在飘荡着，想要去抓住，却又看不见摸不着。

褚仁突然觉得一阵头痛，天旋地转，站立不稳，一头磕在

第十九章

门框上，失去了知觉。

"醒了？"褚仁睁开眼，眼前是古尔察的笑容。

"你的伤不要紧吗？"褚仁挣扎着要坐起来，却被古尔察轻轻按住。

"先顾好你自己吧！头还疼吗？来！先把药喝了。"

"有一点……不过只是受了风寒，不是之前的老毛病。"褚仁很清楚，现在这种昏重的头疼只是感冒而已，和之前的那种头颅似乎要裂开的疼痛，根本无法相比。

"你倒真是娇嫩，挨打的又不是你，你反倒病了……下这么大雪，自己就不知道加件衣服吗？"古尔察还是老样子，明明是关心人的好话，可让人听着，就是说不出哪里不受用。

"我不是急着想看看你的伤嘛……伤得怎样？"褚仁伸手去摸古尔察的脉搏。

"已经好了。"古尔察回答得斩钉截铁，转身去端药，不着痕迹地把手腕移开。

"让我看看！"褚仁坚持。

"不用。"古尔察依然拒绝。

"让我看看！不然我就不喝药，你还看过我的胎记呢！"褚仁不依不饶。

古尔察叹了口气，微微转过身，略略掀起衣襟，露出了腰背之间的一小片肌肤。

只看了一眼，褚仁便倒吸了一口冷气。只见那一小片肌肤上，层层叠叠都是伤疤，灰白的，嫣红的，浅褐的，纵横交错着，有些看上去像是很严重的肌肉缺损，坑坑洼洼的，有些则增生得凸了出来，树根一样，很是狰狞。刚刚的新伤只是浅浅的皮破血流，反而并不夺人眼目。褚仁无法想象多重的刑才能造就这样的伤，只是不忍再看下去，忙帮古尔察放下了衣襟。

古尔察转过身来，脸上还是那种无奈的笑。

"那些旧伤……都是因为把我弄丢了才……"

"不都是。"古尔察笑着摇头，"我只有两次是因为你挨打，今天这次和你坠崖那次，其他都是因为王爷。"古尔察笑得很是平静祥和，似乎带着小小的满足。

"小时候做伴读被打的？他们怎么能对小孩子下这么重的手？！"褚仁有点愤愤。

"也不是……"

"那是因为什么？"

"因为……"古尔察避开褚仁的视线，略顿了顿，"因为老王爷不想让我服侍王爷……"

褚仁了然，点了点头，"总之……我绝不会让你有第三次。"褚仁的话音很轻，但很肯定。

古尔察绽开了一个浅浅的微笑，端着那药，就到褚仁唇边，看褚仁一口一口喝下去，又拿过一个盛着各色蜜饯的漆盒，让褚仁过口。

第十九章

　　褚仁随便捡了个青梅放在嘴里，只觉得又酸又苦，像是此刻的心情。

　　窗外，雪还下着，天灰蒙蒙的。

　　室内，点着安神香。

　　褚仁吃了药，只觉得浑身发热，不知不觉又睡过去了。

　　"醒了？"褚仁再一次睁开眼睛，面前换做了齐克新的笑容。

　　不知为何，褚仁有点怕，眨着眼睛，将身子向被子里缩了缩。

　　"现在知道怕了？当初为何胡混不用功？"虽是训诫的话语，但齐克新却是语气温柔，一脸笑意。

　　"我不喜欢学满文……"褚仁大着胆子说道。

　　"不喜欢也要学！"齐克新佯怒。

　　"我要好好学骑射，跟阿玛去打仗。"褚仁继续撒娇。

　　话虽这么说，褚仁心里却自问，真要打仗吗？这几年和南明、大顺、大西交战，平定各处起义的火头，褚仁内心是抵触的，若是康熙年间，能参与平三藩或者收台湾，褚仁倒是有点跃跃欲试。这是一种什么心理，褚仁自己也想不明白，似乎参与现在的征伐，便是在铲除大明的最后一线根基，负了汉人；但是过了几十年，转到康熙朝，便成了维护统一，再没有心理负担了一样……

　　齐克新叹了一声："如今天下大定，哪有那么多仗可打？

春日花飞满四邻

咱们这些带兵的王爷,也会越来越不吃香了……打天下需要武功,治天下则需要文治,你还是多学点经世济民的本事才是正理。阿玛就是吃了这个亏,可不能继续让你这样了。待来年春暖,再给你请个好西席,让他好好教教你这些。你要看什么书,也只管让下人们买去。"

话虽这么说,但才出了正月,还没等到春暖,齐克新便被任命为"征南大将军*",又领兵南下征缴唐王朱聿键去了。

这一次,古尔察没跟去,齐克新把整个王府还有褚仁,都交到了他手上。

开春了。

褚仁手上的弓,也从四力换成了五力。

褚仁保持着这样张满弓的姿势,似乎已经很久很久了,几乎有一辈子那么长。虽然只是暮春天时,但汗一直就没停过,顺着额头、脸颊、脖子一路流下来,一直钻到领口中,像虫蚁爬过的感觉,痒痒地让人不舒服。

练武场边,种着三四棵海棠,正开得如火如荼,微风拂过,花瓣便雪一样扑面而来,黏在汗湿的肌肤上,带来一点凉,一点香。

褚仁嘴里也不能闲着,要一句一句,反射似的,用满文和古尔察对话。这是古尔察新想出来的办法,既可以避免张弓的

第十九章

时候太过气闷，又可以捎带手学了满文。褚仁不得不承认，这个办法很好，至少可以暂时分散一下注意力，让手臂的酸痛不那么煎熬。

"胳膊抬起来！"

"背挺直！"

"啪！啪！"两声，还是那根细细的藤条，分别击在褚仁手臂下方和后背上，很轻，只是用来矫正姿势。褚仁只得把注意力收回到肢体上面，绷紧了肌肉。好累，手臂已经在微微颤抖，但是又不敢放下。

古尔察似乎总能摸准褚仁的极限，正当褚仁忍无可忍，想要把弓摔在地上，四仰八叉的躺下的时候，便听到了如纶音般的两个字："射吧。"

褚仁屏息，瞄准，松弦，箭若流星，端端正正地插在百步之外的靶心上，连褚仁自己都忍不住叫了一声好。

话音未落，弓便已被古尔察接过，随即古尔察又揽过褚仁靠在自己胸前，两只大手在褚仁的肩臂上轻轻按摩着。

"好热，辫根儿都快能拧出水来了。"褚仁闭着眼睛，享受着这爱抚，喃喃说道。

"等练完了洗个澡就好了。"

"还练啊，我已经是百发百中了。"褚仁娇嗔。

"这才哪儿到哪儿啊，还没练骑射呢！"

"骑射？上午练骑马，下午练射箭，不是就骑射吗？"褚仁

春日花飞满四邻

不解。

古尔察哈哈大笑,"你这叫步射,骑射是骑在马上张弓放箭,要等你骑术精湛之后才能练呢!"

"哦!"褚仁恍然,"那我已经能开五力弓了,算是相当不错了吧?"

"这算什么,五力只是八旗兵丁的最低限而已,当年王爷在你这岁数已经能开十力弓了,宗室之中,能开十五力、二十力的也不乏其人。"

"那你能开多少?"

"我……我右肩的骨头伤了,再也开不了硬弓了……"古尔察有些黯然。

褚仁又想起了他身上的那些伤疤,右肩的伤,是因为那些刑罚吗……想到这里,褚仁心中一痛,忙岔开话题问道:"我就是奇怪,为什么我们旗人要剃掉前面的头发?要留辫子?"

古尔察笑道:"这便是和骑射有关了,剃掉额发,纵然风再大,马再快,骑在马上奔驰,也不会因头发挡住了视线,影响准头。"

"哦……那后面的头发为何编作辫子?"

"后面的长发,若编做发髻放在头顶,在林子里行猎的时候,容易被树枝勾住,只有编做辫子,才是最灵活方便的。"古尔察一边说,一边用攥成拳头的右手放在头顶,比作发髻,

第十九章

左手伸张着,划过"发髻",脸上做出"发髻被勾住了"的夸张表情。

褚仁却没有笑,"那为何要求天下人皆剃发易服?又不是所有人都要骑射?"

"为的是看天下人是否臣服。一个人臣服不臣服,总不能扒开他的心去看看,就算能扒开他的心,也看不出,但看他肯不肯剃发就能一目了然。如果连头发都不肯剃,那必然是对朝廷不满的,这就是所谓的'剃发归降'。不这样不行啊……汉人太多,旗人太少,我们管不过来的……"

"总觉得有点怪怪的……"褚仁小声嘀咕。其实褚仁想说"身体发肤,受之父母,不敢毁伤,孝之始也",想说"华人髡为夷,苟活不如死*",但他知道此时此地此情此景不能说,也罢……反正只是演戏。

"你知道前明官帽上的帽翅吗?是不是看上去也很怪?其实那是因为皇帝不喜欢这些官儿们交头接耳,才特别搞出来的。那帽翅又长又大,只要脑袋一动,皇帝在御座上就看得到了。所以说,这帽翅也不过是臣服的标志罢了……我朝翎子的功用也差不多。"古尔察解释道。

"哦……"褚仁若有所思……其实,褚仁内心并不觉得辫子难看,但是却无法接受被强迫留一种发型,穿一种衣服。四百年,只要四百年,这片土地上的人们,就再也不需要为发型衣服违法犯禁,受辱丧命了,想怎么穿便怎么穿,可惜……

这个时代的人们享受不到这种自由。如果自己是明的遗民，可能也无法接受被迫改变发型吧……

见褚仁有些闷闷不乐，古尔察笑道："等哪天得空儿，我带你去西山打猎。"

"好啊！最好明天就去！"褚仁立刻露出了笑颜。

古尔察神秘一笑，却并不答话。

许是因为齐克新吩咐过的缘故，褚仁小书房的藏书一天天丰富起来，府里专门有人天天盯着街坊书肆，但有新书上架，便立即买一套回来。或许是负责采买的家丁并不识什么字，也不懂要买些什么书，买来的书当中，多半都是小说随笔一类的闲书，倒成了褚仁打发时间的好东西。

因听说今天有一批新书到府，褚仁离了练武场，连衣服都没换，便跑到侧门那里等着。

刚到门口，便听到两个门房正在议论。

"臭穷酸！也不看看自己是什么德性，还要见王爷？还要见管事的？"

"是啊，拿着张破草纸，还硬说是价值千金的书法。"

"就是！就是！那东西鬼画符似的，我看跟当票差不多，还说是什么唐朝和尚画的。那唐朝的当票它也是当票不是？你得着也没地儿赎东西去啊……"

"现而今这种不着四六的破落户还真是多，一波一波的，

 第十九章

轰都轰不走……"

褚仁听了有些好奇,"什么唐朝的书法?"

"二爷!"两个门房赶紧行礼,其中一人说道,"刚刚有个穷酸,拿着个巴掌大的破纸头,说是唐朝和尚的书法,要卖给咱们,让我们给轰走了。"

"他说是谁的书法了吗?"

"说了,但是我不记得了……"其中一个门房搔搔头。

"我记得好像是叫什么素的,当时我还想着,既然是和尚,可不是得吃素吗?"另一个门房说道。

"怀素?!"褚仁一惊。

"对!对!就是这个名字。"那门房连连点头。

"那可是好东西!你们怎么能放他跑了?"褚仁一跺脚,"那人朝哪儿去了?穿什么衣服?"

"瘦瘦的,穿一身白,出胡同奔北了……"

褚仁没等他说完,便拔脚追了过去。

只听得身后那两个门房还在絮絮叨叨说个不停。

"那人一身白,莫不是家里有丧事?"

"你懂什么!孝服不是麻就是布,他那可是茧绸,颜色也不对,他那叫月下白,孝服必须得是漂白……"

注：

＊《清实录》乾隆十六年：广西提督岳钟璜奏：粤西水土瘠薄，兼多湿热，弓力稍软。今饬各营训练，以五力为率，逐渐加增。有能用七八力，至十力以上者，重加奖拔。其骑射生疏、弓不及五力者，勒限学习。违者降革。

＊被任命为"征南大将军"的其实是齐克新的父亲博洛。事情发生在顺治三年到四年之间，本文中因情节需要把征山西和征南的时间颠倒了。

＊华人髡为夷，苟活不如死，出自顾炎武《断发》诗。

第二十章

北塞那堪留景略

褚仁匆匆追到大街上，远远的，便看到北面有个白衣人影，依稀就是他们说的那个人，隔着很远，看不分明。

褚仁想要出声叫喊，但一来不知道应该喊什么，二来也没有在公共场合大喊的习惯，只好按捺住焦急的心情，快步紧紧

第二十章

追赶。

不知道走了多久，转过一个弯儿，离那人越来越近了，猛抬头，前面竟是西直门城楼，没想到已经追出了这么远。

褚仁犹豫了一下，追还是不追？一想到怀素的大草，运笔的圆转曲折之处，和傅山的草书有异曲同工之妙，兼之就年代而言，怀素的书法也算是国宝级的古董了，岂能失之交臂？褚仁一抬头，看见那白衣的人影在城门洞一闪，径自出城而去，心中一急，便一路小跑着，追了过去。

出了城，放眼是一片荒凉景象。

长河还是那条长河，但是水面极阔，水流奔涌不息，和现代的一川死水截然不同。河上宽阔的高粱桥，也和现在的没有半点相似之处，却不知道四百年间，已经经过了几番修缮复建。

天近黄昏，西天一片彤云叠叠，太阳在云缝中，洒下丝丝缕缕的金光，衬得西山一脉金碧辉煌，宛若圣境。

近处却是野烟四合，宛如轻纱的帐幕笼罩着这一片荒郊。放眼河北岸，尽是一片坟茔，几株孤树，数群昏鸦，让人觉得鬼气森森。那白衣的人影，也似鬼魅一样，散入到一片野地中，转瞬便不见了。褚仁还以为自己眼花了，揉了揉眼睛，却发现天色骤然便暗了下来，哪里还有什么人影。

唯有河对岸一株高大槐树*，亭亭如盖，样子和盂县的那

北寨那堪留景略

株古槐有七八分相似。褚仁蓦地忆起，这株树，现在也还在的，就在道路中间。树身上有红色的铭牌，是它的身份证，打头的数字也是11010，和北京人一样。褚仁蓦然生出了一丝亲切之感，他乡遇故知，恐怕就是这种感觉吧？没想到穿越回四百年前，还能看到熟悉的事物。转念一想，褚仁不禁失笑，故宫、北海、景山、天坛也都在的，只是，即使是自己这身份，也难得进去看看罢了。

褚仁想要走过去看看那树，但看到树下一座高高的孤坟，便犹豫了，槐树乃木中之鬼，又生在坟冢侧畔，想着，便让人不寒而栗。

一犹豫间，天色越发暗了下来。

褚仁怅怅地转身回返，这才发觉，不知什么时候，城门已经关了。

河上几艘船，都点起了灯笼，灯光映在水里，那流光潋滟的数抹红，显出几分繁华喜庆的气象。

沿河有不少客栈，专为那些等待天亮进城的人设的，也都亮起了灯，隐隐飘来炊烟的气味和淡淡的饭菜香，勾着人的食欲。

褚仁犹豫了一下，还是慢慢过了桥，向那一片灯火阑珊处走了过去。

第二十章

褚仁练完了箭，连衣服都没换就匆匆出了门，身上自然没带钱，也没有半点值钱的东西，本来帽子上有个玉帽正的，但是褚仁嫌热，随手把帽子丢在门房了。

抱着试试看的心情，褚仁推开了最大的一家客栈的门。

"我……我身上没钱，能赊欠我间房吗？"褚仁鼓足勇气问道，虽然努力装出有钱大爷的样子，但是毕竟心虚，自己都觉得不像。

掌柜的自账簿中抬起头来，上下打量了一眼褚仁，视线便定定地落在褚仁腰间的那条黄带子上了。"请问……这位小爷，您是哪个府上的？"

褚仁想了想，觉得还是不要透露自己的家世为好，于是回道："我家就住在西城，很近，随便出来逛逛，没成想错过了关城门的时间，身上也没带钱。先赊欠着，明天回去让府上人把钱送过来，成吗？"

"成！成！当然成！爷您这边请！"掌柜点头哈腰，从柜台后转了出来，亲自带褚仁上楼。

"再不然……你明早帮我雇辆车，或者轿子，差个人送我回府拿钱吧，还有赏钱，亏不了你的。"

"得咧！爷您放心，明早一定办妥。"

这大约是这间客栈最好的房间了，也只不过得了"干爽"二字而已，家具、寝具、器物、饮食都和王府的没法比。还真是居侈气而养侈体，褚仁虽然对王府有诸般不满意，但是两下里一比较，倒显出王府好来。

褚仁草草吃了晚餐，捧着茶慢慢呷着，水略苦，便显得茶也不香了。因为择席，褚仁躺在床上，翻来覆去睡不着，想着，这条黄带子还真有用，比刷信用卡还方便；想着，今天自己没回去，府里大概急疯了；想着，那怀素的书法也不知道是什么，《苦笋帖》？《食鱼帖》？《论书帖》？还是其他没有传之后世的墨宝？想着，那株大槐树，若穿回去，定要去看看它……想着想着，不知什么时候便睡了。

一大早，城门刚开，褚仁便坐着车，紧赶慢赶进了城，径直来到王府。

古尔察见到褚仁，神色间冷冷的，并不理会他，只是一叠声地吩咐着下人。

"吩咐下去，就说二爷回来了，不用出去找了。"

"去账上支赏钱给送二爷回来的这位伙计。"

"去回禀福晋，侧福晋一声，说二爷回来了，让她们放心。"

"伺候二爷的人，和门上那两个人，都去后院给我跪着，等我发落。"

古尔察吩咐完，便头也不回地转身入内，褚仁只得讪讪地跟上。

古尔察回到自己的房间，拉门，挑帘，迈步，撩衣，落座，拿起一卷书，漫翻着，那一连串动作如行云流水，丝毫不

第二十章

乱,像是演戏一般,只是不说话。

褚仁只觉得坐也不是,站也不是,呆立在那里,啜嚅了半天,才说出一句话:"你别罚那些人……不关他们的事,是我偷跑出去的。"

"王爷把这些人交给我管,我自然是打也打得,罚也罚得,这不关二爷的事儿,二爷请自便吧。"古尔察的语气冷冷的。

"我来京这么久,都没出过门,哪知道关城门的时辰啊,一耽搁,便被堵在城外了,我也没料到啊……"褚仁小声解释。

"是!二爷自然是没错!千错万错,都是我们这些做奴才的不是。"古尔察的语气愤愤的。

"好吧……是我错了,我不该一个人出去彻夜不归,害你担心……"褚仁咬咬牙,终于还是认了错。

"别!二爷是主子,想怎么样便怎么样,我们这些奴才哪有资格担心,这不是瞎操心吗!"

"我错了还不行吗?你何必这样甩脸子给我看?你到底想怎么样?不然我也去后院和那帮人一起跪着等你发落行不行?!"褚仁也有点急了。

"二爷您这不是折杀奴才了吗?您是主子,我是奴才,奴才怎么敢罚你跪?"

"别说什么主子奴才的,你是教我的先生怎么罚不得?在

北塞那堪留景略

我心里你同阿玛是一样的!"褚仁冲口而出。

古尔察眼睛蓦地湿润了,一把把褚仁揽在怀里,喃喃地道:"敏儿……"

褚仁把下巴搁在古尔察肩窝上,任他的手臂紧紧地箍着自己的身体。

"你知不知道我一夜没睡,全府的侍卫都疯了一样找你。我死的心都有了,这次要是再把你弄丢了,我就是死一百次也没脸再去见王爷了……这才回来几天啊,你能不能不这样吓我……"古尔察絮絮地说着。

"我这不是回来了嘛……"褚仁只觉得颈间湿湿的,轻轻抱住了古尔察,一动不动。

古尔察不知道从哪里取过了藤条,一下一下击打在褚仁的臀腿之上。这样的姿势使不出力气来,有点疼,但可以忍耐。

褚仁咬着嘴唇,默默忍着。身后的灼痛和颈中的湿热,肩背上箍紧的手臂和古尔察清晰的心跳,让褚仁有些喘不过气来。

"我再也不一个人出去了,饶了我吧……"褚仁终于忍不住了,在古尔察耳边轻声呢喃。

古尔察停了下来,"以后还敢不敢了?"

"不敢了……"

"以后不许私自出门。"

第二十章

"是，我以后出门前都会知会你一声，也会带着下人。"

"那也不行！你要出门，必须让我跟着，否则不能迈出大门一步！"

褚仁一怔，"不需要这样吧？"

"啪"身后又挨了一藤条。

"你懂什么？！老王爷和王爷这些年东征西讨，手上沾了不少血，你知道多少汉人对咱们恨之入骨吗？你这样冒冒失失跑出去，万一遇到有人害你怎么办？万一你出点什么事，不是让王爷心痛死吗？"

褚仁一惊，古尔察发这么大火，原来是因为这个缘故。这父子两代端重亲王到底夺了大明多少城？染了汉人多少血？褚仁之前从未关注过，此时不禁有些好奇。好奇之外，又有一种说不出的滋味。

褚仁呆立了良久，方才点点头，说道："是，我知道了，都听你的，你别生气了……"

古尔察叹了口气，将手中的藤条丢在了地上。

"既然已经打过我了，就饶了那些下人吧，好吗？"褚仁牵着古尔察的手，给那些下人求情。

过了很久，才听到古尔察叹道："唉……你这么心软，将来怎么做得王爷？"

褚仁自知是永远不会做这个王爷的，此时便暗暗地生出些不忍来，果然……欺骗关爱自己的人，是件很煎熬的事情，将来分别，只怕更难。褚仁倒宁可古尔察和齐克新对自己坏一点，这样将来离开，便可以少些挂碍。

古尔察见褚仁有些魂不守舍，想要逗他开心，便笑问道："那是个什么字儿？有那么宝贝吗？值得你不顾前不顾后的就这么跑出去？"

褚仁一笑，用手揉了揉眼睛，顺势挣开古尔察的怀抱，说道："是唐朝大书法家怀素的草书，很珍贵的！现在正是收藏这些东西的好时候，过得几年，天下大定了，价钱就得翻着番儿地往上涨了。这种档次的东西，说不定将来内府也要收藏呢。官场上人情往来，送这个最是风雅了。"话虽这么说，褚仁心里想的却是，自顺治之后，康雍乾各朝皇帝都醉心汉文化，书法的价格一定会节节高升，只不过这话不能说出口来罢了。

古尔察笑道："嚄！想不到二爷小小年纪，就开始琢磨官场上的人情往来了。喜欢这种东西还不简单，等哪天我带你去琉璃厂逛逛，买它一堆回来。"

"真的？"褚仁又惊又喜，"这东西可不便宜啊，阿玛能同意吗？"

"有多贵？"

褚仁想了半天，也估不出怀素的书法在这个时代到底值多少，只好迟疑地说道："搞不好要上千两银子。"

"上千两？！"古尔察大惊，"能买下一条胡同的宅子了，

第二十章

怎么会这么值钱？这我可做不了主。"

褚仁想了想，立刻便有了主意，"要不这样，你每十天带我去逛一次，一次最多花十两银子，但是我也可能不花，多攒些日子，再买件贵的，总之一个月不超过三十两，行吗？"

古尔察点点头，"这我倒是能做主。"

褚仁一喜，舔着脸笑道："那就这么说定了，可不许赖皮！"

古尔察轻轻拍了褚仁一下，"你以为谁都像你一样说话不算数？"

"哎呦！"褚仁夸张地大叫，随后嗔道，"我什么时候说话不算数了，就知道冤枉人！"

古尔察倒担心起来，"怎么？很痛吗？打重了？"

"没有。"褚仁一笑，"我饿了……"

注：

＊高粱桥斜街的那株红牌古槐现在还在。编号为11010802189，但树龄只有300多年。

第二十一章
梦入南天建业都

饭端上来了，却是一碗素面，连浇头菜码都没有，只飘着点油花儿。

褚仁拿筷子挑了几下，顿时食欲全无，嘟囔道："就吃这个……"

"这是长寿面，一根儿到头，不带断的。今天是你生日。"古尔察解释道。

"我生日？"褚仁一怔，在傅山那里也过生日的，过的却是自己本来的生日，今天，是这个身体，齐敏的生日。

"是啊……本来我昨天打算着给你个惊喜，今天要带你去西山骑马打猎的……"

"好啊！好啊！等下我吃完就去！"褚仁大喜。

"晚了！你昨天夜不归宿，今天罚你，不去了，等明年再说吧！"古尔察佯怒。

褚仁的脸一下子垮了下来："哎……我怎么这么倒霉啊……字儿也没落着，连看都没看见，打猎也泡汤了……"

古尔察宠溺地一笑，"今天来不及了，你快吃，吃完了我看看你的伤，若伤不重，就明天去，若伤重，便过几天。"

褚仁一喜，忙往嘴里塞了一口面，含含糊糊地说道：

第二十一章

"不用看了,已经不疼了,哪有什么伤,你哪里舍得用力打我……"

"那也要看看,去西山要骑好几个时辰的马,你是第一次,没有伤都会磨破屁股,带着伤怎么行!"

天高云淡,碧空如洗,阳光暖暖地照着,暮春的风,还有些凉意,吹在微汗的肌肤上,让人觉得精神一震。

才出了城,褚仁便迫不及待地打马奔驰起来。

"坐稳!下盘用力!不要让马把你的屁股颠起来!要不屁股破了可不要来找我!"古尔察紧紧跟在后面,嘴上不停地叮嘱着。

这城外的碎石土路果然比不得家中的练武场,一路颠簸,泥泞难行,褚仁很快汗就下来了,也慢慢放松了缰绳。因为全心全意都放在"不要磨破屁股"上,手上的要领便疏忽了,由于紧张,手已经被缰绳勒得有些破皮,被汗水一浸,钻心地痛,屁股和大腿也隐隐酸痛起来。但褚仁却不敢抱怨,因为早上是自己闹着一定要今天出门的。

古尔察贴了上来,一把拉住褚仁的缰绳,驻了马,取过皮囊中的水,拉过褚仁的手,略冲了冲,又拿出两块绢帕,帮褚仁把手包好。

"手放在马鞍上。"古尔察吩咐道。说完便帮褚仁拉着缰绳,两匹马,就这样肩并肩的,在古尔察一个人的驾驭下缓

梦入南天建业都

缓前行。

"不用了，我自己能行！这样太慢了……"

"又不听话！"古尔察眼睛一瞪。

褚仁抿抿嘴，做出一个夸张的惧怕表情来。

古尔察哈哈一笑，突然轻舒猿臂，搂住褚仁的腰，一把将褚仁提到自己鞍前，打了个呼哨，双腿一夹马腹，两人一骑，便箭一般向着西方那一抹黛色山脉冲了过去。

身后的烟尘里，褚仁那匹乌云盖雪的小马，也在奋力扬蹄，努力追赶着父亲的步伐。

"稳住，不要慌，看准了再射。"古尔察轻声道。

褚仁一箭射出，只见那草黄色的兔子只后腿一蹬，向前蹿了半步，便轻轻巧巧地躲过去了。那兔子受了惊吓，非但没有跑远，还停在原地顾盼，似乎在嘲笑褚仁似的。

"靠！"褚仁郁闷地大叫，想要拉弓再射，可回身一摸箭筒，却发现一筒剑都已经射光了。

"再给我几支箭，快！"褚仁眼睛紧盯着那兔子，头也不回，对古尔察伸过手去。

古尔察轻拍了一下褚仁的手，笑了一声，"再给你一百支也没用。"

说着，古尔察左手从地上拣起一枚拳头大小的石头，似乎不经意地随手一掷，那石头高高地划了个弧线，去势也并不迅

第二十一章

捷，但却不偏不倚砸在兔子头上，那兔子身子一歪倒了下去，蹬了几下腿儿，就再也不动了。

"漂亮！"褚仁一跃而起，冲过去抓着兔子耳朵，将它提了起来，冲古尔察晃动着，口中叫道，"这手太漂亮了，我也要学！"

"你学这个做什么……"古尔察叹道，"我只是右肩伤了，没办法射箭了才练这个的……这种小技只能打打兔子，战场上半点用也没有……"

褚仁已经连蹿带蹦跑了回来，"好了好了，别感慨这些了，快杀了烤着吃！"

古尔察接过兔子，幽幽地笑着说："下次得带条狗来……"

"干什么？"褚仁不解。

"跟你比，看谁叼猎物回来更快啊，慢的没饭吃。"古尔察说罢哈哈大笑。

褚仁气结，又不知道怎么反驳。

古尔察又正色道："我去弄吃的，罚你把所有射出去的箭寻回来，好好想想，到底是哪里不足。"

"还找什么箭啊，丢了就丢了呗……还不是拿人家当小狗……"褚仁有些不满，嘟囔了几句。

古尔察见褚仁气不顺，又柔声说道："骑射是咱们旗人的根本，就算你将来要从文，这两样也是不能丢的。今天带你出来，就是要让你知道，在家里和在山里完全是两码事儿，在山

梦入南天建业都

里和在战场上又是大不一样，你能打靶子，但未必能打兔子，你在家能翻着筋斗跑马，但未必能一口气跑上几十里，更别说真当打起仗来，一天要跑几百里了……"

兔肉烤好了，隔着一里地都能闻到香味。

褚仁豁地从树丛中钻出来，抖了抖头上的树叶干草，径直坐下来伸手就要去抓，那模样活脱脱像只小狗。

"慢着！"古尔察取出手巾，用皮囊中的水淋湿了，给褚仁净了净手，"好了。"

褚仁撕下一条兔腿，正要放入嘴中，想了想又先递给了古尔察，见古尔察接过，才又撕了一条腿大嚼起来。

"知道自己为什么射不中了吗？"

"太心急，太躁了。"褚仁嚼着肉，含糊说道。

"嗯，说对了一半……要想着，手里这支箭是你最后一支箭，想着怎样一击必中，而不是一支一支流水般的射出去，你当这箭是白来的吗？要是在战场上，你这种兵是最没用的了，白吃饭，还杀不死敌人。"

褚仁也不争辩，嘴里一边嗯嗯地支应着，一边用牙齿跟那只腿骨上的筋肉搏斗。

两个人吃完四只兔腿，都有点半饱了，褚仁捧着兔头慢慢啃着，古尔察叼着一根肋骨，含糊地说道："北京……真漂

第二十一章

亮……"

褚仁顺着古尔察的目光看过去，果然便看到了一片绿野当中的北京城，小小的，像个婴儿，内城九门，外城七门，看得很分明。其实褚仁是略有点畏高症的，骑在马上和射箭时还感觉不太出来，此时坐下来居高临下，环顾四野，心中便是一阵悸动，不由得又往古尔察身边靠了靠。

"好小啊……"褚仁感慨道。

"将来，会越变越大的。"古尔察笃定地说道。

"嗯，一定会的……"褚仁点头，不由得在心中幻化出三环、四环、五环、六环的模样。

"那是什么？"褚仁指着远处问。

"明陵。"

原来是十三陵……因四野空阔，陵寝周围的林木似乎保护得很好，面积也比现在更广袤些，因此在西山上，竟然也看得分明。在现代，重重建筑阻隔着，记忆中在西山看过去，并没有这么明显。

古尔察依旧深深凝望着远方，感慨道："这山河大地，关山万里，都变成了我们的，真像做梦一样……"

褚仁没有接话。这是旗人的美梦，汉人的噩梦，是褚仁这个现代人，想回也回不去的昨日遗梦……虽然山不再绿，水不再清，天不再蓝，空气不再清新，但褚仁还是深深怀恋着那个雾霾重重的当代北京。也许，只是因为一开始就拥有着，所以

梦入南天建业都

便不能忍受失去吧……

每月初六、十六、廿六,是古尔察陪褚仁逛琉璃厂的日子,雷打不动。

每次路过琉璃厂的伏魔祠,褚仁总要驻足观望,这座天启年间锦衣卫北司修建的关帝庙,对于褚仁有着特别的意义。崇祯九年至十年的那个冬天,上百晋省士子便居住于此,为袁继咸伏阙鸣冤,其中最活跃的,便是傅山……香烟渺渺中,幻化出一群青衣士子的身影,汉装束发,儒雅风流……可惜,一切都烟消云散了,那最后一个可以身着汉服的朝代,已经永远不再。旗装是胡服,西装洋装更是,渐去渐远的苍茫古意,一点一点地流失着。好在还有笔墨,还有书法,可以一笔一划地挽留。

大半年下来,褚仁倒是很谨慎,多数日子都是只看不买,仅有的几次出手,都捡到了大漏,渐渐地,便也有了些名气。也不知道这名气来源于他的眼光?还是他的年纪?抑或,只是他的身份?总之,跑到端重王府登门求售的事情,渐渐多了起来。

褚仁倒是谨记古尔察的要求,不肯出府门一步。遇到上门求售的人,从不亲自出面,只是躲在门房中,让下人传话递东西。褚仁总盼着,或许有一天,那个持有怀素书法的人,听到了自己的名声,会再来卖字,但他心里也清楚,几乎没有这种

第二十一章

可能……有些事,有些人,有些物件,错过了,便是永远,生生世世,只怕再无机会相见了……

前方传来了好消息,说是齐克新在浙东和闽粤大胜,南方渐次平定,不日即将凯旋。阎府上下,一派喜气洋洋的气氛,唯有褚仁心里说不出什么滋味,只是闷闷的,懒怠说话……

因此,当贴身的小厮曾全跑过来说门上有人求售古董的时候,褚仁本不欲见的,但听曾全说卖东西的人是个和褚仁年纪相仿的美少年,褚仁顿时便来了兴趣。

侧门半开着,两扇朱漆大门夹持的一线缝隙当中,一个瘦削的月白身影侧身凝立着,看上去,很像缩小了的傅眉。

褚仁心中一动,忙跑过去,扶着门,问道:"是你要卖东西吗?"因惦记着古尔察的禁令,所以并不肯迈出门槛半步。

那少年缓缓转过身来,抬起头,一张苍白的脸,隐隐透着病气,眉眼很俊秀,和傅眉还真是有五六分相似,只左眉峰上一颗黑痣,给整张脸添了几分凛厉,并没有傅眉那么柔和可亲。

那少年还未说话,脸先红了,看了一眼褚仁,就低头躬身行礼,轻声说:"是……您就是小王爷吗?"

小王爷?这个称呼倒也有趣!褚仁暗笑,又去打量那少年,只见他身上那件月白色的单衣,因穿得久了,已经洗得几乎没了颜色,纱线也毛了,反倒显出一种绒绒的柔润来。已经入冬了,他还穿得这么单薄,想必是家中境况极为不好了。这种情况,通常倒是能捡到大漏,褚仁脑子里的奸商本性终究战胜了善良,于是从鼻孔中哼出轻蔑的话语:"你要卖什么东西啊……拿出来给爷瞧瞧?"

那少年听了这话,脸更红了,嗫嚅道:"听说小王爷只收字画的……可……我这个,不是字画……不过……也和字画差不多……"

褚仁心中又是暗笑,哪有这样卖东西的,货还没拿出来,便自己先把门堵上了……于是挥了挥手,说道:"既然不是字画,那就别拿出来了,请回吧!"说完作势转身欲走。

"别!请等等……"那少年上前两步,抓住了褚仁的衣袖。

"大胆!"一旁的门房呼喝道。

那少年吓得身子一颤,像是要哭,嘴唇抖着,却不敢出声。

褚仁一摆手,制止住门房,说道:"到底是什么东西,总要拿出来让爷掌掌眼吧?又不是黄花大姑娘,不舍得见人?"褚仁的语气轻薄,脸上也是一副骄纵戏谑的表情,倒真像是调戏良家妇女的花花恶少。不知怎么,褚仁突然想起了傅眉说过的朝宣公的事情,若也把这孩子劫到府内,便成了大明宁化王府门前故事的翻版,只是不知道齐克新和古尔察脸上会是怎样的表情?褚仁想着,不禁脸上浮出了跃跃欲试的神情。

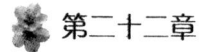 第二十二章

　　那少年却低着头，并未看到褚仁的脸色，只是低声说道："是幅缂丝……"说着，便从怀中取出一个扁扁的蓝印花包裹，打开来，是一方折叠得整整齐齐的两尺见方的布片，展开来，上面是两只鹡鸰，一前一后，翔飞在一片漠漠烟水之上，左下一方"朱印"，上面是"克柔"二字。完全是工笔花鸟的笔意。但不知怎地，褚仁却觉得这图画中透着一种前途未卜，茫茫无助的感觉，有些悲凉。

　　"这是南宋朱克柔的缂丝，《鹡鸰烟水图》。"那少年解说道。

注：

　　＊朱克柔：宋代缂丝名家，作品多为花鸟题材。

第二十二章/
三百年恩未敢谖

　　"缂丝是个什么东西？我不懂，你倒是说说看，它有什么好处？"褚仁依旧是轻佻的语气，逗弄着那少年。

"常言说'一寸缂丝一寸金',缂丝是最好丝织品……"说到这里,那少年似乎不知道接下来该说什么,顿住了。

褚仁笑道:"这鸟,是绣上去的吗?"

"不是、不是,这些图案都是织出来的,通经断纬,一色一梭。"那少年连连摆手。

"就这些?没啦?也未见什么好处呀……"褚仁毕竟在拍卖行工作过,大抵是知道宋代缂丝的价值的,此时只是想戏弄那少年而已。

果然那少年有些着急,鼻尖都沁出汗来,"朱克柔是宋代最有名的缂丝大家,她的作品也曾为内府收藏,宋徽宗还曾题过字呢!"

褚仁一笑,暗道这话才算说到了点子上,又问道:"你莫哄我,这东西不比名家书画,随便什么工匠照着画稿都能织出来,只是废点工夫而已,你怎么让我相信这是朱克柔的真迹?"

"这……这是我家祖上传下来的,我、我不会骗你的……"那少年急得磕磕巴巴。

"你家祖上是做什么的?怎么得着的?怎么传下来的?说给我听听,我才知道真不真呀?"褚仁的笑容,又带着几分调戏的意味。

"我祖籍是浙江江浦,和朱克柔算半个同乡,这件缂丝是祖上留下来的,传了很多代,现在家里败落了,哥哥又有病,

第二十二章

我们打算把它卖了，换得盘缠离京回乡。"那少年说着说着，眼圈便红了，几乎落下泪来。

"那你家又是因何到北京的？"

"家父是前明翰林院修撰，从六品……"

褚仁了然，这样的故事，在这样的年代，并不罕见，古今兴废事，莫不如此，人生随着时代起起落落，也是寻常……褚仁暗叹了一声："你要卖多少银子？"

"一百两？"少年的语气中充满了不确定。

褚仁点点头，回头问贴身曾全："咱们账上，还有多少钱？"褚仁所说的这个账，自然是他每月三十两，买古董剩下的银钱账。

"只有四十两。"曾全回道。

褚仁咬着嘴唇想了片刻，说道："这样吧，我给你打个欠条，你先拿着！你们搬家离京，总要几天时间收拾，待走的时候，再来我这取剩下的六十两，好吗？"说罢便命人取过纸笔，也不设桌案，就着门槛，狂草一挥而就："欠六十两，齐敏"。

只听那少年低低赞了声："好字！"

褚仁展颜一笑，"你也懂草书？"

那少年点点头，"这字大有怀素之风。"

褚仁倒暗暗生了些知己之感，这些日子来一直惦记着怀素的那幅字，也临了一些帖，此时下笔，自然而然便带了怀素的风格。

那少年还是趑趄着，捏着那欠条，并不肯离开。

"怎么？怕我说话不算数？"褚仁笑道。

"并不是……只是……只是这幅缂丝，是我背着哥哥拿出来卖的，若只带了这么点银子回去，只怕哥哥会更生气，他有痨病，不能气着的……我们想着故乡地气潮暖，对他的病或许有好处……"那少年说完，也低低咳嗽了几声。

褚仁想了想，便解下腰间的那个平安如意的羊脂玉佩，拿在手里掂着，说道："这个你拿着，当作信物，三天后，你带着它和欠条，上门来换银子。不过……这东西可很贵重，绝不止六十两，我信得过你，你可不能辜负了我。"

那少年抬起头来，看着褚仁，郑重地点了点头，"你放心。"

褚仁把玉佩塞到了那少年手中，顺势去摸那少年的脉搏。

那少年像触电一样一缩手，又觉得失礼，忙止住了，脸腾地一下红了起来。

褚仁搭着脉，沉吟道："你肺气也很弱，天冷了，记得多添衣服，回去找个好郎中抓点药调养调养。"说完解下自己的斗篷，给他披在了身上。

那少年眼中瞬间便涌满了泪。

褚仁一笑，拍了拍那少年的肩膀，接过那幅缂丝，塞在怀里，便要转身。

第二十二章

那少年眼中掠过一丝不舍,轻声说了句:"你好好待它……"

"放心!"褚仁回眸一笑。

三天一晃儿就过去了。

褚仁看着案上那找古尔察软磨硬泡来的六十两银子,隐隐有点期待。

"来了吗?"见曾全进门,褚仁忙问道。

"来是来了,但却是那天那小爷的兄长,说是要把银子退回来,东西不卖了。"

"哦?!"褚仁有些意外,"走!去看看!"顺手便把放在桌上的那幅缂丝抓起来揣在了怀里。

那少年的兄长也不过十八九岁年纪,极瘦,一身黑衣,有些端肩,双肩又向内抱着,那瑟缩的姿态,倒像是风一吹就倒似的。他看到褚仁出来,便红着眼睛吼道:"我们不卖了,银子和玉佩还你,把缂丝还给我!"

褚仁嘻嘻一笑,"这可由不得你!你想卖就卖,不想卖就不卖?你把这王府当成什么了?"听褚仁这么一说,旁边的几个家丁也笑嘻嘻地帮腔,冷嘲热讽起来。

"舍弟年幼不懂事,把家里的东西偷出来卖,是我管教不严,您大人大量,把它还给我吧。"这人似乎强压着火气,胸口一起一伏的翕动。

"你们不是要还乡吗？有盘缠了？"

"这个用不着你管！"

"人无信不立，这买卖是双方愿打愿挨的，一手交钱，一手交货，又岂能反悔？"

"你们仗势欺人，强买强卖！"

褚仁听他这么说，也有点急了，"放屁！你弟弟上门求售，千恩万谢拿着银子走的，怎么能说我仗势欺人？"

"这是朱克柔的精品，绝不止一百两银子，你们这是欺负舍弟年幼无知！"那人的声音也大了起来。

听到这话，褚仁倒是有点亏心，这价钱，似乎确实是占了些便宜，近年拍卖的明清大幅缂丝，很多成交价已达数千万。但是古董这种东西，本来就没有一定之规，双方都同意就成交，哪怕你花大价钱买了个赝品，也只能自认倒霉，怪不得别人，自然也谈不上压价欺人。

那少年的兄长却越说越是激动，猛咳了几声，厉声道："快还给我！"说着便要上前来抓褚仁。

褚仁一惊，退后几步，两旁的家丁便一拥而上，拉住那人，拳打脚踢起来。

眼见那人被打倒在地，咳出几口血来，褚仁生怕出了人命，忙叫道："快住手！别打了！"当下迈门而出，待要相劝。

第二十二章

却不防那人从地下挣扎而起，从怀中抽出一物，疯了一样乱挥乱舞着，口中叫道："我跟你们拼了！"

混乱中，褚仁突然觉得左胸一凉，低头一看，却是一把小巧的裁纸骨刀，正插在左胸。血，慢慢涌了出来，滴在地上，和那人吐出来的血，一样红，两片血混成一片，无分彼此……血中，还躺着那块玉佩，已经摔成了几块……奇怪的是，并不是很痛，褚仁看着看着，便觉得头晕腿软，缓缓跌倒在地，鼻端涌上来的腥气，让褚仁一阵作呕，突然，便失去了知觉。

褚仁醒来，眼前是古尔察的满脸怒容。

褚仁有些心虚，果然古尔察之前说过的会有人行刺应验了，自己也没听他的话出了大门……褚仁讨好地一笑，说道："我没死啊，看来真是命大……"

古尔察怒极，似乎抬手要打，但又紧紧攥起了拳头，在极力克制。

"你可不能打我，我有伤……"褚仁嬉皮笑脸。

"算你命大，扎在了肋骨上，若偏得一分，就捅在心口上，你就见阎王了！亏你还笑得出来？！"古尔察一脸又气又怒的表情。

褚仁摸了摸怀里，叫道："那缂丝呢？"

古尔察一指桌上，"那不是嘛。"

那缂丝摊开来放在桌子上，其中一角染了一大片血迹，褚仁连叫可惜。

"可惜个屁！当初就不该答应你弄这些玩意儿，真该把它们都撕了！"古尔察怒道。

"别！千万别！都是好东西，值钱着呢！错的是人，你别拿物件撒气。"褚仁软语央求。

"你还知道错？！"古尔察还是余怒未消。

褚仁眨眨眼睛，一脸讨好的神色，"我错了还不行吗？看在我受伤的分儿上，你就别生气了……"

古尔察叹道："你吓死我了……你要是有个三长两短，我怎么向王爷交代！你就不能消停点儿吗……"

"那人呢？那人怎么样了？"褚仁突然想到这个茬儿，连忙问道。

"关在后院，等王爷回来发落。"

褚仁一惊，"阿玛就要回来了吗？"

"已经在城外了，要行过郊迎礼，先面君才能归宅，左右不过是这一两天的事情。"

"那阿玛会怎么处置他？"

"不知道，或许送顺天府吧……"

"会是什么罪名？"

"可大可小，刺杀宗室，就算判成谋叛也不为过。"

"不至于吧……他只是因为自卫而误伤了我而已……真要

第二十二章

伤人,谁会拿把裁纸刀?还是骨的?"那柄裁纸骨刀就放在那幅缂丝旁边,只有巴掌长,刀柄刻成竹节形状。

"这事儿不该你管,我有一堆事儿要忙,你就别给我添乱了,这几天待在这院,一步都不许出去!"古尔察拧着眉吩咐道。

褚仁点点头,又道:"那人有痨病,别虐待他,不然死在府上就麻烦了。"

"这些事用不着你操心,你好好给我养伤,一步都不许出门!"

见古尔察匆匆出去了,褚仁翻了个身,招呼伺候在外面的贴身小厮曾全进来。只这么一动,褚仁便觉得胸口疼痛难忍,喘息了半天方才说道:"你去盯着九爷,看他什么时候出府,只要一出府,马上来报给我知道。"府中下人都称呼古尔察为九爷,这个排行,想必不是古尔察家的排行,而是从齐克新的八爷排下来的。

次日,刚吃过午饭,曾全便过来回说,古尔察已经出府去了。

褚仁便让他扶持着,蹒跚来到后院。

关押人的柴房门口,有两个侍卫把守着,褚仁笑嘻嘻地对他们说道:"开门!我进去一趟,有点机密事情要盘问他,你们两个退到院门口守着,不许放人进来!"

其中一个侍卫躬身回道:"九爷吩咐了,除了他,谁都不准进去。"

"感情你们只认九爷,不认我吗?!王爷就要回来了,难道王爷要进去也得九爷点头吗?你们是九爷的奴才,还是王府的奴才?不想要脑袋了就说一声,爷成全你们!"褚仁一番话说得声色俱厉。

其中一个侍卫连忙称是,点头哈腰地开了锁,却以目示意另一人,褚仁知道他们要去禀报古尔察,也不说破,闪身便进入了屋内。

屋内很暗,一股呛人的霉味儿,那少年的哥哥被缚在柱子上,衣衫不整,似乎受了些刑,但因衣服是黑的,看不分明。

"你来做什么……"声音很是沙哑。

"我来放你走。"

"你有这好心?"全然不信的语调。

"那幅缂丝我揣在怀里,被你那一刀扎出的血污了,已经卖不出价钱,真真是暴殄天物了!你要回去也没有用了,倒不如拿着这些钱,带着弟弟赶紧南下,好好过日子吧。"褚仁说着,从怀里掏出了那六十两银子,只说了这几句话,褚仁便觉得心口疼痛,用手捂着胸口,大口喘息了片刻,方才平复下来。

"我伤了你,你还帮我?"

"我知道你不是故意的……这也不是死的罪过,救人一

第二十二章

命……胜造七级浮屠。刺杀宗室，可是不轻的罪名，若把你交到顺天府，你们……兄弟两个就完了。"褚仁因为伤，说话有些断断续续，中气不足。

"大不了就是一死，我才不怕！自从爹爹被鞑子兵杀害，我早就不想活了……"

褚仁冷笑，"你这病也拖不了几年，不用那么急着找死！可你弟弟何辜？他还有大好的后半辈子，你就忍心这么生生断送了？"

那人低下头，抿着嘴，无言以对。

"快走吧！这府里也不是我能做主的，我抓了个空偷着来放你，再耽搁就走不了了。"褚仁说着，拔出刀来，把绑缚的绳子砍断。

那少年的哥哥活动了一下手腕，冷笑道："你不怕我现在杀了你？"

褚仁一笑，"我一片赤诚对你，你若下得去手，只管来杀。"

那少年的哥哥愣了半晌："你倒是和寻常满人不同。"

褚仁又是一笑，"你见过几个满人，就说这话……快走吧！对了，那四十两是不是被他们抄走了？"

那人点点头。

"这帮猴崽子，也不说还给我。"褚仁心知定是古尔察拿去了，也不着恼，一边笑骂着，一边从怀里掏出几个小小的金锞

三百年恩未敢谖

子,塞到那人手上,"我就这么点儿私房钱,全给你了,这还是过年挣的压岁钱呢!苟富贵,勿相忘,若将来发达了,想着报答我哈!"

那人愣愣地攥着那几枚金锞子,似乎觉得褚仁的一切言行均匪夷所思,脑子有点转不过弯来。

"对了,我有几句话说给你听,你一定要听好!"褚仁正色道,"你有父仇,也不必恨了整个天下,伯夷叔齐不食周粟又如何,大周还不是绵延了八百年?大明已死,你的父辈已亡,你若当时没自尽殉国,活了下来,就没有必要用一辈子殉葬。你弟弟资质不错,不要拘着他,该参加科考就参加科考,就算做了大清的官,但凡能造福百姓,也不算什么失节。"褚仁说完,顿时有一吐胸中块垒之感,这话,是很早很早就想对傅山说的,但是不敢……傅眉这一辈子,也许只能这样了,但是那个同样穿月白衫子,同样面目姣好,但更年轻的少年,应该可以有更好的前途才对。

出了门,果然见院中无人,曾全办事利落,已经引开了那两个侍卫。

褚仁一路躲躲闪闪,送那少年的哥哥出了后角门,刚一回来,便见曾全等在门口,急得直跺脚,"二爷!您可回来了!王爷回来了,阖府都在前面迎接呢,九爷到处找你找不到,正发火呢!"

"你就说我胸口的伤犯了,躺在床上起不来。"

"九爷刚刚亲自去您屋里看过了……"

"你就说我刚刚闹肚子,在茅厕。"

曾全一脸为难,"这么明摆着胡说八道……只怕会被九爷打死……"

"行了!我回房躺着去,你去找地儿躲着,也不用去回话了,有什么事我替你担着,不会让你吃亏的!"

第二十三章 /
同袍失矣罢王师

褚仁躺在床上,心中忐忑,好像是等待判决的犯人。不知道什么时候东窗事发,也不知道会引来怎样的雷霆之怒。刚才有点累着了,胸前的伤口一跳一跳地痛,似乎又裂开了,痛得褚仁神智也有些迷迷糊糊的……

门帘一挑,推门进来的,竟然是齐克新。

褚仁吃了一惊,忙用被子盖住了下半张脸,只留出一双眼睛,骨碌碌转着,觑着齐克新的脸色。

"怕成这样?又做了什么坏事了?怎么刚才前头没见到你?阖府里所有人都在,单单你这么没规矩!古尔察是怎么教你的?!"齐克新的脸色极为疲倦,话音也透着说不出的烦躁。

褚仁更是害怕,一句话也不敢乱说。

"说实话!说了就不罚你,若是让我从别人那里听说了,我绝饶不了你!"齐克新皱着眉头,逼视着褚仁。

褚仁嗫嚅道:"我把那个人放走了……"

"哪个人?"

"那个汉人……"褚仁这才想起,自己连那两兄弟的名字都不知道。

"还有吗?!"齐克新突然提高了声音。

"我不该不听古尔察的,一个人跑到府门外……"

"还有吗?!"

"我不该把阿玛给我的玉佩送给别人当做信物,结果被弄碎了……"

"还有吗?!"

褚仁想了想,"没了……"

"你自己说,该打多少?"齐克新的语调冷冷的,有些骇人。

褚仁大急,"傅先生说了,我不能挨打的,不然脑子中的淤血又生,会失明的。"

"你倒是很听那个傅先生的话啊!"齐克新冷哼了一声。

第二十三章

褚仁见齐克新语气不善，忙怯怯地解释道："他是医生，我是病人，病人就该遵医嘱，不是吗……"

"医生？你不会是巴不得失明了，好再去他身边吧？以为我不知道他是什么人？朱衣黄冠的道士？那只是为了心怀前明，不肯剃发易服，掩人耳目罢了。"

"您……您怎么知道？"褚仁一惊。

"你这三年跟什么人在一起，我会不详查吗？"齐克新语气森然。

褚仁的汗瞬间就下来了，他知道什么？知道多少？会不会对傅山不利？

"你到底是满人？还是汉人？你到底是傅仁？还是齐敏？"齐克新厉声问道。

"阿玛……"褚仁的声音有些颤抖。

"别叫我阿玛！我没有你这样的儿子！"

褚仁强撑着爬起来，端端正正跪在床上，"阿玛，我错了，你打吧……"说着，抄起炕桌上的镇尺，双手递了过去。

齐克新一把抢过来，甩手便掷到了一旁，"这是铜的！你不要命了！"说罢从身后抽出马鞭，没头没脸地抽了下来。

褚仁忙抱着头脸，蜷缩起来，用臀背去承受鞭笞，但还是晚了一步，只觉得左颊一热，火炙一样，似乎已经挨了一下。

"我倒宁愿我只是齐敏，或者只是傅仁！"褚仁嘶声叫道。

同袍失矣罢王师

"王爷!"门砰地一声被撞开了,是古尔察的声音。

"快停手!王爷……八哥!"似乎是古尔察抱住了齐克新。

"要打也不争在今天,气头上不要打孩子,会失了轻重的。"古尔察还在劝,似乎两个人拉拉扯扯的,出门去了。

门没关,有风,幽幽吹过。

身后鞭伤的火炽退去了,微微有些冷。

褚仁还是维持着蜷伏的姿势,不想看,不想听,不想思考……

不知道过了多久,古尔察进来了,轻轻抱起褚仁,把他放平躺好,给他胸前的伤口换了药,又给背后的鞭伤涂了药,又拿过汤药,喂他喝了。用手轻抚着褚仁颊上的伤,叹了口气,"我就晚了一步,怎么闹成这样?"

"阿玛不要我了……阿玛不要我了……早知今日,当初何必接我回来……"褚仁的泪,止不住地流淌,他自己也弄不清楚,这到底是演技,还是真的伤了心。

"别胡说,王爷今日心情不好,你的嘴又太快了些,不就是放走个人吗,咱们只当没抓住就好了。他伤了你,你若不计较,我们还计较什么……你就不能什么都不说,等我慢慢跟王爷分说不好吗……"

"不是因为这个……阿玛已经不相信我了……我还留着这里有什么意思。"褚仁想着,齐克新并不信任自己了,若如此,

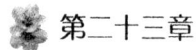# 第二十三章

之前的筹划便成了空……但是，心里为什么这么难受，明明和齐克新的相处并不多……是自己贪恋着这个父亲的父爱，还是那个叫齐敏的孤单灵魂，始终被封印在这个躯体内，并未曾离去？

"胡说！王爷怎么会不要你，别乱想，好好睡一觉，就什么都好了。"古尔察点上了安神香，刚才的汤药中似乎也有安神的成分，褚仁没多久便昏昏睡去。

见褚仁睡了，古尔察又呆看了褚仁片刻，才缓缓起身，走出门去。

天已经快黑了，外间厅堂却没燃灯，见古尔察出来，坐在椅子上的齐克新立刻一跃而起，抢身上前，问道："怎么样？"

"还好，伤得不重，就是脸上挨了一下，弄不好会破相……"

齐克新重重叹息了一声，又跌坐回到椅中，半晌没有说话。

"我不知道他身上有那么重的伤……"齐克新喃喃道。

"若偏上半分，就扎进心脏了……"古尔察也有些感慨。

"那他还放跑了凶手？"

"他一向这么心软。"

"和小时候半点都不像……"

"这样不好吗？善良，仁义，温和乖顺……"

同袍失矣罢王师

"好是好,但是……"齐克新轻轻摇了摇头。

"我该拿他怎么办?早上进宫面圣,摄政王还提到了立世子的事情,我只是含糊支应了过去。"齐克新的语气中,带着深深的茫然与疲倦。

"什么怎么办?血浓于水,只看你们这两张脸,天下人都能看出来你们是父子。难道……王爷你真的不想要他了?"

褚仁被胸口伤口的阵痛弄醒了,夜很静,外间的话音很清晰。

"怕只怕他空有这张脸,空有这幅躯壳……骨子里已经成了个汉人。"

"怎么会?他学骑射极有天赋,骨子里流的必然是咱们旗人的血,一笔清篆也写得也和小时候一样好了……纵然有些汉人习气,那也怪不得他,忘了过去的事,像一张白纸一样,被汉人养了三年,亲着汉人,也是情有可原。便是今上,也是对汉人颇为放纵,也爱汉人的古董古籍……"

"那个傅山在晋省颇有文名,又是个心怀前明,不服王教的,对他的影响不容小觑。"

"总归是王爷跟他相处得太少,他回来也不过才一年多点的时间,您又有大半年在外面,若是待上三年,还没跟汉人抢回儿子,王爷再认输也不迟……"

齐克新苦笑一声,"我并不是不认他了,只是,心里烦

第二十三章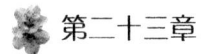

躁……话赶话说到那儿,有些话,就冲口而出了……"

"他却因为这个伤心得要死……"

齐克新长长地叹息了一声。

"王爷……往常打仗回来,心情不好也尽有的,但却从没有发过这么大的无名火,这一次……是不是有什么特别不顺利的事儿?"古尔察略带迟疑地问道。

"这次攻闽,实在是太顺利了,郑芝龙降的也太过容易,枝枝蔓蔓很多事儿,都不是预料中的,只怕是会有后患……"齐克新叹道。

"顺利还不好?少折损些兵将,也能积些阴德。"

"可是……固山贝子和托*薨了……"齐克新默然良久,才又继续说道,"在金华一役,他立了大功,庆功宴上,他醉醺醺地对我说'我把那个汉人放了'。他说的那个汉人叫姜正希,是唐王朱聿键帐下的一员骁将,被俘之后受尽了刑,却不肯降。不知怎么,和托非要保他一命,那天我也喝多了,心一软,便由他去了……百余名降将,也不缺这姓姜的一个……"

"结果,大军转战福建的时候,那姓姜的又带了两万人夜袭,来烧粮草,和托自知是自己惹的祸,便抢着带兵迎敌,结果被射死在乱军之中……论理,私放俘虏要挨军棍的,我若心肠硬些,打他一顿,恐怕他还在养伤,便不会死……"

"我听到敏儿说'把那个汉人放了'的时候,就想起那天

同袍失矣罢王师

晚上的和托了,带着七八分酒意,跪在那里,本来是准备着挨军法的,没想到我却饶了他,可是……我没想到却是害了他……我们两个还不到马背高的时候,就一起从军,就像亲兄弟一样,他今年二十八岁了,没想到……"

齐克新的声音幽幽的,在静夜中,一字一句的飘了过来。

"擒到那姜正希的时候,我犹豫了很久,是要杀了他给和托报仇?还是顺着和托的意思,再一次放了他?不知道和托地下有知,是否怨他?和托也不曾托个梦给我,告诉我该怎么办……我犹豫再三,还是下令把姜正希杀了,也不知……这样做,是对了,还是错了……"

"王爷……战场上的事,谁能不沾到血腥?既然回来了,就别多想了,过几日找个因头,演一出酬神戏,找亲朋好友来聚聚,也热闹热闹,去去晦气。"

"嗯……这事你去办吧,不要太铺张,自家人热闹一下就好……"齐克新沉吟了片刻,又道,"让福晋、侧福晋们,闲来无事抄抄经,化解化解戾气,也是为自己积德的……"

"嗻。"

"唉……这几仗,杀戮太重,闭上眼,满眼都是血光,口鼻之间的血腥气久久不散,晚上整夜整夜地做噩梦……我恐怕是老了,少年时,打完仗回来,睡上几天,醉上几回,也就平复了……"

"那时候老王爷还在,很多事,他在前面担着……没让我

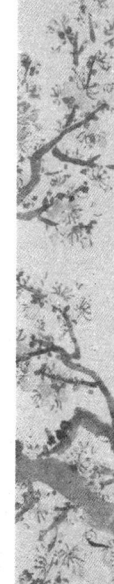

第二十三章

们看到……"

"我父子二人一生戎马，手上的血腥太多，业报也重……阿玛去的时候，才四十多岁……决不能让敏儿再走这条老路了……"

"听五格他们说，您受伤了，伤在哪里？重不重？"

古尔察此言一出，四下里一片死寂，过了很久很久，才听到齐克新低沉的声音："我也不瞒你，索性便说了罢！攻汀州时，我被唐王朱聿键的流矢伤了下体，已经不可能再有子嗣了……"

褚仁闻言一惊，一挥手撩动了帐子，系带上的铜铃便"叮"地响了一声。褚仁见状，索性便装作刚刚苏醒，呻吟道："水……"

褚仁斜倚在古尔察怀里，喝着古尔察倒的茶，不知怎么，就是止不住想要流泪。

齐克新柔声问道："疼吗？"

褚仁呆呆地点点头，随即又摇了摇头。

"别担心脸上的伤，阿玛会给你用最好的药，不会留下疤痕的。"

褚仁点点头。

"阿玛不知道你身上有伤，屈打了你，别怨阿玛……"齐克新轻轻握住了褚仁的手，像是怕碰疼了褚仁似的。

同袍失矣罢王师

褚仁又点点头。

过了很久，齐克新才疲倦地对古尔察说道："你去睡吧，我在这儿陪着敏儿。"

那副缂丝，古尔察已经着人洗过，之前的血色，还有些淡淡的痕迹，不细看已经不分明。在午后的阳光下，那缂丝上粼粼的水波，闪烁着绚烂的丝光。那一片烟水中的一双鹡鸰，振翅飞着，像是在茫茫未知的命运中奋力挣扎。

褚仁放下笔，审视着自己抄写的这册《金刚经》册页，一笔工整的端楷，五千多字，无一瑕疵。很久没有这样恭谨地写小楷了，上一次，还是在傅山身边。身边少了人督促，便懒得练这些费神费力的基本功，只管每日醉心于草书之中。

"敏儿，今天感觉怎样？好点了吗？"齐克新走了进来。

"阿玛！"褚仁躬身行礼，"我好多了……"说着，便合上那册页，双手递给齐克新。

齐克新却不接，只是问道："这是什么？你要走吗？"声音也有些颤抖了。

褚仁低头看册页封皮上并未写字，知齐克新误会，便一笑转身，添上了"金刚经"三个字，再度双手递过去，"我帮阿玛抄的经。"

"好字！这是那位傅先生教的？"齐克新展开册页，赞叹道。

"嗯！"褚仁点点头。

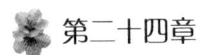

齐克新突然一把抱住褚仁,喃喃低语:"敏儿!别离开阿玛……"

褚仁也轻声说:"阿玛……别不要我……"

注:

*固山贝子和托死于此次征南,年二十八岁。总兵姜正希以二万人夜袭清军,被博洛击败斩杀。

第二十四章 /
将军明晦事何如

月半弯,挂在天边。

初冬的寒凉乘着夜色泻了下来,无处不在,直钻入每个毛孔之中,让人忍不住裹紧了身上的衣服。这样的天气,本不宜看夜戏的,但花园中却是热热闹闹的,戏,已经开锣了。

褚仁因脸上有伤,不愿见客,事先便说好不参与的,可又有些好奇,听了锣鼓声睡不着,便披了件水獭皮的短褂,跑出来偷窥。

那边，灯火通明，锣鼓喧天。红的纱灯，蜜黄的羊角灯，亮白的琉璃灯，五彩的宫灯，流光溢彩，交相辉映。那些光从树木枝桠的空隙中透过来，星星点点的，像是漫天黄金的尘埃。曲声袅袅，人声喧噪，台上搬演着古今悲欢，台下私语着家长里短，共冶出一炉鼎沸的繁华红尘。

褚仁呆呆地看着，油然而生了一种淡淡的孤绝，仿佛误入了桃源，错进了仙境，像是聊斋中那些懵懂的书生，不经意间在梦中沾染了鬼狐仙缘。繁华热闹是他们的，跟自己毫不相干。自己只是误入这个时代的观众，只是在漫不经心的演戏，读熟了剧本，清楚了结局，按部就班的演下去……而他们，却是在拼命努力地书写着各自的人生。

褚仁一回眸，突然发现，回廊转折处，红纱灯影下，蓦地出现了一个女子，定定地，盯着自己看。

那女子头发高高盘起，显见是已婚的妇人。那满头的点翠，闪闪地反射着灯光，像是一片隐隐流动的水波。一身秋香色*的妆花缎，散落着无数振翅欲飞的蝶，似乎她一动，便会四散飞起一般。那红色柔光笼罩下的面庞，似乎有些熟悉，但又不甚分明。

"是你……"那女子开了口，声音轻柔婉转。

"是你？！"听到声音，褚仁马上回忆了起来，是那个姑娘，

第二十四章

那个大风大雨中夜奔而来的"红拂"。人丰腴了些，个子也高了，气色很好，脸上的肌肤隐隐散着辉光。

"你也在这里啊……"还是那样柔柔的声音，似乎一触碰，便碎了。

"是啊……"褚仁也颇为感慨。

"他……还好吗？"语气有点迟疑，又有点急切。

"他很好……"还是放不下傅眉吗？隔着姻缘，隔着山水，隔着数载的岁月，竟还有这样的惦念？

"他……成亲了吗？"波澜不惊的语调中，带着一丝轻颤。

"还没……"褚仁顿了一下，又说，"我不知道，我也一年多没他的消息了……"转眼已经一年多了，傅眉，还好吗？此时此刻，又在做什么？突然提到了傅眉，褚仁便无法遏制心中的惦念了，胸口本已见好的伤，又开始隐隐作痛。

"嗯……"那女子浅浅的鼻音，不辨悲喜。

"你呢？"褚仁问。

"我已嫁人了……"声音幽幽的。

"他……是什么人？"

"是刑部的笔帖式……"

应该是满人吧？褚仁想问，又觉得有些冒昧，因着这样的冷场，便有点手足无措起来。

突然间花影浮动，从花丛中钻出一个孩童来，两三岁左右的年纪，玉雪可爱，活脱脱像是从百子图上走下来的娃娃。

"娘！"那孩子扑到那女子身上。

那女子为那孩子整了整帽子，理了理衣服，嗔道："你跑到哪儿去了？可急死娘了。"

那孩子说的是汉语而不是满语，称呼的是"娘"而不是"额娘"，想必……他的夫君是汉人吧？最不济也是汉军旗的。发可以剃，辫可以结，但很多琐细的生活细节，却不是一道禁令所能改变的，譬如饮食、譬如乡音、譬如习俗……甚至那些已经融入到血脉中的家族传统，早已根深蒂固，绵延万代。

那女子牵起孩童的手，对褚仁敛衽一笑，"失礼了……我先告退了……"说完，便拉着那孩子，匆匆去了。

灯下，那一双粉色的绣鞋轻快地移动着，似乎比之前大了许多，显见是放了脚，鞋上似乎密密地绣着些繁卉，但隔得远了，看不分明。

"怎么一个人在这儿？"

褚仁转头一看，是齐克新。

"阿玛……您不在那边陪客人，怎么到这里来了？"

"适才如厕，见你站着跟人说话，便过来看看？刚才那人，你可认识？"

褚仁摇摇头，"认不分明，总归是亲朋故旧吧？寒暄几句，总不会出错的，她孩子跑出来玩，她是来找孩子的。"

"嗯……那是你玛法的义女，你该叫她三姑姑，她父亲救

第二十四章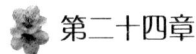

过你玛法的命,你玛法见她是个孤女,便收养了她。来了没多久,你玛法便做主把她嫁了,夫婿是个刑部的笔帖式,也是汉军旗的,和她父亲原就交好。"

"嗯……"褚仁点点头。

女子的一生,三言两语,便说完了。一嫁人,这一辈子,便似划上了句号,再无波澜,也再无惊喜。

"回去吧,夜里凉,仔细身体,你的伤还没好。"

褚仁点点头,目送齐克新缓缓走远。

看着齐克新魁伟的背影,穿行在满廊的灯光之间,把那些光遮得一时明,一时暗,像是在光影的怒涛中渐行渐远的一叶孤舟,显得那样寂寥与落寞。

耳边传来戏文的吟唱:"献蟠桃,帝露扬*,见宝炬辉煌,紫气腾祥,瑞霭摇漾,韵悠悠按宫商。歌喉婉转画梁,众真捧霞殇。歌喉转,鉴微忱,进琼浆,鸾鹤来,任翱翔,乐雍熙,德汪洋。看从今朝降祯祥,看从今朝降祯祥……"一派遐龄永祝的祝颂声中,竟暗暗升起些凄凉,如这越来越暗、越来越寒的夜色一般,挥不去,也逃不开。

"尔郡王齐克新为征南大将军*。渡钱塘江,抵浙东,败敌二次,克取金华府。擒斩伪蜀王朱常农等三人,伪阁老马士英、伪国公方国安等大小五十五员。收降武官大小三百一十四员。马步兵一万四千三百七十人。平定八府五十三县地方。继入福

将军明晦事何如

建,诛伪唐王朱聿键等,伪亲王、郡王七人,世子一人,将军二人,总督一人,伯一人,巡抚一人。共败敌兵二十四次,收降伪国公郑芝龙等,大小官二百九十一员,马步兵十一万三千人。八府一州五十八县地方悉皆平定,以及江西四县之地。故进封为多罗亲王……"

看着邸报上这段册封齐克新的文字,褚仁久久不语。

齐克新一年来的赫赫战功,为大清收复了闽浙两省,浓缩成这寥寥数百字;十余万汉家儿男的性命,也浓缩进了这寥寥数百字。有就义,有乞降,有忠勇,有出卖……尽被这些平铺直叙的数字所概括。上至南明帝王,下至籍籍戍卒,尽皆浸润于这一捧血光之中,尘埃落定,兴的兴,亡的亡,死的死,生的生。南明王朝短短历史的又一页被揭过了,只剩下"永历"这一个封底,在海外孤悬着。

一个"诛"字,包含了多少力战而亡,跳崖身死,绝食就义……一个"收"字,又包含了多少内心挣扎,义利权衡……多少人一生的最后一笔,都写在了齐克新的赫赫战功上,凝成一抹苍凉的血色。

"想什么呢?"齐克新问道。

"原来阿玛之前是郡王……"褚仁回了这么一句,和心中所想,并不相干。

"阿玛承袭你玛法的爵位,按例应该递降为郡王,这次因战功,才升为亲王的。"

第二十四章

"死了这么多人……"褚仁感慨。

"已经算少了,平定两省十八府,收降了十几万人,只不过诛杀了几十人而已。而这几十人,或死于乱军之中,或被俘自尽,或是……其职其位,不得不诛。而今天下已经大定,江山是大清的江山,子民是大清的子民,不会再有滥杀的事情了……"

"那之前为何滥杀?"褚仁抬起头,注视着齐克新的眼睛。

"你说的之前是哪一出?"齐克新并不愠怒,依旧淡淡的笑着。

"扬州十日,嘉定三屠,还有……大同屠城。"褚仁一字一顿。

"各有各的原因,你没领过兵,不知道领兵的难处……"齐克新抚着褚仁的发辫,颇为感慨。

"有什么难处?"褚仁依然不舍追问。

"一千战俘,若都是矢志不降的,看管这些人,看守,审讯,清册,押送,至少需要八百人的人力,这两千人的吃喝拉撒,要多少米?多少盐?多少柴碳?你知道吗?还有伤病需要医治,又要多少药?光是黄白之物,你知道两千人一天能产多少?又需要多少人清运收拾?"

"黄白之物?"褚仁不解。

"就是便溺。"

褚仁皱起鼻子,似乎闻到了臭气一般。青史只书兴亡成败,不书吃喝拉撒，这是每个人每天都离不开的事情，却常常让人想不到。

"若兵不足，粮不丰，周围强敌环伺，便不可能有余力养着这些不归顺的战俘，这个时候，只能杀，你不杀敌，便是自杀。"齐克新继续说道。

"可那些屠城，都是屠戮百姓，烧杀抢掠，奸淫妇女。'堆尸贮积，手足相枕，血入水碧赭，化为五色，塘为之平。'"褚仁争辩道。

"那些城，或是因为久攻不下，官兵伤亡甚众，一旦城破，全军上下的戾气不可抑止；或是领兵者有意以屠城犒赏三军；再或是一时约束不当或官长纵容……不管是什么原因，一旦恶行呈燎原之势，便如大潮浪叠，一波助长着一波，就算是杀了他们也无法遏止了。这些兵丁日常颇苦，拼上性命从军也只是为财色二字而已，一旦尝到甜头，便是神仙也难以收拾局面……而且，有时候，屠城也是为了震慑……"

"十年兵火万民愁，千万中无一二留。去岁幸逢慈诏下，今春须合冒寒游。不辞岭北三千里，仍念山东二百州。穷急漏诛残喘在，早教身命得消忧。"褚仁缓缓吟道。

齐克新一笑，"你是要效仿那长春真人，劝我止杀吗？"

褚仁见齐克新并无愠怒之意，咽了一口口水，生涩地点点头。

"阿玛告诉你，阿玛自从军以来，亲自领兵，历经大小战

第二十四章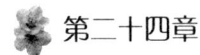

事数百,克晋省的汾州、清源、交城、文水、徐沟、平阳、绛州、孝义、寿阳、平遥、辽州、榆次、复岚、永宁;浙江的苏州、杭州、绍兴、嘉兴、吴江、金华、衢州;闽省的仙霞关、浦城、建宁、延平、分水关、崇安、兴化、漳州、泉州等数十城,无一城有屠城之事。偶有抢掠奸淫,却是在所难免,但大肆屠戮百姓,奸淫妇女的事情,我可保从未发生。旁的人阿玛管不了,但阿玛自己,绝不是滥杀无辜的人!"

"此次征南,也没有奸淫掳掠吗?"褚仁的语气,有了一丝森然。

齐克新长叹一声,用手轻轻捏了捏头部两侧的太阳穴,"你若带过兵,便会知道这其中的为难,阿玛虽然是征南大将军,但千军铁骑,犹如出闸猛虎,一旦散入万千关山,便不是阿玛能一手掌握的了,安平等地确有屠城劫掠……事情已经出了,再做什么都是于事无补,纵然杀了这些军卒兵将,也换不回那些已经死去的人,就算日后有天大的祸患,现在也只得默不作声……"

褚仁听齐克新话中有话,不禁问道:"安平……到底出了什么事?"

"固山韩岱攻克安平,纵兵烧杀抢掠,郑芝龙长子郑成功的生母田川氏也死于乱军之中……"

褚仁瞬间便明白了,此时种下的因,日后便是郑成功割据台湾的果,直到四百年后,这一连串的因果循环,依然是中国

将军明晦事何如

肋下一块最难言的伤，一触就痛，久久不曾愈合……

"朝代兴废，莫不如此。那大西的张献忠是汉人，他杀的人少吗？连明太祖的祖坟也摧毁殆尽，而我朝，不仅保住了明陵的完璧，就是宋陵，也不许有一草一木被毁。或许数百年后，我大清式微，同样的屠戮也会发生在我旗人身上，也不知我大清的陵墓，到时候有没有人来保全……这是改朝换代之殇，而不是满汉之仇。满汉，本没有仇，只是为了争这江山而已。"

"阿玛……"褚仁有些惊讶，齐克新竟然能说出大清式微的话。又想到被盗的清东陵，心中也是一叹。

"天下没有千年的朝代，谁能保定基业万万年？古今帝王，谁又真能万岁万万岁？"齐克新微微牵动了一下嘴角，露出一丝冷笑。

"那我大清入主中原，算是兄弟相争？还是入侵异族？"褚仁蹙着眉，像是思索，又像是发问。

齐克新沉吟良久，才缓缓摇了摇头，说道："我不知道……我只知道，我大清屠戮比蒙古人少，待汉人比蒙古人好，因此国祚也一定会比大元更久长。或许……数百年后再回看这一段，或有圣贤能勘悟透彻这里面的是非曲直，成败功过……你我身在此山中，无论怎样，也想不明白的……"

可是，纵然是四百年后，依然没人能说得明白啊！褚仁在心中叫嚣着。

"你站在汉人的立场上想事情，同情汉人，阿玛不怪你，

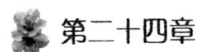

第二十四章

毕竟,你可算是汉人养大的……杀戮太重也是造业。不过定鼎江山,便需要流血以祭,将军的一身一命,就是供君主驱策,攻城略地,浴血杀敌……谁也逃不脱这样的命运。阿玛不愿你习武从军,便是因为这个。愿阿玛用一生罪业,能保住你干干净净一双手,也愿数十年后,你的心还如此时这一片素心……"

这一天,是顺治六年的冬至日。

很多年以后,褚仁每每想起齐克新,都会想起他这几句话,想起,他说这几句话时,抵在眉心鼻梁的合十的手;想起,他一脸庄敬虔诚的神情。

注:

*皇后、皇妃、和硕亲王福金、固伦公主、九嫔、世子侧福金、多罗郡王福金、和硕格格以下禁用秋香色的规定,在顺治十一年五月才颁布,此时还没有相关规定。

*献蟠桃,帝露扬……:京剧《遐龄永祝》唱词,比较常见的吉庆戏,多在开场时演唱。当然顺治年间应该还没有。

*尔郡王齐克新为征南大将军……:这段取自顺治四年六月实录:"册封故多罗饶余郡王阿巴泰子贝勒博洛为多罗郡王册文",有删改。史实是博洛通过此役升为郡王,征山西后升为亲王。因情节需要调整。

遥伏黄冠拜义旗

*《清史稿》顺治十三年四月：浙江巡抚秦世祯，以造战船需材，伐宋陵树木。得旨：前代陵木，不许采伐，原有明禁。虽经奏请，何得不候上旨径行？著议处。其伐过树木、仍照数栽补。

宣统元年，两江洋务总局道台和江宁府知府在明孝陵立碑，碑上是六国外文，告诫相关国家的游客不要在此乱涂乱画。

第二十五章
遥伏黄冠拜义旗

时光如流水静静流过，转眼间五年过去了，褚仁已经十七岁。

岁月褪去了褚仁年少的青涩，也涤冷了他一颗殷殷期盼的心，让他有些难以确定，那"朱衣道人案"是不是真的在历史中存在过？为什么，直到今天还没有到来？

思念搁置得太久了，也慢慢转淡转薄，像是暮春晨曦中那一抹淡白的雾色，看上去，似乎稀薄得并不存在，但在呼吸间，却能感受到它无所不在，笼罩着，充塞着全身的每一个毛孔，那淡淡的湿与冷，让人不由得觉得孤单。

第二十五章

这五年来，傅山、傅眉只托人带过一次东西给褚仁，是两本小楷册页：一本是《南华经》，线条硬朗，力透纸背，一看便知是傅山手书；另一本是《孝经》，笔致柔媚流丽，自然是傅眉的手笔。褚仁对着它们，临过无数遍，以笔墨隔空呼应，幻想着那两个人，就在身边……好在傅山的文名越来越盛，便是在京城，间或也能听到他的一些消息，甚至可以买到他的书法。

五年间，发生了不少事。

顺治七年底，多尔衮去世，顺治亲政*，对齐克新等一干亲王多有封赏。但转过年来，便大议多尔衮之罪，株连甚广，齐克新也因此降为郡王，但旋即又复封为亲王。又过了一年，到了顺治九年三月，顺治又罢了诸王、贝勒、贝子管理部务之责。经过了这样几番翻云覆雨，顺治这位少年天子尽销宗室权柄，真正实现了君临天下。

齐克新没了兵权，也不用到户部仕事了，成了彻彻底底的闲散王爷。虽然南方还不太平，但是自有更年轻的都统领兵征讨，他们不是宗室，功劳再大，也威胁不到皇权。

齐克新经过这几番起落，大病了一场，性格也变得很是敏感，颇有些喜怒不定。褚仁对他恭顺而客气，父子间一团和气，但却缺少了褚仁与古尔察之间的那种亲近，显得有些疏远。

这几年，褚仁的生活倒是过得平静如水，波澜不惊。

遥伏黄冠拜义旗

每日里除了读书习字,就是偶尔和古尔察去京郊跑马行猎,倒也惬意舒服。

这期间齐克新曾询问过褚仁是否愿意去宗学读书,被褚仁以身体病弱推脱了,齐克新倒也不强求。只是从褚仁十四五岁起,齐克新便经常提到褚仁的婚姻大事,褚仁还是以身体不佳,不宜太早房事拒绝,齐克新也只得罢了,只是很执着地每隔一段时间便次提起。

这件事,让褚仁倍感压力,他知道传宗接代对这个时代的人们有着非同寻常的意义,尤其是对于已经不可能再有子嗣的齐克新,但他又不愿勉强自己在这个时代结下太多不该结的尘缘。只要一提到这个话题,褚仁总会想起之前看过的一部科幻小说,时间旅行的人回到了古代,娶妻生子,回来后却发现自己成了自己的祖先……每次想到这个情节,褚仁都觉得不寒而栗。但每次拒绝齐克新,又让褚仁觉得愧疚难当。

唯独搜集古董字画一事,是褚仁生活中最大的乐趣。

唐、宋、元、明,一幅幅字画,陈说着人生,也描绘着历史,仿佛是把一个时代、一段人生的某个瞬间,以笔墨定格下来,截成真实的永恒。起居注太简,野史笔记太陋,有目地的记录历史,反而更容易带上人的主观好恶,而真实的历史恰恰是这样,在不经意间被记录下来,流传千年。一诗一画,背后都藏着浮生心境,酬酢往来。大时代下人生的小小波澜,如同那些连绵的笔意,钩连不断,千古长存……

第二十五章

褚仁只收书画，不仅是因为爱好，更因为它们太脆弱。金银铜铁质地坚实，自不必说，玉器珠宝因小巧贵重，更容易保存完好，就是看似脆弱的瓷器，埋于地下不会失色，沉入水中不会朽烂，也容易保藏下来。唯有字画，水浸易朽，火焚成灰，日晒褪色，虫吃残破，受潮腐烂，干燥脆化，不经意的一点脏一点污，也会成为永远的烙印。纵使抵御住了所有这些，千年之后，它们依然抵不过丝与纸的寿命，纵然在条件最好的博物馆，也随时都可能化为齑粉……褚仁自问稍通字画保存之道，王府中各种条件俱佳，总比让它们流落在蓬门小户要好上许多。虽说千年之后，它们终不免一死，但是能延长它们一年的寿命，便能让更多的后世人看到它们的美好，也是值得的。

还有那些遗民的书画，廉价得让人不忍直视。四百年后，它们也是拍卖行里的熟面孔，也是会被买家重金购得，珍之宝之的。但此时，它们的创作者们，却为了换得一餐一衣，锱铢计较着。苟活不如死，一身的锦绣才华，再也不能，也不肯卖与帝王家。那为稻粱谋的一笔一划，虽然满载着遗民的血泪和屈辱，却不曾失却深植在血脉中的清贵与高雅。

黄麻纸、白麻纸、楮纸、粉蜡纸、碧笺纸、硬黄纸、薰纸、藤纸、斑石纹纸、云蓝纸、金凤纸、青藤纸、蜀纸、葵笺、竹纸……当然，还有绢帛，一张张各不相同的，纸的面孔，纷纷承载着不同的人生片段，在唐宋元明，不同的时代，

遥伏黄冠拜义旗

不同的人手中，一一流转过，最终，落到了褚仁手里。

它们一生的故事太长，褚仁只知道最后这一段，改朝换代的离乱承合，衣冠变改的家国之变，保得住性命，保不住这一方纸，带着多少不舍和不甘，流落到这朱门深院。百年后，又不知道会流转到何处，博物馆？拍卖行？抑或谁家的堂前……落入了谁的眼？赢得了谁一瞬间的惊艳？

齐克新闲来无事，迷上了核雕，曾经上阵拼杀的腰刀，换成了指尖纤细的刻刀，曾经沾满了血腥的手，此刻却千灵百巧地剔刻出一枚枚佛头。恍惚间，那些佛头与曾经斩落的人头叠映在一起，每一颗，都像是祭奠。

多少次，褚仁行经庭院，总能看见石亭下，日暮里，那样安静的两个人：一个专注地刻着橄榄核儿，另一个，或剔仁、或上油、或穿系、或烹茶打扇……若是无事，便捏着几个核雕在手里细细盘着，脸上总是露着淡然的笑。

这情景，总让褚仁觉得，所谓岁月静好，就是这样默默陪伴着，走过万千时光，走过兴衰荣辱，波澜不惊。就像那些核雕，从初时的淡黄青涩，逐渐变成黑红油亮，在岁月的爱抚下，历久弥坚，终成不朽不坏的金身。

褚仁看着看着，突然就很想落泪，傅眉的影子，便开始在心头打转，挥之不去。一样的夕阳里，谁，会在他身边，为他烹茶打扇……

这一天，是顺治十一年，三月十八日，玄烨出生了。

第二十五章

中国封建社会最后的盛世——康乾盛世的大幕已经缓缓拉开。种子已经种下，即将发芽、生长、开花、结果……最终累累的果实终不免萎落泥尘，化作乱世的泥沼中那些微末的尘埃。每一个朝代皆是如此，胜极而衰，否尽泰来……历史是个复印机，三五百年复印一页，一段治世，接着一段乱世，竹节一样，挺拔向上，不断滋长着，直入云端。

这天，原本是个极平常的日子，听到曾全来报说，外面有个极俊美的小爷来访的时候，褚仁的血，一下子便涌上了头顶。头晕晕的，像是带着些醉意，褚仁三步并作两步，脚下像踩着棉花一样，急急来到了侧门。

门开一线，还是那袭月白的衣，还是那个长身玉立的身影，只是衣衫半旧，沾满了尘，似乎衣衫也因岁月的磨蚀而显出了老态，那人呢？人又如何？

听到脚步声，门外那人转过脸来，依然是发如墨，面如雪，唇如朱。十七岁的少年有着这样的容颜让人觉得美好，而二十七岁的青年依然保有这样的容颜委实让人惊艳。

"眉哥哥！"

"……仁儿！"

惊喜相拥的两个人，像是要通过身体发肤，将五年来的思念传递交换一样，久久不愿分开。

褚仁把傅眉带到门房旁侧的一间空屋子里，掩好门，看着傅眉，只是说不出话来。五年间相隔天涯，不曾见面，有太多

遥伏黄冠拜义旗

话要说，此刻一股脑拥在唇齿喉舌间，彼此推拥挤撞着，反而一个字也吐不出来。

"你的脸……怎么了？"傅眉问道。

褚仁抬手去摸左颊，就是那次的鞭伤，虽然用了最好的药，却还是留下了细细一条淡白色的疤痕，摸是摸不出来的，细看也不分明，但就是离得稍远点看过去，却不知为何，竟是十分明显。那疤痕刚好在发际线旁边，因剃发留辫，全无遮掩，更显得分明。

"没……没事儿，之前练箭的时候，不小心被箭羽划伤了……"褚仁支吾应道。

"怎会留了这么长的疤？"傅眉说着，便用双手扳住褚仁脸，要侧过来对着阳光细看。

褚仁忙用双手抓住傅眉的手腕，说道："先说正事。"

感觉到手腕上穿过来的力道，傅眉有些恍惚，"你长大了……个子跟我一般高了，力气也大了……"说着，那双手便缓缓垂了下来。

褚仁还在恍惚中，依稀听到傅眉的声音，像是从很远的地方传来："……就在十三日早上，宋谦*在武安县午汲镇被捕，同时被捕的一共七个人，全是义军的骨干。他们随身携带的印信和党人簿同时被抄走。听说宋谦受刑不过，已经供出爹爹来，还有很多其他人……我是连夜从河南武安赶过来的！"

"等等！这个宋谦，便是牵头组织义军的吗？"褚仁努力回

第二十五章

忆着之前看过的资料，似乎想起了点什么。

傅眉点点头，"是。他是永历皇帝亲封的总兵，还被赐姓'朱'，负责在北方招募义军。这支义军已经有两万多人，本来计划是在晋、冀、豫三省交界处起事，就定在今天。"

今天，是康熙出生的日子，大清将在他的带领下，一步步走向繁华鼎盛的巅峰，而这支决定于今天起事的义军，还没有掀起波澜便被扑灭了……

"宋谦……我想起来了！"褚仁突然兴奋地喊出声来，"就是他！他被捕招供之后，不知怎么就死了，所以爹爹他们都没法和他当面对质，所以这案子才会这么容易就结案的。"

"死了……是被处死？还是狱中瘐毙？或者……自杀？"傅眉皱起了眉头。

"这我不清楚，但是他必须死！接下来我们才好办事。"

"必须死？……他和我同岁，还很年轻……和爹爹一样，不肯剃发，平常也扮作道士。这个人很有谋略的，也有统御之才，只是没想到这么熬不住刑……这支义军整整筹备了十年啊！十年生聚，十年激励，瞬间便毁于一旦，唉……"傅眉长叹。

"你……一直在这支义军中？"褚仁疑惑地问道。

傅眉又点点头，"是。自从听了你的话，我便留了心，这支义军时间上和你说的吻合，我便求爹爹让我去帮忙，以便能尽早得到消息，不过我没说自己是爹爹的儿子，也没说自己的真姓名,只说自己是龙门派传人,是爹爹的师侄。"

"你既然猜到了可能是他,为何不阻止爹爹和他联系呢?"

傅眉苦笑摇头:"早在顺治元年,爹爹和宋谦便有来往了。这支义军,和我师父也有关系,很多人都是当时姜瓖起义的旧部,他们自甲申国变就开始各处联络。'红花开败黑花生,黑花单等白花清',清朝戴红帽,我们便以白帽为志,就像秋霜一般,专打红花。"

这……就是武侠小说中描述的红花会吗?傅山的文集《霜红龛集》这个书名,也是因此而来?但是历史的定局无法更改,红花会也好,天地会也好,三百年并不曾撼动大清的基业分毫,大清和大明一样,说到底,还是亡在自己的腐败身上。褚仁低头一叹,忽见傅眉的一双黑布鞋上沾满了尘埃,已经看不出本来的颜色,心中一动,忙问道:"你是一路用轻功赶过来的?"

傅眉点点头。

"那你先在附近找个客栈歇歇,我去找阿玛,明天一早你再来,我给你消息。"

傅眉抬起头,上下打量着褚仁。

褚仁被傅眉看得发毛,"怎么?我有什么不对的吗?"

"他们……对你不好?"

褚仁破颜一笑:"你想哪儿去了,他们对我挺好的。"

"这伤……不像是箭伤,而是鞭伤。"傅眉的指尖一点一点,轻触着那疤痕,似乎生怕弄疼了褚仁。

第二十五章

"父辈训诫子侄,原也平常……爹爹不是也曾责打过你我嘛?"褚仁有些心虚地解释道。

"爹爹可从不曾在你我身上留下伤痕……"傅眉的指尖微微有些颤抖。

褚仁忙一把攥住傅眉的手,将他的四根手指捏得紧紧的,涩声说道:"旗人有旗人的规矩,这五年来,统共也只有那么一次……真的!"说完,还用力点了点头。

"他……那个王爷,会帮我们吗?"傅眉有些怀疑。

"会的!一定会的!你放心,包在我身上!"褚仁拍了拍胸脯,昂起头,展颜一笑。

注:

*顺治七年底,多尔衮去世,顺治亲政……:这段基本是史实,只不过说的是博洛。《清实录》顺治九年三月:"丙戌。罢诸王、贝勒、贝子、管理部务。""丁亥。和硕端重亲王博洛薨。年四十。追封和硕定亲王。"这两天紧挨着,也就是顺治罢了诸王管理部务之权次日,博洛就去世了。博洛之前负责管理户部。

*宋谦:原为明末贵州生员,顺治元年投奔弘光政权,之后被永历皇帝赐姓朱,名焕慈,授予总兵之职,在北方召集将士,联络义兵。顺治元年、九年、十年三次会见傅山,顺治十一年三月十五日组织起义前夕被捕,受刑变节,供出多人。

起义时间是十五日，这里为了情节需要，改为十八日。

＊红花开败黑花生……：出自朱衣道人案同案者朱振宇供词。

第二十六章
春正谁辨有王无

"阿玛……"褚仁走进齐克新的卧室，撩衣跪倒。

天近黄昏，室内燃了灯烛，齐克新在灯前，拿着一份邸报，却只是发呆。听到褚仁的声音，齐克新恍惚地抬起头来，露出一抹笑容，"今儿个这是怎么了？往常晨昏定省，可没见这么懂礼，该不是又干了什么坏事儿了吧？"虽然是笑着，但在灯下看过去，那笑容，竟有着说不出的苍凉。

褚仁脸一红，嗫嚅道："是有事情求阿玛……"

齐克新意味深长地一笑，"说来听听，看看阿玛能不能办到……"

褚仁想着，府中人多口杂，以傅眉那样的相貌，只怕此刻已经传得全府皆知，当下也不绕弯子，直接说道："山西的那个傅眉哥哥，今天来找我了，求我救救傅先生。"

第二十六章

"哦？！"齐克新眉毛一挑，"出了什么事？"

"说是前几天河南有个叫宋谦的贼人筹划造反，被捉住了，供出傅先生来，说话就要按照供词抓人了，可傅先生跟他全无关联，是被诬陷的！这谋叛的罪名可是不轻，要株连九族的……"

"若全然没有关联，怎会咬出他来？"

"那可不一定，傅先生在江北文坛名气很大，人又耿介，无意中得罪过不少人。那人受刑不过，胡乱攀咬，什么话说不出来？"褚仁分辩道。

"前几天的事情……案子只怕还没报上刑部，他就连口供都知道得这么清楚，若说没有半点瓜葛，那未免也太离奇了，你的那位眉哥哥，莫非有顺风耳不成？"齐克新冷笑道。

"阿玛……"褚仁听齐克新语气不善，忙膝行了两步，扶着齐克新的膝头，轻轻叫了一声，又抬起头来，一脸企盼地看着齐克新。

齐克新长叹了一声："你们打算让我怎么帮？"

"我想着……这个宋谦必须得死，他死了，口供就死无对证，随咱们怎么说怎么是了，再来只要坚不承认认识这个人就行，一口咬定他是胡乱攀咬，挟怨报复，这么着，就可以脱开干系了……"褚仁顿了顿，又道，"我也不懂刑案上的事儿，就是一点瞎想头，这不是还得要阿玛拿主意嘛……"

"哼……"齐克新冷笑一声，"让他死？哪有那么容易？皇上去年才下了旨,'嗣后凡应秋后处决者*,复行朝审热审以示矜疑。即应决不待时者,必奉驾帖。以隆法纪,重民命,而广好生。'去年因为秋决案犯太多,复审不及,还暂停了一次。现下所有的死囚,若要正法,都需皇上亲自勾决才行……活着不容易,想死也难啊……"

褚仁不知道齐克新是因着什么,有这么多感慨,只是嗫嚅道:"那阿玛可以进言啊……说不准皇上就听了阿玛的……"

"进言?"齐克新又是一声冷笑,"那我倒是自己找死了……"

"阿玛……"褚仁还想再劝,却被齐克新打断了。

"不行!这是十恶不赦的谋叛案,我管不了!"齐克新突然厉声说道,随即也觉得失态,又放缓了声音说道,"既然是提早得了信儿,你倒不如劝劝你那位哥哥,赶紧回山西报信,举家躲起来,只怕还能避过这一场灾祸。待过个十年八年,因着什么喜庆事儿,天下大赦了,便没事儿了。"

避开?傅山一定是不肯的,那种苟且偷生的事情,他做不到,在文坛这么有名望的一个人,让他去过那种东躲西藏的逃犯生涯,还不如一刀杀了他更痛快些。

褚仁此时也没了主意,虽说是让齐克新帮忙,但是怎么帮?帮什么?他自己心里也全无头绪,此刻被这样断然拒绝了,也不知道应该再怎么劝。走,肯定是不甘心的,但是留下来,也不知道该说什么,只得心一横,便这样直挺挺地跪在那

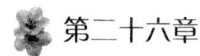

第二十六章

里，一言不发。

齐克新瞥了褚仁一眼，也不说话，重又拿起那份邸报，呆呆地看着。

不知道过了多久，灯花啪地一爆，倒把齐克新吓了一跳，过了片刻，才听他叹道："都说灯花报吉祥……只要没有凶事降临，只怕便是吉祥了……"说罢瞥了褚仁一眼，扔过一个金黄色的坐褥来，"你愿意跪便跪，就算跪到天亮，也不用指望我会心软。"

褚仁幽怨地看了齐克新一眼，赌气似的，膝行几步，跪到了那坐褥上。那坐褥上层是五爪金黄蟒缎，下层是红氈，以白氈围边，正是亲王的制式。跪得久了，褚仁的膝盖早已疼痛难忍，这个坐褥倒像是及时雨一般，将那痛化解了一大半。

齐克新见褚仁如此，叹了口气，说道："你既然愿意跪，那就在这里跪着吧！我要安歇了。"说罢，竟然熄了灯，和衣躺在了床上。

夜幕刚刚降临，天色还不十分暗，天空呈现出一种幽幽的霁蓝色，十八的月亮，圆满中被微微蚀了一线，透着一种由盛转衰的悲怆。

褚仁不知道又跪了多久，眼见月亮从窗子的一侧，移到了另一侧，终于逸出了窗户的边缘，再也看不见了，夜色也变得愈发浓黑。

春正谁辨有无

膝盖,像万针攒刺一样的痛,痛得褚仁双腿颤抖,几乎要落泪,只能咬牙强自忍耐。不能走,走了,明天拿什么去见傅眉,但是就这样跪着,跪到天明,能有什么结果?褚仁心里也没有底。

实在是痛得受不了了,褚仁膝行着,蹭着那坐褥,一步一挪的,把那坐褥蹭到了床边脚踏上,这样跪上去,小腿变成倾斜的,膝盖抬高了,便没有那么大压力,松快了许多,虽然脚踏的边缘正硌在小腿中间,但因有坐褥垫着,还不算难熬。

褚仁把脸伏在齐克新床上,腰背的疼痛也骤然一松,让褚仁不禁昏昏欲睡。

虽然褚仁的动作很轻,但齐克新一直也没睡,冷眼看着,突然便发作了出来,"跪不住了就滚!别在这里碍眼!"

静夜中,那声音听起来分外的大,褚仁吓了一跳,浑身一颤,怯怯地叫了一声:"阿玛……"

齐克新索性坐了起来,大吼道:"你走不走?"说罢便用足尖踹向褚仁的肩膀。这一脚虽然力气不大,但褚仁跪了很久,早已支撑不住,一下便被踹倒在地。

"我不走!"褚仁重新跪直身子,顶了一句。

"你再不走,我就打了!"齐克新双手提起褚仁的肩膀,似乎想要把褚仁掼出去。

褚仁双臂一振,挣脱齐克新的掌握,大吼道:"好!走就走!我走了就永远不会回来了!我也不是你儿子,我叫傅仁,不叫齐敏,我是谋叛乱党的九族,我现在就投案去!秋后你就

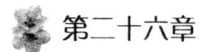 第二十六章

等着给我收尸吧!"

"啪"的一声,褚仁左颊重重挨了一下,被打倒在地。

血,瞬间便从褚仁的鼻孔中流了下来,褚仁忙用手背去擦,结果却越擦越多,反倒是弄得到处都是。

门被撞开了,灯被重新燃起,古尔察坚实的臂膀搂住了褚仁的肩,另一只手,轻轻托起褚仁的下巴。

褚仁只感觉一股咸腥的血气,从鼻腔向喉咙倾泻而下,令人窒息。褚仁紧紧抓着古尔察的手腕哭诉道:"我耳朵……"

话未说完,便听到古尔察喝道:"什么人!敢夜闯贝勒府?!"

话音未落,一个月白的人影飞一样掠了进来,来人正是傅眉。他到底是不放心褚仁,居然夜探王府。

"你说'贝勒府'?是什么意思?"褚仁困惑地看向古尔察。古尔察脸上掠过一抹黯然,并不答话,褚仁又转头看向齐克新,脸上尽是疑惑。

齐克新却关切地问道:"耳朵怎么了?"与此同时,傅眉也问出了同样的话,两个人的话,居然一个字都不差。

褚仁看着傅眉,泪止不住流淌,颤声说道:"我的耳朵,听不见了……"

傅眉忙拉过褚仁的手腕,探了探脉搏,安慰道:"别急,不碍事的。"说罢便转身走到桌案前,运笔如飞,刷刷点点开着方子。

古尔察拿着帕子,为褚仁擦拭着脸上的血迹,褚仁却抓住

春正谁辨有王无

了古尔察的手,问道:"你为什么说'贝勒府'?"

古尔察别过脸,没有回答。

门开着,一阵风吹过,此前齐克新一直拿着的那份邸报*,恰好被吹落到褚仁身边。那上面的"齐克新"三个字,很是醒目:"巽亲王满达海、端重亲王齐克新、敬谨亲王尼堪,此三王,从前谄媚睿王。及睿王死,分取其人口财货诸物。三王向蒙太宗皇帝恩养有加,乃负先帝厚恩,谄附抗主逆行之睿王。罪一。后睿王死,饰为素有嫌怨,分取人口财货诸物。罪一。且以宗潢昆弟,亲王之贵,不思剪除逆党之谭泰,反谄事之。罪一。伊等所犯情罪重大,应将王爵俱行削除,降为庶人。其奴仆庄园俱入官。得上旨:王与诸臣议,良是。但朕既经恩宥,不忍尽行削夺。三王俱著降为多罗贝勒。其旧有奴仆庄园牲畜诸物,著照多罗贝勒应得之数给与,余皆入官。其分取睿王家人牲畜财货诸物,俱籍入官。投充汉人,余俱释为民。"

褚仁越看,越是心惊,都已经尽削权柄了,皇上居然还是不放心,又夺了亲王的爵位,十年征战,浴血军功,一朝打回原形,重新做回到贝勒。最可笑的是,反反复复,总是借着多尔衮由头,党附他不是,落井下石也不是。那谭泰擅权跋扈,前年获罪时,全仗着齐克新揭露了他的种种不法行为,现在反过来又说他"不思剪除",这真真是太没有道理了……

那份邸报恰好落在褚仁的血迹上,渐渐地,斑斑点点的血渗了过来,将那墨色染得一片狰狞,仿佛每个字都在泣血。

第二十六章

　　傅眉写完了两张药方,递给齐克新,说道:"一外敷,一内服,请速派人去抓药。"

　　齐克新冷然道:"你是什么人,敢在我府上颐指气使?"

　　傅眉微微躬身行礼,"抱歉,我若是直接吩咐贵府下人,只怕更为失礼。病急从权,有得罪处,在下在此赔礼了。"

　　古尔察站起身来,接过那药方,说道:"常用的药,府中都有,可否跟我去药房验看一下,看缺什么,再派人出去买?"

　　傅眉不放心地看了褚仁一眼,勉强点了点头,随古尔察去了。

注:

　　*嗣后凡应秋后处决者……:出自《清实录》顺治四年十月,刑科右给事中袁懋功奏言。

　　《清实录》顺治十三年十月上谕:"谕刑部。朝审秋决、系刑狱重典。朕必详阅招案始末,情法允协,令死者无冤。今决期伊迩。朝审甫竣。招册繁多。尚未及详细简阅。骤行正法,朕心不忍。今年姑著暂停秋决。昭朕钦恤至意。"

　　*邸报内容出自《清实录》顺治十六年十月,有一定删改。原内容为议博洛等三人的罪,因三人当中博洛和满达海已死,因此两人的儿子降爵,齐克新被降为贝勒。

杏花如梦作梅花

梅·卷

王世颖 著

图书在版编目（CIP）数据

杏花如梦作梅花：全2册/王世颖著．—北京：
新世界出版社，2015.1
ISBN 978-7-5104-5288-8

Ⅰ.①杏… Ⅱ.①王… Ⅲ.①长篇小说—中国—当代
Ⅳ.①I247.5

中国版本图书馆CIP数据核字（2015）第012224号

杏花如梦作梅花

作　　者：	王世颖
责任编辑：	张　奇
责任印制：	李一鸣　黄厚清
出版发行：	新世界出版社有限责任公司
社　　址：	北京西城区百万庄大街24号（100037）
发 行 部：	（010）6899 5968　　（010）6899 8733（传真）
总 编 室：	（010）6899 5424　　（010）6832 6679（传真）

http://www.nwp.cn
http://www.newworld-press.com

版 权 部：+8610 6899 6306
版权部电子信箱：frank@nwp.com.cn

印　　刷：	三河市骏杰印刷有限公司
经　　销：	新华书店
开　　本：	700mm×1000mm　1/16
字　　数：	480千字
印　　张：	31.5
版　　次：	2015年3月第1版　2015年3月第1次印刷
书　　号：	ISBN 978-7-5104-5288-8
定　　价：	56.00元

版权所有，侵权必究

凡购本社图书，如有缺页、倒页、脱页等印装错误，可随时退换。
客服电话：（010）6899 8638

【梅之卷】

绛雪花开灵锁寒,仙风吹响碧琅玕。
真人醉舞挥如意,解酒子梨索一盘。

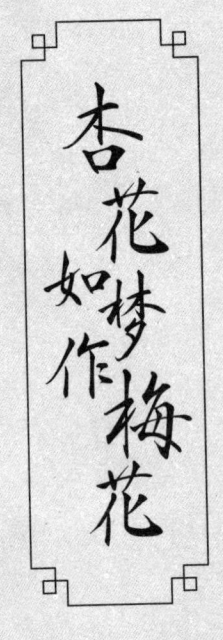

【梅之卷】

杏花如作梅花梦

第四十章　冷浸幽人澈骨寒 … 112
第四十一章　烛深寒泪下残编 … 121
第四十二章　方外不娴新世界 … 129
第四十三章　芒鞋拾级穿云鸟 … 137
第四十四章　满纸悲歌耳后鸣 … 146
第四十五章　处士无年纪帝图 … 154
第四十六章　任隔关山看未孤 … 162
第四十七章　十里莲塘仙侣舟 … 170
第四十八章　鬓点霜华泣故人 … 178
第四十九章　诗咏十朋江万里 … 187
第五十章　　私念衰翁已白头 … 197
第五十一章　命寒情热亦奈死 … 206
第五十二章　地自由他天自花 … 215

附　録　傅山诗歌赏析 … 223

目录

第二十七章　庾信满天萧瑟眼……001

第二十八章　乾坤何处可埋垣……008

第二十九章　铮铮到耳带哀声……017

第三十章　雨色云香镜里痕……027

第三十一章　天涯行在梦魂之……036

第三十二章　桃源直处忘情士……045

第三十三章　知属仁人不自由……054

第三十四章　病躯岂敢少淹留……061

第三十五章　八千里戍相思切……070

第三十六章　掩泪山城看岁除……079

第三十七章　庚子江关暗一天……088

第三十八章　柳外明河河外烟……096

第三十九章　河山文物卷胡笳……103

第二十七章
庾信满天萧瑟眼

室内，又只剩下褚仁和齐克新两人。

褚仁委顿在地，依然看着那份邸报，短短二百余字，看了一遍又一遍，只觉得那些字反反复复在胸口滚动着，膨胀着，心里憋着一口气，找不到出口，郁闷得像是快要爆炸一般。齐克新……只怕是更难受吧……

两个人，都沉默了很久。

"敏儿……"

"阿玛……对不起！"

突然，两人几乎同时开了口。

齐克新伸过手去，似乎想要拉起褚仁。

与此同时，褚仁却跪正了身形，重重磕了一个头，恳求道："阿玛，求您了，帮眉哥哥一把吧！我不求您出头，只求您帮忙出点主意，您久在官场，见多识广，总能想出办法的。刚才，我……说错话了，不该那样顶撞您，等眉哥哥走了，您打也好，罚也好，我都认了……求求您了！"

"你起来说话……"齐克新的手又向前伸了过去。

"阿玛……"褚仁抬眼看着齐克新，眼里是泪，也是恳求。

齐克新重重叹息了一声："好吧，你先起来，容我想想该怎么办……"

第二十七章

"嗯！"褚仁破颜一笑，用力点了点头，把犹沾染着血污的手，放在了齐克新的手心。

褚仁跪得久了，已经站不住，齐克新半扶半抱，把他放在床上。

不一会儿，古尔察和傅眉回来了。

傅眉手中拿着一包药粉，用一个细竹管挑起一点儿，吹到了褚仁耳中。古尔察随即把手中的汤药送到褚仁唇边，服侍他喝下。

傅眉重又反复给褚仁把了把脉，才对古尔察说道："内服外敷，都是一天两次，连用十日。若好，便可以停了，若耳朵还不好，外敷的药要继续用，直到好了为止。"

古尔察点点头。

傅眉转身面向齐克新，微微拱手为礼，指着褚仁说道："他能活下来，不容易。出事的那条路很是偏僻，三五天都不一定有人经过；马车堕下的土崖有十几丈高，下面又多是一人多高的荆条蒿草，在上面根本什么都看不到，若不是我父子因采药下到崖底，只怕他烂成白骨都不会有人发现……"

古尔察听到这里，神情凝重地缓缓点了点头。他亲自去寻找过那车子，知道现场的情况，明白傅眉说的全是实情。

这段往事，从没有人对褚仁细说过，褚仁也微微侧过头，用右耳仔细听着。

"我们找到他的时候，他的身子已经凉了，换作旁人，一定以为他已经死了，但我父亲精通医术，反复把了脉，抱着死马当作活马医的心情,在他几处大穴上下了针,直花了一个多时辰,才让他缓过这口气来。"

"接下来的很多天,他一直昏迷,爹爹每日下针、艾灸、灌药,运内力帮他打通经脉,终于让他苏醒过来……后来,他又因为脑中淤血压迫眼睛,造成失明,这个症候,本无法医治,只能听天由命。爹爹又不死心,两年间换了无数方子,终于让他眼睛复明……他恐怕是爹爹一生中花费心血最多的病患了……"傅眉说到这里,有些哽咽,几乎说不下去。

褚仁轻轻拉住了傅眉的手,只听傅眉继续说道:"他脑子摔得不轻,最忌碰撞震荡,临走那天,爹爹反复嘱咐过的,不能让他头脸受一点伤,你们怎么就是不听?他是您的亲儿子,我们外人尚且心疼他,您怎么就一点怜惜也没有?若不喜欢他,当初又何必把他找回去?失明的滋味您知道有多难熬?您还想让他再经历一次那样的生不如死吗?!"傅眉越说越是激动,声音也渐渐大了起来。

褚仁忙牵了牵傅眉的手,说道:"眉哥哥……我不敬尊长,惹阿玛生气了,阿玛不是有意的,你别说了……阿玛答应帮我们了。"

"我宁可不要他帮,也要你平安喜乐!"傅眉嘶声说着,一行泪,顺着脸颊流了下来。

"我教训自己的儿子,还用不着你来指手画脚……"齐克新声音不大,显得疲惫而没有底气。

褚仁怕他们起冲突,忙对古尔察说道:"你带眉哥哥去我房里歇息好吗?我今晚和阿玛一起睡。"

第二十七章

　　古尔察点点头，对傅眉伸手示意，但傅眉却像没看见似的，一动不动，依然一脸怨怒地盯着齐克新。

　　褚仁轻轻摇了摇傅眉的手，温言说道："眉哥哥，天晚了，你一路劳累，先去歇歇，好吗？我跟阿玛合计合计，看怎么定个计策。明天一早，我们再一起商量，好不好？"

　　傅眉低头看了褚仁一眼，伸手为他拭去鼻翼上的一点血污。

　　褚仁抬手，轻拂了一下傅眉腮边的泪痕。

　　两个人，就这样对视着，像是要把对方装进眼里似的，旁若无人，目不转睛。过了许久，傅眉这才觉出彼此的失态，轻轻叹了口气，紧紧握了一下褚仁的左手，这才转身出去了。

　　褚仁躺在床里面，因半边脸肿着，只能冲着齐克新侧卧。脸上涂了药，凉凉的，麻麻的，已经不怎么痛了。但因为担着心事，褚仁还是睡不着。齐克新仰卧着，呼吸粗重，显然也没睡，不知道在想些什么。

　　"闭上眼，睡觉！"齐克新的声音突然响起，吓了褚仁一跳。那声音不大，还带着一点点愠怒。

　　褚仁怕惹齐克新生气，不敢说话，但又觉得什么都不说很是失礼，想了片刻，忽然问道："我们以后不能住在这王府里了……是吗？"

　　"是……"齐克新翻过腕子，紧紧握住了褚仁的手。

　　"那古尔察会走吗？"褚仁最担心这个。

　　"不会，到哪里我们三个人都会在一起！谁要敢走，我就打断谁的腿！"齐克新手中一紧。

这话，有点像威胁，但又透着亲切，不知为什么，褚仁心中一定。褚仁伸过另一只手来，轻轻搂住了齐克新的手臂，不觉倦意袭来，不一会儿，便沉沉睡去。

齐克新却是僵直着手臂，一动不动，生怕自己动了，会吵醒褚仁。

次日，褚仁一睁眼，首先落入眼中的，便是那金黄的坐褥，扔在地上没人收拾，沾满了斑斑点点的血，衬得那坐褥上暗织的金蟒，像是一只只力战而死的尸骸。不知为何，褚仁心中突然涌起了一阵快意，这东西，反正以后再也不属于这个家了，毁了反而更好。贝勒制式的坐褥，是青缎还是蓝缎？褚仁记不清了，但总之肯定没有蟒。

"他头脸不能受伤，你怎么没跟我说过？"外间是齐克新的声音。

"谁知道你会打他？当初你宁可打我都不肯打他……"说话的是古尔察。

"我也没想到，这么多年你统共就动了他两次，都伤在头脸上……"古尔察叹息了一声。

"上次你为何不跟我说？"

"我没说你都后悔得跟什么似的，我要说了，不是更让你难受吗？唉！谁知道今天又有这么一出儿……这也怨我……"

褚仁听到这里，忙走出去给齐克新请安，两个人便住了口。

不一时，傅眉也过来了。

第二十七章

齐克新转向傅眉,语速飞快地说道:"你说那个姓宋的必须死,这话对,但是自上而下,我做不到,旁人只怕也做不到。皇上才尝到亲政的甜头未久,正是俾睨天下,踌躇满志的时候,任谁的话也听不进,贸然进言,只怕会适得其反。因此只能自下而上,办法你自己去想,瘐毙也好,押解路上遇匪也好,随你……不过这是伤阴骘的,你自己掂量着办吧。"

傅眉被齐克新说得有些尴尬,红着脸点了点头。

"再有,就是必须要弄到他的口供,弄清楚他的供述中到底怎么说的,何时何地和你父亲见过面?一共几次?这个,你或去武安县问,或等卷宗呈到刑部之后从刑部弄来,看你能打通哪里的关节了。这是急中之急,务必要尽快弄到。"

"你父亲至交好友中,有没有在朝为官的?"见傅眉刚要张嘴回话,齐克新又一摆手止住了,"你不必说与我听,若有,便找那官最大,交情最深的几个人,央他们为你父亲作证,就说宋某供述的那日,你父亲和他们在一起。若两份口供有异,你父亲这边有人证,又是官员,自然容易取信。但这是可要押上身家性命的事情,必须要找可靠的人,必须是过命的交情,否则反而会坏事。"

齐克新这一番话,说得傅眉连连点头。

齐克新沉吟片刻,又道:"这是谋叛案子,牵连一定甚广,想必还有其他共犯,若你父亲确实和那宋某相识,这事儿又人尽皆知,证人的口供便要好好参酌。要说得两人即曾经相识见面,但又无交往,甚至说两人结下过仇怨,便最合适不过了。作证的人,最好是京官或在山西以及京城左近任职,谋叛案要三法司会审，距离近些，作证方便，案子也不会过于迁延时日，白白累你们在狱中多受苦楚。"

傅眉又连连点头。

齐克新看褚仁侧着头，用右耳仔细听着，心中一酸，几乎落泪，于是继续说道："都察院左都御史龚鼎孳，此人为前明旧臣，每与刑部、大理寺会审刑案，常常曲引宽条为汉人开脱，若案子转至三法司，可以想方设法辗转托付此人。"

褚仁没想到齐克新说了这么一大篇，考虑得那么周全，不禁喜出望外，激动得拉着齐克新的手连连摇撼。

"多谢了……"傅眉也是又惊又喜，想多说几句称谢的话，又不知道该怎样表示，心中着急，脸便红了，忙低下头掩饰。

褚仁顺着傅眉的视线看过去，又看到了他那双敝旧的，沾满尘埃的鞋子，于是问道："阿玛……我能把乌云送给眉哥哥吗？"

齐克新一笑，"那是你的马，你想送谁便送谁，不过送出去了你便没马骑了，阿玛可不会再给你买一匹。"

听了这话，褚仁倒有点儿犹豫起来，毕竟和古尔察去西山跑马是他为数不多的消遣之一，想着，便抬眼去看古尔察，却见古尔察笑着对他轻轻点了点头，褚仁便放下心来，大不了和古尔察合乘一骑就是。

注：

*《清实录》顺治八年五月："定诸王以下及各官坐褥制。和硕亲王冬用整貂、夏用五爪金黄蟒。多罗郡王冬用猞猁狲镶貂、夏用四爪蓝蟒。多罗贝勒冬用猞猁狲、夏用蓝糙缎……"

第二十八章

乾坤何处可墙垣

褚仁牵着马,和傅眉来到后门门口。就要分别了,却还有很多话来不及说。

"乌云,你要乖乖的,听眉哥哥的话。"褚仁一手轻轻抚摸着马颈,一手将缰绳交到傅眉手里。

傅眉伸手接过缰绳,问道:"你的耳朵,好点了吗?"

褚仁不自觉的伸手摸了摸左颊,侧头一笑,"好多了。"

"你……要学会照顾自己,顺着王爷些,别惹他生气,否则吃亏的还是你自己……"傅眉叮嘱道。

褚仁听到"王爷"两个字,心中一酸,也不说破,只是点了点头。随即又说道:"刑部那里,我倒是知道有个人可以问问看,就是那个风雨夜来找你的姑娘,她是我玛法*的义女,现在嫁人了,夫君正是刑部笔帖式,你不妨去求求她。"

"她?她还会帮我?"

"嗯。"褚仁点点头"这几年家宴,她都会来,每次来,都会问起你,可见还惦记着……"

"我已经成亲了……"傅眉说完,抬起眼,紧紧盯着褚仁的脸,似乎要捕捉褚仁脸上任意一点细微的表情变化。

褚仁却只是一笑问道:"是那个姓朱的姑娘?"

傅眉点点头。

"她是前明的宗室吧?"

傅眉眉毛一挑,似乎有些惊讶,随即又点点头。

"有孩子了吗?"褚仁又笑问。

傅眉没想到褚仁问出这么一句,有点不好意思,垂下眼帘,"还没……"

褚仁狡黠一笑,"那你要加油啦!你若无子嗣,恐怕会坏了爹爹名头的!"

傅眉摇头苦笑,"这么多年了,你在医道上半点长进也无,真是该打!"傅眉说到这里,脸一红,便止住了。

"诶?"褚仁倒是愣了一下,也微微红了脸,忙转过话题说道,"那笔帖式是负责满汉文翻译的,所有刑部的文书,都会经他们的手,他们翻译上文字轻重的拿捏,当真也能做到一言活人,一言杀人。你还是去找她一趟吧!即便这次帮不上忙,日后爹爹的卷宗呈到刑部,也是要他们翻译的。会审的满洲官员大多看不懂汉文,但凡他能稍微关照些,总归是有些助益的。"

"好吧……"傅眉听了这话,这才点头应承下来。

"求哪些人作证,你可有眉目?要不要回去跟爹爹商量一

第二十八章

下？"褚仁又问。

傅眉摇头，"不能跟爹爹商量，我担心爹爹不肯为自己辩白，想要求仁得仁……这支义军当中，有很多龙门派同门，军卒也都粗通拳脚，人数又有两万人之众，是爹爹最寄予厚望的……所以，必须要先找到证人串供，再去劝说爹爹。"

"那你知道应该找谁吗？"褚仁不禁有点担心。

"魏一鳌魏经历，孙茂兰孙督堂，这两个人虽不一定肯作证，但绝对会帮忙，不会坏事的。"傅眉怕褚仁不知道这两个人，又解释道，"魏经历是大儒孙奇逢的弟子，只因顺治二年的时候，清廷强征直隶举人赴吏部遴选，他才当了平定州知州的，也因此和爹爹成了至交，去年还帮咱家在太原土塘购置了宅子。他现在官居山西布政司经历。"

"孙督堂现任宁夏巡抚，也是魏经历介绍给爹爹认识的，孙督堂的儿子孙川，因为患了呕血之症，在咱家住了大半年，是爹爹救了他一命，他跟我很是要好，什么事情都不会瞒着我的，我只管跟他商量便是！"

褚仁转过话题说道："那你先回山西，还是先去宁夏？"

"我先去武安探探宋谦的口供，那边还有几个同门，略有点人脉根基，只怕比刑部好说话些。再回来京里，去刑部探探，顺便也去拜访一下那个龚鼎孳。再来去找魏经历，他现在在平定丁忧。顺便太原府和山西巡抚那边，也要打点一下，若顺利，倒不用再跑一趟宁夏了。"

褚仁见傅眉思路清晰，条理分明，登时放下了悬着的心，点头说道："你先去武安，再来京时，务必要跟我见一面再走。"

"一定！"傅眉郑重地点了点头。

褚仁又取出两幅卷轴，递给傅眉，说道："我这些年，没事儿就搜购前朝字画，也攒了不少精品，这两幅不大惹眼，但价值也不菲，你拿去变卖了吧。上下打点，总还需要用钱的，若是不够，我这里还有。"

傅眉心知褚仁说的有道理，也不推辞，伸手接过。

褚仁又拿出那副缂丝，展开摊在傅眉手上，说道："这个是送给你的，比字画好携带些，可以天天贴身放着，想我的时候就拿出来看看，可不能卖了啊！我不擅画，就拿这个借花献佛了。"

傅眉走后，褚仁便觉得心中空落落的，绵绵密密的思念，无时无刻都在撩拨着褚仁的心。那思念，不相见时还可压抑，一旦见了面，就再也不可抑止了。

这府中也逐渐空了，王府长史走了，侍卫也走了一多半，就连博洛的侧福晋们，也被塔尔纳接走了，他是齐克新的四哥，还是郡王，未受牵连。博洛的九个儿子当中，只有这兄弟两人长大成人。陆陆续续，每天都有人离开，古尔察忙得脚不沾地，褚仁想和他说几句话都不得空。

这些日子，齐克新像是怕褚仁跑掉似的，每日抓着褚仁不放，从早上请安开始，便拘着褚仁在书房，每天总要到上灯时分，才放褚仁回去。名义上说是传授满文，实际却是让褚仁整理抄录他十几年来在军中的笔记。那东西卷帙浩繁，既像是志

第二十八章

存记录，又像是兵法，还有很多闽浙两省山川风物的内容，其中更有一些军中隐语，满文的书写也不尽规范。褚仁半懂不懂，抄录得苦不堪言，稍有错处，又会被齐克新责罚，每日里度日如年。

褚仁心知齐克新是想把这些整理出来，再译成汉文，传之后世，似乎是看到了多尔衮的下场，不甘心自己身后功业被扭曲埋没之意，但又不明说。褚仁知道齐克新心中郁结，难以排遣，也只得忍着，想着，他这样对自己非打即罚也好，将来离开时，便不会有太多不舍。若能在走之前帮他了结此事，也算是还了他这些年的养育之恩……因有了这个念头，便越发的恭敬顺从，每日的隐忍，也不觉得太过辛苦……

古尔察这几日忙着清点核查奴仆田土牲畜等诸物，奔波在庄园和王府之间，已有数日没有好好休息。这日刚从庄子上回来，系了马，正要回房歇歇，冷不防斜刺里一个人影蹿出来，拦住了去路。

那人在古尔察脚边跪下，口中说道："九爷请留步，奴才有几句重要的话，要跟九爷说。"

古尔察看过去，却是伺候褚仁的贴身小厮曾全。

"起来说话。"

曾全站了起来，仰视着古尔察，恳求道："九爷，您帮帮二爷吧！这些日子，二爷过得太苦了！"

"哦？这话怎么说？"古尔察有些诧异。

"王爷……"曾全说到这里，想着这么称呼不对，便轻轻打了自己一个嘴巴，抬眼去看古尔察，似乎不知道该怎么称呼合适。

"你叫老爷就是……"

"是……老爷每日里对二爷非打即罚，天不亮二爷就要去老爷房前跪着请安，手都被戒尺打肿了还要回来抄书，每天睡不上两个时辰……"

古尔察笑道："这算什么，男孩子本就该吃点苦，以前是太过宠他了。"

"可是……您有所不知，这些年来，二爷被伺候得太简慢了，就是夜里想弄点消夜，大厨房那里只能拿到些点心，这边的丫鬟们又不肯起火自己弄的……"

"怎会这样？"古尔察皱起了眉头。

"娘果然猜对了，九爷您是不清楚内院的事儿的。"那小厮低声嘀咕了一句，继续说道，"自从老王爷的福晋被朝鲜使臣接回娘家之后，内院原该福晋管的，但福晋每日里只是吃斋念佛，并不管事儿，实际上是两个侧福晋管着。二爷跟西院那边不大亲近，她们对二爷也是冷冷淡淡，拨过来的丫鬟小厮都是各房使着不顺手的，奸懒馋滑坏，五毒俱全！二爷又是个菩萨心肠，对她们又尽容着，纵得她们只知道躲懒，越发地骑在主子头上了。"

"他怎么从没跟我说过……"

"再没有人像二爷这样，对下人这么好的了，凡事都想自己做，不爱让下人伺候，巴不得把下人都撵得远远的，才觉得清净。下人有什么不周到的地方，他也只是笑笑，不仅从不打

第二十八章

骂，而且处处体贴。二爷总说，他是死过一次的人，又见识过很多我们这辈子也见识不到的东西，他到这里来，没有什么能帮我们的，只能尽量对我们好些，心里才过得去……"

曾全说着，又从怀里取出一副护膝来，双手捧着，"二爷也就是面上风光，内里很多琐细的事情，是没人给他操持的，譬如荷包、绦子、扇套、香囊、头绳等小物件，原该是贴身丫鬟来弄的，但是根本没人上心，二爷自己也不在意，缺了就去外面市上买些行货回来用，净是些粗糙不堪使的。就是这个，还是我求我娘帮着缝的。但二爷自小就没穿过，只穿了两次，说穿不惯，就丢一边了。"

古尔察接过护膝，皱起眉头问道："怎么有血？"

"您当真不知道吗？那么老爷也不知道了？二爷的体质和常人不同，常人若手上划了个小口子，稍按一下血就止了，二爷却是用止血石*都很难止住血；像那种小伤口，常人三五天就好了，二爷却要十来天才好。上次傅公子过来那天，二爷在老爷房里跪了一夜，膝盖都跪肿了，那伤……一直便没好过，最近老爷又常罚他跪，便更不好了……之前脸上的伤也是，好得慢，还容易落下疤痕……"

古尔察听了，一时怔住了，不知道说什么好。之前教褚仁骑射，也常见到他身上青一块紫一块的很难消退，只是觉得他性格毛燥，容易磕碰。上次他胸口受伤，恢复得很慢，总是叫痛，也只当他娇气……却没想到他体质与常人不同。

曾全絮絮叨叨地又说道："果然娘说得没错，'宁跟要饭的娘，不跟当官的爹'，没娘的孩子就是命苦，男人再细心，也抵不上女人半分……前天是二爷生日，也没人给他操持，他让厨房给下了一碗面，烫了一壶酒，边吃边落泪……第二天因为醉酒误了请安，又被老爷罚。"

古尔察听了一阵心痛，这几天府中遭逢大变，忙忙碌碌的，竟然把这事忘了，但这孩子自己也不说，倒真像是把自己当外人似的……

古尔察怔了半晌，才问道："你是汉人？投充来的？"
"是。"
"哪一年的事儿？"
"就是王爷南征得胜归来的那年。"说到齐克新的军功，曾全不知不觉又叫出了"王爷"。
"你娘也在府上？"
"是，在福晋那里做针线。"曾全顿了顿又道，"听说我们这样投充的汉人，这几天就要遣散了，我想着，这话再不说，就没有机会了，我走了，只怕再没人能替二爷说这些了……"
"你放心，我会让你和你娘都留下来，你好生伺候二爷吧！"古尔察轻轻拍了拍曾全的肩头。

古尔察一进入齐克新的书房，便见到褚仁跪在地上抄录满文。
"怎么跪着抄？"古尔察问道。
"抄错字了，被阿玛罚呢！"褚仁抬起头，冲古尔察无奈一笑。
古尔察在褚仁身边撩衣跪倒，"他的满文是我教的，他有

第二十八章

错,我也该受罚。"

"都起来吧!"齐克新看着古尔察,又道,"正要找你呢,顺义那庄子,原来是多尔衮的,交割的时候出了点事儿,争闹了起来,你这就带人去看看吧!别跟他们争什么,都依着他们,咱们不缺这一点儿……"

"嗻。"古尔察站起身来,还想再开口,又听齐克新说道:"现在就去吧,事情早点了了,以免再生枝节,这几天辛苦你了,回来再好好歇歇。"

"是……"古尔察顿了顿,又说道,"二爷膝盖上的伤还没好,别总跪着。"这话,他是对着褚仁说的,但眼睛却看向齐克新。

褚仁眼睛一湿,便垂下了头。

齐克新点点头,"你去吧!我有分寸……"

夜渐渐深了,但齐克新还没有放褚仁回房的意思,褚仁写着写着,便有了些倦意,视线也渐渐模糊了。

突然,褚仁只觉得周围有一丝异样,头晕晕的,抬眼看时,却见齐克新也一脸惊诧的看着自己。

脚下的大地,似乎潜藏着什么呼之欲出的怪兽似的,一拱一拱地动,随即,整个房椽屋宇剧烈地左右晃动起来。

"地震!"褚仁一惊,一把拉起齐克新的手,叫道,"阿玛!快跑!"

注：

＊《清实录》顺治十三年二月，"初，朝鲜国王族女为和硕端重亲王博洛妃。王薨。妃寡居。其父锦林君李恺允入充贡使，于赐宴日，泣请其女还国。部臣以闻，下议政王贝勒会议。许之。"

＊止血石：是一种天然形成的，含有大量气泡包裹体的高纯度方解石。满族和朝鲜族有用它的粉末止血的传统。

第二十九章

铮铮到耳带哀声

两人刚一转身，靠墙放置的红木博古架就轰然倒了下来。褚仁忙推了齐克新一把，自己挡在了他背后，齐克新却回身伸臂，想要撑住那倒下的博古架。

一阵叮叮当当的声音不绝于耳，博古架上陈列的各种珍玩堕落如雹，金、玉、磁、陶，或碎成片片，或滚落泥尘，那电光石火的一瞬间，褚仁脑中一闪而过的想法竟然是：顺治十一年＊，官窑是否已经开始重新烧造瓷器了？这些破碎的瓷器中，

第二十九章

是否有那罕见的"大清顺治年制*"的款儿?

地动止了,所有的声音都止了,其实只是片刻,褚仁却觉得有好几个时辰那么长。背后的剧痛,让褚仁觉得呼吸困难,烦恶欲呕。

褚仁挣扎着从一片狼藉中爬出来,发现齐克新右手手腕已经脱臼,左脚踝也肿起很高,人事不省。褚仁半扶半抱着,艰难地把齐克新拖到室外。仰头但见夜空朗朗,天低星垂,竟是说不出的静谧美好。

褚仁拿过坐褥,在阶前将齐克新安置好,为他接好脱臼的腕骨,又检查过脚踝,见只是扭伤,虽然严重,但并无大碍,方长出了一口气。想着,若不是他用手托了一下,缓住了那博古架下落之势,自己只怕已经被砸死了。

这时,几个侍卫才匆匆自院外跑了进来。

"阿玛没事,你们不要慌。"褚仁站起身来,朗声说道。

"阿玛受了点小伤,手腕脱臼了。你去药房拿夹板和跌打药膏过来,再吩咐厨房将大盐炒热了,装在布袋里拿给我,我要给阿玛热敷。"

"你,去各院清点人员伤亡情况,从上到下,一个人都不许漏,完毕报与我知道。"

"你去西院,安抚一下女眷,就说阿玛伤了脚,行动不便,暂时不能过来看她们。再支几个帐篷,让她们暂且歇息,今夜都不要睡在房里。"

"你多带几个人，四处巡一圈，注意火烛，别走了水，各处门上也严密些，仔细不要丢了东西，顺便看看各院房屋损毁状况。"

四个人一一听命，分别下去了。

褚仁提着的一口气松了下来，便觉得背后剧痛，眼前发黑。回身一看，见齐克新已经醒了，盘坐在坐褥上，浅浅地笑着。

褚仁忙坐到齐克新身边，拉起齐克新的左手手腕探查脉象，口中问道："阿玛……现在觉得怎样？除了手和脚伤了，还有哪里不适？"

"其他地方都挺好……"齐克新怔怔看了褚仁半晌，方才叹道，"你长大了……"

褚仁勉强一笑，没有说话，背后实在是太痛了，连说话的力气都没有。

"你背上伤得怎样？让阿玛看看。"齐克新柔声说道。

褚仁忙道："就是被砸了一下，有些痛，没什么大碍……"只说了这么几句话，褚仁便觉得痛得支撑不住，顺势靠在了齐克新怀里。

"手怎么了？怎么流了这么多血？！"

听齐克新这么一说，褚仁才注意到自己的手，净是一道道的小伤口，应该是从博古架下爬出来的时候，被碎瓷片划的，不提它，还不觉得，这样一说，便觉得到处都痛。

"被碎瓷片划的，小伤口，不要紧的。"褚仁话音很是虚弱。

齐克新取出帕子，轻轻为褚仁擦拭着。

第二十九章

褚仁却抽回手来，说道："夜里寒，我进去拿件衣服。"说着便强撑着站了起来，起身进了屋。

褚仁拿出来的，却是一件青狐皮的端罩。又肥又大，像一口钟，刚好把两人罩在里面。

"怎么拿了这个？"齐克新问。

"反正以后也不能服用这个了，现在有机会，还不可劲儿多用用？"褚仁顽皮一笑。

"你可真是……犯不着拿这东西赌气。而且这端罩的服制，亲王和贝勒是一样的……你有空也该学学这些礼制，将来要当世子的……"齐克新说到这里，才突然意识到，自己已经不是亲王了，哪来的什么世子……

褚仁安慰似的，牵了牵齐克新的手，"照我说，这地震来的正好，最好房子都震坏了，我们也别修缮，反正要搬家了，谁雀占鸠巢谁来修！"

"浑说什么！"齐克新轻斥道，"这里之前是你翁库玛法的饶余郡王府，咱家四代都住在这里，不能因它就要归了旁人就不管它了，终究还是个念想……"

过了片刻，齐克新看褚仁不说话，便叫了声："敏儿？"却见褚仁还不回答，原来已经是昏昏睡去。

齐克新有些担心，摸了摸褚仁额头，见并不发热，又摸了摸脉搏，看脉象还算平稳，这才长出了一口气。

又不知过了多久，只听得褚仁喃喃说道："阿玛，别打了……饶了我吧，我受不住了……"却是梦话。

古尔察一路风尘赶回来,见齐克新右手打着夹板,左手拄着杖,狼狈得像是为这次降爵做了注脚。非但这座宅子,整个北京都是这样狼狈着,委顿着,在初夏的暖阳中默默疗着伤。

褚仁静静蜷缩在床上,像个胎儿,满脸都是绯色,已经烧了一整天。

古尔察转述了曾全的话,齐克新听完,沉默了很久,才低声叹道:"这些事,他自己为什么从来不说?是不是我们对他不够好?还是他始终是把自己当成了外人?"

古尔察也是一叹:"他性子本来就随和,再加上此前一直住在贫寒之家,并不知道王府的规矩,也并没有人说给他听。"

"到底还是我们太疏忽了……这次若不是他护着我,只怕我就再也见不到你了……"

"我已经把他那边所有的丫鬟仆妇都打发了,除了那个曾全。"

"嗯,从我这里拨几个妥帖的人过去吧。"齐克新顿了顿,有点茫然的喃喃低语着:"我真的不知道怎么当个好阿玛,之前对他很客气,处处小心着,怕比不上那个傅先生对他好……总觉得隔了一层,像是主客那样生分,一点都不像父子。这些日子天天跟他在一起,学着阿玛对我的态度对他,该亲近亲近,该严厉严厉,可好像还是不对……他不管怎么辛苦难过也不会说出来,也不会撒娇求饶,只会默默受着,反倒是更不对了,像是主子与奴才……"

"或许他觉得你在因上次的事情惩罚他,他有错,只能受

第二十九章

着,不敢告饶。他膝盖有伤又不肯用护膝,只怕也是想讨你怜惜,你却等着他主动开口……还真是父子,连性子都一模一样……"

古尔察长叹一声:"是我想左了……总以为对他严厉些,他会跟我更亲近……让他受委屈了……"

"他伤得怎样?"

"不轻,背后一大片一大片的全是青紫,像是被刑杖打过一样,略有点发热,好在没伤到骨头。"

"你们又在编排我什么?"褚仁醒了,见古尔察回来了,忙坐起身子,笑着说道。

"好些了吗?"齐克新问。

"好多了……"褚仁一笑。

"以后除了年节行大礼,在我面前,不许跪着。"齐克新说道。

"啊?"褚仁有些困惑。

"膝盖伤成这样,怎么不跟阿玛说?"

"阿玛不是在我的气,在罚我吗?有什么可说的?"褚仁摸不着头脑。

"越活越笨,小时候还知道讨好求饶,现在反倒不会了?肯为旁人求我,就不知道为自己求我吗?"齐克新嗔道。

"诶?"褚仁有点糊涂了,齐克新这是唱的哪一出。

"我帮你挑两个模样心性都好的丫鬟,等你伤好了,就收了房吧?"

"啊……"褚仁觉得自己完全跟不上齐克新的思路。

"若能给阿玛生下个一男半女,那时候你若想回山西,阿玛就放你回去。"

褚仁的眼睛一亮,忽地坐了起来。这一下牵动了背后的伤处,又痛得呲牙咧嘴。古尔察忙上前扶住他,把他揽在自己怀里。

褚仁这些年心心念念,一直发愁的这桩事情,回去是一定要回去的,但是又不知道怎么处理才不会伤了齐克新和古尔察的心……此时就这样被齐克新这样轻易地点破了,答应了,这实在让人难以置信。

"阿玛也打你这岁数过来的,所以不会拘管你。只是,你先要帮阿玛留个后。不孝有三,无后为大……阿玛现在也就这点念想了,你千万别让阿玛失望。"齐克新这段话说得断断续续的,很是艰难,似乎也是难以启齿。

齐克新深吸了一口气,继续说道:"重要的是,能和你喜欢的人过一辈子……等你老了,你就明白了……"

古尔察看着齐克新,齐克新也看着古尔察,千言万语,都融化在这四目交投的视线中,不必言说。

褚仁脑中一片混乱,愣了好一会儿,才点点头,说道:"那就找个性子活泼开朗,出身低微,心气儿不要太高的,不能让她一辈子郁郁……"

这话一出,齐克新和古尔察都呆在了当地。

褚仁皱着眉头看看这个,又看看那个,突然心头灵光一闪,嗫嚅道:"我额娘……也是这样吗?"

第二十九章

齐克新缓缓点了点头,"可惜她福薄,生你的时候难产死了,否则看到你今天的样子,不知道该有多欢喜……"

古尔察叹道:"到底是父子连心,连这句话,都和当年那句一模一样……"

"外面震情如何?"齐克新问古尔察。

"还好,寻常百姓之家,约有一成房屋有损,南城更重些,九门提督已经下令寺庙祠堂收容无家可归的灾民。"

"我们赊粥吧!趁现在还是端重亲王府,让四九城都知道知道咱们。"褚仁很是兴奋,这些天一直被郁闷着,可算能找到个途径发泄一下,而且,这种发泄,就算是皇上也挑不出什么错处来。

齐克新沉吟半晌,方徐徐说道:"也好……也是功德。吩咐下去,就在府门前,搭个粥棚吧。"

褚仁拍掌叫好:"一直到我们搬家之前,这粥棚不能撤!凭谁搬进来都让他难以下台,撤了粥棚会挨骂,不撤,那就继续烧钱吧!哼!"

"你就是个唯恐天下不乱的!"齐克新嗔道,但语气中却充满了宠溺。

"这里又错了。"齐克新指着一处笑道。

褚仁仔细比对了原稿,一吐舌头。

"我给你记下来,揽总儿一起罚你!"齐克新笑嘻嘻地打开一个折页,上面写着两个正字。齐克新左手拿着笔,在第二个正字后面歪歪扭扭地添了一横。

褚仁伸长脖子去看,"多少了?"

"十多个了……"

褚仁又是一吐舌头,心虚地问道:"要怎么罚?"

齐克新故作神秘地一笑,"我还没想好,待想好了告诉你。"

这几日,褚仁的伤略好了些,便和齐克新一起,继续整理那些笔记。自地震之后,两人的关系亲近了许多,褚仁也渐渐放肆起来。但齐克新丝毫不以为忤,脸上始终带着笑。

古尔察推门进来,递过一份邸报,"山东又震了。"

齐克新接过来看时,见上面写着:"山东濮州、阳谷、朝城、范县、观城,地震有声。"

"成灾了吗?"齐克新问。

"还不知道……"古尔察摇头。

"看样子,似乎比京城那次大,但又比上次陕西的小些。陕西那次听说整个城垣都震塌了。"齐克新沉吟道。

"一个月内,接连三次地震,死了三万余人,今年这是怎么了?"古尔察感慨。

齐克新蹙着眉,思索了片刻,突然幽幽说道:"这倒是上天成全了。"见褚仁不解的看着自己,又补充道,"你和傅眉想着的那事儿,只怕有望了。"

不久,京城传出了流言:"'夫天地之气,不失其序*,若过其序,民乱之也,阳伏而不能出,阴迫而不能蒸,于是有地

第二十九章

震.'说是北方接连大震,乃是京畿逆贼横行,朝廷剿抚不利而至阴盛阳衰之故。"

随即,顺治帝便下诏罪己:"自古变不虚生,率由人事*。朕亲政数载,政事有乖,致灾谴见告,地震有声。朕躬修省,文武群臣亦宜协心尽职。朕有阙失,辅臣陈奏毋隐。"

五月七日,一道圣旨送到了河南巡抚手上,"这拿获叛贼宋谦等,着即审明正法,未获叛党,着各该督抚严查缉剿,以靖根株,但不得连累无辜。"

第二日,宋谦便被就地正法了。

注:

*《清实录》:

顺治十一年四月,"壬申。辰刻。地震。

顺治十一年六月,"丙寅。陕西西安、延安、平凉、庆阳、巩昌、汉中府属。地震。倾倒城垣楼垛堤坝庐舍。压死兵民三万一千余人,及牛马牲畜无算。"

顺治十一年八月,"山东濮州、阳谷、朝城、范县、观城、地震有声。"

因情节需要压缩时间隔。

*顺治官窑在十一年开始烧造,陆续烧制了几年后又停止,因此顺治款的瓷器比较罕见。

*夫天地之气,不失其序……出自《国语·周语上》

*自古变不虚生,率由人事……是顺治十四年京师地震时的诏书。

第三十章
雨色云香镜里痕

端重亲王府门前，高搭天棚三丈三，棚下是柴锅大灶，火烧得正旺。氤氲的水汽，雾一样弥漫了整条巷弄。

两个家丁站在梯子上，拆开一袋袋糙米，也不清洗，便直接倒进锅里。

灾民的队伍摩肩接踵，一直排到了大街上。队伍转过一个弯儿，被牌楼遮住了，也不知道队尾有多长。

不一会儿，淡淡的谷香便弥漫了开来，令人食指大动。两个家丁，持着一人多长的长柄木勺，一勺一勺，将那粥舀到难民的碗里。人流，便开始缓缓地流动了起来。

粗磁的碗，黑陶的罐，木舀子，葫芦瓢……各式的盛器，一一从锅前流转过，间或有一两颗碗钉儿，在阳光下一闪一闪地发着光。

"你站远点儿，天儿热，别让热气熏着中了暑。"古尔察攀着褚仁的肩头，把他拉后半步。

褚仁一拧肩，挣开了古尔察的手，"当我是蜡人吗？又不会烤化了……"

"你还是回去吧，不然八爷又要到处找你了。"

"闻着挺香，我都馋了，要不给我也盛一碗？"褚仁用力吸着鼻子。

第三十章

"这是糙米,里面秕子谷壳沙粒很多,你吃不得的。"

"为何不用好米?还弄得这么稀?咱们赊不起吗?"褚仁有些奇怪。

"倒不是赊不起,而是赈灾赊粥向来是这个规矩,这是给三餐不继的灾民预备的,不是让平常小民占便宜的,所以就不能太稠,米也不能太好,让但凡家里有口吃食的人,就不会惦记着这个。粥里面有些秕子谷壳沙粒,也可以让喝粥的人喝慢点儿,免得那些饿极了的人,一口气喝下太多,容易伤身。"

褚仁正听着古尔察解释,突然发现院墙拐角处露出了半个马身,正是那匹乌云。

褚仁眼珠一转,说了声:"那我先进去了。"说罢便趁古尔察分神之际,三步并作两步,跑到了墙角后面。

墙角后,傅眉正牵着乌云的缰绳,笑盈盈地站在那里。

"你的耳朵好了吗?"傅眉急切的问。

褚仁点头,"早就好了!"

傅眉长出了一口气。

"宋谦死了,你知道了吗?"褚仁喜滋滋地说道。

傅眉神色黯然的点点头,"我知道……是我送了他最后一程……他戴着七十斤重的枷,在城门口被枷号了一个月,肩膀和脖颈都血肉模糊,双腿已经被夹棍夹断,身上刑伤不计其数,一只眼睛不知怎么也瞎了……他受了这么重的刑伤,供出其他人,也是有情可原的……"

褚仁心中一紧,惶然问道:"那你和爹爹,也会入狱的,会不会也要受刑？"

傅眉勉强一笑，"我和爹爹都有内功底子，不会有事的，太原府和山西巡抚那里，我也会打点。"

"我有事要问你——"

"我有件事要找你——"

两个人同时开了口，随即相视一笑。

"你先说！"

"你先说！"

一模一样的话，又是同时冲口而出，两个人都开怀大笑起来。

笑过之后，褚仁说道："还是你先说，我这个，不是正事儿。"

"我去拜会过龚鼎孳了，他想要一幅爹爹的草书……"

"你是说……"褚仁一脸坏笑，觑着傅眉。

"自然要你大笔一挥啊！这时候上哪去弄爹爹的字？"傅眉一边说，一边笑着用手指点着褚仁的胸口。

"这样……好吗？"褚仁有点犹豫。

傅眉一叹，"事急从权，不然时间上来不及，这也是没有办法的办法。"

"好！"褚仁很是兴奋，练了这么多年的字，很少有一展身手的时候，好不容易有这么一次，自然很开心，"写点什么呢？这个龚鼎孳，词好像写得不错，写首他的词，如何？"

"那样太刻意了吧？反倒是显着小家子气，还是写你最熟的那幅李梦阳比较好。"

第三十章

"又写那个啊……弄得好像我只会写那首诗似的,士别三日还刮目相看呢!"褚仁嗔道,随后又问,"那钤印怎么办?"

"你随便找个什么章料,只要给我一盏茶的工夫,什么印章我都仿得出来!"

"好!就这么办!"

褚仁和傅眉双掌一击,笑得像两只偷腥的猫儿。

"你刚才想说什么?"傅眉问道。

"我是想说,你若是去见龚鼎孳,别忘了带上我!"

"为什么?"傅眉很诧异。

"他的诰命夫人不是秦淮八艳之一的顾横波吗?我想去见见!"褚仁兴奋得双目放光。

"人家的内眷怎会出来跟你相见?"傅眉嗔道。

"万一呢!听说这两个人都是放荡不羁,不在乎世俗礼法的。"

虽然心里满怀期待,早有准备,但真正见到顾横波的时候,褚仁还是吃了一惊。

三十五岁的顾横波*,看上去像是二十出头的样子,一头乌发盘成高髻,云一样堆在头顶,发间是一水儿的黄金头面,各种钗、簪、掩鬓、挑心、分心……皆为花卉形状,密密麻麻足有几十件。身上是莲花牡丹纹妆花纱褙子,压着月白与水碧间色的月华裙,用一身服饰勾勒出一幅繁花付与流水,软红横陈清波的景象。只见她从后堂款款而出,口中说着:"什么好字儿?我也来看看。"

檐下那鹦哥儿也凑趣似的叫道："横波夫人来啦！横波夫人来啦！"

龚鼎孳把那字展给她看，笑着说："你叫'眉'，他也叫'眉'，你们倒可以以姐弟相称。"

顾横波眼波一转，打量了一下傅眉，赞道："好俊俏的少年郎！这品貌倒是配得上我，我这个'眉兄'可算找到'眉弟'了。"

饶是褚仁来自现代，也对这夫妻二人这种任性嫉俗大感惊讶。

而傅眉，早已羞红了耳根。

顾横波言笑晏晏，斜觑着龚鼎孳说道："你收了人家这么好的字儿，拿什么回敬人家？"

龚鼎孳微微一躬身，嬉笑道："全凭夫人拿主意。"

顾横波从袖中抽出一柄只有一拃长的湘妃竹扇，轻轻展开，说道："你看这个如何？"

"夫人说好，那自然是极好的。"龚鼎孳脸上的笑意，就像是常开不败的花，始终那样不知疲倦地绽放着。

顾横波轻移莲步，走到傅眉面前，展开那扇子，问道："贱妾拙作，可还入得法眼？"

褚仁伸头去看，见上面绘着一枝墨兰，只寥寥数笔，便把那兰花画得摇曳生姿，活色生香。左下钤着一方小印，上面是"顾眉之印"四个字。

傅眉双手接过，道了声谢，红着脸，讷讷地便不知该再说些什么。

第三十章

顾横波嗤地一笑，挑逗似的，就着傅眉的手，将那扇子一寸一寸的合了起来。顾横波的一双玉腕，拂过傅眉的手腕，傅眉眉头微微一皱，抬起头来，端详着顾横波的脸色。

顾横波眉毛一挑，朱唇微张，虽未说话，但满脸写着疑问和不解。

傅眉的脸更红了，轻声问道："夫人可有血崩之症？"

闻听此言，龚鼎孳抢了过来，一把抓住傅眉的手问道："你能医吗？你懂女科？！"

傅眉点点头，"家父精擅女科诸症，我自小便随家父习学医术。"

顾横波一笑，大大方方的把手腕伸了过去，手上的一串金丝手钏叮当作响。

傅眉为顾横波诊过脉，脸又红了，却对着龚鼎孳轻声说道："我还要问尊夫人一些行房、月信和带下诸事，是否……需要回避？"

顾横波挥手遣退了下人，笑道："你只管问便是。"

望、闻、问、切，傅眉直折腾了一炷香时间，脸上已经见汗。

龚鼎孳的脸色也越来越不好，眼中不知是怜是痛是惜，只是盯着顾横波。

顾横波却是淡然一笑，"看过这么多医生，你心里也该有个底儿了，又做出这可怜样子给谁看？只可惜……没能给你留下个一男半女。"说着，眼中便有了淡淡的水痕。

龚鼎孳伸手扣住了顾横波的腕子。

顾横波白了龚鼎孳一眼，唇边却带着笑，又轻轻扫了一眼褚仁，像是在说，当着小辈，不要这么亲热。

龚鼎孳却恣肆一笑，伸出另一只手，揽住了顾横波的肩。

"我这病……有年头了，江南名医，宫中御医都束手无策，傅公子也不必太过焦心……而且，我这个出身，大抵都是毁在这种病上，逃不脱的。"顾横波对傅眉说道。

傅眉有些惊讶，抬头看向顾横波。

顾横波一声苦笑，"别信所谓的卖艺不卖身，那都是话本里浑说的。人生有太多不得已，哪能像故事中那样圆满。常在河边站，哪有不湿鞋呢……"

傅眉轻叹一声，对龚鼎孳说道："我这有个方子，一剂要用一两参，连服十剂。若好，便好了，若不好……"

"我知道了，你不必再说。"顾横波四根芊芊玉指按在傅眉的手背上，止住了他的话语。

傅眉开了方子，交给龚鼎孳。

龚鼎孳小心地将药方折起，贴身收好，说道："你托我的事情，我自当尽力，不过我也有一事相托，请务必帮忙。"说罢躬身一揖。

傅眉连忙说道："大人请讲！我一定尽全力办到。"

"我有一个总角之交，名唤纪映钟，字伯紫，甲申之后，一直在弘光朝廷，弘光亡后，便去了天台山出家为僧，各处云游，听说和你父亲多有交往，现在便在山西……"龚鼎孳说着，

第三十章

拿出一个木匣,"这是我这些年来,写给他的书信,十一年,十一函。你找到他,务必让他看,就是要烧,也让他看过再烧,他若不看,你便读给他听!"

傅眉眉毛一挑,不禁有些动容。

"他看过之后,若肯见我一面,自是最好,若不肯……若不肯……"龚鼎孳说到这里,声音哽咽,再也说不下去了。

"你们这是有误会吗?"褚仁好奇心大起,不禁插口问道。

"'忆昔与君十五六*,我襄缊袍君奇服。相逢各不问苦愁,尚论渊玄瞪双目'……国变之后,我向北俯首,他江南拔剑,我在朝堂食周粟,他在山中采薇,他是涕洒文山,悲歌正气的义士遗民,我是终究要进贰臣传里的人……不是什么误会,只不过是一云一泥,天差地远,再也不得相见……但我却不死心,想着,也许过去了许多年,故国之思渐渐淡了,他会念起我少年时对他的一些好来……"龚鼎孳说着,便有泪,自眼角滚落。

顾横波指尖轻挑,为龚鼎孳弹去了泪,对傅眉说道:"我这身子,你也看到了,服侍不了他几天了……他是个最喜欢繁华热闹,耐不住寂寞的人,如今父母亲族,结发妻子都嫌弃了他,和他断了关系,他身边再没有一个亲厚的人……伯紫和他,如今已是天各一方,再不相见……你若能说动伯紫,我就是死,也瞑目了……"她虽然口中说着死,眼波中却流动着殷殷的期盼。

傅眉郑重地点了点头,"我必尽我所能,说动纪先生,无论如何,也要让他们相见。"

道了别，褚仁和傅眉携手走出龚府，回望门口降阶相送的这一对夫妻。一个清装，一个汉装，一个是身兼明朝罪人，李闯御史，清廷大员的三朝贰臣，另一个是大明花开荼蘼时冠绝金陵的秦淮八艳。顾横波的黄金头面轻轻颤动着，在阳光下闪耀着灿灿金光，像是偷掬了一捧六朝金粉，藏在了北地这个名叫香严斋的深深院落，展笑着，给剃发易服的汉人们看：这就是故国衣冠，这就是永远消失不再的大明的繁华鼎盛。

　　隐隐地，传来龚鼎孳的低声吟咏："流寇恣披猖，长安焰天焯。忧勤十七年，社稷死无怍。新宫既沦陷，故宫剩榱桷。四方摧心肝，帝子还飘泊。二三黄发人，忧思席不著……"

　　"这是纪映钟的《金陵故宫》……"傅眉轻声说道。

注：

＊顾横波：秦淮八艳之一，本名顾媚，字眉生，又名顾眉。时人呼之"眉兄"。善画兰。崇祯十四年嫁龚鼎孳，至清被封一品诰命。四十五岁去世，无子女。

＊忆昔与君十五六……：见纪映钟《十五六行赠玉式》。但此诗不是写给龚鼎孳的，是写给同乡王民的，王民字玉式，和纪映钟同为南京人，在明代官居中书舍人，明亡后隐居在朝天宫。

第三十一章

第三十一章 ╱
天涯行在梦魂之

　　褚仁直到掌灯时分才回到府中，一进齐克新的房门，便撩衣跪倒，"我有错，请阿玛责罚。"

　　入乡随俗，入境问禁。

　　仅仅不到十年的时间，褚仁已经完全适应了这个时代的一切：风俗、礼仪、价值观和生活方式。就连他之前最不能容忍的下跪这种礼节以及扑作教刑这种父子之间的相处方式，也已经习惯。

　　但是，同样的时间，却不能让那些明的遗民们适应这个全新的朝代。可是，除了衣冠发型之外，明与清，到底能有多少不同呢？"有服章之美，谓之华。"也许就是这一点外观上的改变，触到了华夏血裔的逆鳞吧？这个时代的人们，当然无法想象在当今社会，服装不再是身份地位的象征，无论汉服、旗袍还是西装，想怎么穿就怎么穿。龙凤翟鸟，黄色与秋香色，也不再成为普通人的禁忌。

　　褚仁一瞥眼间，看到齐克新桌上，多了几本汉文的书，心里不禁笑了，服章算得了什么？发型又算得了什么？只要汉字还在，汉家的传承，汉家的魂魄，是不会灭的！

　　"哪里错了？"齐克新语气冷冷的，不辨喜怒。

"我不该不打招呼私自跑出去,也不该回来的这么晚。"

"还有吗?"

"……没了。"褚仁有点心虚,不知道齐克新指的是什么。

"阿玛说过什么,你都当耳旁风吗?"

褚仁一怔,突然明白过来,慢慢站了起来,忍不住低头笑了,"阿玛不许我跪着。"

"自己说,该怎么罚?"

褚仁四下里看了看,双手捧起案上的竹搁臂,递到齐克新面前,笑嘻嘻地说道:"该打。"

"你背上的伤还没好,明知道阿玛不能动你,便跑来说这个便宜话儿。"齐克新冷哼道。

"背上的伤已经好得差不多了,一点都不疼了,别看青一块紫一块的看着骇人,那只是我体质异于常人而已。"褚仁依旧是笑嘻嘻的。

"知道自己体质有异,却从不跟阿玛说……"齐克新白了褚仁一眼。

褚仁又把那搁臂往前一递,笑道:"嗯,这个也该打,一遭儿都打了算了。"

齐克新一把夺过搁臂,扔到一边,"真不知道该怎么教你,我这个阿玛当得真不称职……"

褚仁牵着齐克新的衣袖,软语说道:"是儿子顽劣。"

齐克新一叹:"你去把《孝经》抄一遍吧!"

褚仁听说只是罚抄一遍《孝经》,心下大喜,忙铺纸磨墨,刚要动笔,却见齐克新拄着拐,站在当地。

第三十一章

"阿玛,您怎么不坐?"褚仁奇道。

"你什么时候抄完,我什么时候坐下,阿玛教不好你,也该受罚。"齐克新淡淡地说道。

"阿玛!"褚仁大急,"您腿上有伤!"

"少废话!有你废话的时间,还能多抄几个字。"齐克新斥道。

褚仁知道没法说服齐克新,便咬着嘴唇,定了定心,深吸了一口气,援笔濡墨,笔走龙蛇,落笔写出来的,竟是大草。只见笔头一点墨,在纸上蠕蠕地动,像春蚕吐丝一样,将那钩连不断的墨色汩汩吐出,那些绵延的线条如同风中的发,盘结着,舞动着,堆叠着……像是有了生命,纷纷挣扎着像是要离开那纸,飞入天际。

褚仁已经进入物我两忘的境界,眼中只有那纸、那笔。不能听,不能视,不能说……一心只想把纸上的素色,用墨迹填满。像是后面有虎狼追赶着,急急的,一行又一行,写下奔跑的足迹。顾不上淋漓的墨点溅上桌案,也顾不上额头的汗,顺着下巴,滴落在衣襟上。

"心乎爱矣,遐不谓矣*。中心藏之,何日忘之……"

一千余字,须臾而就。

褚仁将笔一掷,贪婪地长出了一口气,似乎之前一直在屏着气,此时方得畅快呼吸一般。

"好字!"齐克新不禁击节赞叹。

"阿玛,您坐。"褚仁扶齐克新坐下。

褚仁自己端详着那幅字,也是越看越爱,不禁失笑道:

"真是好字！若不是被阿玛罚，只怕写不出这么好的草书呢！"

齐克新爱怜地为褚仁拭去汗水，笑问道："今儿个去哪儿了？和那个傅眉一起？"

"嗯！"褚仁点点头，兴奋地说道，"我们去了龚鼎孳那里，见到顾横波了！"

齐克新一哂，"这也值得你这么开心？"

"那当然！她可是秦淮八艳啊，有幸和这样的美人儿生在同一时代，不去见见要后悔一辈子的！若有机缘，我还想见见陈圆圆呢！"

"又浑说！"齐克新抄起那搁臂，扳过褚仁的身子，轻轻打了一下。

"哎呦！"褚仁夸张地大叫，随即又做出一个哭脸，撒娇道，"罚都罚了，还要再打，真没道理……"

"就这么点子事儿，你就跟古尔察说一句怎么了？居然当着他的面溜走，他还能不让你去？"齐克新嗔道。

"能！"褚仁反驳，"我就在粥棚那里站一站，他都怕我被烤化了，我要是跟他说了，他一定绑着我交到您手里，那样我今天就出不去了，这辈子都不甘心的！"

齐克新苦笑着摇了摇头，又问道："那个傅眉，什么时候动身离京？"

"明天一早。"

"今天宿在客栈？"

"嗯！"褚仁点点头。

"明儿个一早，你去送他。"

第三十一章

"好！多谢阿玛！"褚仁点头。

"我不管你送他到哪里，哪怕是送到直隶我也不管，但午时之前，你一定要回来！若晚了，就等着挨板子吧！"

"嗻——"褚仁开心地拖长了声音应道。

"回来之后，去找古尔察认个错，他找了你一整天，还在恼你呢！"

"是！"褚仁又点点头。

"傅先生的案子，若需要银钱打点，你自己去账上支吧！"

"谢谢阿玛！"褚仁又惊又喜。

齐克新帮褚仁整了整衣襟，像是有几分不舍，"知道该怎么做吗？"

褚仁红了脸，叫了声："阿玛！儿子告退了。"便飞也似的跑了出去。

"你也太宠他了。"古尔察从内室走了出来。

齐克新一声长叹："这谋叛案子，没那么容易翻过来的，万一有个差错……那才是会让敏儿一辈子不甘心。"

古尔察微笑着，走过去，挽起了齐克新，向内室走去。

崇文门城头，褚仁呆立着，看着那匹乌云渐去渐远；看着那雪白的四蹄，渐渐变小，变模糊；看马上那月白色的背影，渐渐融入一片碧野，直到人与马，缩成一个跃动的小点；最终……连那个小点也泯入天地，再也无法分辨。褚仁这才怅怅地转身走下城楼。

此去一别，不知道何时才能再见。

褚仁魂不守舍地回到府中，只见日影已经有些偏斜，暗叫一声不好，便径直来到齐克新房中请罪。

因齐克新不让褚仁跪，褚仁便低着头站着，双手双脚都无处安放似的，轻声叫了句："阿玛……"

"现在什么时辰了？"齐克新冷冷说道。

"已经过了午时了。"

"我昨天说过什么？"

"若过了午时才回来，便要挨板子……"褚仁红了脸，话音低得几乎不可闻。

"去跟古尔察道歉了吗？"

"还没……一回来就到阿玛这里请罪了。"

"去找古尔察道歉！顺便告诉他，就说我说的，让他打你板子！"

"是……"褚仁不敢求饶，硬着头皮应了一声，慢慢转身出去了。

因褚仁一直低着头，只听得到齐克新语气中的薄怒，却没看到他眉梢眼角的笑意。

褚仁依然是低着头站着，依然是手脚都无处安放似的局促，对面的人，已换成了古尔察。

"对不起，我昨天不该不跟你打声招呼就偷跑出去……"褚仁啜嚅着道歉。

"二爷不必道歉，我一个奴才，当不起这个……我说的话，您尽可当成是放屁，您答应我的事儿，自然也不必放在心上。"古尔察语带讥讽。

第三十一章

"九叔……对不起……"褚仁轻叫了一声，缓缓跪了下去。

这称呼，是他们出去跑马打猎的时候，偶尔玩笑着叫过几次。古尔察谨守着规矩，不许褚仁在府里叫的。

古尔察一把托起褚仁的手臂，没让他跪下去，口中说着："别！二爷您可千万别这样，奴才当不起！"

褚仁慧黠一笑，"你拦着我，便说明你接受我道歉了，任务完成了一个。我误了回府的时辰，阿玛说让你打我板子，你等着接第二个任务吧！"

褚仁说完，也不等古尔察有何反应，便推门出去，招呼过一个侍卫来，"帮我拿个板子过来。"

"板子？什么板子？"那侍卫不明所以。

"就是咱们府上打人的板子。"

"二爷……您、您要打谁？您不必自己动手，吩咐下来，让奴才们去办就好。您要是不放心，可以亲自监看着，您要是不忍心看，也可以事后验伤。"

褚仁笑着挥了挥手，"不是我要打谁，是我要挨打。你快去拿个板子过来便是，别啰嗦那么多。"

"嗻！"那侍卫脑子一片混乱，木然地转过身去，刚要离开，褚仁又补充道，"一定要拣个干净的板子拿过来。"

听到这话，屋里的古尔察不禁莞尔。

板子拿过来了，三尺长，四指宽，上好的楠木制成，漆着黑漆，拿在手里沉甸甸的，果然很干净，上面油光水滑，一尘不染。

褚仁双手把这板子递给古尔察，而后便自己把春凳移到屋子中间，趴了上去。

见古尔察不动，褚仁侧过头来说道："你好歹打两下，我好去找阿玛回话儿，我不想惹他生气。"

古尔察无奈地摇摇头，慢慢执起板子，还是站在原地没动。

"九叔……你打吧，我受得住。"褚仁见古尔察不动，又继续催道，停了片刻，又自语一般轻轻说道，"轻点儿就行……"

板子挥了下来，古尔察连三分力都没用到，只有板子自身的重量和下落的势头。

但是即使如此，褚仁还是痛得忍不住大叫了一声。

古尔察被褚仁的叫声吓了一跳，手一松，板子头落到了地上，险些便脱了手。

"别打了！"门被推开，齐克新闯了进来，半蹲下来，拉着褚仁的手问道，"痛得很吗？"

褚仁扭头对齐克新粲然一笑，"还好……阿玛，您饶了我了？"

齐克新一面点头，一面轻轻扶起褚仁，帮他整理衣服。

见到这情景，古尔察不禁一哂："这不是让我枉做小人嘛！爷说让打，只打了一下，爷便跑过来做好人……"

齐克新笑着，斜觑着古尔察，似乎就乐意欣赏他此时的表情，"你不服气，也赶紧娶妻生一个啊！"

古尔察摇头苦笑，又微微红了脸。

褚仁一边揉着后面，一边走过去，搂着古尔察的脖子，在他耳边轻声说："没事儿，我不会记恨你的，我知道你没用力，

第三十一章

再说……你也不是第一次打我了，你见我记恨过吗？"

古尔察也笑了，"你还好意思说……若不记恨，那么久的事儿，怎么还念念不忘的！"

齐克新并没听到褚仁的耳语，好奇地问道："你们有什么事儿瞒着我？"

褚仁把音量放大了一些，用齐克新能听到的声音，继续伏在古尔察耳边说道："咱们就不告诉阿玛，让他着急去！"一边说，还一边侧过头来，斜觑齐克新，眉梢眼角尽是笑意。

"没大没小的！"齐克新挥掌向褚仁后面打去，掌到了中途，又怕碰到他臀背上的伤，便转了个弯子，击在了褚仁大腿上。

褚仁回身牵住了齐克新的手，"阿玛，您手腕脱臼，总要百日之后才算好利落，现在不能太过使力。"说着，便帮齐克新在手腕处按摩起来。

齐克新眯起眼睛，享受着褚仁的按摩，笑道："还真得感谢傅先生，把你教得那么好，又懂书法，又懂医术。"

褚仁也是一笑，"阿玛，您要夸我就直说，何必绕个弯子？"

齐克新伸指在褚仁脑门上一弹，"瞧把你得意的。"说完，视线滑了下来，落在褚仁脸上的伤疤上，眼中掠过了一丝歉意的黯然。

褚仁向左侧过头，挡住了那伤疤，又对齐克新粲然一笑。

褚仁突然觉得，只要一家人这样融融洽洽，别说是降为贝勒，便是贬为庶民又何妨？想到将来迟早要离开，褚仁第一次，有了深深地不舍。

注：

＊心乎爱矣，遐不谓矣……：语出《诗经·小雅·隰桑》。这句诗在《孝经》事君章被引用。

第三十二章/
桃源直处忘情士

一殿，一佛，一案，一灯。

一个白衣僧，眉目如画，端庄祥和。那相貌，竟是看不出年纪的端正大气，像是一尊白玉造像。

他，便是纪映钟。曾经是大明的金陵名士，复社宗主，如今大清的山野一僧。

"客从何处来？"僧人合十问道。

"从故人处来。"傅眉含笑做答。

"欲何往？"

"向心归处行止。"

第三十二章

"所为何事？"

"为他人事，也为本心。"傅眉说着，双手递上了那个木匣。

那僧人看到木匣上的两句诗："鬓难看再别，情似惜残春*"，看到那熟悉的笔体，便如火烙似的，缩回了手，瞑目不语。

傅眉一笑，"十一载故人心语，不想一观吗？"

僧人依旧垂眸，轻轻摇了摇头，但眼皮下的眼珠，却在顾盼地动。

"和尚怕什么？莫不是怕心不能定？"傅眉笑问。

"怕脏了我这如雪的僧衣。"僧人启眸，扫了一眼傅眉，淡然回答。

"关帝爷也曾身在曹营心在汉，魏征也曾投了唐太宗。"傅眉的语气依然淡淡的，不疾不徐，不愠不恼。

"鞑子也配比太宗？"僧人扬眉微怒。

傅眉一哂，"你这话，倒是和鞑子的睿亲王说得一模一样。"

僧人愤愤，"他倒是找了个牙尖嘴利的好说客……"

"可曾夜深忽梦少年事？醒时可否摸过，脚跟下红丝断也未？"傅眉的声音幽幽的，静夜中听来，带着几分妖异动人。

"风筝线断，纸鸢天涯。"僧人咬着牙，一字一顿。

"可那人的手中却还牵着线，痴痴仰望，一望，便是十一年。"

"牵着线的，只怕是他身边红颜。"僧人的语中，带着三分醋意。

"和尚弃他，是为华夷？为戒律？还是为红颜？"

"都为都不为，我心已如槁木死灰。芝麓*是谁？伯紫*是谁？我已记不起了。"僧人复又低头瞑目，飞快的捻着手中的念珠，两扇睫毛，在灯影下，微微颤动着。

"若真是记不起，为何还认得这诗，这字？若真是槁木死灰，一观又何妨？三言两语，数封书信，能让槁木逢春，死灰复燃？和尚未免也太不相信自己的定力了。"傅眉笑道。

"凭你舌灿莲花，也不能动摇我心分毫。"僧人依旧瞑目垂首，语速却快了起来。

"既如此，我便读给你听。"傅眉说着，便抽出第一封书函，展开来，朗朗读道："伯紫吾兄，去岁一别，再无消息，不知兄可安好？京师陷于贼手，弟投井未死，被俘入狱，饱受拷掠……"声音幽幽的，在空阔的大殿中回荡。

一声嗒然，随即如珠落玉盘，叮咚不止，是那念珠的系绳断了。四散的沉香木珠，纷纷落地，忙忙地滚动着，滚向东西南北路，再也不得相聚。

"拿来。"僧人依旧瞑目，静静的，一动不动，那声音，似乎不是他发出的一般，"我看！"

一灯昏黄如豆，照得那佛像宝相庄严之中，带着一丝阴森可怖；照得那一袭纯白僧衣，隐隐发着辉光；照得僧人那一张俊美的脸，明灭不定，似乎隐隐流动着万千心绪。

万籁俱寂，只有偶尔纸札翻动的微响，在静夜中听来，是如此清晰。每一札，是一年，每一页，是一月，粉蜡纸上，如泣如诉的墨迹，说着别后离情，死生契阔。江山变改，物是人

第三十二章

非，唯有少年时的那段情，每次回眸，都宛如初见。

那僧，脸上神情变换，时而喜，时而悲，时而蹙眉，时而展颜……似乎倏忽之间，陪伴龚鼎孳跨过了十一年漫长岁月。终于，一滴泪，自纪映钟眼中涌出，挂在腮边，缀饰着唇间迷离的笑，千言万语，汇成一句话："他……可好？"

"还好……"

"你去回他，若横波去了，他身边无人，我必去与他相伴！"

傅眉一笑，龚鼎孳不愧是"江左三大家"之一，只数封书信，便令纪映钟回心转意，当下点头说道："君若能来莫趑趄。"

纪映钟微笑颔首。

顺治十一年六月十一日，一道密函传到了山西巡抚陈应泰的手中，要求拘捕在山西的宋谦案同案犯傅山、张天牛、张锜、朱振宇、萧善友等。

十二日，太原知府边大绶便接到了拘捕傅山的命令。

于此同时，傅眉也回到了家中。

"宋谦……已经被问斩了。"傅眉说道。

傅山缓缓颔首，"我已得到消息……功败垂成，可惜了！"

"现在我们该怎么办？"

"我已将你祖母送到了你三叔那里安置，朱氏也让她回娘家暂避了，你也远走高飞，去江南避一避吧！江南还有一些忠臣义士，郑成功也好，李定国也好，都是有望一搏的。"

"那爹爹您呢？"

傅山惨然一笑，"我等着太原府来拿人。"

"爹爹！"傅眉大急。

"甲申国变，已历十年，我能做的都做了，终是没有结果……我最后能为大明做的，也只剩下舍却这一条性命了。"

"爹爹！您忘了袁继咸公给您的书信了吗？'此时不可一步出山也'，留得青山在，不怕没柴烧。"傅眉急道。

"爹爹已经五十岁了，家财散尽，此垂老之身又能为故国做什么？你师父在姜瓖起义中殉难于大同，郭真人也在南边亡故了，这一次，龙门派也是元气大伤，以后再想有什么动作，只怕也是有心无力了……自薛、王二人始，被我带累的，又何止一两人？故人纷纷飘零，独独剩我一个，无颜面对神州大地啊……"傅山说着，微微仰起脸。有泪，在他眼中涌动，却又被极力抑止着，不让它下落。

"爹爹……您可还记得仁儿？"

傅山一怔，"你这次在京师见到他了？他可好？"

"您可知道仁儿当时为什么认下那王爷？"

傅山眉毛一挑，略微有些惊讶，却不说话，等着傅眉开口。

"他临走时，跟我说了会有这个'朱衣道人案'发生，会有亲友用'奇计'让您脱罪。但他不记得详细因果了，他当时跟那王爷上京，也是想着，或许去了那王府，今日可以有机缘帮您脱困。"

"哦？！"傅山很是惊讶，"那你们定了什么'奇计'？"

第三十二章

"我已经托门路看过了宋谦的口供,他说顺治九年和顺治十年十月十三日和您见过面。仁儿求那王爷帮忙,定下计来,让我们在爹爹的至交好友中,找个在朝为官的,帮爹爹作证。就说他在顺治十年十月十三日和爹爹在一起,亲见那宋谦前来拜访,您并没有见,反而和那宋谦有了冲突龃龉,因此他才会借机攀诬于您。我已经去找了魏一鳌魏经历,和他捏好了口供。"傅眉说着,便从怀中抽出一封信札。

傅山展开,见正是魏一鳌亲笔,登时勃然大怒,气得涨红了脸。

傅眉连忙撩衣跪倒,但脸上并无愧色。

傅山抖着手,指着傅眉鼻尖,怒道:"你……你这小畜生!你这不是陷魏经历于危地吗?!这是谋叛大案,一个不好,便会让他全家万劫不复,你!你怎能做出这等不仁不义的事来?!"

傅眉闭上眼睛,轻轻说道:"我要救自己的爹爹,只能如此……所有罪孽,我愿意一身承担。"

傅眉没有等来预料中的责打,却嗅到了一股焦糊的气味,睁眼看时,却见傅山看也没看那札,径直把它凑在灯上燃着了。

傅眉轻声说道:"您不看,我会背给您听……"

傅山冷笑一声,"你就是让我也背下来了,我在堂上也不会说一个字!"

"我也会被羁押提审的,我会按着这供词说,魏经历也会,若您不说，那才真是害了他了。"傅眉像下了很大决心似的，沉声说道。

"那我就先打死你！让你不能开口！"傅山怒极，抬手就要打。

傅眉忙膝行两步，攀着傅山膝头说道："爹爹……您就算不念着我，不念着奶奶，也该念着些仁儿，他在那王府忍了五年，为的是什么？不就是为了今天救您吗？不就是为了日后能回到咱们身边，一家人还像以前一样吗？他吃了这么多苦，受了这么多罪，您忍心把他这一份心放在脚下践踏吗？"

傅山皱起眉头，"怎么？他过得不好？他们对他不好吗？"

"那王爷打他，我是亲眼见着的，只一掌，便打得他鼻血长流，耳朵也被打聋了……"

"他现在怎样？治好了吗？"傅山一把抓住傅眉的手，急切地问道。

傅眉点点头，"我给他开的药，已经好了。"

"临行时我不是说过，他的头脸不能受震荡吗？他们怎么不听呢？"傅山眉头紧蹙，喃喃说道，隔了片刻，又问，"他们经常这样对他？"

"我不知道……他总是说那王爷对他很好……可是他脸上有道疤，是鞭伤，应该是那王爷打的。这次回来之前，我又见了他一面，看见他背上都是大片大片的青紫，他说是地震时被博古架砸的，但看着很像是杖伤。还有，他心口有个伤疤，不知道是怎么弄的，问他，他也不说……他为了能让那王爷帮咱

第三十二章

们,不知道背地里下了多少工夫……"傅眉说着,眼中已经蕴满了眼泪。

傅山长叹一声:"难为这孩子了……"

"爹爹……"傅眉继续软语央求。

"你起来吧……"傅山托着傅眉的手肘,把他搀了起来。

"爹爹,看在仁儿的分儿上,您就答应吧!"

傅山缓缓地点了点头,转身出门而去。

傅眉分明看到,有泪,自傅山脸上滑过,滴落在青砖地面上。一串小小的水痕,踪着足迹,渐渐远了……

顺治十一年六月十三日晨。

太原府理刑推官王秉乘带领两个皂隶,敲开了傅家的大门。

傅山与傅眉早有准备,坦然面对。

傅眉踏前半步,挡在傅山身前,作了一个揖,"几位大人辛苦了!我们跟你们走,就不要锁系了,好吗?"说着,向王秉乘手中塞了一张银票。

王秉乘展开银票,迅速低头瞟了一眼上面的字迹,随即便放入怀中收好,眉开眼笑地说道:"小爷您这可是太难为我们了,这是谋叛大案,若走了案犯,我们不好向上面交代啊。"

"我爹爹年纪大了,身体也不好,在晋省又有些名望,给他留点脸面,只锁系我一人可好?"傅眉说着,又递上了一锭银子。

"呵呵……这个……"王秉乘干笑了两声,"也罢!看在小爷这么孝顺的份儿上,我就冒死替你担了这个干系。"

看着傅眉单弱的身躯,担着三尺长,二尺阔的沉重木枷,手上系着铁索,挡在自己前面,傅山一阵心酸。

傅眉像是背后长了眼睛似的,勉力转过头来,对父亲回眸一笑。

那王秉乘见了这情景,也是一声叹息:"这才哪儿到哪儿啊,你父亲是正犯,将来还有的苦头吃,你总不能都替他担下来啊。"

傅眉展颜笑道:"能分担一点便是一点,能分担一时便是一时……"

注:

*鬓难看再别,情似惜残春:出自龚鼎孳诗《送伯紫之晋阳》。

*芝麓:龚鼎孳的号。

*纪映钟:字伯紫,明末著名诗人,复社成员。明亡后,躬耕养母,又入天台山为僧,在顾横波死后,和龚鼎孳同居十年,直到龚去世。比龚鼎孳大五岁。

第三十三章

第三十三章／
知属仁人不自由

太原府。

堂上端坐着三个人，分别是太原知府边大绶，同知傅鸾祥，理刑推官王秉乘。

堂下跪着两个人，正是傅山与傅眉。

若是有了功名，便不用跪着回话了吧？傅眉想着，有些感慨。父亲是有功名的，但那已经是前朝的事情了。一朝天子一朝臣，风流总被雨打风吹去，整个江山都屈膝在鞑子的铁蹄下，一个卑微的生员又怎能幸免呢……那知府边大绶＊和父亲平素便有交往，也已经打点过，王秉乘刚刚也收了银子，只这个傅鸾祥，不知道从哪里冒出来的，会不会为难父亲？

傅眉正胡思乱想着，堂上边大绶一拍惊堂木，已经开始发问了。

"堂下何人？"

"傅山傅青主，大明太原府生员。"

傅眉眉头一皱，父亲的话，虽说没有错，但这个关节上，又何必提起大明？若一直这样回话，只怕会坏事……

那边大绶却并不理会傅山答话中的不敬之意，继续问道："你是秀才，因何出家做了道士？"

"因闯贼破城，家道败落，妻子早丧，国破家亡，不得已出家做了道士……"

"师从何人？"

"家师是龙门派还阳真人郭静中，现今已经不在人世了……"

边大绶重重一拍惊堂木："今有叛贼宋谦谋反，供出顺治九年和十年和你见过面，你亦知情，你可知罪？"

傅山一笑，"在下朱衣黄冠，四处云游，找我求医题字的人何止千万，我哪里记得那许多，别说是宋谦，就是明谦我也想不起来了。"

那傅鸾祥突然冷笑插口道："那宋谦和你一样，心怀前明，居心叵测，分明是不肯剃发易服，所以才假扮做道士！他说你在汾州一代游食访人，访的什么人？做的什么事？你该不会是想尝尝大刑的滋味，才想得起来吧？"

傅山不温不火，徐徐说道："在下顺治九年时曾在汾州路上遇到个道号来阳的道人，是擅长烧炼的；十年时，也是在汾州，遇到个姓黄的道人，在下和他盘了两日道。却不知道哪个是宋谦，还请大人为我解惑。"

傅鸾祥大怒，一拍桌案，厉声喝道："东拉西扯，一派胡言！看来不动大刑，你是断然不肯招了？！"说着，便以目示意边大绶。

边大绶看了傅鸾祥一眼，一拍惊堂木，喝道："来人！重责四十！"

傅眉看着两旁衙役一拥而上，就要将父亲按在地上行刑，急切之中大声叫道："大人且慢！小人有话要说。"

第三十三章

边大绶一挥手,止住了衙役,问道:"你有何话讲?"

傅眉跪正了身形,不去看身边父亲那灼人的目光,抬头对边大绶说道:"在下傅眉,是傅山的独子。家父年事已高,记性不太好了,我却记得曾经有个姓宋的来拜会过父亲,但因父亲没有和他见面晤谈,也不知道是不是叫宋谦。"

"你快快详细说来!"边大绶探着身子,有些急切。

"那天是顺治十年的十月十三日,我记得很清楚。我自成亲后便和父亲分家单过,但每月十三日,若父亲在家,向例会回到家中看望父亲。那一日,刚好布政司的魏经历也在我家中,找父亲求药方。他二人正在堂上说话,便有一个人自称姓宋,拿着个书札来送礼,说宁夏孙督堂的公子有病,请父亲前去看病。那孙公子名川,之前因为呕血之症来我家求过医,住了半年有余,如今病已经治愈,怎会又来相求?而且孙督堂官至巡抚,岂能没有家人?怎会让一个外人来送信?当时父亲和魏经历都觉得此人甚是古怪,于是父亲连书信也不曾拆,礼单也不曾看,便把他骂走了。当时只知道他姓宋,后来我听说这人还曾经被前明赐姓"朱",平时做道士打扮。"傅眉说完,转头对傅山说道,"爹爹,您再好好想想,是不是您当时言语上得罪了他,他怀恨在心,挟仇攀诬于您?"

边大绶看了看手中的卷宗,又把卷宗递给傅鸾祥,两人耳语了几句,只见傅鸾祥微微点了点头。

傅眉心中一定,知道自己所说的"十月十三日"这个准确的日期,以及赐姓"朱"这个细节起到效果了,事先看过宋谦的口供,知道上面的内容,所以这番话,便显得天衣无缝。

边大绶看向傅山:"令郎所述,是否是实情?"

傅山无奈,点了点头,深吸了一口气说道:"在下一向放荡不羁,口头不谨,常有来求字求医的,一言不和,便断然拒绝,无意中得罪了很多人,也记不清到底都姓甚名谁了……这事情,确有其事,经犬子一提醒,便想起来了……九年的时候,这个姓宋的也曾拿着拜帖求见与我,我听说他在汾州与人歃血定盟焚表结拜,不是善人,便没有与他相见。"傅山说罢,狠狠地瞪了傅眉一眼。

傅眉也不看傅山,径自直视着堂上,只是嘴角微微勾起,露出一个不易察觉的微笑。

傅鸾祥冷笑道:"二位编得好故事!若不动刑,怎肯吐实?"

边大绶喝道:"来人——"

"大人!"傅眉膝行两步,"口供是我说的,若要用刑,也该对我用刑才是。"

边大绶愣了一下,索性便顺水推舟,继续说道:"将傅眉拉下去,重责四十!"

傅眉被按倒在地,两柄杖,压在肩头。

冷而硬的青砖地面,遍布着积年累月的污浊,淡淡的腥气涌了上来,不知是血是泪是泥是尘。傅眉侧过脸,看向傅山,露出一个浅浅的笑。

傅山心如刀绞,眼睁睁地看着那些衙役撩起了傅眉的衣襟,略略分开傅眉的双腿……眼睁睁地看着两柄杖,压住傅眉

第三十三章

脚踝……眼睁睁地看着两寸宽的大竹板，一下一下，交替落在傅眉臀上。血色透过布裤，一点点晕了出来，渐渐连成一片，红得刺目，像是傅山身上的那袭朱衣。

傅眉那单弱修长的身躯，伏在一片青黑色的地面上，仿佛一柄月白的如意，静静横陈着。只是这如意从中断裂了，血污将那一径皎皎如玉的月白，生生分成两半。

傅眉还是侧着头，微笑着，一声呻吟也没有。只眉毛微微蹙着，额头上都是汗水。那红唇，略略有些苍白，但却有一滴血，自两唇之间，微微探出头来，像是噙着一枚红豆。想必是他为了忍痛，咬着嘴唇内侧，已然咬出血来。

嗒的一声轻响，似乎有什么东西滴落下来，让傅山身子一震。

傅山恍惚地游目看过去，却分辨不出，那滴落的，到底是傅眉头上的汗，还是身后的血……脚下的青砖，想必是已经见惯了痛呼辗转，见惯了血泪污浊，不加分辨地吸纳了，不留一丝痕迹……

傅山的衣袖簌簌抖动着，怜惜地盯着傅眉。

傅眉脸上的笑容却愈发绽放开来，像是安慰着父亲。

终于，此起彼落的杖声停了，傅眉被重新拉跪起来。

只听边大绶问道："傅眉，你刚才所说，是否属实。"

"在下句句实言！魏一鳌魏经历可以为我作证！"傅眉跪得直直的，身形挺拔，言辞恳切，一点都不像刚刚受过刑的人。

"傅山，你有什么话说？"边大绶又问。

傅山的话音，反倒是有些颤抖，"在下确实没有见过那姓

知属仁人不自由

宋的,大人如不信,可将那姓宋的提来,让在下夹在乱人之中,若那姓宋的能认出我来,我情愿认罪!"

宋谦已死,自然死无对证。

堂上三人互相对视了几眼,又交头接耳了一番,便有书吏拿过口供来,让两人画押具结。

傅山看着那口供,上面字字句句都是奴颜谦卑的说辞:小的怎样怎样,大人如何如何……并不是自己的原话,心中一怒,便有心想要拒不画押。一抬头,只见傅眉也回过头来,一张苍白得毫无血色的脸,额头上全是冷汗,眉毛微微蹙着,眼中尽是恳求。

傅山突然醒得,想必这书吏,傅眉也已经打点过,这样写,自然是便于让自己脱罪,不由得一叹。傅山视线又落在傅眉身后的那片血污上,心中一酸,便在那口供上,按下了自己朱红的手印。

那手印,仿佛是一张血盆大口,展露着一个嘲讽的笑。

傅山只觉得屈辱,只觉得似乎一步一步,陷入了失节的泥沼当中,却无法自拔。但,到底谁是让自己陷入这失节泥沼的人,到底是谁错了?眉儿?仁儿?还是宋谦?不、似乎都不是……若国变之日,便与国同殉,就不会有这么多痛苦纠结了。

"吾辈有一毫逃死之心固害道,有一毫求死之心亦害道"*。便是那绝食而死的谢枋得,也有后人讥他死迟了。死节不是,守节亦不是,人生艰难,莫过于此;遗民难为,莫过于此!

第三十三章

污浊的羁所中，秽恶的气味中人欲呕。

隔着粗大的木栅，傅山看着傅眉，趴在一丛稻草上，脸上仍带着笑。那笑容，似乎从他一出家门开始，便长在了脸上了似的。

傅眉身后，是一个狱卒，正在给他上药。那药，想必是极猛烈的，傅眉时不时痛得皱一下眉头。

"那是什么药？"傅山关切地问道。

傅眉一笑，"我自己配的，虽然药性烈些，但收口却快。天气渐渐热了，创口若不尽快收干，会生出炎疮，便不好治了。"

傅山没有想到，傅眉竟准备得如此周全。

待那狱卒出去了，傅山才又问道："伤得怎样？让爹爹看看。"

"都是皮肉伤，没有伤到筋骨，不妨事的，养两三天就可以如常行走了。"傅眉解释道。

傅山已然明白，那些衙役，也是使过钱的，不禁眉头一皱，问道："你哪来的那么多银钱打点？"

"自然都是仁儿给的。"傅眉笑道。

"难为他了……也难为你了……"傅山喃喃说道。

"这没什么……以前看史书，常见到忠臣义士被下狱刑求，那时就想着，什么时候自己也能体会这么一遭儿，才算不枉此生呢！"傅眉脸上那明朗的笑，像是一抹阳光，成为照彻昏暗囚室的光明。

七月三日。

太原知府边大绶上报傅山一案："……至于傅山被贼祸，久作黄冠，云游访道，审为结交匪类，严刑夹讯，坚称与宋姓者始终并未一面，以为仇口诬扳……职等未敢擅专，伏候裁夺。"

注：

＊边大绶：明末任米脂知县，曾奉崇祯皇帝密诏掘李自成祖坟，被李自成捕获，押解过程中逃脱，根据这段经历，他撰写了《虎口余生记》一文。和傅山有往来，在朱衣道人案中为傅山开脱。

＊吾辈有一毫逃死之心固害道，有一毫求死之心亦害道：明高攀龙语。

第三十四章

病躯岂敢少淹留

这大半个月来，傅眉的刑伤渐渐好了，每日里便和傅山隔着木栅，谈禅论诗，说文讲医。反倒是因为少了家务琐事拖累，更显得自在逍遥。

第三十四章

二人仿佛回到了明朝末年，傅山妻子初丧，父子相依为命的时光，只是当年的垂髫童子已经长成了五尺男儿，可以为父亲撑起一片天了。

这一日，父子二人正在说《周易》，谈到兴浓处，只听得哗啷一声锁链响，却是提审傅山。

傅眉忙扑到牢房门口问道："那我呢？我是否也要一起去？"

却听到有人随口答道："大人只说带傅山。"

一丝不祥的预感，从傅眉心中升起。傅眉不安地看向父亲，却见傅山刚好也回过头来，微微颔首，淡定一笑。

傅山被提走了，傅眉把脑袋夹在两个木柱中间，斜着眼睛，望向牢房甬路尽头门的方向，一动不动。

不知道过了多久，那边传来了开门的声音，令傅眉精神一震。

却见两个狱卒拖着一个人，迤逦行来。那人低着头，头上并没有那一痕丑陋的发际线，满满的乌发归结到顶心，梳成一个发髻，正是傅山。

"爹爹！爹爹！您怎么了？！"傅眉呼唤着，却不见傅山有任何回应。

说话间，傅山便被丢到了隔壁囚室，趴伏在一丛稻草上，臀腿之间，全是淋漓的血迹。

傅眉一阵心悸，刚要开口询问，却听到一声喝令："带傅眉！"

傅眉转头去问挟持着自己的狱卒："我爹爹怎样了？受了

多少杖？"

那狱卒却浑不在意："不妨事，总要经过这一遭儿的，哪有进到这里不挨板子的道理？"

傅眉边走，边扭头回看傅山。

囚室外，一灯如豆，暗影里，傅山伏在那里，一动不动，不知生死。

堂上还是三个人，却换成了巡抚陈应泰，督抚马鸣佩和知府边大绶。下首另有一椅，上面端坐一人，正是身穿孝服，还乡守制的魏一鳌。

傅眉紧紧盯着魏一鳌的脸，似乎想从他脸上读出，刚才，到底发生了什么。

魏一鳌微微牵动了一下嘴角，不易察觉地，点动了一下下颌。

傅眉方长出了一口气，爹爹……应该没有大碍吧？只是例行的刑讯而已……

只听堂上一声惊堂木响，陈应泰厉声问道："傅眉！你父亲四处游食访人，结交道士，图谋不轨，你可实说了罢！"

傅眉心中一凛。这一次，是陈应泰*主审，他并不提宋谦的姓名，只单单说结交道士，难道……是同门中另有人落入他们之手？抑或，是山西同案被抓的那几个人，有谁又供出了父亲来？但此时此刻，容不得多想，只能按照预先准备好的供词作答。

于是傅眉朗声说道："在下五年前成亲之后，便与父亲分

第三十四章

开单过。父亲做了道士，一年中多半时间都在外云游，常常不在家。若在家时，我也只是每月去看望他一次而已，他在外面做的事情，在下全然不知情。"

陈应泰又问："有个姓宋的和你父亲往来，你可知晓？"

听了这话，傅眉反倒心中一安，原来只是复审而已，并无新意。于是便把上次的口供又复述了一遍。那些话，已经熟极而流，任谁也找不出半点破绽。

接下来又是一轮刑求，傅眉早有心理准备，也并不觉得特别难熬。

打过之后，傅眉又陈说了一遍原供，便被带了下去。

这一次，傅眉却没有被带回原来的囚室，而是被两个衙役锁系挟持着，出了府衙，一路向北。

身后伤痛难耐，脚下步履维艰，但更难熬的，是路旁行人的闲言碎语，指指点点。

傅眉垂着头，紧咬着嘴唇，眼睛只看着脚下，却依然能感受到四面八方射来的，刀剑一样的目光。嘈杂的议论声一波接一波的灌入耳际，听得听不得的，不得不照单全收。不过是这些人三五日间茶余饭后的谈资罢了，没有人去深究这背后的功过曲直。这些指指点点的人们，大多数也是食过大明米粮的人吧？可如今，又有几人还惦记着大明？

傅眉后颈的发辫从肩头滑了下来，随着步伐，在身前一荡一荡的，想要披发掩面也不可得呢！傅眉苦笑着，连最后一丝可以维护的自尊的额发也被剥夺了，只能这样袒露着颜面，任世人评说唾弃。

此时正当秋伏时节，艳阳高照，傅眉却觉得全身的每一寸骨骼，都变成了冰棱，那深入骨髓的寒意，让傅眉一阵晕眩。骨肉发肤之痛，并不可怕，可怕的是这种屈辱，以及看客的默然……

傅眉被带到了太原北面的阳曲监狱，这是他始料未及的，也从未打点过这里。傅眉挂心着父亲的伤势，只想寻个相熟的狱卒问问，可看来看去，却没见到一个之前熟识的人。身后的刑伤虽然油泼似的痛，但胸中的担心与不安，却把一颗心占得满满的，再无余暇去顾及肌肤血肉的伤痛。

过了不久，监房门一开，又一个人被丢了进来，傅眉抬眼一看，却是三叔傅止！

三叔……三叔也被捕了？！那家中只剩下年近八十的奶奶和三叔的幼子，无依无靠，怎么生活？

"三叔！您怎么样？"傅眉抢上前去，拉住傅止的手臂问道。

"我没事，你呢？"傅止并没有受刑，看上去气色还好。

"我受了点刑，不妨事。他们问了您什么？您是怎么说的？"傅眉急切地问。

"就是问我知不知道你爹爹和姓宋的有往来，我只说多年前便分家另过，少有往来，对他的行止，一概并不知情。"

傅眉长出了一口气，若是这样……恐怕是上面判定自己和三叔涉案不深，才会被移到这里的，倒是好事儿。想到这里，心中一松，后面的伤痛便翻江倒海似的涌了上来，让人不由得

第三十四章

想要呕吐。

恰在此时，监房外一个熟悉的身影一闪而过，却是那日来家中拿人的理刑推官王秉乘。

"王大人！"傅眉用尽全身力气，爬到监房边上，双手抓住木栅，撑起上半个身子，颤声叫道。

一双薄底快靴，缓缓地踱了过来，头上传来王秉乘的声音："什么事？"

"王大人，太原监狱我原来的囚室中，有一罐伤药，劳烦您拿给我爹爹，多谢了！"傅眉恳求道。

"你自己的伤也不轻啊……"王秉乘一叹。

傅眉点点头，"我还年轻，能扛过去，但爹爹上岁数了，若无上好的伤药，只怕撑不住……"

"好吧……"头上传来一声叹息，那双靴子，又缓缓地踱远了。

即便是那靴底，也比这污浊的牢房干净些。傅眉心中又酸又苦，眼前一黑，便昏晕了过去。

八月初二，这次复审的结果上报到了朝廷。

巡抚陈应泰和督抚马鸣佩的判断，与边大绶的判断截然不同。他们在卷宗中断道："傅山以青衿而为道士，异言异服，踪迹诡秘，所云拒绝宋谦见面。若系知情，何不举首，若不知情，当日何所见而拒绝之也？"这段话却是另避蹊径，点出了傅山的朱衣黄冠，不服教化，又指出了傅山当日不与宋谦见面的不合理之处，形势变得极为不利。

八月十二日，顺治帝下旨："三法司合议具奏。"

刑部、都察院、大理寺的三法司会审一直纠结了两个月，复核意见才批了下来："据傅山供称有姓宋道人屡次求见，山并拒绝，未曾见面，有布政司魏经历亲见。及加严讯，复供若宋谦认得山，情愿甘罪。情似无干。且当日宋谦口供只言其在汾州一代游食访人，原未云所访何人。谋叛大案，岂容一语悬坐？现在张锜、朱振宇、萧善友等口供亦绝无一字连及，该府亦称其'云游访道，审未结交匪类，与宋姓始终未面，仇口诬扳'。而该抚以'若系知情，何不举首，若不知情，何以拒绝'等语定案，尚属游移。"案子，就这样又被发回山西重审。

这一篇复核虽只寥寥数语，但却做得滴水不漏。即为傅山脱罪，又没有过于驳了巡抚和总督的面子。尤其点到其他同案犯的口供无一字连及傅山，对傅山极为有利。那句"谋叛大案，岂容一语悬坐？"更是振聋发聩，掷地有声。这一篇锦绣文章，自然是出自龚鼎孳的手笔。

所有这一切，傅眉都是不清楚的，自那次受刑之后，他便一病不起。他身上刑伤不轻，兼之缺医少药，再加上担心父亲的安危，心中郁结，又及阳曲监狱中环境更劣，复赶上天气渐冷，狱中无衣……几下里一夹攻，导致傅眉的病势颇为沉重。好在身边有三叔照料，总算是躲过了这一劫，渐渐恢复了元气。

待傅眉伤病好转的时候，已经到了腊月，妻子朱氏托人从老家送来了棉衣，但却未能见上一面。

这些日子以来，傅眉和傅止又被提审过两次，但两次都未

第三十四章

能和傅山照面,也打听不到傅山的半点消息。

傅眉心急如焚,却又无可奈何……这漫长的等待,似乎比酷刑更加难熬,让人觉得心灰意冷。到底……什么时候能结案呢?傅眉回忆着褚仁说过的那些只言片语,想着,已经半年过去了,也许……转过年来,就该有结果了吧?褚仁那里,应该也在使力,只是无法交通音讯而已。或许,没有消息,便是最好的消息……

还是那双薄底快靴,又一次,站在了监房门口。

傅眉盯着王秉乘的脸色,心中忐忑,不知是吉是凶。

"跟我来……"王秉乘将傅眉带到一旁,沉声说道,"你父亲,已经绝粒七日了……"

"什么?!"傅眉大惊,一把抓住了王秉乘的手臂。

"魏经历交代过,要我关照你父亲,你可有什么办法,让他不再一意求死?"王秉乘低声说道。

"让我去见他!"傅眉叫道。

王秉乘摇了摇头,"只这个不行,督抚有令,不能让你们见面,以免沟通串供。"

"爹爹……爹爹他为何一意求死?"傅眉颤声问道。

王秉乘右手平伸,手心向下,放在胸前,说道:"边大人是主张你父亲无罪的,但是上头两位却是认为有罪……"王秉乘说着,又把左手伸出来,覆在右手上,"而京里三法司又为你父亲开脱,案子不断地被发回重审。"王秉乘抽出右手,再度叠放在左手上。

"就这样，三下里胶着在一起，案子便一拖再拖，没结没完。魏经历已经先后过来作了六次证！那日，合不该几个狱卒在那里胡乱议论，说这样下去，只怕会影响到魏经历守制期满的起复，甚至有人说，若你父亲被判罪，只怕魏经历也会受牵连……大约你父亲听了这些，想得多了，便一意求死，不想再牵累别人……"

"可是……爹爹已经绝粒七日*，只怕……只怕……"傅眉脸白如纸，声音也颤抖了。

"这你倒不用担心，狱卒每日里都会给他灌喂些浆水，暂时性命是无忧的。但你父亲身有刑伤，大病初愈，若再拖下去，可就不好说了……你可有什么开解之道吗？"

傅眉咬着嘴唇，沉思了片刻，说道："我给爹爹的两个至交好友写两封书信，烦请大人差人帮我送出去，并允许他们住到监中劝解，只怕尚能劝得爹爹回心转意。"

两天后，傅山的至交好友白孕彩、朱木公便来到了傅山囚室，与傅山作伴。

终于，傅山在绝粒九天后，开始主动进食。

注：

*陈应泰：时任山西巡抚。有资料说纪映钟此时是陈应泰幕僚。

*傅山绝食发生在顺治十二年夏天，原因不明，因情节需要提前。

第三十五章

第三十五章 /
八千里戍相思切

顺治十一年，腊月初八。

齐克新一家，已经离开了位于西四的端重亲王府，搬到了东城石大人胡同的贝勒府。府邸小了很多，人也少了很多。从原来的门庭若市，变得冷冷清清，这多少让人有些失落。

因此上，褚仁早早便和齐克新商量着，腊八这日，要在府门前赊粥。用最好的米，最好的豆，做最甜美的腊八粥，要做的比潭柘寺、通教寺那些寺庙的都好！让西城那些喝过端重王府赊粥的人们，也耐不住要跑到东城来喝上一口！要让队伍排得比之前更长。

难得齐克新心情好，纵着褚仁这种孩子气的念头。

因此，一大早褚仁便起来了，胡乱穿好衣服，迫不及待地要去府门前看热闹。

褚仁刚一出门，便和古尔察撞了个满怀。

"快！跟我走！"古尔察不容分说，拉起褚仁便走。

晨曦中，薄雾里，一匹黑马，两人一骑，从贝勒府后门，破雾而出。

嘚嘚的蹄声响彻在贝勒府后巷，击碎了静谧的晨梦，那冷白的雾气，像是被搅动着的一泓水，由风平浪静，骤然变得怒浪滔滔。

马，绕过院墙拐角，褚仁偷眼向府门口看去，昨天搭好的天棚还在，却没有火光，没有水汽，也没有人，冷清孤寂中，带着说不出的凄凉。褚仁心中，骤然涌起了一阵不安。

"咱们这是去哪儿？打猎吗？"褚仁问道。

"嗯……"古尔察不置可否地应了一声，继续快马加鞭，风一样的前行。

两人坐下的这匹黑马年齿已高，又负着两人，禁不住古尔察这样疯狂的打马催逼，不一会儿，便呼吸粗重，不断从口鼻处喷出团团白气来，但仍是奋力踏着四蹄，全速疾驰。

"这不是崇文门吗？我们这是去哪儿？南海子？"看到崇文门城楼，褚仁心中的不安更甚，抓住古尔察的腕子问道。

"等下出了城，我再跟你说！"古尔察沉声说道。

褚仁不说话了，只是怔怔的，看着脚下的路与路上的石与草，看它们飞快地向后倒去，心中只觉得仿佛有什么东西就要逝去了，再也挽留不住，再也找不回来……凛冽的风，刀子一样割着头脸，褚仁这才发觉，出来得匆忙，竟然连帽子也没戴。褚仁回头去看古尔察，见他头上也光光的，居然也没有戴帽子……

这一跑，直跑了将近两个时辰，来到一条大河畔，古尔察才驻了马。

正是枯水时节，那河，只有河心一条细细水流，却没有封冻，河水汩汩流淌着。

第三十五章

　　古尔察解开缰绳，任那马自行去饮水休息，自己找了个大石后背风的地方，踞坐了下来。褚仁也跟过去，偎在古尔察怀里。古尔察的两只手，便在褚仁的肩背上揉捏按压着。

　　多少年来，两个人都是这样相处的。无论褚仁练字练累了，射箭射累了，还是跑马跑累了，古尔察都会这样拥着褚仁，为他按摩解乏。就算是两个人都不出声，也觉得心中幸福安定。

　　但是这一次，褚仁却一把按住了古尔察的手，惶急地问道："到底出了什么事？"

　　古尔察沉默了片刻，沉声说道："八爷有令，让你即刻回山西，再不许踏入贝勒府门一步！"

　　"为什么？！"褚仁大惊。

　　古尔察从怀中拿出一个折子，打开来，上面是七个"正"字，前几个歪歪扭扭，是齐克新用左手写的，后面几个便整齐了，那时齐克新手腕的伤已经痊愈。七个"正"字，三十五划，记载着褚仁帮齐克新抄录满文时的三十五个错处。

　　"八爷说了，你这些错，他揽总儿罚你，一划是一年，三十五年，父子不再相见！你现在就去山西，三十五年内，不许回京！"古尔察缓缓说道。

　　"你骗人！阿玛不会这么罚我！他不会不要我了……到底出了什么事？！我要听实话！"褚仁大吼道。

　　"这就是实话，你要听话……"古尔察放在褚仁肩头的手，重重向下一压。

　　"少骗我！拿我当三岁小孩吗？你不说实情，我是绝对不会走的！"

古尔察双手紧紧捏住褚仁的肩头，似乎要将褚仁的肩骨捏碎，"你若不肯走，我就打到你肯走为止！"

褚仁冷笑，"你就算把我的腿打折了，丢到山西，我就是爬也会爬回来的！"

古尔察默然良久，双臂环住了褚仁的肩，在褚仁耳边喃喃说道："敏儿，你听话，这是为了你好……"

"我会听话的，你见我几时不听你们的话来的……但是，你总要告诉我这是因为什么啊！"褚仁轻声说道，边说，边用两只手托起古尔察的手，放在自己下巴上，轻轻蹭着。

"你阿玛……被幽禁了……"古尔察艰难地吐出这句话。

"你说什么？！"褚仁惊得跳了起来，转过身，盯视着古尔察。

"八爷被幽禁了，你再不走，就走不脱了……"

"到底是为了什么？！阿玛这半年安安分分待在家中，什么都没做，怎会又有了错处？！"蓦地一个念头一闪，褚仁一下子跪坐在古尔察身前，颤声说道，"莫非……因为我的……因为傅先生的事？"

古尔察长叹一声，轻轻摇了摇头，从怀中拿出一个穿系着红绳的核雕，套在褚仁颈中。

褚仁拈起那个核雕细看，见是个双面佛头，一面的相貌很像齐克新，另一面很像古尔察，那橄榄核儿还微微泛着青色，显见是刚刚刻好不久。

"和托贝子的事情，你知道吗？"

褚仁点点头，"我知道……"

第三十五章

"那件事,一直是八爷心中的一个结……甚至八爷觉得,他那次征南受伤,也是因为这件事的业报。"古尔察仰天叹息了一声,"那天,八爷刻那橄榄核儿,不知不觉地,刻出来的佛头相貌,便像了那个姜正希……当天晚上,八爷便梦到了和托贝子托梦。次日醒来,王爷便把那橄榄核儿的另一面,刻上了和托的相貌。让我把它埋在花园里,焚上香,祝祭了一番……"

"这事儿已经过去好几年了,我们都忘了,搬家的时候,也没想起来……哪知道后来住进去的毓亲王翻修园子,把它挖了出来,报了上去。不知怎么,竟被说成是魇魅……"

"这个……阿玛可以去分说啊,那核雕的相貌,是和托贝子,不是一眼就能看出来吗?"

"那核雕埋在地下日久,早已看不出面目了……"古尔察感叹道,"其实这所谓的魇魅,只是个由头而已,根本的原因,还是出在郑芝龙身上……"

"哦?!这又是怎么回事?"褚仁十分惊讶。

"八爷征南,收降了郑芝龙。但他一家老小北上入京受封,原是多尔衮和郑芝龙自己的主意。至于后来郑芝龙的子弟在福建为乱,多尔衮扣押他家小为质,更是和八爷半点关系也没有。便是那郑成功的母亲被杀,也是韩岱纵手下造的孽……但今年以来,郑成功在福建拥兵自重,大有与朝廷分庭抗礼之势,皇上为此焦头烂额。因多尔衮已死,皇上这股无名火自然就发到了八爷头上。"

"朝中不知怎的,又传出当年郑芝龙投降、上京乃是和八爷有秘盟的谣言……再加上许多陈芝麻烂谷子的事情一搅合，朝里又有小人煽风点火，皇上便轻信了魇魅的说法……就连这橄榄核儿乃是闽浙特产，也成了罪状的佐证……也不怪他们见着骆驼就说马背肿，这确实是南方的玩意儿，王爷征南的时候学来的，很多北方人从未见过。"

褚仁听了，沉默良久，才开口说道："我不走！幽禁就幽禁，我陪着你们一起！"

古尔察一声苦笑，"你已经成丁，是不能和八爷一起幽禁的。之前英亲王阿济格被幽禁，他的几个儿子都分与了其他亲王为奴，他庶出的第四子*，那时候就在咱家庄子上，八爷虽然待他不错，但他毕竟已经是被削了宗籍，贬为庶人的人了……从小也是锦衣玉食的孩子，哪里吃过这样的苦？"

褚仁一呆，啜嚅问道："那我就这么走了，会不会连累阿玛？"

"不会！"古尔察回答的很是肯定。

"为什么？"褚仁有些奇怪。

"因为……"古尔察停了一下，似乎难以启齿，"因为你并没有在玉碟上记录在册……"

"为什么？！"褚仁心中一凉，自己心里已经接受了齐克新这个父亲，但是……他竟是并没有把自己当儿子吗？

"诸王以下，侍妾所生子女，向例是不计入玉碟的……后来八爷封了郡王，也找回了你，原该把你报到宗人府的……但是，因为你的移魂症，八爷心里便有些……拿不准……"古尔察小心地措辞，生怕伤了褚仁。

第三十五章

褚仁点点头,"我知道……若换了我,也会这样的。"

"后来,八爷封了亲王,几次有心立你为世子,但看你宗学也不想上,妻妾也不想娶,倒有几分仙风道骨的洒脱,便不想太早用这个身份拘着你……你小时候受了太多苦,又有三年不在他身边,他总是想尽力补偿你,想让你多过几年无忧无虑的日子。所以,立世子的事情,便一拖再拖。后来见你渐渐大了,便打算再提出这事儿来,却不想这时候被夺了王爵……"

褚仁又点点头,眼中涌起了雾气。

"别怪你阿玛……这样的阴差阳错,反而是误打误撞,这一次保住了你……"

褚仁抓住古尔察的手,说道:"那既然玉碟上没有我,我就以小厮的身份留在府里,跟你们在一起,不行吗?"

古尔察的脸色,蓦地暗淡了下来,眼中蕴含的那种浓重的悲哀,像是不可见底的深渊,让人不忍直视。

过了很久,古尔察才尴尬一笑,说道:"这是幽禁啊……有多少下人都有定数的,本来人手就不够,多你一个,就要少一个使唤人……你说,你是会生火?还是会劈柴?是会缝衣?还是会煮饭?难不成要让八爷伺候你吗?"

褚仁心头一阵悲哀,说到底,自己始终是个百无一用的废人。

"你还是去山西避避吧,八爷这次的罪,并不比阿济格那样的犯上作乱,宗籍也未被削,也许过得几年,因着什么事儿,便会被皇上赦免了,也未可知。"

褚仁听了这话,心中倒是一定。顺治朝不长,过得几年,康熙便继位了，说不准会有什么转机。不过这话，却是不能对古尔察说的……想到这里，便不再坚持。

褚仁接过古尔察手中的折页，放在怀中收好，含泪说道："阿玛这个罚，我领了！说好了，到三十五年期满的时候，你们一定都要活得好好的！可不能骗我！"说着，泪便落了下来。

古尔察也是目中含泪，重重地点了点头，"一定！"

"那个傅先生的案子，八爷已经托你三姑夫打听过了，说是已经有了准信儿，定了无罪，只不过同案的几个人，还有些没有审清，可能要拖上很长时间，另外那几个人应该是要秋决问斩或问绞的，所以，最晚明年夏秋之交，傅先生就会被开释了。"

褚仁心里的一块石头落了地。这案子结了，倒是了了自己一桩心事。

"只可惜……"古尔察似乎有点难以启齿，"你收藏的那些字画，没来得及拿出来，恐怕，都会被抄走送到宫里了，皇上也喜欢这些东西……"

那些字画，竟然成了清宫的内府收藏吗？褚仁不由得又惊又喜。若是这样，待穿回去一定多去几次故宫，多看看书画馆，说不定，能看到自己熟悉的字画呢！那上面虽无自己的题跋，但一定有自己的指纹。不求天长地久，但求曾经拥有，像这样，便已经足够了。

古尔察见褚仁不说话，以为褚仁心疼那些字画，又从怀里拿出一叠银票，塞给褚仁，"这些你拿着，只要有钱，字画尽有的，慢慢再搜集起来就是。"

第三十五章

"这么多？！"褚仁看着那些银票的数目，吃了一惊。

"府里的账是我管着，八爷让我都拿出来给你。爵位给不了你了，富贵总能给你，不能让你在外面，银钱上也受委屈。"

"这些钱，留着打点疏通不行吗？"褚仁问道。

古尔察摇了摇头，"幽禁不是国法，而是宗室家法，说到底只看皇上一个人的意思，这天下都是他的，他都可以生杀予夺，又怎么疏通？"

褚仁和古尔察就这样依偎着，看日头从头顶转到了西天地平，看暖融融的冬阳，渐渐冷了下去，还是舍不得分开。

"我要回去了，再晚，城门就要关了。"古尔察说道。

褚仁点点头。

"这马不能送给你，这是当年御赐的，你骑走了，只怕会有麻烦。"

褚仁又点点头。

"我载你去前面镇上，帮你雇辆车子吧！"

"嗯……"

又是两人一骑，这一次，却跑得很慢，因为有太多不舍在里面。

古尔察不厌其烦的叮嘱着，要注意身体，要注意安全，要照顾好自己……褚仁嗯嗯地答应着。不敢开口，怕话语中带上了哽咽。泪，流下来，也不去拂拭，任凛冽的风把它吹干。干后的泪痕，伤口一样，微微的痛，褚仁此时的心情，也是同样。

注：

＊关于阿济格第四子：见《清实录》顺治八年二月：壬戌。以初议英王阿济格及贝子劳亲罪尚轻，命诸王大臣再议。议移英王原系之处，幽于别室。将先给用物酌给外，余俱籍没。贝子劳亲，降为庶人。酌给家产，其牛录及他物俱籍没。仍将劳亲给与和硕巽亲王。其英王庶出四子，在劳亲家者，给与和硕端重亲王，从之。

第三十六章/
掩泪山城看岁除

同样是这一天，顺治十一年腊月初八。

又湿又冷的阳曲监所中，墙上微微泛着一层白霜，地上铺垫的稻草湿得能拧出水来，像是一团霉变的干菜。檐下的冰凌有一尺长，透过巴掌大的高窗，反射进一线清冷的月光，如一柄剑，在众人头上悬着。外面下雪了，不时有星星散散的雪花从窗外飘进来，带来一点清新的空气和微薄的凉意，反倒是让人精神一震。

第三十六章

夜已深，一灯如豆，隔着木栅照进囚室，那光，微弱得像是呵一口气便会被吹散似的。傅眉却跪伏在地上，借着这光，正在奋笔疾书。

今年接连发生了三次地震，加上各地水旱灾害频仍，因此顺治帝在年末下诏罪己，并大赦天下*。言明十一月十六日之前，"除谋反叛逆，子孙杀祖父母、父母、内乱、妻妾杀夫、告夫，奴仆杀家长，杀一家非死罪三人，采生折割人，谋杀、故杀，蛊毒魇魅，毒药杀人，强盗，妖言，十恶等真正死罪。及监守自盗、坏法受赃、侵盗漕粮不赦外。其余罪无大小，已发觉、未发觉；已结正、未结正。咸赦除之。"

大赦令传到狱中，众人一片欢腾，都说今年可以回家和家人过个好年了。

傅山的案子是谋叛，属于十恶，不在赦免之例，但傅眉被众人的喜气感染着，也略略生出些希望来。傅眉思忖了许久，又和三叔傅止商量了两三日，最终决定给太原知府边大绶写一封信，请求保释。一来祖母年事已高，无人照料，确实让人挂心；二来也顺便探探边大绶的口风，这次大赦，对傅山的案子，是不是会有有利的影响。

这封信不好写*。傅眉写了个草稿，又在上面勾勾画画了小半个时辰，依然在字斟句酌着，不敢誊清。

灯很暗，傅眉的脸几乎要贴在地上，才能看清纸上的字。这姿势是极累人的，傅眉时不时的用手捏捏后颈，捶捶腰背，以缓解酸痛。

"……自两道老爷会审之后，父子不见面者又百余日矣！

皇天皇天，热泪烧心，但昭雪有日，父子见面不难。"傅眉用手指点着，一个字一个字默读着最终修改后的成稿。

"倾者，囚眉三叔幼子从西村来，道家祖母饮食稀少，泪眼肿痛，念儿忆孙不绝于口，舍弟又道：家祖母道，你二大爷我已是舍了他了，但得见你二大哥一面足矣……"傅眉的棉袄袖子高高卷起，更显得手腕白净纤弱，手背上生满了冻疮，微微红肿着。一双衣袖都很污秽，傅眉怕撮了信纸，小心地悬着腕子。

"囚眉愚见以为，恳请边老爷作一申文，至都老爷处，将囚眉及家叔暂保在外。若不能，或囚眉，或家叔，给假三日，令人押上与家祖母见面后即回……"傅眉一笔一划，认真地誊写着。那雪白的信纸，那整齐端秀的小楷，和这昏暗污浊的囚室极不相称。

与此同时，在傅山的监房中，则是另一番苦中作乐的景象。

大赦令同样给这里也带来了一线生机，加上时近岁末，狱中的看管也松懈了些，给这个狱中的腊八节，也平添了几分喜气。这边的狱卒都是傅眉打点过的，平素对傅山很是照顾。

腊八夜，傅山与白、朱两位老友，以及张中宿，陈谧两位狱友一起，以水代酒，吟诗唱和。

傅山用竹筷敲着碗边，击节吟道："……冉冉悲将老，沾沾恨昨迁*。温峤真孝子，徐庶竟名儒。玉米孤臣泣，金阙异国噢。乌金字小草，蝗款亦连茹。未解风云壮，谁能月露

第三十六章

妹……"声音高亢,辞意悲壮。

四下里一片安静,所有人都默默听着,仿佛这里不是死囚牢房,而是传诗书、明礼乐的书院一般。

众人大笑着吟诗,大口大口地饮着冰冷的水,仿佛要用胸中的热血去温暖这悲寒的人间似的。窗外飘下来的雪,似乎也惊异于这死囚牢中火热的气氛,惊疑不定的缓缓飘落,似乎不敢轻易相信似的落下来,落在众人的发上衣上,倏忽便再也不见。

傅山取过纸来,写下中秋所做的《秋夜》诗:"秋夜一灯凉,囹祠真道场。教兄跌病骨,听弟转金刚。佛事满天性,文章对法王。宝莲开铁藕,凡梦亦非常。"写罢,赠给了陈谧。陈谧也懂医术,傅山的刑伤和绝食后的调养,多亏了陈谧帮忙。

傅山又写了一首《狱祠树》*,赠与张中宿,他颇通阴阳五行,一直和傅山在狱中论道。

狱卒们纷纷围了过来,也要索字。傅山书到兴浓处,来者不拒,真草隶篆,唐诗宋词,任大家指名索要,即使是狱友们,也人手一张。

一盏灯,在天地无尽的黑暗之中,圈出一圈金黄的光晕。光晕中,是攒动的人头,刑求者与被刑求者,明的遗民与清的胥吏,抗清义士与江洋大盗,名流卿士与贩夫走卒……此刻猬集在一起,不分尊卑上下,所有人眼中,都只有那字。那些千古名句,从不同的人口中吐出,缘着傅山的手,一一落在纸上,传承永远……

书法之美,纵使目不识丁者也识得;汉字之韵,纵使蛮戎夷狄也能体味。

　　一丛光亮的额头和柔长发辫中间，傅山头上那顶束发的黄冠，闪闪发着光。人与人挨挨挤挤，享受着彼此的体温，虱蚤来去，传递着彼此的血，让彼此的血脉中，你中有我，我中有你……

　　除夕。

　　天近黄昏，雾气霾霾，四下里鞭炮声起起落落，淡淡的火药香气飘荡在冷冽的空气中，混着浓浓的饭菜香，让人觉得温暖。一盏灯，两盏灯……次第亮了起来，照亮了家家户户门上的春联，也照彻了这烟火的人间。

　　想必是那封信起了作用，终于，在顺治十一年的最后一天，傅眉出狱了*。

　　傅眉站在阳曲监狱的大门口，恍若隔世。半年幽囚，一朝自由，反倒有些赵趄，对于广阔天地，纵横道路都有了些不习惯。

　　眼见天色越来越暗，傅眉不敢耽搁，快步朝城门方向走去。

　　待傅眉来到三叔家的时候，天已经全黑了，却见三叔家没有燃灯，湿柴冷灶，空无一人，像是已有几日没有住人的模样。

　　傅眉问过左邻右舍，方知道奶奶几日前带着三叔的幼子，回到自己家了，心中便隐隐有些不安。

第三十六章

　　天上没有月，四下一片漆黑，傅眉在伸手不见五指的山中穿行着。急急的脚步声，和脚下枯枝败叶被践踏的微响，伴着远远传来的鞭炮声，一路跟随。这条路，傅眉已经走过无数次，但从没有一次像这次这样，觉得它无比漫长。

　　远远的，小小村庄的轮廓清晰起来，看到自家屋中的灯火，傅眉这才心中一安，长出了一口气。

　　"仁儿？！"

　　门开处，看到一身玄衣的褚仁站在当地，傅眉又惊又喜，扑上去一把抱住了褚仁。

　　"眉哥哥……我回来了……"褚仁轻声说道。

　　"奶奶……"傅眉的视线穿过褚仁的肩头，看到白发苍苍的祖母站在内室门边，挑着青布棉门帘，老泪纵横。

　　傅眉跪在奶奶脚前，搂着奶奶的双膝，泪流满面。

　　"眉儿……眉儿……"祖母一双干枯的手，摩挲着傅眉头顶，激动得说不出话来，只是喃喃呼唤着傅眉的名字。

　　夜已深。

　　祖母年事已高，堂弟年龄幼小，都熬不得夜，早早就睡下了。只剩褚仁和傅眉在灶间，仿佛有说不完的话。

　　两个人坐在灶前，灶上烧着水，滚滚的烟气升腾着，湿润而温暖。

　　"你倒是学会生火了？"傅眉笑道，灶火的光把他苍白的脸映得红扑扑的，倒像是带着几分羞涩似的。

　　"也是这一路上才学会的……"褚仁低着头，把一根柴枝塞入灶中，想到分别时古尔察的话，不禁心中酸楚，就算现在已经学会了生火劈柴，煮饭缝衣又如何？终究是回不去了……不知道齐克新和古尔察在做什么，这除夕之夜，他们在千里之外，此时可否也想着自己？褚仁想着，又摇了摇头，似乎要驱散胸中郁结似的，今天是除夕啊……又是傅眉出狱的好日子，该多想想开心的事情才对。

"你刚刚吃饱了吗？"褚仁问道。

"饱了。"傅眉点点头。

"抱歉啊，本该好好为你接风的，而且这是年夜饭，只有一粥一菜，实在是太简慢了……我也是今天早上才到家的，这一路上忙着赶路，忘了今天是除夕了，也没提前置办些年货。今天铺户都关门了……我也没想到，奶奶这里过得这么艰难，家里的米只够做些薄粥，连酱菜都是找邻居借的……银子我有，只不过要等到破五开市才能买到吃食了，这几天大家都得忍忍……"褚仁絮絮说着。

"没关系，一家人能在一起，比什么都强！"傅眉又问，"奶奶他们，为什么不在三叔那里过年，是你去接他们过来的吗？"

"不是……"褚仁摇了摇头，"那边家中已经没有米粮了。邻居们……能赊借的也都借了个遍，奶奶是好强的人，不愿意大过年的还要看邻居们的脸色，这边家中，好歹还有些陈米……这是堂弟偷偷说给我听的。"

傅眉听了，眼圈便红了，"终究是我安排的不周到，没想到三叔也会入狱……"

"没事儿，现在一切都好了，银子我这里有。爹爹的案子，

第三十六章

已经定成无罪了，我想三叔很快也会被放回来的。"

"你呢？你是怎么回来的？那王爷怎么肯放你回来？"傅眉问道。

这一次，轮到褚仁红了眼圈，"我阿玛……被幽禁了，是古尔察提前得了信儿，冒死把我送出城的……"

"幽禁？为什么？！"傅眉大吃一惊。

褚仁便一五一十地把前因后果说了一遍，傅眉听了，也是一阵黯然，却不知道该怎么劝解。

水烧好了，兑在沐桶中，不冷不热。

"快来洗吧！去去晦气！"褚仁说着。

傅眉却红了脸，微微侧过身子避让着，"我自己来……"

"你额头怎么了？！"褚仁惊道。

之前傅眉一直将辫子盘在头顶，此刻放下来，便露出了额头的伤，那是一大片擦伤，沾着不少泥土，和血痂凝在一起。

傅眉忙侧过头，用手遮掩着，"没什么……小擦伤而已，刚才赶夜路，不小心绊了一跤……"

"你的手……"褚仁看到傅眉手背上的冻疮，"疼吗？"

傅眉笑了，"我的小少爷，这只是冻疮而已，没什么大不了的。等天气暖和了，三伏天儿用点药，冬病夏治，第二年冬天便不会再犯了。"

褚仁点点头，"快点脱衣服吧！水都要凉了。"

"我自己来吧……你……"傅眉啜嚅着。

身上的伤，浸没在温润的水中，便显得不分明了。

褚仁站在傅眉身后，轻轻为傅眉擦着背。

傅眉全身上下，净是蚊虫虱蚤咬过红痕斑点，那伤痕累累的臀，几乎和古尔察身上的伤疤一模一样，让人目不忍视。

傅眉像是知道褚仁心中所想似的，偏过头来，说道："这些伤疤，会慢慢平复的，我们是医家啊，不会治不好这些小伤的，你放心吧……就连你脸上的伤痕，我也会让它消失的！"

褚仁心中一酸，落下泪来。泪落在沐桶中，激起小小的涟漪，那水下伤痕累累的身体，便模糊起来。

傅眉没有回头，却像背后长了眼睛似的，知道褚仁哭了，喃喃说道："别哭……一切都会好的。"

注：

*顺治大赦诏书见《清实录》顺治十一年十一月。

*傅眉书信见傅眉《我诗集》卷十一《与古度书》，有删改。

*冉冉悲将老，沾沾恨昨迂……：出自傅山《甲午狱祠除夜同难诸子有诗览之作此》。

*《秋夜》、《狱祠树》均为傅山在顺治十一年秋狱中所做。"教兄趺病骨，听弟转金刚。"这句中的兄，说的就是陈谧，弟说的就是张中宿。

*关于傅眉除夕被释，连夜归家跌伤的细节，见傅山《哭子诗·哭孝》。

第三十七章

庚子江关暗一天

因傅山身体渐好，白孕彩、朱木公两位友人开春后便告辞离开了。

傅山在狱中，每日以书写小楷打发时光，一部《妙法莲华经》书讫，正待托人转出，便传来了他被无罪开释的消息。

三法司最终判定，"……傅山的确诬扳，相应释宥。"

一年多的牢狱之灾，如今重获自由，恍若隔世。

顺治十二年七月初四。

傅山站在家门口，看着站在门槛内微微颔首的白发老母，不知怎地，竟生出一丝无悲无喜的情怯来。像泥塑木雕似的站在那里，再也挪不动半步。

傅山轻声吟道："病还山寺可，生出狱门羞*。便见从今日，知能几度秋。有头朝老母，无面对神州……"

没等傅山吟诵完，褚仁便三步两步跑下石阶，一面口中说着："爹爹，你可回来了！"一面拉着傅山的手，将傅山让到屋内。

看着褚仁递过来的银票数目，傅山也不禁大吃一惊，"这么多钱？！你从哪里弄来的？"

"我……阿玛给的，他大概是把府中所有的现银都给我了……"褚仁的声音低低的。

"你把这些都给了爹爹，不心疼吗？"傅山的语气中带着笑。

"我的就是爹爹的，有什么可心疼的！"褚仁也笑了，但随即想起幽禁中的齐克新，笑容便敛了起来，"钱财乃身外之物，也不值得心疼……"

傅山见褚仁突然表情落寞，有点诧异，"怎么？心里到底还是不痛快？"

褚仁见傅山误会，忙道："哪有！不过……得拿出一点儿来给我，我有用处！"

顺治十二年八月十五日。

太原桥头街。

一阵鞭炮声打破了清晨的宁静。淡淡火药烟雾中，写着"卫生馆药饵＊"五个金光闪闪大字的匾额披着红戴着花，徐徐升起，端端正正安放在这座新开业的药店门楣上。两旁是一幅对联，写得是："以儒学为医学，物我一体；借市居作山居，动静常贞。"词意和寻常药店的楹联大相径庭，少了三分铜臭，多了七分逸气，正是傅山的手笔。

傅眉和褚仁两个人，穿着一模一样的簇新月白衫子，一左一右站在门口，笑吟吟地迎来送往。

开这么一家药店，是褚仁很久以来的心愿，这一天，终于实现了。

四里八乡来道贺、捧场、看热闹的人络绎不绝。送走了一波接一波的客人，一直到了午后，父子叔侄三人这才有空坐了

第三十七章

下来，随便吃了点儿东西。

刚撂下饭碗，三个人又忙着书写招贴："世传儒医西村傅氏，善治男女杂症，兼理外感内伤；专长眼疾头风，能止心痛寒嗽；除年深坚固之沉积，破日久闭结之滞瘀。不妊者亦胎，难生者易产。顿起沉疴，永消烦苦；滋补元气，益寿延年。诸疮内脱，尤愚所长。不发空言，见诸时效，令人三十年安稳无恙，所谓无病第一利益也……"

三个人正写着，就听到门外一声朗笑，"三位就这么一笔一划的写，不嫌累吗？怎么不雕版刊刻？"

三人抬头看时，见正是魏一鳌迈门而入，此刻他已经脱下了孝服，换上了一身群青实地纱便服。

傅山急忙撂下笔，匆匆迎了上去，"莲陆老兄，正说节后去拜谢你呢，你怎么就先过来了？"

魏一鳌笑道："我丁忧起复，将赴忻州知州，特地赶过来见你一面。再说，你买卖开张，我能不来道贺吗？"

两个人一番寒暄过后，魏一鳌便走过来看三个人的字。

"这招贴没几个字，不值得刊刻，权当是教导子侄练字了。"傅山笑道。

"这样的招贴，这样的好字，只怕一贴出来就被人家揭下来，拿回去装裱收藏了。就算是贴上一百张，也拉不来生意。"魏一鳌笑着说道，随后又指着褚仁那副字，"令侄这字，若不是亲眼看见，连我都会以为出自你的手笔。"

褚仁听了，心中一阵得意，却又不便当着外客放肆，便低着头，偷偷地笑了。

"你要的谢灵运诗十二条屏*，我已经写好了，快随我进去看看！"傅山兴奋地说着，引着魏一鳌，转到后堂去了。

傅眉、褚仁正写着，却见眼前一暗，抬头看去，是傅眉的妻子朱氏，拿着汤水，立在门口。身子遮住了门外的光，眼睛直愣愣地看着二人，脸背着光，看不出是什么表情。

褚仁一敛眉，低了头继续去写那字，傅眉便迎了上去。

"你怎么来了？"傅眉语气中带着笑，显得温柔而体贴。

"我来不得吗？打扰你们了？"朱氏的话音柔柔的，却有一种说不出的味道。

褚仁听了，不知怎的，心中一颤，手一抖，一团墨落在了纸上，把已经写好的招贴弄得花了。褚仁一把扯起那张纸，揉成一团，蓦地便想到了傅眉第一次用戒尺责打自己的情景，又恍惚地松了手，呆呆地看着那团纸，带着委屈似的，纠结着，舒展着，好像此刻的心情。

秋去春来，又是一年，转眼便到了顺治十三年。

凭借着傅山高超的医术，药店的生意渐渐红火了起来。褚仁心中便有了一点小小的满足，傅山应该不会再有什么动作了吧？一家人，便可以永远这么平平静静地生活下去，多好。

没想到刚进六月，南边就传来了郑成功、张煌言大举进攻江南的消息。据说郑成功的军队已经攻克了镇江，直逼南京*。

傅山胸中的血，再一次沸腾起来。

"我要南下。"傅山突然召傅眉、褚仁到跟前，说出了这四

第三十七章

个字。

"爹爹……"

褚仁刚要说下去,傅山便一摆手,止住了他,"我不是在跟你们商量,而是告诉你们,我明日就要动身。"

"那……那些来求医的病人怎么办?"傅眉问道。

傅山微笑,"你已经将近而立之年,跟我学了十几年的医,也该出师独挡一面了。仁儿又颇通经营之道,药店交给你们两个,我还有什么不放心的?"

"可是……爹爹您年事已高,江南又是战火重燃,你一个人去江南,不放心的是我们才对。"褚仁说道。

傅山又是一笑,"我这身子骨,只怕比你的还强健些,不信,你就来跟我比比!"

"爹爹!"傅眉还要再说什么,又被傅山打断了,"不去江南看看,爹爹终究是不甘心的……北面大概就是这样了,还念着前明的人,已经无多,不会再有什么起色。我倒是不信,江南也像这边这样,一片死气沉沉!不亲眼看一眼,爹爹一生都会遗憾的……权当是游历吧,就算是在有生之年,能亲眼看看金陵,也是好的……"傅山这样柔声解释着,倒让傅眉、褚仁再也说不出什么来了。

郑成功这一次大举进攻,应该是他在大陆的最后一次小胜了吧?褚仁心中想着,虽不清楚这一段历史,但不清楚便是没有在历史中留下什么痕迹,便是失败了,这一点褚仁心中跟明镜似的。傅山心里,不会不清楚这之中的因果成败吧?也许,他只是想去江南看看,看看还有多少人像他一样,十几年后，依然念着故国。遗民的苦节，不好守，总要有两三同道，才让人更有坚持下去的动力。这么一想，褚仁心中便释然了。

七月二十三日，清军水陆夹攻南京城外的郑成功军，大获全胜。郑成功败退。清军直追击到镇江瓜州，二十八日方回防南京。

此时，傅山刚刚过江，游目四望，眼中的金陵，依然是满城的长辫红缨，依然是满人的江宁，而不是汉人的南京。

几乎与此同时，太原阳曲地震*。

同样是深夜，褚仁被一阵晃动惊醒。

"地震？！"褚仁暗叫一声不好，一面大叫着，"地震了！大家快醒醒！"一面单衣赤足，冲出了房门，直奔傅眉房间。

恰好此时，对面傅眉的房门也开了，傅眉扶着朱氏，从室内冲了出来，险些和褚仁撞了个满怀。

褚仁还在怔忡间，傅眉轻推了朱氏一把，似乎要褚仁照顾她，自己便几个纵跃，冲进了祖母的房间。

褚仁下意识地伸手去搀扶朱氏，那朱氏却一甩手，径自走下了台阶，站在天井中间，侧过身，盯着褚仁看。

褚仁被看得有些发毛，手足无措，不知道怎么是好。

此时，便见傅眉扶着奶奶走出房门，褚仁快步迎了上去，搀住了奶奶的手臂。

傅眉匆匆对褚仁丢下一个微笑，又去后院照看那些来帮工的远亲和伙计去了。

褚仁始终拿自己当成这个时代的过客，因此对周围的人和

第三十七章

事都很淡然，在京时只有齐克新和古尔察两个人走进他心里去了。而傅眉却不同，他肩上背负了太多的东西，一生都是在为了他人活着，一生都是在带着枷锁起舞。

他不禁打了一个寒噤，丝丝缕缕的寒意，顺着那赤裸的脚，一点点爬了上来，直爬到心中。

傅山回来了。

去时一腔热血，归时满怀郁郁。

郑成功已经退守闽省，江南和江北一样，人心思定，再无掀起反清波澜的可能。几番屠城的血色，经历了数年的春风夏雨，已然化成了淡淡轻雾。纵然井中还能淘出屠城时的骷髅，但井水却是不得不饮的，死者已矣，活着的人还要艰难求生。人们大多已经适应了剃发易服的模样，只有少数几个不屈的遗民，或朱衣，或缁衣，星散在山林间、古刹里，在半生半死之间，孤独地，慢慢消磨着残生……

"你们两个，去一趟京城，看看龚鼎孳吧……他因爹爹的案子，被罢了官*，咱们该好好谢谢他！"傅山疲倦地说道。

"怎么？他被降罪了吗？"褚仁问道。

傅山点点头，"顺治在上谕中说他'若事系满洲，则同满议，附会重律。事涉汉人，则多出两议，曲引宽条'。说他'不思尽忠图报，偏执市恩'。把他降八级调用。"

"是。我们这就收拾一下动身。"傅眉点头答道。

"可是……阿玛不许我进京的……"褚仁有些犹豫，怕贸然进京，万一被人认出，会对齐克新不利。

"龚鼎孳现在不在京里，在北京东南郊的凤河，现任上林苑监蕃育署署丞。"傅山说道。

注：

*病还山寺可，生出狱门羞……：出自傅山《山寺病中望村侨作》。

*卫生馆药饵：店名、对联均为傅山亲书，该店1925年前后还在。招贴底稿现藏山西博物馆。此店应开于康熙二年前后，因情节需要提前。

*谢灵运诗十二条屏：确实是傅山为魏一鳌所做（也有观点认为此字为伪作），但时间点不是刚出狱后。

*郑成功包围南京，傅山南下发生在顺治十六年，因情节需要提前。此章之后的很多历史事件都经过了时间压缩和提前。

*阳曲地震发生在顺治十三年四月，因情节需要延后。

*龚鼎孳被连降八级发生在傅山被释放后的当年，顺治十二年十月，被调任上林苑监蕃育署署丞发生在顺治十三年四月。

第三十八章 /
柳外明河河外烟

顺治十四年春。

北京南郊，采育镇*。

这是一个方圆不足二里的小城，低矮的城墙四面各有一个城门，站在一个城门口，便能看到其他三个门的情景，小巧得像是小儿的玩具。

穿城而过，便能看到宽广平静的凤河静静流淌，河两岸芦苇丛丛，垂柳依依，颇有几分江南景象。更有很多株古槐，夹道生长着。

"你看那个！"褚仁用手肘捅了捅傅眉，指着远处。

傅眉顺着褚仁手指的方向看过去，远处道路的中间，竟然有一棵枝繁叶茂的大槐树，那树的形状姿态，竟然像极了盂县的那株。

"只可惜，那天走得匆忙，你那幅画没有带出来……只这个印章随身带着，倒是没有丢下。"褚仁一边遗憾地说着，一边用手拈弄着荷包，荷包上呈现出一方小小的凸起，一看便知，是那方田黄。

"有什么可惜的，改天我再给你画一张便是！"傅眉安慰道。

"别担心，爹爹这么大的罪，都平安无事了，王爷……他也会没事的。"

"我只是后悔，之前为什么不多看看清史？我为什么知道多尔衮、多铎、索尼、鳌拜，但却半点都没听说过博洛、齐克新……我完全不知道，这事儿会怎么了结，什么时候了结……所以一点忙都帮不上……"

傅眉无话，只是紧紧握住了褚仁的手。

转过一个村落，便见河畔一座草堂，虽然简陋，但亭台屋宇勾连，布置得别具匠心。屋檐上高高挑着一角小小的红旗，上面用墨笔写着一个"龚"字，倒像是将军出征一般，只是颇为不伦不类。

褚仁和傅眉相视一笑，心道这必然是龚鼎孳的手笔，也只有他，才会这样放荡不羁。

"府上有人吗？傅眉、傅仁求见＊！"傅眉对着院内，朗声说道。

屋前那鹦哥儿也在，听到人声，便大声叫道："姑娘！有客到！姑娘！有客到！"话音中还带了一丝江南的柔媚。傅眉皱着眉头，略一思忖，便知道这只鸟，很有可能是顾横波在青楼时便豢养的，从南京到了北京，从大明到了大清，乡音却不曾变改。

门吱呀一声开了，当先走出来的，却是纪映钟。他身上还是那袭白僧衣，却已经很敝旧了，微微泛着些灰色。头上的头发长出有一尺长，没有剃掉额发，也没有束起，就那么飘飘地散着，看上去，颇有几分魏晋风骨。

随后出来的是龚鼎孳，一身青布衣，看上去气色还好，只

第三十八章

是比上一次见苍老了很多。

两个人身上，都带着浓浓的酒气。

四人在水畔茶亭中落了座。

水面上，大群大群的鸭鹅吵吵闹闹地游来游去，亭中微风习习，偶有一两朵飞絮扑面而过，倒是一副幽静恬淡的好景致。

龚鼎孳见傅眉环顾周围，也不禁叹道："这里倒是个好地方，和金陵南郊的伯紫家乡有七八分相似。"

"是家父连累了大人。"傅眉一揖。

"哈哈！"龚鼎孳笑道，"休这么说，宦海沉浮，寻常事耳。那闹天宫的孙猴子，也曾做过弼马温，焉知我这个养鸡养鸭的八品官，将来不会重回一品大员？"

"横波夫人……"褚仁问道。

"……去年冬天过世了*。"龚鼎孳低声一叹。

傅眉和褚仁对视一眼，心中都是一阵黯然。

"那香严斋里？"褚仁很疑惑。

"都是像我一样的食客……"纪映钟还未说完，龚鼎孳便打断了他的话，"都是些大明的孤臣孽子，国破了，家也败了，有些人已经沦落到卖诗卖字为生，我能帮得一个，便帮得一个，至少，不能让他们屈膝活着。"

见傅眉的神情有些愕然，龚鼎孳又说道："我知道你们虽然感谢我，但心中是瞧不起我的。大明、大顺、大清，三姓家奴……呵呵，我就是个没骨气的，熬不住闯贼的刑，便屈膝降了，后来满人来了，我又降了……呵呵！这投降如妓女破瓜，有了第一次,第二次便容易了……"

纪映钟轻轻一拍几案,"芝麓!何苦总是用这些话糟践自己!"

龚鼎孳凄然一笑,"但是我不后悔,伯紫,真的!我不后悔……若我当时死了,横波便也跟我去了,我们便没了后面这十年的恩爱时光……我娶她的时候答应过她,要和她一辈子长相厮守,给她一辈子荣华富贵,让她做诰命夫人。我不能让她为了给狱中的我送一床棉被,也要用身子去换!我宁愿身堕地狱,也绝不能,再让她用身子去换任何东西……"

"芝麓……你醉了……"纪映钟轻叹。

"我没有……"龚鼎孳一字一顿,"骂名,我一个人背了,节,你们替我守吧。你、青主、函可、古古、仲调、辟疆……*我愿用我这一身污浊,托起你们这一池青莲!'花迷故国愁难到,日落河梁怨自知……*'"龚鼎孳一边吟咏,一边用茶匙一下一下击打着自己的手心,像是一场小小的自我刑求。

茶渐酣,酒渐醒。

龚鼎孳忽然一笑说道:"你们两个既然是来谢我的,却空着手,这是什么道理?"

傅眉红了脸,"大人但有吩咐,在下无不从命"。

"听说你父亲为谢那魏一鳌,为他写了十二条屏?我也想要,成不成?"龚鼎孳的笑容有了些戏谑的意味。

傅眉的脸更红了,说道:"承蒙大人不弃,家父自当遵命。"

第三十八章

"我要你们兄弟两个写给我。"龚鼎孳笑着指点着傅眉和褚仁二人。

傅眉和褚仁相视一笑。

褚仁说道:"恭敬不如从命,那就请大人出下题目来吧!"

龚鼎孳和纪映钟也是相视一笑。

龚鼎孳问:"你说,让他们写个什么才好,须得要字数多的,要多过那十二条屏才行!"

此时,那鹦鹉竟然幽幽地叹息了一声,正是女子的声气,仿佛是顾横波就在身边。

伊人已逝,余韵流芳。

四人心下都是一阵黯然。

还是纪映钟打破了这沉寂,指着那鹦鹉,笑道:"就写一篇祢衡的《鹦鹉赋》,如何?"

"好!"龚鼎孳拍手附和。

傅眉一拱手:"在下自当从命。"

两张案,两幅纸,相对而置。

傅眉口中背诵,手中落笔,写得却是隶书。银钩铁画,力透纸背,写得并不快,但口中所背,却比笔下快了很多。褚仁和龚、纪二人一样,负手在旁边看着,但脑子却转得飞快,侧耳听着傅眉口中的一字一句,暗暗记诵下来。

六百余字的一篇赋,傅眉笔下尚未写完,口中已经背了四遍。笔下所写和口中所诵完全不同,一心二用,却丝毫不乱,龚、纪二人连连颔首,眼中也流露出赞叹之意。

褚仁见傅眉已经写到最后一段："何今日之两绝，若胡越之异区。顺笔槛以俯仰，窥户牖以踟蹰。想昆仑之高岳，思邓林之扶疏。顾六翮之残毁，虽奋迅其焉如？"便略一沉思，提起笔来，落笔如飞，那大草，便如春草一般，在纸上肆意蔓生开来。

"恃隆恩于既往，庶弥久而不渝。"傅眉写下《鹦鹉赋》这最后一句，缓缓收了笔，长出了一口气。却见对面褚仁也写下了最后一笔，却是一声轻啸，将笔掷在地上。

两幅字，一隶一草，一庄一谐，一沉稳，一狂放，竟是难分高下。

纪映钟突然猛地一拍桌案，指着褚仁说道："上次那副李梦阳，也是你写的，对不对？芝麓，你上了他们的当了！"说罢放声大笑。

龚鼎孳反复细看了褚仁的字，恍然大悟，笑道："你们两个小子，骗得我好苦，连横波也被你们瞒过了。"

褚仁被人当面拆穿，汗登时便下来了，"小子无状，请大人恕罪。"说着，便要撩衣跪倒请罪，却被龚鼎孳一把扶起。

纪映钟笑道："你小小年纪，便有这等造诣，假以时日，又是一代草书大家。"

褚仁被他夸得红了脸，刚要自谦几句。

正这时，有一个庄户拿了个单子，走了过来，"大人，这批送过去的鸡鸭，内府已经验收，这是回执，请过目。"

龚鼎孳伸手接过，看也不看便揣在怀中，挥挥手让下他去了。

第三十八章

褚仁听那人说话是晋省口音,有些奇怪,"这人是山西人吗?"

纪映钟一笑,"非但这个人,这里两千多个庄户,都是大明初年从山西迁来的,路旁那些槐树,也是他们从家乡带来插枝成活的。就是这乡音,三百年来,也未曾变改。"

龚鼎孳感慨道:"由明至清,朝廷上唯一不变的衙门,只怕便是这蕃育署了。地还是大明的那块地,人还是大明的那批人,就连这官文制式,交割流程也一字未改,只是这鸡鸭鹅的数量,却比大明鼎盛时少了很多……把我放在这里,倒正合了我的意思。闭上眼,不去想头上那根辫子,便可以自己骗自己,假装当得还是大明的官儿,未曾失路,也未曾失节……"

注:

*采育镇:属于大兴区,位于北京东南部。在辽开泰元年称为"采魏院",明洪武元年称为"藩育署"。明初时曾从山西,山东等地大量移民来此,主要是山西移民。"山西多少县,大兴多少营。"的说法所指即为此事。这种移民以"营"作为编制,有七十二连营之称,不缴纳赋税,而是以定期向内府提供农副产品作为赋税,相当于皇室的农副产品特供基地。在明代,占据了内府供给的大部分比例,在清代重要度下降,而成为皇室"农家乐"的旅游景点。当地至今流传有"折槐枝"的说法,移民们从家乡带来槐枝,扦插成活,以寄托思乡之情。

*傅眉拜会龚、纪二人发生在康熙三年,应情节需要调整时间。

*顾横波死于康熙三年,因情节需要提前。

*青主、函可、古古、仲调、辟疆：青主是傅山的字，函可是明末清初著名僧人，古古是阎尔梅的号，阎与傅山也多有交往，仲调是陶汝鼎的字，这四个人都曾涉入反清复明的重案，相传都是龚鼎孳为他们开脱的，不过有些事件发生在这个时间点之后。辟疆是冒襄，有记载在顺治十三、十四年，纪和冒依然有一起从事反清活动的迹象。

*花迷故国愁难到，日落河梁怨自知：出自龚鼎孳诗《如农将返真州以诗见贻和答》。

第三十九章/
河山文物卷胡笳

告别了龚鼎孳和纪映钟，褚仁看着西北方向，有些怅然。

傅眉知道，那是北京城的方向。

"要不要……进城去看看？"傅眉问。

"看又怎样？阿玛被幽禁了，什么也看不到……"

"或许……如果看守不严的话，我可以翻墙进去，跟他们见上一面。但若带上你，恐怕我功力还不够……"傅眉犹豫地说道。

褚仁低着头，迟疑了半晌，方才开口："可是，我答应过

第三十九章

阿玛，三十五年之内都不回京城的，我怕进城去被人认了出来，会对阿玛不利……其实，不瞒你说，这些年来，我还从未有过一件事违拗过阿玛的意思……我从一开始就在欺骗他，对他演戏，若还不能顺着他点儿，那我这心里，就实在是太过意不去了，所以……"褚仁一边说，一边用鞋尖一下一下踢着脚下的新草，直把那株小草的根都踢了出来。

傅眉看出了褚仁心中的纠结，说道："那我们就去城门口看一眼，也许能打听到什么消息呢！好不好？"

褚仁点点头。

崇文门外，圆觉寺*。

褚仁的视线，一下子就被寺门口的一个小贩吸引住了。

"卖佛像啦！大师开过光的，橄榄核儿雕刻的佛像！如金似玉，越戴越润，护身保平安喽！"那小贩长声吆喝道。

褚仁忙快步走过去，拿起那核雕细看，见果然都是橄榄核儿雕刻的，同样也是一个佛头，和齐克新雕的颇有几分相像。

见褚仁有兴趣，那小贩忙介绍道："这位小爷，这可是京里刚刚时兴的新玩意儿，王府里的贝勒、格格都爱这东西呢！单独一个戴着也好，当扇坠儿也好，穿成手串也好，越盘越亮，越盘越润，比玉还好哪！"

褚仁放下这个，拿起那个，一个一个看过去，似乎想要在这些佛头脸上，找到自己熟悉的模样似的。

那小贩见褚仁看个没完，又劝说道："爷多买几个带回去，送给亲戚朋友，也是个能拿得出手的物件。别看这东西不起眼，它可是个王爷从南边带过来的呢——"

"什么？你说什么？！"没等那小贩说完，褚仁一把拽住那小贩的衣袖，大声问道。

褚仁这个样子，倒把那小贩吓傻了，呆在那里，一句话也说不出来。

傅眉忙拉开褚仁的手，温声问道："你说这东西是个王爷从南边带过来的，到底是怎么回事？"

那小贩嗫嚅道："我也不知道怎么回事，大家都是这么传的……"

"都是怎么传的？！"褚仁又有点急躁。

傅眉忙拉住褚仁，又问那小贩："大家都是怎么说的？"

"这东西，也就是近一年刚兴起来的，听说是个做大将军的王爷，从南边带过来的玩意儿，那王爷被奸人诬陷，下了大狱，这东西就从王府流到外面来了……"

"那王爷叫什么？"褚仁急切地问道。

"这我哪知道啊……这也就是这么一说。"小贩为难地搔了搔脑门。

"那王爷的冤情，就一直没有洗雪吗？"褚仁又问。

"这谁知道……自古忠臣就没有好下场……"小贩低声嘟囔道。

"你胡说！"褚仁又有些激动。

"是、是！我胡说，王爷的沉冤一定能很快昭雪，拨云见日！"那小贩久做生意，自然懂得察言观色，嘴下便顺着褚仁的心意，胡乱应付着。

第三十九章

"你那里还有多少未雕刻的橄榄核?都拿给我,我都买了!还有刻刀,我也都要了,你说个价钱吧!"

那小贩略一沉吟,眼珠子一转,"十两银子!不能再少了!"说完便斜觑着褚仁的脸色。

哪知道褚仁二话不说,眉头都不皱一下地从怀中掏出了一张银票。

当晚,两人便借住在圆觉寺中。

灯下,褚仁一个一个的,仔细挑着那些橄榄核儿,一共挑出了三百九十三枚,整整齐齐地摆放在木盒子里。平刀、圆刀、角刀、剔仁钩……一柄柄擦拭得干干净净,又上了油,也整齐摆放好。

"眉哥哥,你替我跑一趟城里,帮我把它送给阿玛吧……他因这个获罪,身边肯定是没有这些东西的,他平素又最爱这个,送给他,让他闲来打发时间也好。"褚仁扣上木盒的盖子,轻声说道。

"知道王爷是因为这个获罪,你还送他这个,这不是给他招祸吗?"傅眉担心地说道。

"不会的,我以前在我们那里,学过一篇文章叫《核舟记》,好像是个明朝人写的,说的是用这个雕刻小舟,也是极为精美的。阿玛只要不刻人头,谁又能说出什么来呢?总不能说刻核舟也是影射江山、魇媚君主吧?那就让阿玛只刻自己的相貌好了!"

"那你送这么一个数目是什么意思?"

"从前年腊八起算,三十五年之约,还有三百九十三个月……你不知道，那英亲王阿济格被幽禁之后，听说儿子们被分给诸王为奴，妻妾另嫁他人之后便疯了，抛食乱语，拆墙焚屋，最终被皇上赐了自尽。阿玛这一次被幽禁也不知道什么时候能脱身，我怕他熬不住，给他这些，既能消磨时间，又有个约定让他牵挂着，只怕他心里还好过些。"

傅眉想到了自己在幽囚之中，那种患得患失、烈火烧心的感觉，知道褚仁说得有道理，无奈地叹了口气："好吧！我帮你送去就是，但收还是不收，还要看王爷的意思。"

褚仁点头，"嗯！你要小心些个，若看守太严进不去，也不要勉强，安全最要紧。"

"你放心吧！我自有分寸。"傅眉点点头。

东城，石大人胡同，贝勒府。

傅眉伏在一处人家的屋脊上，一动不动地待了一个多时辰。

贝勒府大门紧闭，门口设了栅栏，由两个兵丁守着。另有两个人，时不时沿着府外围墙巡视一圈，此外便再无看守了。

云遮住了月，四下里骤然黑了下来。

傅眉几个纵跃，来到墙根的暗影里，攀着墙头，身子一提，便像一片落叶一般，神不知鬼不觉地潜进了贝勒府。

府中一片黑，树影幢幢，只有一间屋子，里面有灯光透出来。

傅眉一步、一步，蹑足靠近。

逐渐便能听到里面传来的说话声。

第三十九章

"敏儿这笔字，可真难学，总也写不出他这样的神韵来。"是齐克新的声音。

"八哥，夜深了，早点歇着吧……"听上去，像是古尔察。

"你若倦了，先去睡吧……我自打大前年落下这失眠的症候，也没睡过几个囫囵觉。太早歇下也是睁着眼睛胡思乱想，反倒不如练练字，心还能静静。"

"什么人？！"古尔察沉声喝道。那声音，在暗夜中听上去，显得尖锐而诡异。

"我！傅眉。"傅眉也沉声答道。

门开了，古尔察抢出门来，一把把傅眉拉了进去，"你怎么来了？！"

傅眉抬眼去看室内的这两人，见古尔察白了，也胖了，剃去了胡子，显得有些臃肿。齐克新的相貌没有大变，只是苍老了许多。也许是夜已深还未安歇的关系，两个人脸上都写满了疲倦。

傅眉对齐克新施了一礼，说道："我们此番是上京来拜谢龚鼎孳的，仁儿不放心两位，让我潜进来看看。"

"敏儿……他好吗？"齐克新颤声问道。

"他很好。"傅眉点点头，又道，"在下略通医术，可否容在下为王爷把把脉？"

齐克新微笑颔首，把手腕伸了过去。

傅眉把过脉，又看了看舌苔，说道："王爷这失眠不是什么大病，只是忧思伤脾，心神扰动，不易入眠而已。倒不用服药，我这里有个行气导引之法，很是简单，我写下来，王爷每日睡前照着做一遍，便易于入睡了。"

傅眉说着，便拿起桌上的笔来。却看到桌上摊开着一幅册页，是大草的《孝经》，正是褚仁手笔，旁边另有一纸，写得也是草书的《孝经》，却是很没有章法，想必是齐克新临的。旁边还有三个折页，其中两个分别是爹爹和自己的小楷《南华经》和《孝经》，另一个，则是《金刚经》，也是小楷，一看便知出自褚仁手笔。这个《金刚经》的册页，封皮已经微微磨毛了，显见是齐克新经常翻动把玩的。

见傅眉盯着桌上的字，齐克新有些慌乱，借着给傅眉找纸的因头，随手把自己那幅字折了起来，放在一边。

"敏儿收藏的那些字画，一张都没保住，全被他们抄走了，听说是送到宫里去了……"齐克新的声音哑哑的。

"没关系！"傅眉停了笔，抬起头笑道，"仁儿收集它们，并不是为了永远在自己手里头放着，传之后代子孙，而是为了在乱世中保全它们，怕它们落入俗人之手，不知爱惜，反而毁了它们。这些字画既然被收入了内府，自然是能得到妥帖保存的，仁儿只会高兴，不会不开心。"

正说着，古尔察递过来一样东西，口中说道："这个，我倒是替他保留下来了，这可是他的心尖子。"

那是个卷着的绢帛，不用展开傅眉便知道，正是自己的那幅画。

傅眉接过那幅画，却觉得里面硬硬的，似有个东西。展开一看，见是个小巧的裁纸骨刀，刀柄刻成竹子形状，很是清

第三十九章

雅。傅眉微微皱了一下眉头，也没开口，便又依原样卷起来收好，随后便捧出了那个木盒子。

"这是仁儿孝敬您的，您看看方便收就收下，若不方便，我就带回去。"傅眉一边说，一边打开盒盖，露出了里面码放得整整齐齐的橄榄核和刻刀。

齐克新激动得手都微微颤抖着，轻轻拈起一个橄榄核，问道："他哪弄来的？这东西北方不常见，我以前要用，都是托人特别从南方捎过来的。"

"现在京里头时兴这个，我们是在崇文门外买的。仁儿说了，这是孝敬您消磨时间用的，若不方便，可以不刻佛头，刻些核舟之类的，应该不妨事的。"傅眉答道。

"亏这孩子想得周到，弄了这么多……"古尔察感慨道。

"一共是三百九十三个。仁儿说了，从前年腊八起算，三十五年之约，还有三百九十三个月，就能和你们相见，你们一定要活得好好的！谁也不能失约……"

"敏儿……"齐克新眼中，有了闪闪的水光，"他现在在城外吗？"

"嗯。"傅眉点点头，"他说答应过您，三十五年内不能进京，他不愿意拂逆了您的意思。除非，您有朝一日脱困，亲口赦免了对他的这个罚……他说，您二位一定要保重身体，说好了将来要相见的，可不能说话不算数。"

"这个给你。"齐克新说着，从颈中摘下一个红绳系着的核雕来，递给傅眉。

傅眉接过一看，见也是个双面佛头，和褚仁颈中的那个十分相像。一面的相貌很像褚仁，另一面，却像极了自己。这个核雕，颜色黑红油亮，比褚仁那个颜色深很多，像是已经盘了很久。傅眉有点困惑，抬起头来，看向齐克新。

齐克新把这个核雕套在了傅眉颈中，"就剩下这么一个橄榄核儿，他们落下了，没有抄走……呵呵！他们不是说我魇媚吗？我却偏要把最至亲至爱的人的相貌，都刻在这上面！"齐克新脸上的笑容，带着几分苍凉。

听到"至亲至爱"这四个字，傅眉心中一动。

古尔察说道："这里没有趁手的刻刀，这是八爷把帐钩的尖儿磨利了，一点一点地磨出来的，整整弄了小一年的时间，又每日不停的盘了一年多，才有了现在这个样子。"

傅眉突然觉得一阵心酸。

齐克新又拿出几卷书册，说道："这是敏儿还在的时候，帮我整理好的，我又誊清了一遍，你拿给他，也不用去刊刻，更不用费心力去翻译成汉文了，留个念想吧！偶尔也看看满文，不要忘了自己的根。"

傅眉点了点头，双手接过。

"敏儿……"齐克新一边说，一边用手轻轻拍着那书，"我把他交给你了，你要好好待他，千万不能负了他……你们两个一辈子，都要好好的……"

傅眉再也忍不住，跪了下来，口中说道："我替仁儿给您行个礼吧！"说着，便恭恭谨谨地行了三跪九叩大礼。

注：
＊圆觉寺，在很多有关傅山的记载中，称为圆教寺，传说在崇文门外，具体不明。

第四十章
冷浸幽人彻骨寒

"……不要忘了自己的根。"听着傅眉的转述，褚仁心中颇为感慨。

四百年后，满族已经失去了他的语言……褚仁记得看过一个报道，说最后一个在生活中说满语的老人也已经去世了。为了这片统治这片大好河山，满人星散到神州大地各处，失去了维系自己语言的土壤。又在汉文化的包围与浸润中，不断地自我截除和自我阉割自己的文化。到了最后，这个屠戮了汉人的军民，占领了汉人的江山，剥夺了汉人的衣冠的民族，却成了汉化最深的民族，混居在汉人之中，完全看不出区别……粤语、沪语尚在，而满语却没了……

世事如棋局，褚仁不知道该为白子悲伤，还是该为黑子悲伤。也许历史就是这样，翻云覆雨之间，最繁华的必然被摧折为最微贱的。就像那些不得不靠卖字卖画为生的明的遗老遗少，就像当今住在北京老城区，那些几代人挤在旧平房中的人。曾经，上推几代，他们或许都是王谢堂前的燕子吧？如今却在旧宅之上，买不起一平米的立锥之地。

把玩着那枚核雕，翻着那几卷书册，听着傅眉的叙述，褚仁眼中又有了泪。

"这么大了，怎么还是这么爱哭？"傅眉故作轻松地笑道。

"我才没哭……"褚仁深吸了一口气，抑住了泪水，问道，"古尔察呢？他身体如何？"

"我没为他把脉，看着气色还好，稍微胖了一些……"

"屋里暖和吗？他们穿着什么衣服？"褚仁又问。

"屋里有炭火，不觉得冷……"傅眉努力回忆着，"穿的什么衣服……倒也没什么特别的。"

"那帐子、被褥、椅袱一类的呢？新还是旧，什么质地的？"

傅眉脸上露出些为难的神色，"我没留意，应该都和以前一样的，没有太大变化。"

褚仁长出了一口气，又问："文房四宝呢？"

"都是上好的……你放心，这方面应该是没有苛待他们。"

褚仁低头盘算着，小声嘟囔了出来："吃的什么你看不到，其他下人也看不到……那熏香呢？有没有熏香？阿玛最喜欢这个！"

第四十章

傅眉摇摇头，神色间倒像是有些歉然。

褚仁长叹了一声。

傅眉见褚仁郁郁，忙从怀中拿出了那张画，交给褚仁，"这个……古尔察倒是替我们保下来了。"

褚仁接过画，慢慢展开，露出了里面的那柄骨刀。

倒像是图穷匕见似的，褚仁有些心虚，抬头瞟了一眼傅眉，见傅眉正盯着自己，便慌乱地低下头去，小声嘟囔道："怎么把这东西也带出来了……"

"这是什么？古尔察说这是你的心尖子。"傅眉笑着，但语气中微微带着些异样。

听了这话，褚仁也笑了，"这话倒对！你不是总问我胸口的疤痕是哪儿来的吗？就是它扎的。"

"谁扎的？！"

"它扎的。"

"我问是谁拿着它扎的？"傅眉有些急切。

"我也不知道那人叫什么？"褚仁一笑，便把那件事的前因后果一一说给傅眉听了。

"这晦气东西，还留着它做什么？！"傅眉听完，抄起那骨刀，就要丢出去。

"别！"褚仁急忙拦住，"那两兄弟当中的弟弟，长得有六七分像你。"

傅眉笑了，那笑容，像是吹皱一池春水的和风，瞬间让人柔软起来。傅眉把那画和骨刀重新卷好，塞到褚仁怀里，说道："你留着吧。"

褚仁用手盘弄着傅眉粗长柔滑的辫子，淡淡的皂角香弥漫开来，那种干净而清爽的气味让人心旷神怡。

"我是王爷的独子……"褚仁的声音有些幽怨。

"你现在娶妻生子也不晚啊。"傅眉轻声说。

"那样的话，孩子是姓傅的，不是姓爱新觉罗的……阿玛不一定会开心……"所谓传宗接代，应该是四百年后，会有一个孩子，背着书包从东城那个狭窄巷弄跑出来，回首指着那方残破门墩说道："这里就是我们家祖上的老宅子，前清的端重亲王府！"如果只是留下了血脉，没有留下身份，就像无根之木，无源之水一样，《清史稿》中，"齐克新"那一条下面，记载的依然是"绝嗣"二字，那样，又有什么意义呢？

褚仁想着，叹息了一声，百无聊赖的拈起自己的辫子。古尔察说过，辫子上栖息着满人的灵魂，只是不知道，汉人留了辫子，是否灵魂也会在辫子上栖息？若如此，将灵魂的发丝紧紧编结在一起，是否就能相守一生，不离不弃？

路再长，也有走完的时候。回去的路上，兄弟间欢声笑语，别有一番景致。可是，二人抬眼看过去，却见"卫生馆药饵"的门口，赫然是一对白纱灯。

莫非是……奶奶*？！褚仁一惊，一把拉起傅眉的手，急急忙忙向家门口跑去。

看到穿着一身斩衰孝服的傅山，傅眉连礼数都顾不上了，声音颤抖地问道："奶奶……是奶奶吗？什么时候的事情？！"

第四十章

"是……你们刚走没几天……就……"傅山也哽咽了,"也没有什么病,就那么突然去了……"

"已经……下葬了吗?"傅眉颤声问道。

傅山重重点了一下头。

连最后一面也见不到了吗?傅眉身子一晃,几乎摔倒。

褚仁轻轻扶住了傅眉。"奶奶八十四岁高龄了,是喜丧呢,节哀顺变吧……"

傅眉和褚仁换过孝服,双双来到傅山房内。

却见傅山眉头紧蹙,一脸严霜。

两人有点不明所以,互相对视了一眼,心中都生出一丝忐忑来。

"把门关上。"傅山吩咐道,语气很平淡,分不出喜怒。

褚仁返身把门关好,才发现窗子也是关着的。盛暑天时,屋内热得像蒸笼。褚仁只觉得遍体都是汗,黏黏腻腻地很不舒服。

"你们跪下。"傅山的语气还是淡淡的。

傅眉立刻撩衣跪倒,褚仁见状,也跟着跪了下来,却比傅眉偏后了半步。

褚仁垂着头,眼睛盯着膝盖之前的砖缝儿,脑中一片混沌,不知道到底出了什么事,但又隐约觉得,情况似乎有点不妙。

两个人并排跪在一起,臀与腿,紧紧挨着。夏天的衣衫本薄,又被汗水浸湿了,这样挤在一起,倒像是肌肤与肌肤贴在一起一样，褚仁能感觉到傅眉的身子在轻轻地颤抖。

"眉儿，你应当知道，不孝有三，无后为大。"傅山一字一顿。

"是……"傅眉茫然地应着。

"朱氏的喘嗽又犯了，你该多体贴她一些。"

"是……"

"你已经年近而立，子嗣的事情，是当务之急……你祖母过世之时，唯一放不下的，就是没能亲眼看见重孙出世……"傅山顿了顿，似乎在斟酌着措辞，但最终还是只说了这样的话，"你……好自为之！"

"爹爹……"傅眉抬起头，抖着嘴唇，呆了半晌，终于还是低下头去，应了声，"是。儿子谨遵父亲教诲。"

"你出去吧！"傅山挥了挥手。

傅眉有些惊讶，抬起头来看了看傅山，又看了看褚仁，迟疑的问道："那……仁儿呢？"

"你出去！"傅山微微提高了声音。

傅眉终究不敢违拗父亲的意思，缓缓地站了起来，顺势按了一下褚仁的肩膀，像是安慰，又像是叮咛，随后便慢慢转过身，走了出去。

午后的阳光，转过了一个角度，室内一下子便暗了下来。那种温暖湿润幽暗的感觉，让人不由得昏昏欲睡。

傅山很久没有开口。

褚仁也不说话，就那么跪着，脑子里一片空。

第四十章

直到又一次藤条破风声传来。褚仁一缩肩膀，却没有感觉到痛，却见那藤条砸在了身边的青砖上。褚仁有点疑惑，抬起头看了傅山一眼，眼神中带着一点委屈，随后便又低下头去。

"怎么？不服气？觉得爹爹偏心？"傅山问道。

褚仁听出傅山的语气中并没有愠怒，有些惊讶，又有些不解，小声嘟囔道："我哪里敢，爹爹想怎么教训便怎么教训，总归是我的错，不关眉哥哥的事。"

"你认错就好……我在城东给你置了处宅子，一应器物都备办好了，你今晚就搬过去吧！以后白天来药店，晚上回去住。你也大了，也该有个自己的家了。"

自己的家吗……？褚仁心中暗叹，天高地厚，云苍水茫，天地之间何曾有过自己的家？京城石大人胡同的那一个，关起门来不要自己了；这里的这一个，是自己亲自选址，亲手布置出来的，现在也不要自己了……四百年后的那个家，自从父母去世之后，就不再是自己的家了。家不只是一个房子，而是有人在等。纵然你富甲天下，买得起无数房子，但若房子中没有那个你想见的人，终究不过是一堆冷冰冰的砖石瓦砾而已……

"仁儿……"傅山干燥而温暖的手，轻抚着褚仁的顶心，"朱氏自幼便有喘嗽之症，嫁过来后这几年，本来已经调养差不多了，可是这两年，病势又重了许多……"

褚仁低着头，也不知道该说什么。

"她这症候，爹爹也束手无策了，而今只有一个办法或可一试。"傅山轻叹。

听到这里，褚仁有些好奇，抬起头来，静静地等着下文。

"凡妇人怀孕，体内气血流动与平日不同，便如河流从枯水期到了汛期一般，诸如喘嗽、风湿诸症，症状都会减轻。她这症候，若在孕期辅以针灸和汤药，想要一举根治，倒是并非没有可能，至少……值得一试。"

褚仁边听边点头，浑然忘了此时并不是学习医术的时候。

"所以……眉儿这段时间，要多陪着朱氏才行，你莫要去打扰他们。"

褚仁木然地点了一下头。

"眉儿也是年近而立的人了，成亲已近十年，如今膝下尚无半个子女，坊间的种种物议，好说却不好听……你若真心为他好，应该也不愿意眉儿被人这样诋毁吧？"傅山的声音柔柔的，听上去，不像是训诫子侄，更像是一个父亲在为儿子恳求。

听到傅山这话，褚仁倒不好不表态了，于是说道："是，爹爹……我听您的，今晚我就搬出去。"

褚仁走出门来，天已经近黄昏了。闷了一身的汗，被冷风一吹，在炎夏中竟也觉得冷飕飕的。跪了许久，膝盖木木地痛，几乎站立不稳。

院里的两棵杜仲，还是买下这宅子时，自己和傅眉亲手种下的，如今只长高了一点点，在那株高大桑树的掩映下，显得伶仃而无助。

第四十章

　　西院已经点起了灯，窗纸上，是傅眉与朱氏的侧影，两个人似乎在说着什么，显得温馨而亲密。此时此刻，在这片土地上，应该有无数的夫妻，像这般在灯下喁喁细语吧？但会有几个人，像自己这样，站在一寸寸暗下去的空阔庭院里，隔着窗，看着所谓的举案齐眉，暗自神伤。

　　褚仁又想到了齐克新和古尔察，此时，他们在做什么？是不是也在灯下说着话？会不会，提到了自己？

注：

　　＊康熙元年，傅山母亲卒于松庄，年84岁，因情节需要提前。

　　傅眉顺治六年成亲，21岁，正是在薛王起义的时候，傅眉的第一个孩子诞生在康熙元年，也就是傅山母亲病故那一年，此时傅眉已经33岁了，朱氏也有23岁。

　　傅仁最初娶的是白孕彩的女儿，这个姑娘是个残疾人，嫁过来2年就去世了，此后傅仁8年未娶，8年后娶钱氏。钱氏也无子，另有一侧室生有一子，早亡。

　　傅仁娶白氏的时间没有明文记载，但是根据傅山和魏一鳌的书札看，应该在顺治四年到顺治九年之间，且更接近顺治四年。很有可能和傅眉同在顺治六年（傅仁12岁）。

第四十一章
烛深寒泪下残编

新粉刷的房子有一种特殊的冷冽气味，让人在盛暑中也能感觉到清凉。四壁都是空空的白，衬得那一盏孤灯，分外地亮，也分外地孤寂。

这一个多月来，褚仁每天晚上都像今夜一样，在灯下，翻译着齐克新的笔记。虽然齐克新说过不必翻译的，但长夜漫漫的寂寥，不知道怎样才能排遣，让手和脑都忙碌着，反而能压抑住心中的烦恼与苦闷。

朱氏有身孕了！这一整天，傅眉只到柜台晃了一下，就再也见不到人影。傅山也只是在后院进进出出，不知道在忙些什么。店中所有的人，甚至来抓药的客人，都是喜气洋洋的，没有一个人注意到褚仁的落寞。

好不容易回到了自己的"家"，拿起齐克新的笔记，看到只剩下薄薄几十页了，褚仁心中更是郁郁。虽然刻意翻译得很慢，但是再长的笔记，也有到结尾的时候，以后的漫漫长夜，该用什么来打发呢？

褚仁脑中想着，笔下不停，又翻过一页，看到那笔记上的文字，褚仁不由得大吃一惊。

这笔记，褚仁在京的时候，是从头到尾整理过一遍的，前面的那些内容，褚仁都看过，但从这页开始，却是之前从未看

第四十一章

过的新内容,显然是齐克新在这两年补充的。

褚仁慢慢地翻着剩下的这几十页,越看越是心惊。

这部分文字,全部都是关于闽台水文地理,军事海防的内容。甚至明确规划出一旦郑成功割据台湾,水陆军队将如何调动,什么季节,什么地点,采用什么战术攻台最为有利等详细方略。提出了建水师,靖海寇,开海禁等"安澜五策"。

褚仁看过邸报,今年三月,顺治帝终于对招抚郑成功失去了耐心,发出上谕,将郑芝龙禁锢圈圄。但朝中并无水师良将,一时之间,朝廷还奈何郑成功不得。上谕之中,顺治虽然说了"朕今独断于中,意在必讨*。"这样的狠话,但也写下了"彼若力穷畏死,薙发来京,再为定夺。"这样的软话。褚仁知道,历史上直到康熙朝中叶,施琅才灭了郑氏,收复了台湾。在此之前,郑氏一直都是清廷的心腹大患。

褚仁没有想到,幽囚之中的齐克新,居然有这样的谋略和眼光,预料到了几十年后的事情。虽蒙冤受屈,却依然想着为朝廷出谋划策,平定海疆……褚仁的心,不由得揪成一团。或许,齐克新只是觉得郑成功为逆,是自己征南时留下的后患,他有责任去解决这件事?但是,顺治和康熙,应该都没有给他这个机会吧?否则也不可能有施琅的赫赫军功了。这样一个饱含一腔忠诚热血的方略,交到自己手里,又有什么用?自己又能交付与谁呢?

褚仁强压着心中酸楚,提起笔来,一字一句,继续翻译起这段文字来。

一声鸡鸣，驱走了夜，迎来了晨，褚仁也刚好写下了最后一笔。

不知不觉间，一夜已经过去了。褚仁揉着腕子，抬头望向窗纸中透出来的一丝鱼肚白，蓦然便有了一种心事已了的虚脱感。不想见任何人，不想做任何事，只想避开这喧嚣红尘，向云苍水茫处遁去。

褚仁恍惚地推门而出，清晨微寒的空气有一种呛人的味道。薄薄的雾气，飘在青石路上，踏上去便散了。空阔的街衢没有一个人，只有足音回荡，更增添了一分清冷孤寂。褚仁信步走到太原城东门，刚好便到了开城门的时间，褚仁便茫然地随着那些晨起忙碌的贩夫走卒一起，出了城。

各人有各人的事，一出城，人流便散了，汹涌的人流变成了涓滴细流，最终，只剩下褚仁一个，茫然地站在长亭外，驿道歧路处，无人送别，也不知何去何从。

胸腹中闷闷的，心口的旧伤，突然绞拧似的痛。褚仁心知不妙，忙自己按压腋窝的极泉穴和手腕的内关穴，过了好一会儿，才止住了痛。原本按压背后的至阳穴是最为有效的，只可惜自己一个人，够不到那个地方……褚仁自嘲地笑了笑，迈步前行，踏上了通往盂县的驿路。

十年未归，盂县还是老样子，并没有太大的变化。

曾经的巷弄仍在，食肆仍在，连那间小小的文房店，也依然如故。褚仁茫然地踱进去……又茫然地，捧着一匣纸走了出来。

第四十一章

　　转过街角,便看到"三姑姑"家的宅院,现今已经不知归了谁家。只那株杏树还在,依旧枝繁叶茂地从墙头探出来,花已经落尽了,青涩柔小的果实结了一树,让人看着,就觉得心中酸苦。

　　出了县城,走在那黄土路上,任溅起的土染黄了鞋与裤。不知不觉间,远处便出现了那株老槐树的身影。小时候觉得这段路很长很长,现在却觉得这段路很短,还没有回忆完,便走完了。

　　褚仁把那匣纸埋在了那棵老槐树下,坐在树荫里,不想说话。只静静地看着太阳由中天逐渐偏斜,周围的暑热,渐渐转成微凉。仿佛又回到了小时候,也是坐在这里,等待傅眉回家。但上天不会一再眷顾自己,让自己能把逝去的所有美好再重新经历一遍。树还在,路还在,黄土还在,但是远远的,从路尽头走来的那个青衫少年,却再也不会回来了……

　　"不生不死间,如何为怀抱*?"褚仁脑中,突然涌起了傅山的这句诗。被改朝换代腰斩了一生的傅山是在不生不死间活着,自己此时,又何尝不是?前路漫漫,再也没有什么可期待的事情了,活着,又有什么意思?褚仁抬头望向老槐树那犹如冠状动脉的粗大枝杈,想着,若解开衣带,系上去,应该可以死了吧?不知道死后,能不能回到现代?

　　褚仁暗自苦笑了一声,回到现代又如何,上学?工作?成家立业?取出这匣纸,仿造傅山的书法?一样是无聊的一生,只是重复的方式不同罢了。在现代也是一样,没有人在等,没有人在意自己的生死,回去,又为了什么?蓦地,褚仁又想起了齐克新和古尔察，就算是天底下所有的人都背弃了自己，这两个人也绝对不会！就算只为了那三十五年之约，也该好好活着吧……

隐约间，路的尽头，出现了一个清瘦的人影，拄着杖，走路还有点一瘸一拐。褚仁忍不住站了起来，睁大眼睛张望。

那是一个清癯的中年男子，青衣，赭帽，满面风尘。

那男子走了过来，深施一礼，问道："这位小哥，请问傅青主傅先生是否住在此间？"

褚仁笑了，笑得无奈又落寞，果然是想躲也躲不开，这大概就是天意吧？自己的这一生，终究会和傅山牵扯在一起，分也分不开。

"傅先生十年前就不住在这里了，他现在住在太原城桥头街，'卫生馆药饵'那家药店便是他开的，在太原很有名气，您去到那里一问便知。"

"哦……多谢告知。"那男子微微有些失望，一瘸一拐地转过身，就要离开。

"您的脚……是扭伤了吗？在下粗通医术，要不要我帮您看看？"褚仁说道。

褚仁扶着那男子坐下，将他的裤脚卷起，用手一触他的脚踝，便觉得情况有些不对，"您这不是扭伤啊，腿上有旧伤？"

"嗯。"那男子点点头，"去年夏天在南京城外遇到匪徒，受伤从驴背上摔了下来。"

褚仁继续将那男子的裤腿卷到膝盖之上的大腿中段，那男

第四十一章

子似乎有些紧张,缩了一下腿,肌肉都绷紧了。

"您这么大岁数了,还羞医吗?"褚仁温和地笑着,轻轻按压着那男子的膝盖,"放松,放松……"

虽然在医术一道上,褚仁蒙傅山的传授并不太多,医术也只是平平而已,但从小被傅山训诫着,对医德的重视和对医道的敬畏却根深蒂固,只要一遇到病患,那种发自内心的温柔宽和的态度,和傅山与傅眉几乎像是一个模子里刻出来的。

"旧伤没有调养好,便活动太过,筋肉都牵结了,走路时间一长,便会再犯……这病症,恐怕不太好调养了。"褚仁边说,边在几个穴位上缓缓下了针,"您找傅先生,是慕名求医吗?"

那男子笑道:"也是求医,也有其他事情要拜访。"

"我手边没有药,先下针帮您止住痛,这样行动方便些,待到了太原,再请傅先生做调理吧。"褚仁解说道。

"这里可有客栈?"那男子问道。

"这里是个小村子,要到盂县城里才有。"

那男子皱起了眉头,似乎有些为难,"现在过去,只怕城门已经关了……"

褚仁起了针,笑着说道:"走快点,应该能赶上的,左右没什么事,不如我送您进城吧。"

那男子一手拄着荆杖,一手被褚仁扶持着,在夕阳的余晖中,缓缓走着。

"你送我进城,不和家里说一声,家人不会担心吗?"那男子问道。

"我没有家人……"这五个字,飞快地从褚仁嘴里溜了出来。

那男子盯着褚仁的脸,看了片刻,问道:"怎么?和家人闹别扭了?"

褚仁苦笑一声,"我没有问您姓名来历,您也别问我因果缘由,相濡以沫之后相忘江湖,这样洒脱一点不好吗?"

那男子笑道:"所谓相濡以沫,是互相扶助,你帮了我,我还没有帮到你呢。"

褚仁看了那男子一眼,心道,只不过是萍水相逢,像这样交浅言深合适吗?

"你不知道我是谁,我也不知道你是谁,有什么心事,就当说与关山大地,说完之后,心中的郁结也可随风散了,岂不洒脱?"那男子又劝说道。

褚仁自嘲地一笑:"天大地大,竟没有我的立足之地。"

那男子脚步一滞,盯着褚仁的眼睛看了很久,突然问道:"你这是想寻死吗?"

"不是想寻死,只是不想活了……"褚仁也盯着那男子,轻声说道。

"我明白。"那人点点头,"'不生不死间,如何为怀抱?'天下有无数人在不生不死间活着,非止你一人,既然别人都没有寻死,你有什么理由不活着?"

褚仁没想到,这男子也吟出了傅山这句诗……那男子的眼睛,在黄昏幽暗的光线中闪着精光,褚仁突然觉得有点不敢逼视,遂掩饰似的说道:"针灸的效力快过了,等下你的腿会痛,

第四十一章

这样走下去,恐怕会赶不及关城门的,还是我背您吧!"说完,也不容分说,便背起了那男子。

那男子很瘦,身子很轻,背起来并不觉得累,褚仁放开脚步疾行,果然比之前快了很多。

次日,两人雇了一辆车,直奔太原。

一进太原城,褚仁便要和那男子道别,却听到一声呼唤:"仁少爷,这几天您是去哪儿了?店里上上下下都在找您,傅先生都急出病来了!"

褚仁回头看去,却是一个曾在药店做过短工的汉子。

听说傅山病了,褚仁心中着急,什么也顾不上了,直催着那车夫,加鞭向桥头街驶去。

注:

*朕今独断于中,意在必讨……:见《清实录》顺治十三年三月,乙丑。

*傅山诗《东海倒座崖》云:"一灯续日月,不寐照烦恼。佛事凭血性,望望田横岛。不生不死间,云何为怀抱。"应为其南下江南时所写。

第四十二章
方外不娴新世界

褚仁站在傅山房门外，徘徊来去，看着那扇紧闭的门，心中乱成一团。

门内，那男子和傅山不知道在密谈些什么，已经过去了一个多时辰。

傅山的病，只是寻常外感风寒，虽然严重，但并没有什么大碍，真正让褚仁吃惊的是，那青衣男子，居然是顾炎武*！

写出"华人髡为夷，苟活不如死"的顾炎武，最终也不得不留起了辫子……褚仁脑中一片混乱，这顾炎武来找傅山，应该不会仅仅是为了看病吧？

"就这么在太阳底下站着，不怕中暑吗？"傅眉不知什么时候走了过来，话语中带着浓浓的关切。

"我……"褚仁也不知道自己为什么非要站在门口等，或许是看到傅山病中憔悴的容颜，心里觉得愧疚吧？毕竟是暑伏天气，若不是心中有虚火，不应该会外感风寒的。想必，都是因为自己的不告而别吧……

"就算是要出去散散心，怎么连句话也不留？还把王爷的书稿和我的画都带走了，我……爹爹还以为你不回来了，担心得要命。"傅眉本来想说"我"来的，但是话锋一转，换成了"爹爹"。

第四十二章

"我只是突然觉得……生……有些无聊……"褚仁想说"生无可恋",但想着这话略重了些,话到嘴边,又换了一个说法。

就在此时,门开了,傅山送顾炎武走了出来。

傅山坐着,褚仁侍立在侧。门窗依然关着,依然是那种奥热闷湿的感觉。

褚仁想说些歉意的话,但是又趑趄着,不知道怎么开口。

"仁儿……"傅山带着浓浓的鼻音,"下次再出去散心,要跟家里说一声,免得爹爹惦记。"

褚仁没有想到,傅山并没有责备自己,那些道歉的话,也就更不好出口,于是只是低低地应了一声"嗯"。

"最近家里事情多,冷落你了……"傅山温暖干燥的手,轻轻握住了褚仁的手。

褚仁手心里都是汗,黏黏腻腻的很不舒服,于是便不着痕迹的,给傅山倒了一杯茶,顺势松开了傅山的手。

傅山并不以为意,微笑着说道:"适才亭林不住口地夸你。"

褚仁倒有点不好意思,低着头,轻声说道:"只是救死扶伤而已,这是医家的本分,也是爹爹多年的教导。"

"非止夸你的仁心医术,还有为人处世的态度。"

褚仁一怔,回想了一下,倒没有觉得自己对顾炎武的态度有什么值得夸赞之处。

"有件事情,可以不告诉眉儿,但必须知会你一声。"傅山又道。

褚仁见傅山说得郑重，不禁抬起头来，看着傅山。

"你的那些银票，我都交给亭林了。"

褚仁虽然有些意外，但也并不十分在意，只是应道："那些银票，我已经给爹爹了，爹爹想怎么处置，便怎么处置，不必知会我的。"

傅山点点头，"不只是知会你，还想听听你的看法，毕竟……你是从四百年后过来的人。"

傅山这么一说，褚仁到有几分好奇了。这么多年来，除了第一天见面，傅山从不主动提及褚仁穿越来的时代和事情，今天突然提起，只怕是有什么大事。

"亭林认为，明代票号制度有很多弊端，他近年潜心研究，另行规划了一套制度，想用你这笔钱为本钱，开设票号，并统和晋省所有票号钱庄，立为规矩，一旦做大，进可作为复国之资，退可控制天下银钱往来。亭林说，若商贾兴隆，贸易日盛，票号就是扼住大清命脉的一只手，可以影响天下兴废……*"

"货币战争？！"褚仁脑子突然出现了这四个字。《货币战争》这本畅销书他看过，虽然没有全懂，但是国际金融集团在世界舞台翻云覆雨，操纵国家兴亡，战争成败的情节他却记忆犹新，难道……顾炎武在四百年前，就已经悟到了这一层吗？

傅山看到褚仁微微张着嘴，一脸惊讶的表情，问道："你也觉得难以置信吗？即便是后世，也没有这样的说法和情形？"

褚仁点点头，"有是有，有这个说法，但对于这个时代来说，不大可能吧？"褚仁不知道怎么解释，封建社会是集权统治，并不是自由经济，也没有完整的金融体系，通过金融手

第四十二章

段去控制大清朝的经济命脉,似乎行不通吧?褚仁又补充道,"我也不太懂,总觉得似乎超前了些……"

"亭林真是个妙人,奇思妙想,往往出人意表……"傅山感慨道,"不过,管仲的'求鹿于楚'和'菁茅之谋'两计和亭林此策,颇有相通之处……"傅山一面说,一面用手指在桌面轻轻敲击着,像是击节赞叹。

褚仁的视线被傅山的动作所吸引,蓦然发现,桌上叠放着一幅绣品,浅青的缎子上绣着黑色的小楷。自来拍卖行中书法绣片便不多见,而这幅绣品,看上去绣工上乘,那笔楷书又像是傅山手迹,褚仁不由得看直了眼睛。

傅山见褚仁盯着那绣品看,便展了开来,说道:"这是眉儿的母亲绣的《观音大士经》。"

褚仁眼睛一亮,这绣品,他早就听傅眉说过,但被傅山奉为珍宝,一直无缘得见,今日一见,果然名不虚传。那字,想必是傅山年轻时所书,端庄秀丽,清雅大方,看上去倒有几分像是傅眉的笔体。依稀可见大明末年的傅山,依然保有明朗而积极的心境。那绣工,恭谨整齐,纤毫毕现,不细看,倒像是写在缎子上的一般。

褚仁默念着那上面的字:"南无观世音菩萨。南无佛。南无法。南无僧。与佛有因。与佛有缘。佛法相因。常乐我静。朝念观世音。暮念观世音。念念从心起。念佛不离心。天罗神。地罗神。人离难。难离身。一切灾殃化为尘。南无摩诃般若波罗密。"

念着念着,褚仁心头突然一片空明,似乎多日以来的抑郁瞬间便卸下了，那种畅快淋漓的感觉，像是重又获得了新生。

从傅山房内走出来，褚仁才蓦然想到。这绣品是傅眉母亲最重要的遗物，傅山从不轻易示人，今天这是为什么？突然拿出来给顾炎武看？莫非……顾炎武和傅眉母亲有什么关联吗？

接下来的日子，和以前一样，褚仁白天去药店做事，晚上回到自己的小院。

其间顾炎武经常过来，每次来，都和傅山在室内密谈两三个时辰。

有一次，傅山拿出了个记账的方案，让褚仁交给药店账房试用。褚仁略看了看，见是把全部账目划分为"进"、"缴"、"存"、"该"四大类，称为"龙门账"，想必又是顾炎武和傅山的发明。

唯一和以前不同的是，傅山有事没事就往褚仁小院这里跑，或品茗、或论诗、或下棋……即便什么事儿也没有，也要捧着一卷书，到褚仁这里读。

其实傅山自丧母之后，心情也同样郁郁，陪着褚仁，一方面怕他寂寞，一方面也是填满自己心头的空虚。

夏日天长，每到傍晚，父子两人常常在院中谈艺论文，从黄昏直说到繁星漫天，两身孝服，像是两抹霜，在夏夜中固执的孤寒着。一个为孝，一个为情，互相慰藉，互相排解……有时候天晚了，傅山便住在这里。

刚一入秋，傅山便兴冲冲的对褚仁道："爹爹要去登岳访碑，你陪着爹爹可好？"

第四十二章

"爹爹您还真是想起一出是一出，怎么就突然想着要去访碑了呢？"褚仁没有在意，随口应道。

"爹爹昨夜做了一个梦，梦见一块碑，碑上有个'茋'字……"傅山说着，便提笔写下了这个字。

"这字儿怎么念？是什么意思？"褚仁问道。

"念'戎'，就是蜀葵。"傅山一边吟咏，一边提笔写下一首诗，"古碑到孤梦，断文不可读*。茋字瞰独大，梦迥尚停睐。醳名臆蓴草，是为葵之蜀。炎汉在蚕丛，汉臣心焉属？奉此向日丹，云翳安能覆？公门虽云智，须请武侯卜。"

褚仁默念着这首诗，见傅山从蜀葵联想到它"向阳卫足"的特性，又转而想到蜀汉，想到汉家江山，还是遗民的一片拳拳痴心，心中不禁有些凄然，蓦然便明白了傅山寻碑之意，他要去寻找汉文化的根……

"登山有什么趣儿，不如在家看看书。"话一出口，褚仁自己也觉得好笑，在现代时是宅男，穿越到大清，依然如故。

"读万卷书，不如行万里路。爹爹少年时，也像你这么想，只在家中小院苦读，不肯出门一步。现在想来，竟是错的，眼界越开阔，才越能体味书中真谛。"傅山不温不火，只是耐心的劝说着。

褚仁心道，读书只是消磨时间罢了，又不赶考出仕，知道那么多真谛又有何用？于是便换了个角度拒绝："爹爹您还在孝中呢……"

傅山深深一叹："登山访碑，也并不违孝道啊。"

褚仁无奈，半是撒娇，半是认真地说道："您自己去不好吗？我有畏高症，不愿意爬山。"褚仁倒并没有说谎，他确实有轻微的畏高症，之前和古尔察跑马行猎，因为京郊的山势和缓，倒并不觉得有太大问题。此外，在褚仁心中，还转着小小的心思：若是傅山又一个人云游去了，自己说不定还有机会和傅眉亲近。

"去登一次华岳，爹爹包你病症痊愈。对付畏高症，最好的根治方法便是把你放到最高最险的地方，冲破了这层关口，畏高症便可以不治自愈了。当年韩文公此症，便是因华岳治好的。"褚仁这样反复拒绝，傅山却一点都不恼，依旧笑呵呵的。

褚仁对于傅山知道畏高症的暴露疗法并不意外。中国太大太古老，但凡世界上该有过的事儿，中国都有，但凡人类该有的病症，中国也都出现过。只不过很多有奇效的疗法，在岁月中湮没失传，不为后人所知而已。褚仁越是跟傅山学医，这个感觉越是强烈。

"爹爹老了……一个人云游只怕是不成了，连行李都负不动了……"不知怎的，傅山的语气听起来，也带了一点点撒娇的意味，"你没发现爹爹最近经常让你们代笔吗？"

褚仁听了这话，心中一惊。确实最近这段时日，遇到有人求字，若是傅山口中的与满人狎昵的粗鄙之流，傅山便让自己和傅眉去写，傅眉专攻隶篆，自己专攻真草。若是关系亲厚的，傅山便拿出旧作馈赠，若没有合适的旧作，便作为"书债"欠着，的确是很少亲自动笔了。想到这里，褚仁忙拉过傅山的手，去摸傅山的脉搏。

傅山笑看着褚仁，"摸出什么来了？"

第四十二章

傅山的脉象平和，并无太大问题，只寸脉略有弦边，褚仁有些困惑，摇了摇头。

"是漏肩风，刚好在右臂上。这病，得多活动，并配合推拿针灸才行，汤药的效用不大。"傅山说道。

原来是肩周炎，老年人的常见病，只要善加调养，很快便会痊愈，褚仁这才松了一口气。

"你眉哥哥老早就发现了，你探了脉还没诊出来，真是该打！"傅山笑道。

这些日子以来，褚仁的心心念念都在别的事上，就是每天和傅山在一起，也是神不守舍的。虽然肩周炎的外在症状很是明显，但是他哪里会观察到这些。

褚仁心中有些愧疚，便不好再拒绝傅山，忙点头说道："爹爹您去哪里，我陪着您就是！"

注：

＊顾炎武：字亭林。明末清初思想家。

顺治十三年顾炎武行经南京太平门外时突遭刺客袭击，"伤首坠驴"，幸而遇救得免。顾炎武初访傅山发生在康熙二年，因情节需要提前。

＊《顾亭林轶事》记载：相传"亭林尝得李自成窖金，因设票号，属傅青主主之。始明时票号规则不善，亭林与青主更立新制，天下信从，以是饶于财用。清一代票号制度，皆亭林、青主所创也。（得李自成窖金一事，大多数史家认为是虚妄，但是顾炎武这一大笔钱的来

源,始终是个迷)

另,我国最早的复式记账法:"龙门账",创始人为"山西商人富山",有观点认为"富山"就是"傅山"。这个龙门账的名称,自然有"合龙门"之意,但未必没有"龙门派"的含义。

另有说山西票号的镖局,也是傅、顾二人和戴廷栻所创设。

＊"古碑到孤梦,断文不可读……":出自傅山诗《碑梦》。

第四十三章/
芒鞋拾级穿云鸟

　　傅山将白棉纸覆在石碑＊上,用排刷刷上一层白芨水,再覆上一层皮纸,用圆刷细细把每一处都轻轻敲过一遍,然后小心揭下皮纸。那层棉纸便像肌肤一样,和那碑融成了一体。傅山又用扑子沾了墨,在碑上轻轻扑打着……

　　褚仁呆呆地看了很久,才想起自己手中也有活计,便提起手中的细毛刷,沾了木桶中的清水,仔细洗刷起身前的这块石碑来。

　　这些满面尘埃的古碑,沉寂在这山谷中已有上千年,此时才得以重见天日。沙粒、泥土、草籽与它自身风化的碎屑混在

第四十三章

一处，让人无从下手，轻了，怕显露不出原貌，重了，又怕损了这字迹。

关键是，褚仁的双手一直在不由自主的颤抖。褚仁用左手紧紧攥住右手的手腕，但饶是如此，也依然控制不住。

"怎么？还在后怕？"傅山撇了褚仁一眼，问道。

"是啊……刚刚吓死我了，爹爹您要是万一有个好歹，我可怎么去见眉哥哥啊！"褚仁的话音都有点颤抖。

"这不是没事儿了嘛！"傅山笑得云淡风轻。

这二十天来，褚仁与傅山两人一直穿行在绵延五百里的恒山山脉之中。傅山在前面执杖探路，褚仁负着行李跟在后面。

恒山本是全真教修持重地之一，傅山对此地的山川地理甚为熟悉，也不去悬空寺、金龙峡等名胜，只管往人迹罕至的深山密林处行去。

其时正是金秋时节，彩叶如花，硕果累累，脚下层层的落叶如绒毯，踏上去，便觉得天地也温柔了起来。这等美景初见时让人惊艳，但二十天每日不断地看下来，看得久了，连眼睛也花了，视野中一片斑驳，道路沟壑的分野都变得有些模糊起来。

突然间，傅山一脚踩空，被一堆枯枝败叶裹挟着，直往山谷中堕去。

因两人腰间有麻绳相连，褚仁忙抓住周围长草灌木，以缓解下落之势，但那下坠之势实在太大，令褚仁也身不由己的，跟着缓缓滑落。好在此处坡度不算十分陡峭，落叶又厚，从山坡到谷底，十余丈滑下来，两人竟是毫发无伤。

两人略定了定神，便沿着谷底前行，想要寻觅出谷的道路，哪知只走了几十步，转过山脚，便发现了这一处北齐天宝年间的碑林，那石碑密密麻麻的，有十几座之多。傅山大喜过望，便打算在这里多逗留两日，把所有的碑都拓下再走。

"今日这有惊无险的情形，倒是和当年救下你那次仿佛……"傅山幽幽地感慨道。

"哦？！"褚仁有些好奇，之前只是听傅眉当着齐克新说过一些旧事，但却从没有人完完本本地将当时的经过讲给他听。

"那日我和眉儿经过那里时，天已经快擦黑了。眉儿眼尖，看到了崖下的车篷，便说要下去看看。我见那车篷上的雨水痕迹，知道那车堕崖至少已逾两日，夜冷雨寒，纵有伤者应该也不治了。况且那崖下都是酸枣、刺柳、锦鸡儿一类的多刺灌木，人一下去，衣服就别想要了，还会弄得遍体鳞伤。因天色已晚，我怕有危险，就拦着眉儿不让他下去。"

褚仁微张着嘴巴，入神地听着。

"可没走几步路，眉儿便一失足，从崖上滑落了下去。那崖的坡度跟这个差不多，但是长了很多灌木，眉儿滑到一半便被灌木挂住了，他二话不说，解了衣服，对我挥了挥手，就径直下到崖底探看那车，结果便发现你在里面，还有一口气在……"傅山轻叹一声，"也幸亏他坚持下去探查，不然你哪有今天……"

褚仁心里一热，原来，当时的情景是这样的……傅眉才是

第四十三章

自己的救命恩人,而且,只怕他是故意失足的吧?这么多年来,他居然一直瞒着自己,从来也不提一个字。

"那后来呢?他有没有伤到?"褚仁急切的问道。

"他倒是没受什么伤,只有一些小擦伤而已。"

"那……我醒来的那日,您为何责打他?"褚仁皱着眉,困惑的问道。

傅山略沉吟了一下,"我那日责罚他,是因为他对你用了'五方贯气法'。"

"五方贯气法?那是什么?"褚仁问道。

"这是龙门派疗伤圣法,对伤重不治之人,具有起死回生,延年续命之效,但只能对同门之中有内功修持的人使用,若对不会内功或修习其他门派内功的人用,则施法者极易走火入魔,内功尽失……因此门中向来有禁令,不得对外人使用。"

"啊……"褚仁有些恍惚,这似乎和傅眉之前所说,大不相同。

只听傅山继续说道:"你被救起之后,连着昏迷了七日,爹爹什么方法都用尽了,还是不能让你醒来,本来已经不抱什么希望……眉儿竟然趁我采药之际兵行险招,对你施用了这五方贯气法,没想到反而一举奏效,救活了你。"

"既然他救活了我,您又为何要罚他?"褚仁颇为不平。

"虽说他只是龙门派的记名弟子,但他犯了门规,一样要受罚。"傅山淡淡地说道。

原来傅眉为自己做过这么多,他却从来不曾宣之于口……突然,褚仁的心像是被一只大手绞拧着一样,挛缩的痛,突如其来的巨大痛楚让褚仁禁不住按着胸口，皱起了眉头。

"仁儿！你怎么了？"傅山看出情况不对，忙过来探了探褚仁的脉搏，随即两只手便按上了褚仁背后的至阳穴。

褚仁只觉得丝丝缕缕的暖意，从至阳穴传了过来，像一双温柔的手，左盘右绕，以柔克刚，缓缓推散了那只绞紧心房的手，这，便是所谓的真气了吧？

"爹爹！我好了。"褚仁对傅山回眸一笑。

却见傅山依然皱着眉头，一脸紧张，"衣服解开，让爹爹看看你胸口的伤。"

褚仁不明所以，顺从地解开了衣襟。

傅山按了按伤口附近的肌肤，又搭上了褚仁的脉搏。

褚仁有点紧张，忙解释道："我这伤早好了，没伤到心脏……"

傅山摇了摇头，"这一下虽然没有刺到心脏，但是其上裹挟之气却伤到了心脉，以后可要注意了，不可动气，更不可伤心。"

褚仁凄然一笑，伤心不伤心，并不是自己说了算的。

傅山还在絮絮叨叨说个没完："亏爹爹还教过你医术的，身子这么弱，怎么就不知道爱惜自己？弄得到处都是伤……"傅山说着，手指便抚上了褚仁脸上的伤痕。

褚仁最不愿人提起这道伤疤，他不想让别人觉得齐克新对自己不好，于是侧过头轻轻避过，笑道："我这不是好了么……没什么大事儿，爹爹您不用担心。"

傅山摇摇头，郑重说道："待回到家，我便把龙门派的'洗

第四十三章

心功'传给你。你这病不能轻忽,搞不好随时会要了你的命!"傅山见褚仁浑不在意,顿了一顿,又板起脸来教训道,"爹爹会盯着你练,若不好好练,爹爹可是要打的!"

褚仁一笑,拖长了声音应道:"是——"

终于,所有的碑都洗刷拓印完毕,碑上的字迹清晰如画,宛若重生。夕阳斜照,为这些碑镶上了一层金边,更显得庄重大气,流光溢彩。

褚仁看着这些碑,一种与湮远历史对话的感觉油然而生,它们在诉说,后世一代代人,都在聆听,但是不同的人,对同样的碑,同样的文字,却有着不同的解读。

"此地真是一方风水宝地,若能横尸在这大林丘山之间,也是不错的归宿……"傅山感慨道。

"爹爹!您还有好几十年的寿数呢,怎么能说这种话?"褚仁听傅山此言甚是不吉,忙嗔道。

傅山看了看身上的孝服,自失地一笑,"人无父母了,便是无根草,失去了依靠倚仗,顿觉人生没了意味,心态也不免凄凉起来。"

褚仁听了这话,想到齐克新和古尔察,也是一阵黯然,但又要开解傅山,忙笑道:"您还有我,还有眉哥哥啊!待过上半年,您就能抱孙子了,我们都会好好孝敬您,让您好好享受享受子孙满堂之乐。"

"爹爹只是一介化外草民罢了,'神州不生草,谁当有室家?'离乱之世,又怎能生偏安受用之念?"傅山叹道。

褚仁听傅山又说到华夷之辨上面,难道说,生为明的遗民，这一辈子就不能有欢愉享乐了吗？若在以前，褚仁定然不会说什么，但此时不知怎的，却顶了一句："这北齐高氏，虽是汉人，却当自己是鲜卑人，这些碑上，刻得又是汉字，华与夷，有什么分别？千载之下，鲜卑族何在？不也融入到汉族之中了吗？说不定我们每个汉人身上，都流着鲜卑人的血。"

"夷狄之有君，不如诸夏之亡也！可禅、可继、可革，而不可使夷类间之！"傅山怒道。

褚仁见傅山动怒，忙牵着傅山衣袖软语道："爹爹……您别气……"

"可惜大好河山，归于胡廷。"傅山依然愤愤。

褚仁还是忍不住辩驳："但您并不因这江山归了爱新觉罗就不爱这江山了，对吗？我不爱任何一个朝代，但我爱这片土地，爱这上面每一个和我血脉相连的人，更爱这片土地上生生不息的文化传承，我姓褚也好，姓爱新觉罗也好，您不是一样拿我当儿子看待吗？"

傅山摇头，"你非明人，不知亡国之悲；你未着汉服，不知易服之耻；你不曾束发，不知剃发如断手刖足之痛！"

褚仁突然有点明白了，尽管清朝诸帝皆醉心汉文化，但剃发易服，却是他们在汉人心上刻下的永不愈合的伤。自己来自现代，一个发型与服装都可以随心所欲的时代，自然很难领会到这些汉家遗民心中最深重的悲哀与愤怒。这种悲哀与愤怒，来自千年传统的腰斩和寂灭，来自无法保护自己传统的深深耻辱，而并非是单纯的排斥夷狄。

第四十三章

西岳华山，长空栈道。

傅山双足立于栈道的窄窄木板上，半只脚掌悬在板外，左臂攀着铁索，衣袖与衣摆被山风吹得啪啪作响，脑后的逍遥巾飘荡着，似乎要凌空飞去。他的腰间，系着一根绳索，那绳索挽了个扣子穿过铁索，另一头系在褚仁的腰间。

褚仁站在栈道一端的石崖边，两腿颤栗，几乎要蹲坐下去，带着哭腔恳求道："爹爹……我在这里等您，行吗？"

傅山微笑摇头，"不行，这栈道乃我全真前辈贺志真道长＊带领弟子开凿而成，来华山不登此处，便算不得登过华山。"

"我还没学那个什么'洗心功'，还不算全真弟子……"褚仁小声嘟囔。

"你学了也不算，全真派才没有你这种胆小如鼠的弟子！"傅山笑骂道。

"爹爹……"褚仁又出言恳求。

"有这绳子在，你掉不下去的。"

"我知道……但我就是不敢……"褚仁啜嚅。

"爹爹今天就是要治治你这不敢，你不上来，爹爹就这么跟你耗着，耗上三天三夜也没关系。"

"爹爹！"褚仁大急，"您手臂还有病，不能这样！"

"你要是真的心疼爹爹，就赶紧上来。"傅山说罢，便不再开口，只用一双眼睛，不错眼珠地盯着褚仁。

褚仁只觉得满身都是汗，不自觉地用手在裤腿上蹭了蹭，却发现腿抖得不那么厉害了。褚仁抬头去看傅山，正对上傅山鼓励的目光，于是咬着嘴唇，深吸了一口气，战战兢兢地向前踏出了第一步。

"好！"傅山赞道，"脸贴着石壁，眼睛只看着面前的石壁，不要向下看，抓紧铁链，用脚去找那木板，脚下稳住……对！跟上爹爹的步子，想着自己在一片草地上，围着一块巨石走……"

褚仁听了，有点想笑，但又紧张着，笑不出来。

傅山嘴上一刻不停地讲着贺志真的传说轶事，褚仁耳中听着，脚下走着，不知不觉间，竟然顺顺当当走完了这一段险路。

立于华山南峰的悬崖边缘，褚仁发现自己的腿站得稳稳的，再无半点颤抖，心中也无心悸之感，这畏高症，只怕真的是治好了，不由得心中畅快，纵声长啸。

"景色怎样？"傅山笑问。

"真好！"褚仁回眸笑答。

注：

*朱彝尊《曝书亭集》记载：予友太原傅山，行平定山中，误堕崖谷，见洞口石经林列，与凤峪等皆北齐天宝年间字。（傅山发现的碑在平定，应属太行山脉，因情节需要改为恒山山脉）

*贺志真：全真华山派开派宗师。

第四十四章 / 满纸悲歌耳后鸣

秋去春来,转眼四五年岁月匆匆流过。

除了隆冬和酷暑,褚仁都会这样陪着傅山四处云游。登山访碑,寻古探友,足迹踏遍了黄河流域的山山水水。

褚仁随着傅山,一一见过了诸如戴廷栻、周容、阎尔梅、谢彬、殷宗山、杨思圣、孙奇逢、阎修龄、王显祚、朱彝尊、曹秋岳、李因笃、屈大均、戴本孝、吴雯、毕振姬这些明的遗民,见识了他们的诗、书、画、人,见识了他们的文章与风骨。

"吾辈有一毫逃死之心固害道,有一毫求死之心亦害道"。褚仁终于了解了这句话的深意。若其形其势,不得不死,自然不可赧颜苟活,但若无必死之理,却也不能贸然求死,甚至不可隐居遁世。活着,赋诗作画也好,著书立说也好,开馆课徒也好,都是在传承汉家的文化,让它绵延不尽,让它发扬光大。形散了,魂却不灭;薪尽了,火却长存。就像那洪门一样,三百年反清复明,屡起屡蹶,最终终究在辛亥革命的大潮之中,圆了明月一梦。

死节与守节,本无轻重高下之分,虽说千古艰难唯一死,但活着,以此有为之身,做有为之事,一生坚持始终,不会变改,反倒是更难。

转眼之间，顺治朝去了，康熙朝来了。

傅眉已经有了两个儿子：莲苏与莲宝。但朱氏的病，却未见好转，反而愈发重了……

褚仁每日都在留意着邸报，遇到有熟人上京，也多方托付打探，却始终没有得到任何关于齐克新的消息。褚仁深悔在京时只是每日沉迷书法，从不关心朝政，甚至连齐克新在朝中和谁交好，和谁有隙都不知，否则，去找目下炙手可热的几个辅政大臣托托门路也好……

褚仁有心想求傅眉再去探望一次齐克新，但见他既要抚育两个年幼的儿子，又要照顾重病的妻子，还要打理药店，侍奉老父，已经是忙得心力交瘁。褚仁几次话到嘴边，又咽回去了。想着……或许等康熙亲政了，会有转机。此时四位辅政大臣明争暗斗，接下来又是鳌拜擅权，回想起顺治朝时齐克新被多尔衮带累的几起几落，褚仁又觉得还是不要贸然行事更为稳妥。

康熙六年，春分。

因为倒春寒的缘故，这几天朱氏的喘嗽症愈发不好了，傅眉没日没夜在后面照顾着，店面上的事情只有褚仁一个人打理，忙得不可开交。这天正是傅山坐堂的日子，和往常一样，求医的队伍直排到了大门外。

褚仁正手脚不停地忙碌着，突然，"王爷"两个字从一片嘈杂的语声里清晰地跳了出来，一下子跃入了褚仁耳中。

第四十四章

褚仁一边凝神静听,一边游目四望,见是求医队伍中的两个中年汉子,正口沫横飞,连比带划地说着。

"你是怎么知道的?"

"我怎么不知道?这事儿在京里都传疯了,大街小巷人人都在说,连霍乱死了不少人都没有这事儿动静大。"

"你是说……那王爷也是个太监?"

"哈哈,是呀!听说是早年间在南边打仗,被流矢伤了那话儿,已经不能人道了。"

"那个侍卫后来也净了身?"

"没错啊!那王爷被幽禁,按律是不能留侍卫的,幽禁之所中的下人,不是女子就得是太监。"

"那侍卫当时已经三四十岁了吧?真忍得下心去净身?"

"那谁知道!失心疯了呗……"

"那侍卫得霍乱死了,这王爷就不活了?"

"是呀,是呀!听说是用一把小刻刀抹了脖子,血流了一地,血上飘着一堆橄榄核儿,都刻着一模一样的佛头,听说那些佛头的相貌,都是那个侍卫的脸。"

"……听着怪瘆人的,怕不是魇媚吧?"

"鬼才知道……听说那王爷之所以被幽禁就是因为魇媚。"

褚仁听着听着,只觉得从头到脚,身上全部的血都一寸寸凝成了冰,连呼吸都像被冻住了一样,胸口像插了一把刀,撕心裂肺的痛,全身抑制不住的颤抖。外界所有的声音,像是被拧在了一起,又被放大了百倍,一字一句砸了过来,砸得遍体生痛。褚仁忽觉天旋地转,眼前一片模糊,一时血气

满纸悲歌耳后鸣

上涌……

从此之后,卫生馆药饵里再也看不到那个一直面带微笑的青衫身影,太原城里的人们都在传说,傅神医的侄子得了很厉害的疯病,连傅神医都束手无措。

四壁的白墙,因岁月的磨蚀而渐渐泛出了黄色,褚仁的小屋中,家具陈设都不曾有丝毫变改,只是敝旧了,褪了色,像染上了沧桑。

唯一和以前不同的是,四壁都挂着褚仁的书法,真草隶篆都有,有汉文,也有满文,写的都是同样的两个字"怀思",那是齐克新最终的谥号"怀思贝勒*",也是褚仁对齐克新、古尔察深深的思念。

听到传言的第二日,褚仁便在邸报上见到了这样一行字:"故端重王博洛子,贝勒齐克新,卒,谥怀思。"

"这都两个月了,你到底要闹到什么时候?"傅山低声怒喝道。

褚仁回眸一笑,那笑容,像是勘破了生死一样,云淡风轻中透着说不出的诡异,"爹爹……您终于不想再养着我这个废人了吗?那我走就是。"

"你这是说的什么疯话?"傅山的语气中透着重重的无奈,说完,三根手指又搭上了褚仁的脉搏。

"又没练功?!也没吃药?!"傅山大怒,用力甩了一下手中的藤条。

梅之卷

第四十四章

褚仁听到那藤条的破风之声，抬头看了傅山一眼，又是一笑，"爹爹您打吧，您打我我还好受些……"

傅山终究是舍不得，只把那藤条重重地抽在桌案上，一叠纸，被藤条掠过的劲风激了起来，落在地上，满地都是墨色的"怀思"二字。

这情景，好像在那里见过，褚仁茫然的回忆着，那时候，散落满地的是满文不是汉文，是墨朱夹杂的颜色，而不是肃杀的黑与白，那天有雪，也有血，更有泪……转眼之间，生的生，死的死，再也回不去从前。纵然褚仁的满文再有什么错处，那教导他满文的两个人，再也不能提起朱笔，在墨色上写下那点红了……

"爹爹，反正我三十八岁就要死了，现在已经……"褚仁板着手指算了半天，似乎也没算清楚，抬头赧然一笑，"应该也没几年了，您就再忍我几年，不成吗？"

"你不吃药，又不练功，只怕连三十八岁也活不到！"傅山恨恨地说道。

"那样最好……"褚仁依然轻笑着。

傅山咬了咬牙，只觉得打也不是，骂也不是，把手中的食盒往桌上重重一顿，"吃面！吃完了吃药！"

褚仁不说话，只轻轻摇了摇头。

"这蝌蚪面是爹爹亲手做的，配料与坊间的不同，用了五种面粉搭配，虚松柔软，入口即化，你来尝尝！"傅山一边柔声说着，一边把那面从食盒中取出，鸡汤的香气四溢开来，让人食指大动。

傅山见褚仁不动，又补充道："快吃吧！今天是你的生日。"

褚仁抬起头来看着傅山，认真地说道："这个身子是齐敏的，要过，也要过齐敏的生日。所以今天不是我的生日，我生日在春天，已经过了。"

"好！你既然承认你是齐敏，那就好！三十八岁亡故的是傅仁，不是齐敏，你休要给我做出这半死不活的鬼样子，好好治病养身！"傅山把那碗面向前推了推，把筷子塞到褚仁手里。

褚仁捏着筷子，盯着那碗面看，只是不动。

过了片刻，傅山长叹一声："你现在这个样子，你阿玛在天之灵看了，会喜欢吗？"

褚仁一怔，抬头呆呆地看向傅山，这可是傅山口中，第一次吐出"阿玛"这两个字，这个满族的称呼。

傅山被褚仁看得有些尴尬，摇了摇头，轻声叹道："爹爹要怎样做，你才能振作起来，你说出来，爹爹一定为你做到。"

"这跟爹爹又没有关系"褚仁低声说着，"都是我的错，我当时要是留在府里，阿玛一定不会想不开……"

"你难道要净身吗？你不怕你阿玛心疼死？"傅山斥道。

"我要是听眉哥哥的，不送那些刻刀就好了……"

"唉……人真要寻死，怎样死不成？没有刻刀，还有菜刀、柴刀……"

"我就是担心会出这样的事，结果还是出了……说好三十五年之后要相见的，阿玛为什么不守信约，丢下我一个人去了？"褚仁喃喃自语。

第四十四章

傅山无话，只是握紧了褚仁的手。

"或者我应该去叩阍＊。"褚仁皱着眉头，很认真地说。

"叩阍？你疯了吗？！叩阍无论虚实，都要先枷号一个月，期满后杖责一百，你这身子，熬得过一百杖吗？光枷号一个月便会夺了你的命去！你去翻翻史书，历史上有几例叩阍成功，全身而退的？"

"有……顺治朝就有一例，似乎是个科场犯法之人的母亲，后来就蒙了赦免。"

"顺治朝十八年间，仅此一例而已。你又怎知你能成功？"

"可是这十多年间，我竟然什么都没做，就这么眼睁睁看着……看着……"褚仁说到这里，哽咽着说不下去了。

"仁儿，你不是神仙，你来到这里，并不能改变什么。或许历史就是这样，你做过什么，抑或你没做什么，都不会让历史变改，所以你不必自责。"傅山劝道。

"爹爹，您不也是一样吗？明知道大清定鼎三百年不会改变，还不是一样做了很多？您做了，您会觉得心安，我也是一样啊……"

傅山不知道该怎样接下去，长叹了一声，说道："面快凉了，吃吧！不管今天是不是你生日，都别辜负了爹爹这一片心。"

褚仁听了这话，也不说什么，低下头，拿过筷子，大口大口地吃了起来。有泪，滴入面汤中，倏忽便没了痕迹。

看着褚仁吃完了面，又吃过了药，傅山这才松了一口气，轻声问道："仁儿，你还肯陪着爹爹，出去走走吗？"

褚仁很少听到傅山这样软语征询，愣了一下，却没有答话。

"爹爹想去五台山礼佛，你陪着爹爹好不好？爹爹老了，腿脚也不灵便了。一个人去，怕支撑不住。"

褚仁已在这小院蜗居了两个月，大门不出，二门不迈，对于登山礼佛，实在是既无体力，也无心情。

"仁儿……陪爹爹去一趟吧！就当是给爹爹尽孝了，好不好？"

褚仁明知道傅山此举，是想让自己出门散散心，不再这么消沉。但毕竟禁不起傅山这样的温言软语，只得点点头，应了一声："是，爹爹，我陪着您。"

注：

＊**怀思贝勒**：见《清史稿》博洛条下"（博洛）子齐克新，袭。十六年，追论博洛分多尔衮遗财，又掌户部时尚书谭泰逞私揽权，不力阻，夺爵、谥。齐克新降贝勒，十八年，卒，谥怀思。无子，爵除。"

＊**叩阍**：就是俗称的告御状。

第四十五章 /
处士无年纪帝图

康熙六年，五月*。

五台山脚下，褚仁驻了足，仰望着这座巍峨庄严的佛教名山，心中一片空茫。

"怎么？累了？"傅山关切地问道。

"爹爹……我才多大岁数，您都没累，我怎会累了？"

傅山摇摇头，"你心脏的病，最禁不得七情六欲，也禁不得累。"

褚仁笑道："既然如此说，那我就在这里找个寺庙，出家去便罢了。"

"你是当真的吗？"傅山盯着褚仁看了半晌，"爹爹可有点舍不得。"

褚仁一笑，"我也不知道……不过，我应该在这里的寺庙寄过名，只是不知道是哪座寺庙。"

"左右无事，总归是要拜佛的，我们一间不落地拜过去便是，一定能找到。"傅山略顿了顿，"若寄过名，也该拔袋还愿的。"

"嗯。"褚仁点点头，又道，"听说顺治帝并没有死，而是在这里出家，爹爹您听过这传闻吗？"

傅山点点头，"难道后世依然有这样的传言？"

"是啊……若是真的就好了，我定要一座庙一座庙找过去，一个和尚一个和尚看过去，定要找出他来，拿着这个核雕问问他，这上面刻的是我阿玛自己的相貌，他到底魇媚了谁？！"褚仁说着，隔着衣服，紧紧攥住了颈间的那枚核雕。

"别动气。"傅山说着，双手又按上了褚仁的至阳穴。

褚仁一拧身避开了，"爹爹，我没事儿……"说着，便挽起傅山的手臂，踏上了上山的路。

两人在山上已经盘桓了好几天，傅山每到一寺，必细细礼佛问禅，遇到投缘的僧人，一谈便是半天。

那些机锋偈语褚仁听得似懂非懂，初时还觉得新鲜，日子久了，便不免有些厌烦。因此，褚仁便常常留傅山一人在寺中，自己去外面"透透气"，傅山倒也不拘着他。

这里正是北台顶峰，如茵绿草当中，点缀着丛丛怒放的金莲花。山风吹过，寒凉里带着一点冷冽的香气。其实五月的天气已经很热了，太阳炙烤得人脑门上一层细汗，但山风却又如此的强劲，这一冷一热的激荡，倒是容易让人生病的。褚仁用衣袖拭了拭头上的汗，抬头便看到前面树荫下，一堆人围着吵吵嚷嚷，不知道出了什么事。

褚仁分开众人，便见到一方罗衾上仰卧着一个十三四岁的华服少年，面白如纸，牙关紧咬，已然昏厥过去。

"请让开一些，这病我能医。"褚仁说着，便跪坐了下来，掏出针来，只在百会、人中、内关三处下了针，那少年便嘤咛

第四十五章

一声,睁开了眼眸。

"不妨事,只是中暑而已,略歇一歇,多喝点水,让汗发出来就好了。"褚仁说着,从怀中拿出一包药粉,举在手中,"把这个融到茶水里,给他服下。"

停了片刻,却没有人接,褚仁抬眼环顾了一圈,见周围那些人虽说都是衣履光鲜,但显见是下人仆从一流,却不知为何,没人听从褚仁的吩咐。

褚仁皱了皱眉,有些疑惑,刚要开口,就听那少年微弱的声音:"去……拿碗茶来。"

褚仁扶着那少年坐了起来,把药粉融在茶里,送到那少年嘴边,那少年皱了眉,略略侧过脸去。

"喝了病就好了,这药一点都不苦,乖,听话。"褚仁柔声说着。

听到褚仁像哄孩子一样的温柔话语,那少年似乎愣了一下,眼波一闪,盯着褚仁看了片刻,刚要张嘴,就听头上一人尖声呼道:"爷!别……"

褚仁抬头看去,却见那人面白无须,满脸皱纹,一脸关切地看着那少年。

此人莫非……是个太监?见到那人形貌,褚仁心中一动,便把那茶凑到自己唇边,呷了一口,笑道:"不冷不热,刚好入口,快喝了吧!"见那少年还在迟疑,褚仁又笑道,"若不肯喝也行,还有别的治法,十个指尖的十宣穴,用三棱针针刺放血,那样很疼的!听话,把药喝了,病就好了。"

那少年略犹豫了一下,便接过茶盏,小口小口地饮尽了那药茶。

褚仁把手背放在那少年额头上，想要试试体温，却蓦地发现那张白皙的脸庞上，有很多细小的白麻子，若不是凑近细看，是发现不了的。褚仁心中打了个突，又环顾了一下周围这些人，见貌似太监的有好几个，另外几个人身高背阔，指节粗大，像是侍卫之流，莫非……这少年竟是康熙么？！褚仁被自己这个念头吓了一跳，努力地回忆着国家博物馆地下室中的那幅巨大的康熙画像，无论如何也无法把那满脸皱纹的老者和眼前的白皙少年叠映在一起。

"你们略散开些，让病人透透气。"褚仁说着，重又扶着那少年坐正。

那少年虚弱地挥了挥手，周围的人便向两旁略散了散。

"好点儿了吗？"褚仁问道。

那少年点点头，"好多了……多谢。"

褚仁又抬眼去端详那少年，却见那少年也在盯着自己看，便展颜一笑。

到底是不是康熙呢？褚仁心里盘算着，突然一个念头冒了出来，书法！对，书法！康熙的字，学的是董其昌，很是好认。想到这里，褚仁便笑道："真要谢我，便给我提个字吧！"

那少年有些困惑，"你怎么知道我会写字？"

褚仁笑着执起那少年的右手，指着指尖的薄茧说道："喏！它告诉我的。"说着便张开了自己的右手，和那少年的手并在一处。褚仁的指尖上，也有常年执笔留下的薄茧。褚仁突然发觉，这两只手，指掌的比例和手指的形状，都非常相似。若他

第四十五章

真是康熙，算来跟自己也是有血缘关系的，只不过，他还长着自己一辈……

褚仁正胡思乱想着，就听那少年虚弱而茫然的声音传来："写在哪里呢？"

褚仁在胸口摸了摸，便取出齐克新那折子，摊开新的一页，又从腰中取出随身的文房，说道："写在这里可好？"

那少年接过折子，随手便写下了"仁心仁术"四个字。正是一笔圆劲秀逸，淡雅古朴的"董体"。

果然，这少年一定是微服出巡的康熙！褚仁的心，不禁砰砰狂跳起来。看过那么多武侠小说中描述过，反清复明的剑侠路遇微服私访的康熙或者乾隆的情节，没想到今天让自己遇上了。若让小说家来描述，接下来的情节该是什么样子的呢……

褚仁正胡思乱想着，忽然瞥见康熙困惑的目光，忙随口赞道："好字！虽说受之有愧，但我的名字中就有个仁字，也算是应景吧！"

康熙没有答话，只是信手便翻开了那折子的前一页，见是七个正字，不禁皱了皱眉头，问道："这是什么？"

"这是我阿玛写的，七个正字，三十五划，记录着我习学满文时的三十五个错处，他说要揽总儿一起罚我……"褚仁语声轻缓，眼神怔怔的，似乎往昔情景又重现在眼前。

"那你阿玛是怎么罚你的？"

"他丢下我，一个人去了，今生今世，再也无法相见……"褚仁说着，眼中便涌起了雾气。

一只手，轻轻握住了褚仁的手，喃喃的语声飘了过来：

"我阿玛,也丢下我去了……"褚仁这才想起,康熙,是中国历史上在位最长的皇帝,也是"父母膝下,未得一日承欢*"的可怜孤儿。

褚仁反手紧紧握住了康熙的手,喃喃说道:"没关系,他们在天上,关照着我们。"

"嗯……"康熙点了点头。

"这个……就送给你吧!"褚仁取出了那几册自己翻译成汉文的齐克新的笔记。

"这是什么?"康熙有些疑惑。

"最后一册上面,有收复台湾的水战方略。"褚仁知道,郑氏自康熙元年割据台湾后,朝廷连年出兵征剿,却无尺寸之功。

康熙眼中一亮,忙翻开第一页,便见上面用满汉文写着"和硕端重亲王齐克新"。

"他……是你阿玛?"康熙的语声,微微有些惊讶。

褚仁微笑,"我不问你是谁,你也别问我是谁,相濡以沫之后,相忘江湖不好吗?"

康熙若有所思地缓缓点了点头,拍着那几册书问道:"那,这是他写的?"

"是。"褚仁重重点了一下头,"他是被冤屈的,他从不曾魇媚任何人!在我心中,他永远都是和硕端重亲王,而不是什么怀思贝勒……"褚仁说完,又重重点了两下头,因是跪坐着,这姿态便如同浅浅的叩首一般。

康熙的目光停在褚仁的眼睛上,带着疑虑和不解。

第四十五章

褚仁也觉失态，柔声说道："别在意，我……有点痴傻，不过不会害人的，我是好人。"褚仁说完，眼中虽然含着泪，却又绽放出一个微笑来。

那笑，像是会传染似的，引得康熙的嘴角也微微翘起。

褚仁这才发现，两个人鼻翼两侧深重如刻的法令线，几乎一模一样，这是爱新觉罗家族的标志，血脉所系，无法变改。

看着恢复了元气的那少年，重又抖擞精神，带着从人远去了。那一回眸时的凛利目光，已经略带了一些千古一帝的风范，让人不敢逼视。

褚仁对天默祷，"阿玛，您的笔记，我交给玄烨了，或许，二十年后收复台湾，有您的功劳在……他拿走的，是我后来翻译的汉文译本，满文的，我舍不得……"

"仁儿！"

听到身后傅山的呼唤，褚仁转身一笑，叫道："爹爹！"

"有什么高兴的事儿？笑得这么开心？"

"能不说吗？"

"……不说就不说吧，你高兴就好！"傅山宠溺地一笑，"你要是天天都能这么开怀笑着，那爹爹就放心了。"

五台山脚下，善文村。

一片幽幽山谷之中，静静地卧着一座寺庙。

这寺庙不大，香火也不旺，名叫延庆寺，建于金代。大殿很小，四四方方，无廊无柱，看上去颇为与众不同。

那灰衣的老僧带褚仁和傅山转到后殿，便看到一排木架上，挂着一个一个的红色小布袋，那些布袋看上去都已经年深日久了，有的被阳光晒得褪了颜色，有的颜色却是越放越深，变成了赭红色，像是陈年的血迹一般。

"嗯……是个八九岁的旗人娃娃，身子不太好，说是有些顽疾，想要托庇神佛保佑……老衲记得很清楚，很少有孩子这么大岁数了，才来寄名的。"那老僧一边说着，一边用枯柴一样的手，在一个个红色布袋上逡巡着，"是这个了！"老僧拿起一个布袋，抖着手，扯松了那上面的系绳，取出一张姜黄色的纸片。

"你们看看……是不是这个。"老僧说着，便把那纸片交给了傅山。

傅山略有些尴尬地又把纸片交给了褚仁。

褚仁展开那纸片，见上面写着八个汉字："丁丑，壬辰，庚午，己卯。"正是齐敏的生辰八字。那笔字写得朴拙而拘谨，但还是能看出是齐克新的笔迹，想必他那时候也是才学汉字不久吧……

褚仁紧紧捏住那纸片，将手扪在胸口，像是要把那纸片按在心里似的，微微点了点头，道了声："是。"

那老僧满脸的皱纹像绽放的菊花一样舒展开来，露出一个笑容，"那就拿去吧！论理，还要把寄名符还回来的，但你都这么大了才来，想必那东西也不知道丢到哪里去了吧？"

褚仁的确是没见过自己的寄名符，或许丢在那车里了，或者那嬷嬷身上，只怕早已化成齑粉了，心下倒是有点不好意思。

那老僧却并不介意，只叹息了一声，说道："你平安就

第四十六章

好……你看，这么多寄名袋留在这里，时间最短的也有十来年了，这么多孩子，只怕是再也不能来取了……你这个有二十多年了，我还以为再也见不到你了……今天能看到你来，真好！"

褚仁搀扶着傅山从寺中走出，偷偷回头看了一眼这金代的古老寺庙，由大金到大清，一脉相承的袅袅香烟之中，变的是朝代更替，不变的是神佛悲悯的庄严宝相。在神佛眼中，世人没有满汉之分，众生平等，什么时候，世人也能做如此想？

注：

* 康熙第一次幸五台山是在康熙二十二年。文中改成了康熙六年。六年七月，康熙亲政。

* 父母膝下，未得一日承欢：见《清实录》康熙五十九年十二月。

第四十六章 /
任隔关山看未孤

待傅山与褚仁回到家中，已经是盛暑时节了。

褚仁刚一进院门，便看到庭院中一个身穿孝服，正在洒扫的身影，看上去很是面熟。

"曾全？"褚仁疑惑地呼道。

那人转过身来，看到褚仁，便扑通一声跪在地上，泣道："二爷……"正是曾全。

"你怎么来了？你这是为谁穿孝？"褚仁边问，边挽起曾全。

曾全引着褚仁，把他让进自己暂居的厢房里。

"九爷认了我做养子，我这是为九爷穿孝呢……"曾全答道。

褚仁听了，看了看自己身上的一身炭黑色的衣服，心里有点不是滋味。知道齐克新死讯之后，褚仁也有为齐克新守制服丧之意，但对于其中的种种规矩礼仪并不全懂，又不好去问傅山、傅眉，怕他们忌讳。更不便穿孝服，毕竟在街坊四邻眼中，他是傅山的侄子，父母早已亡故，称呼傅山为爹爹的。因此，褚仁自己忖度着，便一直穿着黑衣，平素饮食上也注意不食荤，不饮酒，聊尽心意而已。今天看到曾全这一身孝服，便有些愧，心中也一阵烧灼似的痛。

"九叔和阿玛……他们到底怎么回事？你从头到尾，细细说给我听！"褚仁急切地问道。

曾全神色凄然，叹息了一声，说道："那年腊八，王爷出了事，除了按例该留的，有数的那么几个人，其他下人都分给四爷塔尔纳了，我和娘因为是投充的汉人，之前皇上就有令要遣散的，便放了出来。九爷认了我做义子，帮我们置了宅子，他却……"

曾全说到这里，有些哽咽，"九爷去求四爷让他进去伺候

第四十六章

王爷，他自愿净身……起初厂子里的师傅谁都不给他做，说是岁数越大，越是凶险。到底还是使了些钱，求着一个师傅，在家里给做的，我一直在旁伺候着，那罪可是遭大了……"曾全说到这里，终于抑制不住，落下泪来。

褚仁忙取过帕子为曾全拭泪。

曾全愣了半晌，才反应过来，慌忙说道："二爷，您这可是折煞奴才了。"

"你既然是九叔的儿子，就是我的兄弟，以后不许在我面前自称奴才。"褚仁郑重地说道。

曾全用力点点头，吸了一下鼻子，停了半晌，方继续说了下去："听师傅说，常人挨了那一刀，都要嚎上三天三夜的，九爷愣是一声也没吭，连师傅都说从来没见过这样硬气的……那年冬天特别冷，腊八刚过就连着下了三场大雪，积雪直到开春才化干净。但房里不能透风，不能生炭火，也没有地龙，就靠着烧炕那点热乎气儿，下身又不能穿衣服，真不知道九爷是怎么熬过来的。"

"伤口收口后，每天都要走动两三个时辰，还要抻腿，不然以后腰挺不直，走路也会不便利……尤其是九爷岁数大了，筋骨硬了，抻腿更是苦，那是最冷的三九天啊，回回都是汗水浸透了衣服，九爷也从不叫一声苦。"

"就这么着，那一年的大年三十，我和九爷就是在那小屋子里过的，听着外面的鞭炮声，心里头不知是什么滋味……原本师傅说要待足一百天才能出去的，但还不满三个月，九爷便进府去了，因为王爷和二爷的生日都在三月，他怕这样重要的日子，王爷没人陪着，会受不住寂寞……"

褚仁双手紧紧地攥着，眼泪一直在眼眶中打转，"后来呢？这十年当中，你进去看过他们吗？"

曾全点点头，"看过！也是九爷安排的，四爷照应着，我学了点盘火炕、通地龙的手艺，每年立冬之前，可以进去一次，待上三天，把府里的所有火炕地龙修缮疏通一遍。一年也就这么一次，能见到他们。"

"他们怎么样？过得好吗？有没有受苦？"褚仁急切地问道。

"唉……"曾全叹道，"衣食是不缺的，但是因在那么一小块地方不得自由，又哪里谈得上好呢……"

"九叔是因为霍乱去的吧？想必是食水不干净才会染病的……总归还是衣食上不够周到。"褚仁喃喃说着。

褚仁自知道古尔察死于霍乱之后，几乎把所有关于霍乱的医书全部翻遍了，但始终也没找出个头绪。也曾问过傅山，傅山也只说看过记载，明嘉靖时，此疫曾导致死者上千万，是最严重的时疫之一。惯常也不过用理中汤、四逆汤救治，并无什么特效之法，几乎可以说听天由命。褚仁想着，即使傅山和自己都在，恐怕也很难挽救古尔察的性命，这个时代的医疗水平就是如此，纵然自己来自数百年后，也无力回天……

"倒不一定是食水不洁，他们在里面，衣食住用都和之前区别不大。这次京里的疫情虽不算十分重，前后也死了近千人，贫富贵贱都有，大疫面前，人人没有区别，只恨老天爷不长眼睛罢了……"曾全的话音，带了些咬牙切齿的愤愤不平。

"后来呢？后来怎样了？"褚仁拉住曾全的手腕，追问着。

第四十六章

"其实九爷患病的时候,外面已经死了好些人了,九门提督早就下了令,谁家有病人,一律不得隐瞒,直接拉出城外火化,怕疫情扩散。所以九爷刚一发病,里面便招呼我把他接走了,出了朝阳门,直到了通州,过了一夜,天快亮的时候,九爷才咽了气……"

"那……我阿玛呢?"褚仁的声音发颤,似乎气息也不顺畅了。

"王爷大约是和九爷同时没的……听府里的人说,九爷刚一出府,王爷便发现自己也染了病,于是就把自己反锁在屋子里,不让人接近,怕过给别人。等天亮了,众人不见王爷有动静,进去一看,才发现王爷已经去了……"

褚仁听到这里,长出了一口气。他内心一直不相信那样坚毅慈和的齐克新,会这么轻易的放弃自己的生命,全然不念着自己……不念着那三十五年之约……

"那……阿玛葬在哪里?"

"葬在城西五里坨,秀府村隆恩寺*,和老王爷在一起。"

"你带我去祭拜阿玛,咱们明天就动身!"

"那九爷怎么办?"曾全说着,从旁边架子上捧过一个骨灰坛来。

"这是……九叔?"褚仁抖着手,不敢去触碰,像是怕碰疼古尔察似的。

"嗯。"曾全点头,"府上没有人知道九爷的家人在哪儿,所以,也不知道该葬在何处……我就把他带来了。"

褚仁轻轻抚摸着那骨灰坛,像是之前很多次,抚摸着古尔察那双坚实的大手一般。只是，再没有温度传过来，再不会有人，搂着自己的肩，让自己倚靠，为自己按摩了……

"九叔是个孤儿……除了你我，他再没有亲人了……"褚仁喃喃地说着。

"那怎么办？"

褚仁接过那骨灰坛，把它紧紧贴在自己的心口上，含泪说道："我们带九叔上京！"

"这……"曾全有些迟疑。

"你放心，这样安排，阿玛和九叔都会高兴的……"褚仁说着，泪流了下来。

又一次，坐在车中，颠簸在井陉的雄关险道上，但这一次，却再没有坚如磐石的臂膀将褚仁紧紧相拥了。

褚仁紧紧抱着那个骨灰坛，将下巴抵在坛口，弓着背，仿佛是用整个身体包裹着，保护着古尔察一般。

"二爷，您松松手吧，总这样抱着也不是事儿，交给我您还不放心吗？"曾全担心地说着，有些手足无措。

褚仁摇了摇头，反而把那骨灰坛抱得更紧了，似乎只有这样，才觉得心安，"九叔临去的时候提到过我吗？"

"提到过，他一路上都在不停地说，说二爷小时候的事儿，说二爷刚被找回来的时候，什么都不记得了，他一点一点地教，像是陪着二爷又重新活过一回似的……那时候我还没来府上，很多事儿，我是第一次听说呢。"

褚仁眯起眼睛，迷茫地笑了，小时候的那些事儿，再一次

第四十六章

从胸中涌起，波涛一样，拍击着心房，无止无歇。

"那九叔有没有什么话要交代给我的？"

曾全摇了摇头："九爷千叮咛万嘱咐，不让我找二爷报丧，他怕二爷贸然回京，贸然行事，弄不好还会把自己搭进来，万一被宗人府知道了，王爷罪上加罪不说，二爷也会被分给其他宗室为奴，那可就辜负了王爷的一片苦心了。九爷说，什么时候王爷脱罪了，或者……没了，才许我来找二爷……"

曾全说着，带了哽咽，"九爷让我千万想办法给王爷带句话，说是让王爷无论如何要撑下去，守得云开见月明，一定要撑到和二爷见面的那天，他自己不能兑现诺言了，王爷可不能让二爷失望……九爷那时候还不知道王爷也染了病，只是一个劲儿的叮嘱我，不要帮他收拾秽物，他用过的东西要全部烧掉深埋，不要心疼物件……他怕把病过给我……"

褚仁听着，泪流了下来，又不想让曾全看见，便把头埋得更低了，"九叔……他最后有什么心愿吗？"

曾全摇了摇头，"霍乱这病，只是水泻，泻到最后，人身上的水都泻尽了，手脚不停地抽筋，说话声音嘶哑，神智也不清楚了……最后只听得九爷似乎一直在念叨他和王爷小时候的事儿，只是零零乱乱的，听不分明他在说什么……"

"那阿玛呢？他有没有留下什么遗言？"褚仁只是低着头，声音闷闷的。

曾全又摇了摇头，"也没有……这病起势很猛的，一发病便不停地吐泻，每日泄的次数难以计数，人根本拿不起笔来……听府里的人说，王爷到最后都紧紧握着二爷的两个帖子，那帖子都已经被血浸透了……最后，那两个帖子，还有那些核雕佛头，都和王爷一起火化了……"

褚仁再也无法开口，只是任由泪滚滚而落，落在古尔察的骨灰坛上，让那冰冷的白瓷，也沾染上了体温的暖……

车，在崇文门外转了一个弯，绕城而过，径直奔向城西。

车内的褚仁早已经换上了一身斩衰孝服，他来之前已经跟傅山说过，要在齐克新的坟前结庐守制三年。傅山听了，沉吟了半晌，却没有说什么，只是叮嘱褚仁要注意身体，不可中断练功，又亲手泡制了护心的药丸，让褚仁贴身带着。临行前一天，傅山又把曾全叫到房里，细细叮嘱了小半个时辰才放他出来。

傅眉也没有多说什么，只是默默的帮褚仁打点行装，巾帕鞋袜，里衣文房，三年的需用，一应俱全。

远远的，一片翠竹之中，隆恩寺的碧瓦飞檐遥遥在望，绿树掩映下，阿巴泰家族墓园的汉白玉华表巍然伫立，褚仁突然有了一种到家的感觉，踏实而安心。

注：

*五里坨秀府村隆恩寺：阿巴泰家族的墓地所在地，博洛也葬在那里。另外此墓地的石材曾被运到东北修建张作霖墓。寺庙和墓园一类的古迹现在都已经荒废到几乎没有遗存了。

第四十七章 /
十里莲塘仙侣舟

康熙九年春。

褚仁在北京西郊隆恩寺结庐守制，三年期满返回了山西。

朱氏已经在一年多以前病逝了*，她病了十几年，苦了十几年，终究是解脱了……活着的人，还在各自的纠结中煎熬，并未因朱氏的离去而改变什么。

自康熙元年永历帝殉国，郑成功病逝之后，江南江北的反清复明大业便归于沉寂。傅山近三五年来也只是蛰居家中，和几个遗民至交一起，吟诗唱和，著书立说，寄情于金石书画之中。"一木难支大厦倾，三蘖空伤奈何许*……半生半死僵复起，真气淋漓犹满纸……"活着，看不到希望，死去，又不甘心。

褚仁也是一样，看不到希望。

人生就是在这样的世代交替中，被缠上了白发，刻上了皱纹。韶华已经不在，还没有好好珍惜，便老了。褚仁只是惦记着傅仁那三十八岁的寿数，算算也没几年了，但又不能提前离去，怕伤了傅眉和傅山的心。

待两个孩子刚刚守制期满，傅山便把傅眉、褚仁兄弟二人叫到一起。

"我要去山东，登泰山。"傅山说道。

傅山已经有很多年没有出去云游了，近几年年齿渐高，身体也是小病不断，因此他此言一出，傅眉、褚仁都吃了一惊。

"爹爹！您岁数大了，身子也不好……"

没等傅眉说完，傅山便打断了他的话，"正是因为岁数大了，这'岳之缘'才要抓紧时间去圆，岁月不等人，越拖，越拖不起了。"

"那好，我陪着您去！"褚仁说道。

"这次不用你，让莲苏、莲宝＊陪着我。"傅山微笑说道。

"这怎么行？他们还小，照顾不好您的，反倒是得让您照顾他们。"傅眉急道。

"莲苏已经十四岁了，莲宝也十三了，不小了，你像他们这个年纪，已经当门立户了。孩子宠不得的，越早让他们历练，便越早成材。"

"那他们的功课怎么办？"傅眉说道。

傅山笑道："你这意思是说，他们走出去见见世面不如在家苦读？还是嫌爹爹教不好他们？"

傅眉听了这话，便讷讷地不知道怎么接下去了。

褚仁忙过来打圆场，"要不这样，他们两个也去，我也跟着，一路上也好有个照应。"

"不带你去！你在家里陪着眉儿。"傅山还是笑，一脸的慈和。

傅眉也觉得褚仁的提议比较妥当，忙道："爹爹您毕竟上岁数了，有仁儿在旁照顾着，我才放心。药店这边我一个人也能打理好，您就放心吧。

第四十七章

褚仁心里却在想着，自己距离三十八岁，只剩下三年了……总归是要别离的，还不如像现在这样淡淡的，也许反倒不会伤心。褚仁想着，眉头不自觉地微微蹙了起来。

傅山像是看穿了褚仁的心思，握着褚仁的手腕说道："你这身子，还有几十年好活，你可不要胡思乱想，这几年调养的不错，心病再没有犯过，现在只要每日练功，便不需要服药，你若信得过爹爹的医术，便收起你那些厌世的心思，爹爹还等着你养老送终呢！"

褚仁眼圈一红，点了点头，应了声"是"。

傅山拉起傅眉和褚仁，又对傅眉说道："仁儿的身子，你多上点心，每日里替我盯着他练功。"

"是。"傅眉一边答应着，一边转头冲褚仁粲然一笑。

这一笑，像是吹散漫天阴霾的春风。

古树夕阳昏鸦，两身月白的衣，正是傅眉那副画中的意境。少年时的誓言犹在耳畔，如今旧梦重圆，两个人的心中都有无限感慨。

虽然服装和发型与那画中不同了，但褚仁心中反而隐隐觉得，历朝历代，生生世世，都有这样一双人，在这样美好的夕阳下，携手并立过。不管朝代如何更迭，世事如何变幻，衣饰如何变迁，两颗心却始终不曾变改。

褚仁想着，侧头冲傅眉一笑，恰好傅眉也转过头来，温润一笑。

"若我真的是三十八岁便走了，你怎么办？"褚仁不无担心地问道。

"我去找你！"傅眉的语气反而是轻松的，就像是说要去几条街之外的褚仁宅子一样。

"茫茫人海，就算你能找到我的时代，又怎能找到我？"

"有傅氏书法的地方，必定有你，对吗？"

褚仁笑了，普天之下，能一眼分辨傅山书法和褚仁代笔的，除了本人，应该只有傅眉一人而已吧？

"应该是吧……总归会被这个缘分羁绊着，恐怕也脱不开了。"

若在往常，褚仁提到死，傅眉总是要嗔怪的，今天却不同，问道："说说你以前的事儿给我听听吧！"

以前的事儿吗？褚仁有些恍惚，那些褪色的记忆仿佛已是前生的残片，丝丝缕缕结成一团，没个头绪，不知从何说起。

褚仁沉吟了半晌，方才说道："也没什么……母亲多病，父亲带她四处求医，不慎出了车祸，双双去了……那年我才十二岁，叔叔便带着全家住到了我家，也接管了父亲的生意。我父亲的一切，就顺理成章地，都成了他的……后来我在拍卖行看到了爹爹写的那副李梦阳的诗，便被拉到这里来了……"褚仁语声很干涩，像是不愿意回忆。

"你叔父……待你不好吗？"傅眉问道。

"也不算不好，衣食住用都很周到，只是不怎么交流，冷淡而客气。"褚仁顿了一下，似乎不知道怎么措辞，"就像……住在一个屋檐下的陌生人，不像阿玛和爹爹这样……"

"你不喜欢他？"

第四十七章

"嗯。"褚仁点点头,随即又补充道,"谈不上喜欢和不喜欢,我只是宁愿一个人住,也不愿意看到父母起居坐卧的地方,布满了外人的痕迹……"

"若我去找你了,你可不能忘了我……"

褚仁伸开手掌,让傅眉看他指尖的薄茧:"只要我还能提笔写字,只要我还记得汉字,便不会忘了你。"

两人回到家中,便听到下人来报说,亭林先生的家下人来送信,正在堂中候着。两人不及换衣,便匆匆迎了过去。

顾炎武这些年来也是四处云游,足迹遍及大江南北,但凡路过山西,必来和傅山一聚,最近几年寓居陕西华阴,住的近了,但走动却少了,两人常常以书信往来,或以诗词唱和,倒是很少见面了。

那顾家的下人是个三十来岁的朴讷汉子,见过礼之后,便直愣愣地说道:"我家先生交代了两件事,一个就是傅先生买给我家先生做妾的那个静乐女子,我家先生已经把她另嫁了,又过继了侄子做儿子,详细因果,都写在这里了。"说着,便递给傅眉一个折子。

傅眉双手接过,便转手把它交给了褚仁。

那汉子又道:"第二件事,是我家先生听在京里做官的外甥说,今上要开'博学……宏词'科,广纳……那个贤才,给事中李宗孔、刘沛先已经举荐了傅先生,我家先生也在被举荐之例。我家先生说了,誓死不会仕清,若清廷以死相逼,他便唯有一死而已……特让我来报个信,让傅先生心里有个底,以便早作打算。"这番话里面,有些文绉绉的词儿,他便说不利落,可见是生背下来的。

送走了顾家下人,傅眉微微蹙起了眉头,"这博学宏词科,你可知道?"

褚仁点点头,傅山一生有三件大事:伏阙鸣冤、朱衣道人、博学宏词。第一件事褚仁没有亲历,第二件令褚仁十二离晋,十八归还,六年间结下了一段血浓于水的父子之缘。这第三件,算来也该到时候了。"我知道,根据记载,爹爹、你、莲苏、莲宝一起上了京,在京里过了一个年,便回来了,有惊无险。"

"那……"傅眉眼中忧色更重。

"你放心,爹爹的名声气节,也是丝毫无亏的。"褚仁知道傅眉在担心什么,忙给他吃了一颗定心丸,"但具体细节,我记不清了,总之随机应变,便不会错。"

褚仁说着,不经意随手一晃那折子,竟从里面飘下一张深红小笺来。

褚仁忙俯身拾起,见那上面写着四句诗:"苍龙日暮还行雨,老树春深更着花*。相将便是天涯侣,五湖同觅钓鱼槎。"一笔细小的端楷,朴率之中,带着些许拘谨,正是顾炎武的笔迹。

"这便是薛涛笺吗?"褚仁问道。

傅眉点点头,"算是吧……后人仿制的,也就这么叫开了。"

第四十七章

"男人家用这个颜色的纸写诗,怪别扭的……而且这诗,看着也怪怪的……"褚仁说着,便随手把那笺递给了傅眉。

傅眉却不接,"这是亭林先生给爹爹的,我们不能随便乱看。"

褚仁却没提防傅眉不接,手一松,那笺又掉到了地上。褚仁便又要俯身去拣,没成想忙乱之中,左手拿着的折子也掉在了地上,散了开来。

"你看你,这么大的人了,还这么毛糙……"傅眉一边口中埋怨着,一边俯下身来,帮褚仁捡起了那诗笺。因笺上就那么四行诗,说不看,眼睛一扫之下,也看见了。

傅眉低着头,细品那诗中之意,也觉得有点怪,便转头去看褚仁,却见褚仁已经拾起了那折子,展开了在看。

"一点规矩都没有,爹爹的书信,也是你能乱看的?!"傅眉嗔道,一边说,一边在褚仁后面拍了一掌。

"哎呦!"褚仁夸张地叫了一声,"你别冤枉人,这不是书信呢!是篇古怪的文章,叫《规友人纳妾书》*,你看看!"

傅眉本不欲看,但见褚仁直把那折子杵到了自己眼皮子底下,那上面的字,还是一个一个的跳入了眼中:"……炎武年五十九,未有继嗣,在太原遇傅青主,浼之诊脉,云尚可得子,劝令置妾,遂于静乐买之。不一二年而众疾交侵……立侄议定,即出而嫁之。尝与张稷若言:青主之为人,大雅君子也。稷若曰:'岂有劝六十老人娶妾,而可以为君子者乎?'愚无以应也……"这篇文章,确实很古怪,那句中之意,薄薄的有些怨,有些嗔,但又不是真怒,有一种说不清道不明的味道。

"那静乐女子,是爹爹买给亭林先生做妾的吗?"褚仁问道。

傅眉点点头:"是啊,爹爹见亭林先生无后,想要帮他存嗣,给他开了些药调养身子,又为他娶了个妾……那会儿你还在京里为王爷守制呢。没想到这才两年,亭林先生便把她另嫁了……"

注:

*傅眉妻朱氏卒于康熙十二年,因情节需要提前。

*一木难支大厦倾,三蘖空伤奈何许……:出自孙心仿《题傅青主为阎古翁画松》,阎古翁即阎尔梅。

*傅莲苏生于康熙元年,傅莲宝不详。文中除褚仁外,凡文中人对话中提到年龄,均为虚岁,其他为实岁。

历史上傅莲苏陪傅山游山东,登泰山,发生在康熙十四年,没有迹象显示傅莲宝随行,因情节需要改动。

*苍龙日暮还行雨……:见顾炎武诗《又酬傅处士次韵》,是两首诗,我摘了其中四句,拼成一首了。

原诗其一:清切频吹越石笳,穷愁犹驾阮生车。时当汉腊遗臣祭,义激韩雠旧相家。陵阙生哀回夕照,河山垂泪发春花。相将便是天涯侣,不用虚乘犯斗槎。

原诗其二:愁听关塞遍吹笳,不见中原有战车。三户已亡熊绎国,一成犹启少康家。苍龙日暮还行雨,老树春深更着花。待得汉庭明诏近,五湖同觅钓鱼槎。

*《规友人纳妾书》:出自《顾亭林诗文集》卷之六补遗,有删减。

第四十八章
鬓点霜华泣故人

欢愉的日子，总是太短暂。

一年之后，傅山携莲苏、莲宝返回了太原，生活又回到了原来的轨道上。

但，毕竟有一些事情和原来不同了。

这一日，褚仁和傅眉两个人正在柜台前忙着，有个伙计拿着个名刺，匆匆走进来禀道："外面有个人求见两位少爷，自称是阳曲知县戴梦熊。"

傅眉接过名刺，见上面果然写着"戴梦熊*"三个字，是一笔端庄丰腴的颜体，"好字……"傅眉轻轻叹道。

"他是一个人，还是带了从人？穿着什么衣服？"褚仁问道。

"就一个人，穿便衣，很年轻，看着不像是官老爷，没什么架子，也不知道真的假的……"那伙计似乎有些困惑地答道。

傅眉和褚仁对视了一眼。这个戴梦熊，他们都曾听过的，前几年才来到任上，之前是个监生，听说为官很是清廉，兴教育、重农桑，在百姓中口碑甚佳。但是因为傅山对与官府中人交往，一向避之不及，所以两人之前并没有见过这位戴大人。

"走，我们出去迎迎。"两人并肩走了出去。

待把戴梦熊迎到堂中落了座，褚仁才细细打量起这位戴大人来，只见他三十多岁年纪，白净而俊秀，微微有些发福，五官眉眼有种说不出的熟悉之感，却想不起来在哪里见过。

褚仁正皱着眉头努力回忆，便听到傅眉已经和戴梦熊攀谈起来："……不知道戴大人光临寒舍，有何见教？"

"在下久闻令尊大名，心下颇为敬仰，但一直无缘拜见。风闻傅先生尚志高风，介然如石，对官场中人一直避而远之，在下虽心中仰慕，却不敢贸然求见，今日能与二位公子一晤，也足以……"

褚仁却没心思听戴梦熊这些啰啰嗦嗦的套话，眼睛只盯着他一张一合的嘴和脸上的表情，脑中只是搜寻着过往的记忆。

突然，那左眉峰上的一颗痣跃入了褚仁的视线，褚仁心头灵光一闪，"大人祖籍可是浙江江浦？"

戴梦熊微微有些惊讶，眉毛一挑，"正是。"

褚仁嘻嘻一笑，"你等着，我好有东西给你看。"说完三步并作两步，转入了后堂。

傅眉有些尴尬，摇头苦笑道："舍弟就是这个毛躁的性子，失礼之处，请大人勿怪。"

正说着，褚仁已经从后堂转了出来，对傅眉嗔道："又在背后编排我坏话。"

褚仁一边说，一边从袖中抽出一物，直伸到戴梦熊眼前，旋着腕子左右晃动着，笑道："这个东西，你可还认得？"

戴梦熊腾地站起身来，睁大了眼睛，双手接过，喃喃道："这是……这是哥哥的……"

褚仁扬眉微笑，指着自己鼻子问道："还没认出我来吗？"那神情，依稀又回到了少年时。

第四十八章

"你是……"戴梦熊觑着眼睛仔细盯着褚仁的脸,"小王爷?"戴梦熊说完自知失言,又掩饰着,用手背掩住了口。

听到这个久违的称呼,褚仁眼中闪过一丝黯然,随即又微笑道:"我现在叫傅仁。"

戴梦熊微微点了点头,定住了心神,缓缓说道:"我初入监读书时,曾到贵府打听过,却没有打听到您的下落,那时候王爷还在……"

褚仁点点头,不愿意继续这个话题,遂问道:"你兄长呢?他可好?"

"家兄自归乡后,起初七八年,身子好了很多,但后来病势渐渐加重了,却还强撑着……直到我被拔为贡生,他才去了……"戴梦熊神色又几分黯然。

褚仁不禁心中感慨,由生员到贡生到监生到出仕,这条路,便是傅山前半生孜孜以求的路,但却因改朝换代而被生生断绝;这条路,也是傅眉心心念念想走的路,但是因着所谓的"节",令他这一生都不曾在这条路上踏足。眼前这个人,也许是自己的一席话,为他打开了一片天,放下了父兄的羁绊与国仇家恨,顺顺当当地走完了这条路。如今可以为官一任,造福一方,如同自己当年所期望的那样。

"家兄这些年来一直谆谆嘱托,让我务必要报答小……您的恩德,若没有您,哪有在下的今日。"戴梦熊的语气,诚恳而郑重。

褚仁笑道:"大人客气了,前尘种种,已如云烟,我已经再世为人。若大人不嫌弃,你我便以朋友相交吧!你称呼我'寿元'便是。"

"在下表字'汝兆'。"戴梦熊微微一揖。

"不知汝兆兄今日来访，所为何事？"褚仁问道。

"只是……想求见傅先生，并无它事。"戴梦熊有些吞吞吐吐。

"家叔每月逢二、八日在药店坐堂，若要求见，何时不能见呢？"褚仁又是一脸戏谑的笑。

戴梦熊嗫嚅道："确有一事，不过太过强人所难，不说也罢……"

"容我猜猜，可是为了'博学宏词'四字？"褚仁歪着头，笑看着戴梦熊。

"哎……你们已经猜到了？"戴梦熊有些惊讶。

褚仁微笑颔首。

"这事情，上官派到了我身上，下了死令，说是务必敦请傅先生成行，我也很是为难……傅先生的风骨气节，人人敬仰，如今又有了寿元兄这层关系……罢了，我把它担下来便是！"

"你担得下来吗？"褚仁笑道。

"……大不了我这官不做了。"戴梦熊抿了抿嘴，似乎是横下了一条心。

"去了你戴大人，还会有张大人、李大人，这死令不会变改，有什么区别？只是白白累你丢官而已。"褚仁还是笑，一如当年戏弄戴梦熊的情景。

"那……"戴梦熊额头微微见了汗，脸上的表情依稀也是

第四十八章

少年时的窘迫模样。

"你若信得过我,三日后你来城东我的寓所,我安排爹爹与你见面便是。别忘了带坛好酒过来!"褚仁轻拍着戴梦熊的肩膀,一副成竹在胸的模样。

前脚刚送走戴梦熊,傅眉便问:"你这是做什么?"

褚仁笑答:"总归是要劝爹爹上京的,不如卖他一个人情。"

"你倒是很长情……就这么替他着想?忘了胸口上的伤了?"傅眉笑吟吟的,但语气中分明有几分醋意。

褚仁听了更恼,嗔道:"也罢,我不揽这事儿了,你自己去劝爹爹吧!若爹爹打你,我才不会替你求情。"

"上次和魏经历串供,便是我劝的,不知道费了多少唇舌,这次轮也该轮到你了!"

三日后,戴梦熊果然携着一坛好酒,来到了褚仁寓所。

褚仁笑盈盈地对傅山介绍道:"这位是阳曲知县戴梦熊戴大人。爹爹!您做梦都想不到,他就是当年卖给我朱克柔缂丝的两兄弟当中的弟弟。"随后又转头看向戴梦熊,"汝兆兄,这就是我二叔,傅山傅青主。"

"哦,原来是戴大人,久仰……"傅山的语气淡淡的,听不出喜怒。

傅山看着眼前这位文秀的知县,心中想的却是褚仁胸口的伤……于理,明朝官宦之子刺杀满清王爷之子,父辈深仇,血染江山,要以血偿还,并无不是之处;但于情,这一刀,却带给了褚仁一生缠绵不去的隐疾……傅山微微蹙着眉头，心中颇为感慨。这个表情，倒让戴梦熊有了几分局促。

褚仁忙拉二人就坐。

三杯酒下肚，身上渐渐热了起来，言语间也就自然而然地多了些亲热。

那戴梦熊文才见识也颇为不凡，傅山渐渐和他谈得兴起，吟诗唱和之余，又要过纸笔来挥毫泼墨。褚仁只是笑吟吟地劝酒帮腔，全然不提正事。

待戴梦熊有了七八分醉意摇摇晃晃出得门去，已经浑然忘了今日来此，所为何来。

戴梦熊刚一出门，傅山便把褚仁叫到跟前，脸一板问道："仁儿，你说实话，你今天叫他过来，为的是什么事？"

褚仁也不以为意，笑嘻嘻地跪在了傅山脚边，"爹爹您这么聪明，想必已经猜出来了。"

"没大没小的，怎么跟爹爹说话呢！"傅山说着，抄起褚仁的手，拿起桌上的镇尺，轻轻打了一下褚仁的手心。

褚仁见傅山的语气薄怒中带着笑意，也是一笑，夸张地甩甩手腕，嗔道："我都这么大了，爹爹还是说打就打……"

"你就算七老八十了，爹爹照样打得……"傅山也绷不住笑了。

"我若七老八十了，爹爹便是年过百岁的老寿星了，只怕打不动了……"褚仁脸上笑着，但心下有些黯然，天下没有不散的宴席，自然也不会有相伴终生的父子，世代交替，薪火相

第四十八章

传,这是人生的大悲哀,却没有人能逃得过……

"少说这些好听的。"傅山嗔道,"就知道你是为了博学宏词,这差事派到他头上了?你便帮他挖个坑儿来诓爹爹?他就值得你把爹爹卖了?"

"哎!"褚仁急道,"我哪里敢诓爹爹啊!我只是想让爹爹见见他而已,让您看看我当年的眼光如何。"

"你这么帮他,不记得胸口的伤了?还是好了伤疤忘了疼?"傅山的语气是带着笑的,但是眼中却分明有心疼。

"他哥哥伤我,那也是情有可原,我当年都没在意,如今更不会在意了……"

傅山苦笑摇头。

褚仁突然问道:"若换成是爹爹,遇到了微服出巡的康熙,周围也没有旁人,您会刺杀他吗?"

傅山一怔,"……他一个小孩儿,明亡的时候,他还没出生,我杀他做什么?你以为爹爹是那种滥杀无辜、不明事理的人吗?更何况杀了一个满洲皇帝,还会立另一个满洲皇帝,根本不可能动摇大清的根基啊……"

"若是顺治或多尔衮呢?"

傅山呆了片刻,长出了一口气,"若是顺治初年……只怕会……"

"那就是了,我那时候,是清廷王府的小王爷,他兄弟二人是明朝翰林之后,所以他哥哥激愤之下刺伤了我,也并不是完全没有道理,爹爹您不能因亲疏远近不同而换了不同的标准。"

听了褚仁这话，傅山倒不知道如何作答了，便转过话题问道："不说这个……说说你到底想干什么吧！"

"这博学宏词科，爹爹是必然会上京一趟的，不如就卖个人情给他，也免得横生枝节。"

"我绝不会上京的！我已经以老病为由，上书请辞了。"傅山断然拒绝。

"没用的，上头必然不会应允。"褚仁摇头。

"大不了就和亭林一样，以死相拒。"傅山淡然一笑。

"只怕那也没用，历史就是这样，您去了就是去了……只不过在城外住了半年，没有参加科考而已。"褚仁摇头。

傅山拉过褚仁的手，又重重打了两下，愤愤说道："上一次也是你弄出串供的花样来，这一次还要逼着爹爹做违心的事儿，倒似你写好了台本，爹爹就要照着演一样！"

褚仁眼中掠过一丝黯然，垂下头来，"这历史若真是我写的倒好了，我断不会让你们每个人伤心失望的，我一定要让大家都圆圆满满！"

傅山听了这话，心中一软，轻轻揉着褚仁的手掌，低声道："爹爹老了，经不起一路的奔波劳累，也不愿意以此老病之身，还要被人像耍猴一样，弄去为清廷的繁华盛世贴金。"

"爹爹，这次博学宏词科一共有一百多人上京，大多都是文坛耄宿，前明旧臣。有些是爹爹的至交好友，有些和爹爹互相仰慕，却始终缘悭一面。他们当中的很多人，是为了《明史》而去的，您应该可以体谅他们想要为故国盖棺致祭的心情。"褚仁膝行两步，紧贴着傅山的身子，再度劝说道。

第四十八章

傅山只是摇头，"爹爹并不是看不起他们……爹爹只是想守着自己的本心，不坏此身，有始有终，一生不改其志而已。"

"可是……这是大明一脉最后的文坛盛事了，再过上几年，这些遗民病的病，死的死，还有谁会在诗书辞赋的字里行间缅怀大明？风流云散前的最后一瞬繁华，那么多名家、名作、名士都会汇集在京城，爹爹难道就一点不想躬逢其盛？"

听了褚仁这话，傅山默然。

"大明不是死在崇祯十七年，也不是死在永历十六年，而是，所有明的遗民都亡故了，才算是真正的曲终人散，才算是真正的凋零……大明，才算是真正走进了历史。"褚仁顿了一下，继续劝道，"去吧……爹爹，最后再去看一眼故国旧人。若错过了，以后纵使能活上百年千年，也永远看不到了。"

傅山听到这里，眼中掠过一丝波澜，许久许久，才缓缓地，几乎不可察觉地，点了一下头。

注：

＊戴梦熊：字汝兆，浙江江浦人，生卒年不祥。康熙初年由监生任阳曲知县。傅山应博学宏词科，便是由他"恳辞徵辟，力为劝驾"的，后来与傅山多有来往。

第四十九章
诗咏十朋江万里

炎夏已过，秋凉渐深。

戴梦熊派了四个差役，备下了上好的车马和肩舆，日日守在傅家门口，恳求傅山上路。这些日子以来，戴梦熊出入傅家的次数只怕比出入县衙还勤一些，对待傅山也是极尽恭敬，犹如子侄，看他那样子，似乎若无官职在身，便要亲自送傅山入京一般。

傅山虽然几经称病恳辞，百般拖延，终究还是拗不过上面的压力、戴梦熊的执着和褚仁的劝说，无奈之下，这一日终于要出发了。

戴梦熊抑制不住满脸喜色，挥毫写下一诗，赠与傅山："圣代求贤侧席劳，安车礼秩并词藻。七征勉自趋丹陛，八法何人斗彩毫。藜阁摊书卿月爤，桐乡放艇客星高。君身自夕充仙骨，谁复营心数二豪。"

傅山见状，也是诗兴大发，回赠一首*："知属仁人不自由，病躯岂敢少淹留？民今病虐深红日，私念衰翁已白头。北阙五云纷出岫，南峤复剂遣高秋，此行若得生还里，汾水西岩老首邱。"既是迎合往还的礼节，又表明了心志，同时也暗含了此去抱定必死之心，誓要守节不辱之意。

褚仁却不理会他二人吟诗唱和，只悄悄将傅眉拉到一边，

第四十九章

从怀里取出齐克新那折子，摊开第一页，又死死看了一眼那七个正字，像是要把它们刻进心里似的，随即便啪的一声合上了折子，郑重交到傅眉手里，说道："这一趟肯定是无险，但未必无惊。万一爹爹有什么狷介失礼的地方，上面怪罪下来，你就把这个拿出来，务必托人交到康熙手上，应该可以转危为安。"

傅眉展开那折子，看到"仁心仁术"四个字，微微有些疑惑："这是……"

"是康熙的手书。我之前陪爹爹去五台山，遇到他微服私访，中暑昏迷，是我把他救治过来的。"

傅眉有些惊讶，扬了扬眉，随即又点点头，郑重地把那折子纳入了怀里。

北京，崇文门外，圆觉寺。

傅山行到这里，便再也不肯前行一步了，他以双腿有病，不良于行为由，在寺中卧床不起。

傅山进京的消息霎时间便传遍了京城，一波接一波的访客，让傅氏父子祖孙应接不暇。

这一日，文华殿大学士吏部尚书冯溥和刑部尚书魏象枢＊联袂来访，还未及见礼，莲苏便匆匆走进来说道，外面傅山的老友戴廷栻＊也不远千里前来拜会，傅眉只得快步迎了出去。

戴廷栻和傅家是多年至交，傅家几乎的所有书画作品都是通过他贩售出去的。因为极为熟稔了，倒不必加意客套，傅眉一边寒暄着，一边凝神听着内室的对话。因为冯溥是这次博学宏词特科的主考之一，傅山是否能全名全节，全身而退，只怕还要着落在他身上。

"……敝府万柳堂扫榻以待，就等青主兄登门了。应试贤达，已有多人下榻寒舍。这几日以来，日日饮酒论文，赋诗唱和，俨然当年复社盛况，岂不胜似在这荒郊野寺，冷冷清清？"正是冯溥的声音。

"冯大人口中的当年盛况，说得可是崇祯十二年，大人中举时的盛况？"傅山的话语中暗含讥诮。

听到这里，傅眉的一颗心，暗暗悬了起来。

"哈哈！往事已如过眼云烟，天下兴废之事，我们身处其中，又怎能辩得明白……君臣如父子，便是为父母守制，也不过三年而已，若你我的先辈都为父母守制终生，只怕你我便没有机缘来此人间了！"冯溥语气轻松，不以为忤。

"老朽病极待死之人，受不得繁华热闹的聒噪，还是这清冷古寺，与此身此命的心境更相宜些。"傅山并不辩驳，只是婉拒。

那边魏象枢的山西口音响起，却是拿出了家藏书画，请傅山品鉴题跋。

话题偏离了国事，又听到了熟悉的乡音，傅山的兴致便上来了。

三个人谈书论画，气氛渐渐融洽起来，傅眉悬着的一颗心这才放了下来，暗暗长出了一口气。

自冯、魏两人过访之后，这圆觉寺便更是门庭若市，慕

第四十九章

名而来的有满汉王公,有九卿高官,有贤士名流,也有市井细民。

傅山斜倚在榻上,冷眼看着川流不息的客人进进出出,口中淡然支应着。遇有求诗求字无法推脱的,傅山便挥毫写下那首《病极待死》:"生既须笃挚,死亦要精神。性种带至明,阴阳随屈伸。誓以此愿力,而不坏此身……"这首诗,每一次都清楚明白的告诉世人,对于博学宏词的考试,傅山愿意以死相拒。

看着庭前熙来攘往的人流,看着那些辫子、顶子和翎子,傅山恍惚间像是又回到了顺治二年十月一日的三忠祠,几乎是一模一样的情境。当年的恩师袁继咸是囚在八旗兵卒的刀剑之中,如今的自己是囚在士林名流的人情之中。当年他们对袁继咸是威逼在前,屠刀在后,如今则换做了怀柔笼络,先是有司逼迫上路,后有《明史》相诱。

举世滔滔,守节者寥寥。多少人也曾是束发右衽的明臣……幕落幕起的转瞬间,又再度粉墨登场,换了衣冠,换了朝珠与顶子,便如同去搬演另一出戏一样寻常,轻易改换了台词与身份,全然看不出一丝不舍与不忍。

而那些自命文章锦绣,诗书满腹的士子,被功名利禄晃瞎了眼睛,浑然忘了科场案、奏销案、哭庙案、明史案、黄培诗案中的摧折与屠戮,至于更远一些,那些屠城的血色,只怕已经被他们用岁月晕染成了一片姹紫嫣红的繁华美景。

傅山知道,这些来去匆匆,走马灯一样的冠盖与车马,并没有几人在意气节和操守。自己就像是庙里的一尊金身,那些人仰瞻过，酬酢过，讨得一字一诗，便可以心安理得地认为自己敬重了气节，也便沾染了气节……

念及此，傅山不由得黯然低吟："满洲衣冠满洲头*，满面春风满面羞。满眼河山满眼泪，满腹心事满腹愁。"那声音很轻，在周围的喧嚣中轻得像一声叹息，没有人听到，也没有人在意。霎时间，难以抑制的悲凉从傅山胸中涌起……

突然，傅山觉得手心一热，抬头看去，却是傅眉伸手拉住了自己的手。

纵然是天下人都听不到自己的内心的声音，只要有眉儿懂得，便已经足够。傅山心中暗暗一叹，愈发将傅眉的手，攥得紧紧的。

初冬的第一场雪降下来了，细碎如尘埃的雪花密密麻麻的漫天飘着。

傅眉怀揣着傅山的书信，紧了紧身上的衣衫，快步走出了寺门。

那信，是傅山写给王弘撰*的。

王弘撰和傅山一样，也是被举荐的博学鸿儒，也是无奈之下勉强上京，抵京之后便蜗居在西便门昊天寺，称病僵卧榻上，两个月来未出寺门一步。他昨日派了儿子前来拜会，书信中又和傅山探讨《周易》。傅山被勾起了兴致，今天一早便写了回信，催着傅眉赶紧送过去。

此次应博学宏词科上京的一百多人中，也只有王弘撰和傅山一样，称病蜗居，表现出坚不赴试之意。这让傅山大生

第四十九章

吾道不孤的知己之感，因此对于与王弘撰的书信往还，也格外上心。

寺门外，依然有几个小贩不顾天寒在招揽生意，有卖香烛的，也有卖文玩的。

傅眉走过去瞄了一眼，却见那文玩摊子上，卖的都是沉香木念珠、手捻葫芦一类的物件，再也见不到核雕的影踪了，那小贩，自然也不再是十几年前相熟的面孔。傅眉心中有些惘然，伸手隔着衣服摸了摸颈中的那枚刻着自己和褚仁面容的核雕。人已非，物也不再，岁月是最无情的手，渐渐抹去万物曾经的痕迹，齐克新如是，大明，亦如是……

进了崇文门，傅眉特别绕到石大人胡同看了一眼，如今这里已是睿亲王多尔衮养子，贝勒多尔博*的府邸。若仁儿可以归宗的话，以他五台山救驾之功，只怕也一样能被封为贝勒，继续居住在这里吧？傅眉怅然地走着，想着……不知不觉，雪渐渐大了起来，鹅毛一般的雪片漫天旋舞着，天地间满眼都是茫茫的白。那雪，把身前的路，身后的足迹，遮掩成一片混沌。

除夕夜。

伙计们都回家过年了，偌大的药店只剩下褚仁一人。不知是因为天寒更觉得冷清，还是因为冷清而增添了寒意，听着周围起起落落的鞭炮声，褚仁微微觉得有些落寞，不知道傅山父子祖孙四人在京里怎样了。

褚仁炒了几个菜，烫了一壶酒，权当是年夜饭，形单影只的自己守岁。

一切刚刚准备停当，冷不防房门被推开了，挟着一股冷冽寒风走进来的，却是傅眉。

"眉哥哥！你怎么回来了？"褚仁又是疑惑，又是惊喜。

"爹爹让我回来陪你过年。"傅眉说完，径自坐到桌边，拿起酒壶，便往嘴里灌了半壶酒。

褚仁只觉得事情有点不对，"那京里那边怎么办？你还回去吗？"

"不回去了，爹爹和莲苏、莲宝应付得来的……"傅眉一边随口答着，一边夹了一口菜，继续自斟自饮。

褚仁一把抢过酒壶，"你刚从外面冷地儿进来，别喝这么急，会伤身的。"

傅眉也不答话，只是又把酒壶抢了过来。

"那折子呢？你交给莲苏了？"褚仁问道。

"我给了冯溥冯大人，他是博学宏词科的主考。爹爹是立意不会去应试了，总要托冯大人在今上面前多多美言斡旋的……"傅眉说着，又饮下一杯。

"这当口，你不该回来的，爹爹万一有什么事情，莲苏、莲宝怎么应付得来？"褚仁急得直跺脚。

傅眉抬眼看着褚仁，因为饮了不少酒，他白皙的脸颊晕着一抹红。

"过了今天，你便三十八岁了……"傅眉的声音幽幽的，像是从很遥远的地方传来。

"三十八岁了吗？"褚仁掐着手指，细细数着，似乎是吧？古人算虚岁，一生下来就是一岁，过了除夕又是一岁，无形中

第四十九章

比现代人的实岁大了一、两岁,褚仁每次都算不清楚。

"那又怎样?我又不是神仙魔法变出来的,总不会一过午夜,便噗地一声不见了。"说道这里,褚仁不禁想到了灰姑娘的故事,自己也忍不住笑了起来。

不知不觉,第二壶酒也已经空了,那些酒,多半都进入了傅眉的腹中。傅眉已经有了八九分醉意,晃着酒壶,撒娇似的说道:"还、要!"

"没有了……你醉了……"褚仁担心地说道。褚仁知道傅眉心中有事,但是他若不肯说,定然是问也问不出来的。

"唔……"傅眉口中轻声支吾着,一只手指插在酒杯口中,把那杯子在桌子上团团转着。转着转着,只听啪的一声,杯子不小心被转到了地下,碎成了片片。

傅眉看着地上的碎片,赧然一笑,"你知道爹爹为什么让我回来吗?"

"为什么?"褚仁一惊,盯着傅眉。

傅眉把手臂伸直,搁在桌上,侧头枕着,避开了褚仁的视线,喃喃地说道:"爹爹装病卧床,一切回访应酬的事儿,都由我来出面……冯大人七十大寿的寿宴上,便有人提出,若爹爹因病不能应试,由我代考甚至重新举荐我也是使得的……"

褚仁一下子便明白了傅山之意,傅山要守住自己一生的节,勉强赴京已经是底线,体仁阁这殿试之所,是绝不能踏入半步的。但若真是有人举荐傅眉,只怕这事情便不好收场,总不能父子二人一起装病,所以,让傅眉回乡,是最好的选择。

"仁儿……我真的不是故意的,我没有故意展露锋芒……真的!但才学这种东西,是藏也藏不住的……"傅眉没有抬头,只是伸张着五指,似乎前面有什么渐去渐远,无法挽留的东西,抓也抓不住。

"那阎修龄自己做自己的隐士,阎若璩却可以参加这次博学宏词……"傅眉依旧喃喃自语。

阎修龄*和阎若璩父子,褚仁随傅山拜会过。父亲明亡后一直隐居,儿子很是热衷功名,然而却屡试不第,文章才学,均不如傅眉远甚。这对父子,刚好比傅山父子小五六岁,家世也相仿,唯一不同的是,阎修龄自己守自己的节,却并不限制阎若璩出仕。

褚仁能够理解傅眉的心境,之前傅眉一直在市井隐居着,虽然自负满腹经纶,但未必知道自己与天下文人士子相比,处于什么样的水平。此番进京,才算真正融入了文坛,想必以文章才华震惊了四座,面对众人的赞赏,免不了会对自己这些年来辜负的年华与学识,更多了几分深深的惋惜和遗憾。这一次,应该是傅眉一生当中最接近自己梦想的唯一的机会吧?但是因为忠与孝,又不得不眼睁睁地放弃*。

褚仁不知道该怎样安慰傅眉,因为任何话语都显得苍白无力。

过了很久很久,褚仁才轻声问道:"不甘心吗……"

傅眉恍惚地抬起头来,轻轻摇了摇头,"我也是生于大明的人,我也是……明的遗民,只要天底下还有一个遗民牵挂着大明,只要……还有一个在屠城中劫后余生的人,记得仇恨,

第四十九章

我便要……与他们同在!"

傅眉说完,重又把头枕在了自己手臂上,便昏昏沉沉地睡去了。一滴泪,滑过鼻梁,落了下来,那泪,凝在桌上,在灯下浑圆闪亮,犹如珍宝。

而此时,四下里的鞭炮声噼里啪啦骤然响起,子夜已过,新的一年到来了,历史又翻过了新的一页。

注:

*戴梦熊的诗为《诗奉傅青主先生》,傅山的诗为《与某令君》。

*冯溥:明崇祯十二年举人,清顺治三年进士,居翰林十余年,爱才好贤。

魏象枢:山西省大同府人。顺治三年进士,被史家誉为清初直臣之冠。

*戴廷栻:明末清初著名学者、收藏家、反清领袖。山西祁县人。与傅山同为袁继咸门下。

*满洲衣冠满洲头……:傅山《八满诗》

*王弘撰:明末监生,南京兵部侍郎王之良第五子。明末清初学者、书画家。博学宏词科他装病避考没有成功,最终还是参加考试了。他在《省耕诗》的试卷上写下了"素志怀丘壑,不才愧稻粱。"的诗句,最终得旨回籍。

*多尔博:多铎第五子,过继给多尔衮。

*阎修龄:清诗文家,明亡后隐居。阎若璩:清初学者,通金石考据。屡试不第之余,这次博学宏词也落榜,后参与《大清一统志》

编撰。

　　＊本章大部分都是史实，但关于傅眉被举荐的事是杜撰的。

第五十章
私念衰翁已白头

　　暮春三月。

　　午后的阳光，透过支起的轩窗，照进了室内。

　　傅山斜倚在榻上，看着窗外。他脸色很是不好，但唇边却挂着淡淡的笑。

　　昨天，是博学宏词科的正日子，傅山提前绝粒七日，僵卧床上，奄奄一息。魏象枢亲自携吏部官员一同过访验病，见此情景，也只能无奈地摇头叹气，最终只好上奏康熙，傅山因病重，无法参加考试。

　　傅山躲过了一劫，经过一日一夜的调养，气色已经好了很多。

　　"爷爷！爷爷！试题我打听到了！"莲宝从外面气喘吁吁地跑了进来，口中大呼小叫。

第五十章

"莫急,稳重些,慢慢说。"傅山柔声说道。

"试题只有两道,一个是《璇玑玉衡赋》,四六序,另一个是《省耕诗》,五言排律二十韵。"莲宝依然是气都没喘匀,便一口气说了出来。

"呵呵……果然如我所料。"傅山轻笑,"'璇玑玉衡,王者正天文之器';'春省耕而补不足,秋省敛而助不给',又是帝王关护民生之举。他这是昭告天下,他大清仰承天命,为中外臣民之正主呢!这些鸿儒们既然进了体仁阁,应了这试题,就不得不歌功颂德了,端得是好计策!"

"听说只有一百四十三人去应试了,有病故的,有丁忧的,也有根本就没到京的。到京的人中,还有好几个人和爷爷一样,也是称病没有应试。也有一些人是像亭林先生一样,以死相拒,最终被免于推荐的。"莲宝又急急忙忙地说道。

傅山点点头,又问:"还打听到什么了?"

莲宝嘻嘻一笑,"还有好多好玩的事儿呢!很多去应试的人,或者胡乱答题,或者只答了一道。很多人连诗韵都故意弄错!朱彝尊先生的诗里面有'杏花红似火,菖叶小于钗'的诗句,皇上问'菖叶安得似钗?'众人也说此句不佳,但是皇上又自己给自己找台阶下,说'斯人固老名士,姑略之'。还是取中了朱先生,因为那些卷子啊,根本就没有几篇看得过去的!"

傅山也微微一笑,心中暗道侥幸,若自己也去应试,只怕胡乱答卷也会被取中。康熙这一次特科只为笼络天下士子之心,恐怕只是按照士林名望取士,所谓试题,只不过是个幌子

私念衰翁已白头

罢了。这次算是躲过一劫,就等上面下旨放归还乡了。这一趟,果然如仁儿所说,有惊无险。

傅山想到这里,心中也不禁暗暗赞叹起康熙这个少年天子的智谋来。不知他有意还是无意,把这一场博学宏词特科办成了历时半年的士林盛会。自顺治入主中原以来,严禁立盟结社,如明末时的复社盛况,已经多年不曾重现世间了。而这半年来,四方名流云集京城,谈文论书,唱和酬酢,刊刻诗书,交易古董书画……光是自己题跋过书画,就已经接近上百幅。众人聚会得多了,渐渐熟络起来,看到那些早早投靠清廷的高官显贵平步青云,热心功名的自然更热心,不热心的,也被周围的人感染着,禁不住跃跃欲试起来,能守住苦节的人,愈发少了……

想到这里,傅山轻轻叹息了一声。不过……这一趟倒是了了另一桩心愿,那就是收了陈士铎这个弟子,化名传书。由戴廷栻出钱,魏一鳌出力,半年之内,将自己毕生的医术绝学——《石室秘录》、《本草新编》、《外经》、《脉诀》、《六气新编》——全部以"云中逸老岐伯天师"之名,借陈士铎之手,刊刻付梓*。

"爷爷,粥熬好了,趁热喝吧!"莲苏捧着一碗粥,走了进来。

傅山接过碗来,只看了一眼,便笑道:"放了茯苓和椿芽?"

"是。"莲苏答道,"爷爷您断食多日,胃气定然较弱,这

第五十章

两样都是和胃的,放在粥中也相宜,尤其是椿芽,过了这个节令可就吃不到了。"

傅山欣慰一笑,轻轻吹着那粥,慢慢呷着。

莲宝在一旁嘟起嘴来,嗔道:"哥哥的医术已经相当不错了,爹爹和仁叔的医术更高明,爷爷却不知道被什么蒙了心,又收了陈士铎那个老头做弟子,还让他在刊刻的医书上署名,那明明是我们傅家的东西……"

傅山把粥碗放下,脸一板斥道:"冲你这几句话就该打,什么叫傅家的东西?!诗书可以是傅家的,但医书却是天下人的!医者当有大公为怀之心、济世救人之念,断不能为名为利,存了半点私念。你既然有了这个心思,便一生不得言医!"

莲苏看傅山动了怒,忙拉了拉莲宝的袖子,让他服软认错。

莲宝却不服气,一甩手臂,继续说道:"我没说错啊……我就是搞不明白,医书刊刻出来便可以济世救人,那为什么不实事求是,署爷爷的名字,非要署那个陈士铎的名字,还要假托神仙传书呢!"

莲苏怕傅山动怒责打莲宝,忙把莲宝拉后了半步,自己挡在他身前,说道:"你不明白当然可以问,但是有你这么和爷爷说话的吗?"随即又转头对傅山道,"我猜爷爷是怕这一次触怒了今上,惹来雷霆之灾,导致文祸。其他著述被查禁销毁倒没什么,唯有这医书,是治病救人命的,断不能让它失传,对吗?"

傅山神色稍和,点了点头:"是啊……'天意高难问,人间小局谋'。《明史》一案,株连之广,屠戮之惨,是前车之鉴,不得不防啊……更何况自古以来，医书托名神仙或上古名人所撰的事情，所在多有，为的是取信于世间愚夫愚妇，以便流传更广远而已。"

"我知道自己性子粗疏，不是学医的料，也不会再碰医术，但爷爷的毕生绝学，为何不传给爹爹和仁叔，为何不传给哥哥，要传给外人呢？我就是想不明白！"

见莲宝还是不服，莲苏怕气着傅山，忙半推半抱地把莲宝往门外拉，"想不明白你就出去给我想明白再进来！少在这里惹爷爷生气。"

"让他过来。"傅山止住了莲苏。

莲苏松了手。莲宝慢慢蹭了过来，以为爷爷要打，轻咬着嘴唇，微微闭上眼睛，全身的肌肉都绷紧了。

傅山见莲宝他这个样子，轻轻一笑，伸出中指来，在他脑门上重重弹了一下。

莲宝吃痛，睁开了眼睛，见到傅山满脸笑意，也不好意思地低头赧然笑着，轻轻叫了声"爷爷"……

傅山笑呵呵地问道："若你是病患，来到咱家药店，爷爷、爹爹、仁叔、你哥哥都在，你会找谁看病？"

"那自然是爷爷！"莲宝答道。

"为什么？"

"因为爷爷名气最大，医术最高，不找爷爷找谁啊！"

"这就是了，你爹爹和仁叔，一辈子掩在爷爷的名气下面，根本没有多少治病救人的机会。而医术一道，在于多辩证施治，多闻多见，才能更快融会贯通。陈士铎已过天命之年，多年来

第五十章

行医遍及大江南北,他治疗过的病患,只怕比爷爷治疗过的还多。更何况他存了'习医救一人,不若救一世也,救一世不若救万世'的仁者之心,可算是传我衣钵最佳人选了。"傅山耐心地解释道。

莲宝歪着头,琢磨了片刻,突然明白了过来,粲然一笑。随后又端起那碗粥,递到傅山手里,不好意思地说道:"我明白了!爷爷您快喝吧,不然就要凉了。"

夏未至,春已老。转眼之间,博学宏词科放榜了。

一等取中二十人,二等取中三十人,分别授予翰林院侍读和检讨之职。而对于傅山,康熙特别降诏:"傅山文章素著,念其年迈,特授内阁中书,著地方官存问。"

消息传来,傅山大吃一惊,没成想躲过了考试,依然没有躲过官职,这件事果然没有那么容易善罢,自己的节,也果然没有那么容易守住。这个康熙,果然不简单,自己竟然处处输他一招,他一步一步,步步连环,目的自然是推倒自己这个最老最硬的遗民,尽收天下士子之心于囊中。想要终此一生,不降其志,真难。

还没等傅山细思对策,冯溥便带着一大批门生宾客前来登门道贺,其中自然也少不了此科的新翰林们。众人熙熙攘攘挤了一屋子人,嘤嘤嗡嗡之声不绝入耳,但话题远兜远转的,总是离不开"谢恩"二字。每个人心里都明镜似的,道贺是假,劝说傅山入内谢恩是真。

傅山僵卧床上,半闭眼眸,觑视着这满屋的贺客。这些满腹

私念衰翁已白头

经纶、才华锦绣的名士，仅仅数天之前，傅山还与他们还说文论道，相谈甚欢。但是今日，他们的一举一动，只能让傅山觉得言语无味、面目可憎，却又无可奈何。这恩，是绝对不能谢的，否则自己一生苦节，便尽付流水，但如此形势，又能如何？傅山只得装聋作哑，一言不发，唯有用两只手，紧紧抓住了床缘。

冯溥等人费尽口舌，也没有劝动傅山分毫，只得命人将傅山连人带床抬出了圆觉寺，直奔午门而去。

午门。

天高云淡，日朗风清。数点飞絮，在半空中轻轻旋舞着，把这三面门庑合围的空阔广场，点缀得凄清而又寂寥。

又一次，来到了午门，傅山勉力从床上撑起半个身子，游目四望，恍若隔世。

崇祯九年，正是在午门之外，傅山和百名同学一起，手拿为袁继咸鸣冤的揭帖，拦住每一个上朝的官员，每一个锦衣卫，每一个太监，把手中的揭帖塞给他们，絮絮诉说着袁继咸的冤情，以求上达天听。

崇祯十年，正是在午门之内，傅山带领数十名同学，伏阙拦轿，将当朝宰辅温体仁团团围住，陈词鸣冤："……株蔓寒生穷民，或鬻垄亩，或鬻妻子，颠连千里，幽蔽五城，期间羸者、疾者、冻者、饿者，呻吟吁痛，不忍见闻，此尤仁人君子所急图侧矜恤者也……"傅山的耳畔，回想着自己当年的声音，幻化出自己当年的身影：跪在御道东侧，那一片廷杖遗留的陈黯血色中，拔背，抬头，慷慨陈词。身后，是三立书院数十名同

第五十章

学，齐刷刷地跪着，共同构成一道青衿的屏障，不惧、亦不屈。

而如今，傅山凄然四顾，身后却已经没有一个同路人。映在地上的日影很分明，除了自己头上的黄冠，其他人全是辫子。虽然廷杖留下的血腥已经荡然无存，虽然身周拱卫的侍卫一脸恭敬，但傅山心中，却比当年更绝望，更清楚地看到了死亡。

城楼上，康熙拈弄着冯溥递过来的折子，把那写了字的两页翻过来复过去，看了又看，突然开口问道："这是傅山之子傅眉交给你的？"

"是。"冯溥点头。那上面的字他当然看过，认得出是康熙的笔体，心知蹊跷，却不敢多言。

"他只有这一个儿子？"康熙又问。

"是。"

"他家子侄之中，可有人名字中有个'仁'字？"

"有，傅山长兄之子，名叫傅仁，年三十八岁，自幼父母双亡，被傅山收养。"冯溥早已打探清楚，此时康熙问起，便知无不言言无不尽。

"嗯……"康熙点点头，沉吟片刻，又转头问道，"上次让你们着宗人府去查怀思贝勒齐克新子嗣，查得如何了？"

"齐克新只有二庶子，长子早夭，次子齐敏于顺治二年失踪于山西，三年后寻回，顺治十一年齐克新获罪幽禁时，此子下落不明，时年十九岁。齐克新因征南时被流矢伤了下体，后无所出……但据秀府村隆恩寺的人说，齐克新死后，有人在齐克新墓前结庐守制三年，似乎正是这个失踪的次子。"一旁有

私念衰翁已白头

人恭谨地回话。

康熙缓缓地点了点头，不置可否，随即转头望向下面。

下面，空阔的广场上，几个侍卫正拉住傅山的手脚，将他抬下床来，强按着要傅山磕头谢恩。

傅山挺直了身子，誓死不肯屈膝，整个人直挺挺的，扑倒在那一片青砖之上。

众人目瞪口呆，手足无措，周围死一般的寂静，仿佛万物都静止了下来，屏住呼吸，愕然看着这场闹剧。

时间只过了片刻，却让人觉得像几个时辰那样长。

楼上，康熙死死攥住了那折子，手上的白玉扳指已经把折子压出了一个深深的凹痕。

广场中，傅山匍匐在一片青砖上。风吹过，扬起傅山身上朱衣的衣角，那一片广袤青灰色当中的一点红，像是碧波中一颗跃动的丹心。

突然，一片死寂中传来魏象枢洪亮的声音："好了！可以了！中书舍人傅山望阙谢恩！礼毕！"

听到这句话，所有人都松了一口气，除了傅山。

傅山的泪，涔涔而下，全身不由自主地颤抖着。但因伏着身子，没有人看见他的泪，更没有人在意他的悲伤。

城楼上，康熙怔怔地看着下面，看着那个朱衣黄冠，匍匐在尘埃中的皓首老人，若有所思。

三日后，邸报上刊出了康熙的上谕："谕宗人府：巽亲王

第五十一章

满达海、端重亲王齐克新、敬谨亲王尼堪,前因谄媚迎合睿亲王,革去亲王,授为贝勒。给与之物,全行追夺。今思齐克新以宗室亲王阵前重伤,殊属可悯。世祖章皇帝,复尝矜念。因追谥齐克新为和硕端重亲王曰仁。重修坟茔。立碑如和硕亲王例。尔衙门即遵谕行。"

于此同时,傅山也接到了放还归乡的恩旨。

注:

＊傅山托名陈士铎刊刻医书是著名医林谜案。

伏阙鸣冤其实发生在长安门,不是午门,一般士子是进不去午门的,因情节需要修改。

蔓寒生穷民,或鬻垄亩……:是当时揭帖中的文字。

第五十一章
命寒情热亦奈死

傅山回到了太原。

医馆又是一派门庭若市的景象,一波接一波的贺客熙来攘往，其中当然少不了晋省的各级官员。

对这些人，傅山一律以白眼视之，假痴佯癫，狂放无礼。依然自称为"民"，遇到有人口称"傅中书"的，傅山便装聋作哑，绝不应声。

这一日，戴梦熊带着几个差役，抬着个"凤阁蒲轮"的匾，上门拜望，说是吏部下文令知府大人刻匾相赠，要傅山挂在大门外。傅山一听，气得狠狠瞪了戴梦熊一眼，转过脸去，闭上眼睛，再也不发一言。

褚仁忙将戴梦熊拉到一边，低声说道："你也是个没眼色的，你还不知道爹爹是什么人吗？这种匾，爹爹怎么肯挂，你还非要亲自送过来？"

戴梦熊笑道："这是吏部下的部文，知府特地着人刻的，总归是要有人送过来，我送过来是最相宜的，也免得你们多得罪一个权贵。"

说完，戴梦熊便吩咐那几个差役，让他们把那匾抬到后院柴房靠墙放好，又高声嘱咐道："把字冲里面放着，免得傅先生看了心烦。"说完，冲褚仁掩口一笑。

褚仁见状，也笑了。

屋内傅山听到这话，嘴角也不禁微微上翘起来。

一切都安置停当，戴梦熊突然感慨道："傅先生真坚贞之士也，吾等自愧不如……"

褚仁摇摇头，"你莫觉得自己失了节……我少年时就劝过你哥哥，节，要有人守，但也要有人继往开来。"

戴梦熊点点头，突然没头没脑地问道："你呢？汉恩深？

第五十一章

还是胡恩深?"

褚仁一怔,思忖了片刻,答道:"人生乐在相知心。"说罢,看着戴梦熊,脸上是浅浅的笑。

戴梦熊也是一笑。

傅眉自上京回来,便患上了伤寒,虽经治愈,但身体状况却急转直下。转过年来,才出正月,便到了油尽灯枯的境地。

这大半年来,褚仁一直在傅眉病榻前悉心照料,于傅眉的病情,自然心中有数。纵然心中有千般悲伤,褚仁也不敢在脸上表露分毫,每日里只是微笑着,常常是拉着傅眉的手,两个人谁也不说话,一坐,便是半天。

这一日,傅眉的精神略健旺了一些,晚饭多喝了半碗粥,刚放下饭碗,便让褚仁准备笔墨,说要写诗。

褚仁见傅眉消瘦的两颊一片红晕,心中隐隐觉得不祥,试探地问道:"要不要让莲苏、莲宝也进来?"

傅眉沉吟片刻,点了点头,"好……只不要惊动爹爹。"

褚仁心中一沉,便去摸傅眉脉搏。

傅眉按住了褚仁的手,"仁儿……世间无百年不死之人……"

褚仁听了,眼圈一红,险些落下泪来,"要记得我们的信誓。"

"放心。"傅眉的手,紧紧攥住了褚仁的手指。

笔墨备好,傅眉也不知哪来的力气,落笔如飞,写得竟是他不常写的大草:"父子艰难六十年*,天恩未报复何言。忽然支段浑无用，世报生生乌哺缘。西方不往不升天，愿在吾翁双膝前。我若再来应有验，血经手泽定新鲜。"写罢，傅眉再也没有力气握笔，那笔，嗒然一声，落在了地上。

褚仁的心，也随之猛地一沉。

傅眉粲然一笑，依稀少年时模样，轻声说道："你带着爹爹，去城郊土塘的宅子养老吧，太原人杂事烦，多有应酬，爹爹不喜欢……和乡亲饮酒听戏，割肉煮茄，反倒是最适合爹爹的……替我好好孝敬爹爹……莲苏与莲宝，就拜托你了……"

说完，傅眉闭上了眼睛，就这样，偎在褚仁怀里，身子渐渐冷了下去。

回到清朝三十载，经历了那么多早已熟知的历史事件，褚仁从没有一次像此时这样，如此激动地去见证一件事情的发生。

悲痛已极的傅山，正处于极端亢奋的创作状态，落笔如飞，书写着他一生最重要的组诗与书法作品《哭子诗》：《哭忠》、《哭孝》、《哭才》、《哭志》、《哭经济》、《哭胆识》、《哭干力》、《哭文》、《哭赋》、《哭诗》、《哭书》、《哭字》、《哭画》……看着那些诗句，傅眉的一生，一幕幕自褚仁心头流过，有喜有悲，有苦有甜……少年时最美好的模样，垂暮时轻若无骨的病体，都曾经给褚仁以最真实的温暖，但此时，永远不再了……

一锭墨用尽了，又一锭墨化作了那雄浑有力的行草，圆润扎实，古朴苍劲，虽是草书，但大有篆隶金石笔意。傅山，这

第五十一章

位中国封建社会最后一位草书大师，在用他整个生命，书写着他最后最美的一部书法作品。

褚仁透过迷蒙的泪眼，越看越是心惊。这《哭子诗》原来不只是后世流传九首，而是十六首。也不只是后世流传的四种版本，傅山此刻就已经写了七稿！只见傅山不断地勾勾画画，增删润色，一个字，改来改去改了无数遍，一首诗，写了又毁，毁了又写……似乎倾尽满腹才华也不足以形容傅眉的美好之万一。

眼看着傅山状若癫狂，印堂隐隐透出赤色，泪水凝在脸上，笔下却依然如飞地写着，褚仁不禁有些担心，轻轻叫了声："爹爹……"但傅山浑若不觉，手中丝毫未停。。

"爹爹！"褚仁从傅山的背后一把抱住了傅山的双臂，身子紧紧贴在傅山背上，轻声说道，"爹爹，别写了……眉哥哥会心疼……"

傅山这才像是从梦中惊醒一般，手一松，笔落在地上，踉跄了两步，两行泪，也随之涌出，喃喃道："眉儿，一定心有不甘吧……"

"没有……"褚仁把脸颊贴在傅山背上，感受着傅山的心跳，轻声说道。

"他有……爹爹知道……都是爹爹误了他……"傅山的声音，从胸腔传到褚仁耳中，听上去，是那样的空阔与悲凉。

突然间，褚仁觉得傅山的心跳有些异样，忙去摸傅山的脉搏，却见傅山手腕一转，手指却搭上了自己的脉搏。

耳畔传来傅山带着鼻音的语声："你要节哀，断不可让心疾再犯，莲苏和莲宝，全托付给你了。"

"爹爹！"褚仁急道，"您这是说得什么话？"

傅山转过身来，执着褚仁的双手，郑重说道："爹爹是医者，自己知道自己的身子，拖不了几个月了，你还年轻，莲苏、莲宝还小，你要帮爹爹教养他们成才。"

褚仁心中一酸，只觉得喉头哽住了，开不了口，只是含泪点了点头。

"他们两个，都是读书之才。莲苏像眉儿，心高志傲，心思敏感如发，须得让他放宽心胸；莲宝像你，却比你更傲慢冲动，必须教导他敦行守礼。他们都不是学医的料，不要再让他们妄动刀圭。人所留天地之间的，唯文章而已，让他们好好学文就够了……"

"那……"褚仁有话要问，但又不知如何开口。

傅山似乎知道褚仁要问什么，轻叹一声，说道："爹爹知道你要问什么……爹爹不是拘泥不知变通的人。他们不是生在大明的人，自然也不需为大明守节。更何况他们都没有学武，至少要有个生员的身份，才足以不受人侮。这一点，爹爹不会让你拘着他们，只是不能做官，势利富贵，不可有丝毫存于心。"

"便是学正、训导一类的学官也不成吗？"褚仁问道。

"爹爹若说使得，你接下来便会说像汝兆那样，为官一任，造福一方也不错，是不是？"

褚仁被窥到了心思，吐了吐舌头，轻轻点了点头。

"你存了这个心思，便是该打！"傅山停了片刻，又苦笑道，

第五十一章

"可惜爹爹已经打不动了……"

　　褚仁双膝跪了下来，轻声说道："爹爹……时代在变，今天的我们，想象不到未来十年百年的样子，我们不能用现在的判断去限制住后人，就是朝宣公那'子孙再敢与王府结亲者，以不孝论'的祖训，后世还不是违反了？爹爹的同辈中，依然有王府之婿，就连眉哥哥其实也算吧？朱氏毕竟也是大明的宗室女。便是爹爹认了我做儿子，难道不算与王府接亲吗？"

　　傅山哑然半晌，疲倦地挥了挥手，"随你吧，爹爹走了，他们两个就托付给你了，你想怎样便怎样吧，只不要污了爹爹的名声便罢。"

　　"爹爹，这一点您尽管放心！"褚仁点头称是。

　　"还有一件事，你必须依我，否则爹爹死不瞑目！"傅山突然提高了声音。

　　褚仁一惊，抬头睁大了眼睛看着傅山。

　　"爹爹死后，必须朱衣黄冠，道装入殓。"傅山一字一顿。

　　"这……这是为什么？不是有'生从死不从'一说嘛，寿衣是可以着汉服的啊！"褚仁不解。

　　"爹爹不愿意和他们同列！那些人，剃发易服做了奴才，身死之后，便穿上汉服去地下糊弄祖宗么？那根辫子，怎么配和汉服放在一起！"傅山伸手抚摸着自己头上雪白的发髻，"爹爹就要这样，生死如一，此心此志，永世不会变改！"

　　四个月后，傅山也去了。他朱衣黄冠葬在阳曲，上千人参加了他的葬礼。

褚仁将药店盘给了远亲，又开了一家小小的文玩店。

莲苏、莲宝兄弟一直成长在祖、父的羽翼下，未必有能力去经营那么大的药店，勉强支撑，反而会堕了傅山的声名。而文玩这种生意，是半年不开张，开张吃半年的，边读书，边看店，两个人完全支应得下来。若日后经济拮据，需要变卖家中书画旧藏，有个店面也方便些。

褚仁之所以为这兄弟俩想得这么长远，是因为自傅山去后，他的心疾骤然便加重了，常常在午夜梦回或者晨起洗漱时，一阵绞痛骤然袭来，让他几乎不能呼吸。这心疾发作得越来越频密，也越来越严重。

这段时间以来，褚仁一直在整理傅山和傅眉的遗物、遗稿。分门别类，装裱修订，想着，若还有时间，能整理刊刻出来，便更好了，若无时间，便只能留给莲苏、莲宝去做了……

这一日，褚仁打开傅山房中的一个小箱子，却意外的发现了那条黄带子，金黄色的织锦依然粲然如新，下面还压着几张纸，似乎是书法。

褚仁取出那几张纸，展开一看，都是六尺的草书，写着那首李梦阳的《巳丑八月京口逢五岳山人》，却不是自己写的。落款都是"山书"，每一张都一模一样，一共六张。再下面，是一笔，一砚，一镇尺，褚仁清楚地记得，那是自己在傅山身边最初的三年，傅山送给自己的生日礼物。褚仁又转头去看那六幅字，细细分辨纸张墨色的新旧，突然恍然大悟，这六幅字，是自己在京的那六年，傅山在自己生日那天写给自己的！

泪水，猝不及防地涌了出来。褚仁怕污了那字，忙抬起手

第五十一章

臂用衣袖拭泪,却突然觉得由腮至颈,由颈至肩,直到指尖,一阵酸麻,心口像凝住了似的,骤然紧缩。褚仁蓦地明白了,自己的大限,也快到了。

褚仁忙铺纸磨墨,在灯下,给戴梦熊写信托孤:"……家门不幸,两侄失依,内外眷属无可缓急者,罗叉外侮,良繁有徒,群凌衪至,实难支御……念我故人,可属依护。义气旧游,定能羽翼。特遗此书,求加护持。一段高义,足会千古。篝灯草治,笔自此绝。"

写毕,褚仁又取过一张纸来,写下了他在大清的最后一幅书法作品,却是他最不常写的隶书:"兴亡从世局,忠孝自天真。"

还未及钤印,又一阵剧痛传来,褚仁忙招呼莲苏、莲宝近前,把那封信,郑重交给了莲苏,"这信*,务必送给戴大人。"

褚仁强忍着痛,想着,也罢,因这心疾而死,就当是替爱新觉罗家还了汉人的债吧……褚仁牵着莲苏的手,叮嘱道:"仁叔下葬,穿汉服,但是,要系上这个带子。"褚仁的手,直直地指向那条黄带子,眼前一黑,便失去了知觉。

注:

＊本章细节也为史实。

＊父子艰难六十年……:出自傅眉《临终口号》。

＊褚仁的信:内容是根据傅山给魏象枢和戴梦熊的托孤信合并修改的。＊

汉恩自浅胡恩深，人生乐在相知心：出自王安石《明妃曲》。

傅仁的诗歌作品，传世仅存一首，刚好也是咏明妃的，叫做《明妃篇》。

第五十二章
地自由他天自茫

穿过一重重浓稠的黑色，远处仿佛有了光，耳边传来嘶嘶的轻微的噪音，似乎是空调或者加湿器的声响，让人觉得安定。

褚仁缓缓地睁开眼睛，首先映入眼帘的是窗外群山上的皑皑白雪，白雪之上，是蓝得像要滴出水来的天空。

"这里是哪里呢……"

褚仁想着，微微转过头，看到婶婶正坐在床边，低头翻阅着一本外文书，她听到响动，抬起头来，说道："你醒了！"声音不大，也很平淡，但双眸之中，却满是惊喜。

褚仁想说话，却怎么都发不出声音，只翕动着嘴唇，微微点了点头。

"医生说你应该就会在这几天苏醒，没想到这么快。"

第五十二章

"这……是哪里?"褚仁终于艰难的发出了声音。

"这是瑞士的一个研究所,治疗你这种病的权威机构。"

褚仁不禁暗哂,自己这种情况,就算是躺在家里,今天也一样会苏醒的吧?"医之好治不病以为功*!"褚仁心里涌出了这样一句话,回想起和傅山学医的点点滴滴,回想起傅山讲这个故事时的语气和神情,褚仁暗暗笑了,今天的自己,应该也可以算得上是一个相当不错的中医了吧……"

"我昏迷了多久……"褚仁又问道,这一次觉得声带和肌肉放松多了。

"快两年了……"婶婶的语气中有无限感慨,眼中也充满了雾气。

褚仁试着抬了抬手,想要安慰婶婶。但毕竟之前关系很淡,从未有过肢体接触,褚仁迟疑着,又放下了。

"这里的护理也是一流的,你所有的肌肉都没有萎缩,只要经过一两个月的复健,就能恢复如初的。"婶婶柔声说道。

褚仁知道婶婶是误会了,她认为褚仁抬不起胳膊,但褚仁心里很清楚,手臂的肌肉很有力量,外观也没有明显的细瘦,显然是经过了很精心的护理。

两个月后,褚仁出院了,回到了北京。

这段时间,褚仁了解了很多事。

由于南海局势的变化,褚仁父亲的公司在东南亚的业务受到了很大影响,再加上褚仁的治疗花费巨大,公司整体规模已经缩减了一半。

褚仁考上了北工大，学籍一直被保留着，如果他愿意，九月份就可以跟着新生一起报道了。

堂哥已经毕业了，但并没有如褚仁之前预想的一样，进入父亲的公司工作，而是去了深圳的一家大集团公司。

十年来公司的账目，以及股权继承相关的法律文书，此刻都堆在褚仁的房间，是父亲的律师带过来的。这是褚仁父亲的意思，整个公司，等褚仁年满二十岁的时候，便可以继承。

但这些事情，对于褚仁来说，已经不重要了……褚仁看着这些文件，不由得苦笑，以前心心念念想要赚大钱，好把父亲的公司从叔叔手中买过来。此时此刻，这些唾手可得，但褚仁却已经对这些完全失去了兴趣。

那副李梦阳《巳丑八月京口逢五岳山人》的草书，已经被叔叔拍了下来，现在就挂在褚仁的卧室中。当时也是死马当活马医之意，叔叔希望这幅字，能够唤起褚仁的生机。

不想看电视，不想玩手机，《魔兽世界》的账号密码早已忘却，而且不想去回忆。褚仁每日里只是舒展开宣纸，百无聊赖地写那些草书。

一米六的电脑桌上，堆了太多现代科技的产物，没办法铺开大纸，褚仁便用更细的笔，更小的尺幅去写。写那些诗，傅山的、傅眉的、"自己"的……转折勾画之间，试图和四百年前重新建立关联……写完了，便付之一炬，仿佛是内心净土中固守的一片天机，不肯泄露只言片语到这污浊的人间。

一得阁的墨汁、现代机械生产出来的宣纸，再怎样看，也

第五十二章

无法幻化出盈盈古意。石砚、水丞、水滴、笔格、压尺、墨床、贝光……这些都已经无迹可寻。钢铁栏杆拍遍,又怎生登临意?过去驻足不去,未来不来,枯守着这百无聊赖的现在,不知何去何从……

二十岁的身体,却有了八十岁的心境。

作为一个时空的行者,上下四方,古往今来,竟然没有一个时代一个地方,是自己的寄身之处。

褚仁颓然地抛下鼠标,以手掩面,用拇指和食指按揉着太阳穴,微微的钝疼从左边太阳穴传到右边太阳穴,似乎要把褚仁的头颅割裂……一切都如风过无痕,唯有这时不时发作的头痛,提醒着褚仁,那大清的三十载,他曾经真真切切地活过。

褚仁在搜索引擎中翻了上千页,也换了好几个关键词,把几乎所有关于傅山、傅眉、傅仁的页面都看过一遍,却没有找到任何关于自己"前生"记忆的蛛丝马迹。到底是自己梦中成为了傅仁,还是傅仁在梦中变成了自己?此时是梦,还是彼时是梦?那些梦,历夏经冬,早已无痕?

冒着霏霏细雨,褚仁站在北京火车站广场前的天桥下,依然有些迷茫。

褚仁去了一趟山西,把自己"前生"走过的地方又走了一遍。四百年沧海桑田,不仅人非了,物也不是。那些纪念傅山的旅游景点,皆是树小墙新,生搬硬造,看起来是如此陌生,完全不是自己记忆中的样子。

唯有那株古槐还在,却已经枯萎待死,枝干盘曲着,如同冠状动脉的样子。树下一地的树胶虫卵，像是被啃噬得千疮百孔的记忆。树下，应该还埋着那匣纸吧？但褚仁已经丝毫不想把它挖出来。伪造傅山的书法，对自己经历的一切，都是亵渎。

而当年那开满杏花的小小院落，早已无迹可寻，原本的位置上，是一条笔直延伸的省道。至于卫生馆药铺，自然也早已没了痕迹……一切都改变得天翻地覆，像是在嘲弄褚仁这个驱驰百里，前来寻梦的人。

但是，似乎有一些看不见摸不着的东西找回来了，是什么呢？褚仁皱着眉头，努力思索着。那是……自己作为齐敏和傅仁时的性格吧。原本的自己，内向、孤僻、不擅长与人沟通。而旅行中的自己，却变得明朗阳光起来，更像在清朝的自己。或者因为到了陌生的地方，在陌生的人群中间，便可以放开怀抱吧？这一点，地域的旅行，和时间的旅行，都是一样的。

褚仁背着背包，沿着长安街茫然地走着，任细雨打在脸上，带来一丝清凉，却无法浇熄心中的茫然。

很快就要开学了，是去学校报到，学那个自己不喜欢的机械专业吗？毕业后经营父亲的公司？还是，继续去拍卖行，找份工作？自己这样的高中学历，会有拍卖行要吗？或者，去行医？二十岁的中医，纵然是真国手，会有患者信任吗？

不知不觉，已经快走到建国门了，褚仁猛抬头望向马路对面，国际饭店会议中心上高悬着一块广告牌，是一家拍卖公司的预展。

第五十二章

因为是工作日,天气也不好,预展会场几乎没有什么人。这也是一个小型的拍卖,只有书画和鼻烟壶等一些杂项。

转过一扇隔屏,褚仁不经意地一抬眼,便如电击一般,僵立在那里,全身的血似乎一下子凝固了。

眼前三尺,挂着一幅画,水墨绢本,画的的中央是一株硕大的槐树,槐树之上,是远山、夕阳和大群惊起的昏鸦,树下是两个士子,头戴巾帻,身着汉服,并身站立,眺望着远方。款识只有傅眉、傅仁四个字,钤印是朱文的"眉"字在上,白文的"仁"字在下,正是当年两人合作的那幅画!

褚仁只觉得呼吸都不顺畅了,伸手想要去抚摸,又怕亵渎了,手指和那画距离一线,僵在那里。

果然那一切都不是虚妄!这幅画,竟然流传了下来。

褚仁只觉得胸中像要炸开一般,想要找个人倾诉,想要告诉这个时代的每个人这幅画背后的故事,他们的故事!然而……纵使心弦拨断,世间又有谁人能懂?又有谁人能闻曲回顾?

褚仁抖着手,拨响了叔叔的电话。

"二十万?"电话那头的声音有些诧异。

"对,二十万,我有急用。"褚仁咽了口口水,声音也有些颤抖了。

叔叔没说什么,很快便有了转账的短信。褚仁看到短信,心中一热,其实,叔叔对自己,并不像之前认为的那么冷淡,只是以前不懂,现在,懂了。

褚仁办好了保证金的手续,又依依不舍地,扭头看了看展厅,明天,便是拍卖的正日子,这一次,一定要志在必得!就在要转身而去的那一瞬间,褚仁忽见门旁一角立着一个易拉宝,写着"招聘"两个大字。

褚仁突然下定了决心,笔直地朝易拉宝后面的那个小桌子走了过去,对着桌后的那个男子,微微一躬身,说道:"您好,我是来应聘的。"

那低头玩着手机的男子抬起头来,粲然一笑。

褚仁一下子惊呆了。

注:

＊医之好治不病以为功:出自《韩非子·扁鹊见蔡桓公》。

傅山

诗歌赏析

掩泪强开酹月筵,少年不管雪人颠。
欢贪天上琼楼月,黯杀人间霜树园。

附录 》

附录

《杏花如梦作梅花》这部小说的回目，全部取自傅山的七言诗作。傅山虽然著述颇丰，但类型很多，算不上以诗歌见长，七言诗的数量并不算多。同时，由于条件限制，我没有办法遍历所有傅山的作品，因此在诗句的选择上，部分章节便显得有点牵强，譬如只考虑了字面的意思，或文词符合该章回的意象，以至和整首诗的意境以及作者要表达的思想有一定出入，甚至是南辕北辙。

为了避免误导读者，我将所有回目中用到过的傅山诗作一一列举如下，并做了简单的赏析点评。时间有限，才疏学浅，一定有疏漏或谬误之处，希望大家能不吝指出。

这么做，原因只有一个，那就是，不愿有一字一句亵渎古人。纵使没有办法完全做到这一点，也要尽自己最大努力去做，希望能做到最好。

杏花如梦做梅花
——山居岁月的恬淡清雅

茅檐瓦雀乱飞回,五日连阴黯不开。陈谷野田无啄处,荒畦鹆出菜根来。

桥南桥北雪杈枒,青豆倾筐向酒家。忙过小亭吹石竈,杏花如梦作梅花。

北门书氾想婆娑,绿野先生识未譌。文移风流偏大卤,喜缘何必到西河。

总奖孤亭入图画,寂寥寻取兴头扶。阴晴不住烟岚过,真个云山涌坐隅。

——《草书七绝诗四条屏》

这四首七绝,出自傅山的一幅字——《草书七绝诗四条屏》,水墨绫本,(每幅)纵198.7厘米,横46.8厘米,上海博物馆藏。

这幅字,便是这部小说名字的来历。四条屏,圆转曼妙,挥洒如意;四首诗,清雅隽永,浑然天成。山居生活的恬淡闲适,跃然纸上。所谓诗书双绝,大抵便是如此。

我曾经客居在上海,先后长达五六年的时间。每有空闲,便会去上海博物馆闲逛。一直很喜欢上海博物馆,建筑方正大气,陈列井然有序,当然,更重要的,是气场很合。喜欢瓷器馆的某个保安,他总是很积极地向观众称赞雍正的瓷器,那种

附 录

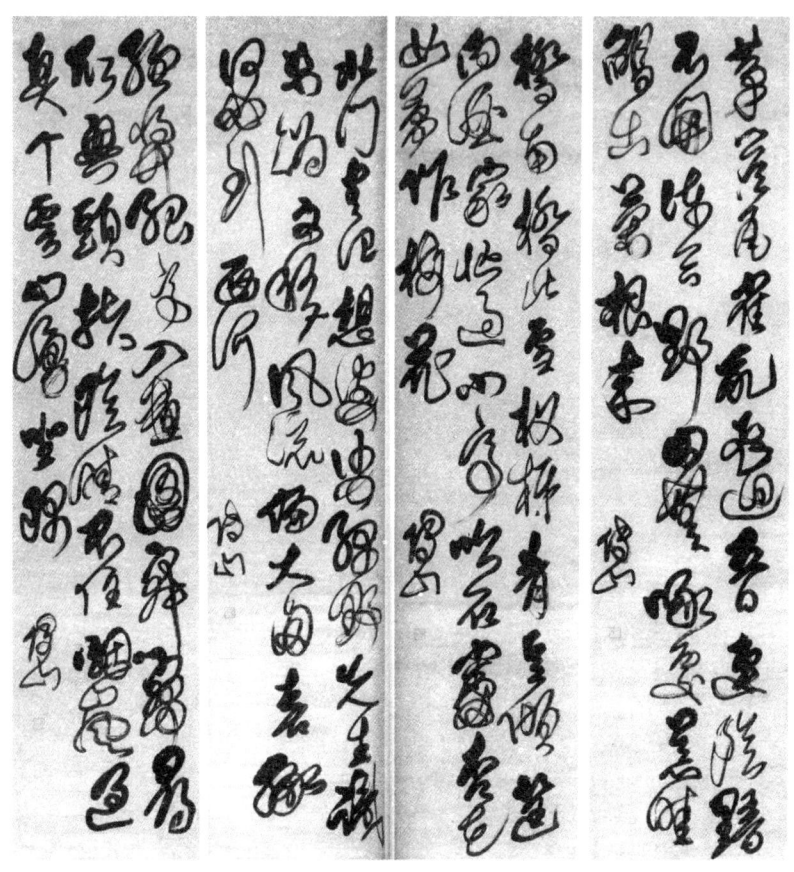

杏花如梦作梅花

卖安利的劲头儿，让我这个纯"四党"也感到自愧不如。

当然每次去上博，最想看的，还是这幅傅山的七绝诗四条屏，但每次都没有遇到它在展出。期待相逢，却总是错过，在上博看过傅山的其他书法作品，也是这样的大草，但确从来没有看过这幅，始终是个遗憾。

傅山的这种连绵狂纵的大草，便是本文中一直出现的，诸仁最喜爱和最擅长的那种。傅山是个风格很多变的书法家，传世的作品中，真草隶篆都有，其中仅草书就包含了多种不同的风格：章草、今草、大草。而这种尺幅巨大，纵横开阔，具备极强视觉冲击力的大草，却是最令人印象深刻的，也是各个拍卖行和博物馆中最常见的。

这种书法风格，是晚明时期奇劲、奇横、奇清、奇幻、奇古的审美情趣的集中体现，而傅山，则完全继承和延续了这种审美观：不拘成法，狂放率性。傅山之后，有清一代，草书大家再无出傅山其右者，归根结底，是整个社会审美风气的改变。看看瓷器就知道了，同是唐英督造，从雍正朝的空灵清雅，到乾隆朝的繁复绵密。最后到了清末，又变成了慈禧时期的刻板做作，个性被一点一滴地扼杀。明与清，真可谓审美观不同是没法做朋友的。对于傅山这样的艺术家来说，由明至清，除了剃发易服之耻之外，整个社会审美风气的改变，也是同样令他痛苦的吧？

我一直很喜欢傅山的这种草书，也常常戏称为"医生体"。看吧，医生擅写一般人看不懂的草书，打大明朝时候就有了，不单单如今才有呢！

此闰伤心异国逢
——百转千回的黍离之悲

生时自是天朝闰，此闰伤心异国逢。一日偷生如逆旅，孤

附录

魂不召也朝宗。葛陂几得成龙竹，苓服谁寻伏菟松？打点骨头无顿处，杨孙随处暴高峰。

——《右玄贻生日用韵》

诗题中的"右玄"是陈右玄，也就是小说中提到过的陈谧。根据《山西通志》记载："陈谧，字右玄，阳曲人，聚徒汾西，妙解医术，与傅征君为友。"根据《傅青主先生年谱》记载："（傅山）四十八岁，以飞语下太原郡狱。忻州张中宿同系。先生抗词不屈，绝粒九日，病甚，阳曲陈右玄治之而愈"。小说中提到这位陈谧时，说他是傅山狱友，这个是臆测的。按照上面的说法，张中宿是狱友无疑，但是并没有说陈谧也是狱友。

在顺治初年，傅山和陈谧过从甚密，两人一同在山西大地上各处联络义士，为反清大业奔走。

陈谧在当时也是一代名医。相传现今山西太原大宁堂药业有限公司的前身大宁堂药店，便是陈谧在明末创立的，"大宁堂"一名，来源于傅山为其题写的七言律诗词中的两句："阎浮病苦能除却，不愧堂名是大宁"。

这首诗题目有一点难以理解。"贻"是送的意思，"用韵"是写诗的意思。可以理解为陈谧过生日，傅山写诗赠送；似乎也可以理解为，傅山过生日，陈谧限了韵脚，傅山自己写诗。我个人比较倾向于第一种说法，感觉并不是傅山过生日。而有些学者倾向于第二种说法，并根据这首诗去推算傅山的生辰年代。当然，如果是陈谧过生日，傅山写这样的提及死亡的诗，应该是非常不吉的，但是以陈谧和傅山之间深厚的友情以及共同的志向，似乎也并无不可。

这首诗写于乙酉年，也就是顺治二年。这一年的六月是个闰月。

诗写得很有些巧妙，前半段浅显晓畅，平白如话，但又雄浑隽永；后半段却处处用典，略带一点艰深晦涩。

你出生在大明的闰月，这一次的生日又恰逢闰月，但是我们的国家却已经不在，此时此地我们已经是相逢在"异国"，同为遗民的心情是如此的悲痛。我们都是苟且偷生的人，如同行旅中的侨民。我们孤单漂泊的灵魂，即使没有人召唤，也始终向着大明正朔。

我们什么时候才能像费长房一样得到神仙传授的竹杖，能在葛陂化作巨龙，鞭挞百鬼。就算是有伏菟松下可以延年益寿的茯苓，对于我们这样苟活的生命，也是毫无意义的。即使我们死后，尸骨也没有可以安息的地方，就让它曝露在遍生幼杨的高岗之上罢了……

其中"葛陂几得成龙竹"一句，典出晋代葛洪《神仙传·壶公》："房（费长房）忧不得到家，公（壶公）以一竹杖与之，'但骑此得到家耳。'房骑竹杖辞去，忽如睡，已到家……所骑竹杖，弃葛陂中，视之乃青龙耳。"

这是好友生日的时候，傅山赠送的诗，但其中却充满了深深的悲痛和厌世的情绪。故国凋零，让每个遗民都成了失去父母的孤儿，如同无根的飘萍一般，随波逐流，找不到自己可以扎根的土壤，也找不到自己可以依持的支柱。

有心杀贼，无力回天，有意殉国，但又不甘心这样白白放弃生命,在这种矛盾纠结当中,这些一片丹心的遗民,每一天都是煎熬,每一天都是无奈……

傅山常常称自己为"侨民",是侨居在清朝的人。像是一个时间的旅人,被历史抛弃在不属于自己的国度,痛苦而无奈地活着。若是地理上的"侨民",尚可以辗转万里,跨越关山回到祖国,但这历史上的侨民,无论如何也没有办法再回到已经逝去的大明王朝。

恋着崇祯十七年
——遥念江南明月那最后一缕弘光

三十八岁尽可死,栖栖不死复何言。徐生许下愁方寸,庚子江关暗一天。蒲坐小团消客夜,烛深寒泪下残编。怕眠谁与闻鸡舞,恋着崇祯十七年。

掩泪山城看岁除,春正谁辨有王无。远臣有历谈天度,处士无年纪帝图。北塞哪堪留景略,东迁岂必少夷吾。朝元白兽尊当殿,梦入南天建业都。

——《甲申守岁》二首

1644年,甲申年,明崇祯十七年,明朝的最后一年。也是清朝的顺治元年,清朝入主中原的第一年,还是李自成的大顺永昌元年。甲申国变,战火燃遍了神州山川,山河更换了姓氏,城头的大旗,顺风扬起,逆风又倒下……百姓在这改朝换代的怒涛中，随波逐流，凄惶地等待天下承平的那天。

这一年的岁末，已经是天下三分，烽烟遍地。三月十九日，大顺军攻克北京，崇祯帝朱由检自缢身亡，明朝走向了生命的尽头。五月一日，清军攻占京师。五月，福王朱由崧在南京称监国，以次年为弘光元年。九月，顺治帝定鼎燕京。

这一年的二月，李自成攻克太原，傅家被"贼祸"，各处田产遭到侵占，傅山流离失所，甚至寄希望于清兵赶走"闯贼"。然而到了八月，形势发生了翻天覆地的变化，清兵压晋，强令剃发易服，傅山只得朱衣黄冠，成为龙门派道士，保住了汉家衣冠。并由此投身到反清复明的大潮中去，过着浪迹无家的生活，积极支持各地的反清义军。

在这样跌宕起伏的一年的最后一天，作为明的遗民的傅山，其心境之复杂，情绪之愤懑，可想而知。

这两首诗，是傅山最具代表性的诗作之一，也是傅山一生气节的写照。

三十八岁的年纪，本应该殉国赴死，但是我却选择了苟活，还有什么可解释的呢？徐庶被迫身在曹营，却终身不谋划一策，他心中的苦闷，有谁能懂？我像庾信一样怀念着故国，觉得周围的一切都暗淡无光。我坐在蒲团上，消磨着这漫漫长夜，夜深了，烛泪滴在我手中的断简残编上，如同我此刻的悲痛。不敢入睡，因为不知道有谁能和我一同闻鸡起舞，矢志复国。深深地怀恋着这即将逝去的崇祯十七年，不愿翻过这一夜，因为，这是大明的最后一年。

蜗居在这山城中，流着泪，黯然度过这岁末除夕。明天就

附 录

是正月初一,南明的帝王是否还能存续,谁也说不清楚。我这远在北方的孤臣虽然可以凭借历法去谈论天道的运行,但是作为遗民,却不知道该用怎样的年号去记录这崭新的一年。我不会像前秦的王猛一样留在北方给异族做官,福王在南京继位,不知是否会缺少管仲这样的贤臣。梦中我来到了南京,这南明弘光的新都,看到白象当殿,朝贺新皇。

"庚子"指庚信。庚信,南朝梁人,奉命出使西魏,遂留不返。其诗作中多有怀念故国的名篇。

"景略"指王猛。王猛字景略,东晋北海人,后移家魏郡。在前秦官至丞相、大将军,辅佐苻坚统一北方,被称作"功盖诸葛第一人"。

只觉今宵月不圆
——河山不圆满,人间不团圆

共盼中秋夜不眠,乱离几度看婵娟。瓜楼紫暗冰盘侧,只觉今宵月不圆。

——《中秋惆怅诗八首》之一

这组诗通常被认为是傅山在顺治二年所做,另一首诗中有"五里相看万里遐,关山明月唱谁家"的句子,其中"五里相看"说明傅山在外漂泊,但是离家不远,却又有家不能回,犹如相隔万里。非常符合他在顺治二年四处浪迹的活动轨迹。"唱谁家"

又说明当时政治局势尚不太明朗，南明政权还有一线生机。

而本诗中"瓜楼紫暗冰盘侧"一句，同样反映了这样的政治局势：明月的一侧，有一块如瓜的紫色暗沉，看上去连月亮都显得不圆了，分明是隐喻当时的政治局势。那时候，明月依旧在，只是不圆满，虽然几经战乱，傅山依然有心情仰瞻明月的美好，大明，依然有希望。

在小说中，这首诗完整地出现在剧情中，同样是在顺治二年的中秋，现实与虚构，就这样通过这首诗叠映在一起。天上明月，心中大明，也通过中秋夜叠映在一起。故国旧主，始终是遗民心头那片最皎洁无瑕的白月光。

逍遥恋酒非耽罪
——行走在避世与入世之间

坐想昆仑也一方，乾坤何处是吾乡。逍遥恋酒非耽罪，地自由他天自茫。

——《甲申八月访道师五峰龙池不遇，时道师在马首伪署，次右玄韵》三首之二

这首诗的题目极长，内容又很曲折，同样曲折的，还有傅山写此诗时的心境。

"道师"是全真龙门派还阳真人郭静中，是傅山道教的恩师，也是他医术的恩师，同样也是一名反清复明的义士。"五

附录

峰龙池"指的是寿阳五峰山龙池寺,今名龙泉寺,是傅山出家之所。"马首伪署"指的是李自成大顺的一个官衔,马首说的是李自成闯王的称号,伪署的意思就是伪政权。

诗的题目说的是,傅山在甲申八月到五峰山龙池寺寻找师父郭静中,却没有找到,因为此时郭静中已经去了李自成军中,因此傅山写下了这三首诗,和右玄的韵。

右玄,前面说过,就是陈谧。

次韵是和诗的一种,又称步韵,就是依照原诗的原韵、原字、原次序,一丝不差的和诗。

傅山这个时候去找师父郭静中,自然是心中有事,想得到师父的指点。他心中的事,并不难猜,国家已亡,李自成败走京城,清兵入关,横扫北方,剃发令已下……这个时候该怎么办?傅山心中一定充满了彷徨。

寻找恩师,改换道装,这条路,其实很明晰地指向归隐。在同一时刻,大量的汉家遗民,不约而同地选择了出家这条路,以躲避剃发易服之耻。但此时郭静中的行为,应该是有些出乎傅山意料的。郭静中居然采取了和"闯贼"合作的态度,团结一切可以团结的汉人力量,共同抵抗清军,此时的傅山,恐怕还没有想到这一点。

郭静中原本就是方外的出家人,因此对于李自成军的农民军,应该没有特别的好恶,但傅山则不同,他毕竟是大明王孙一脉,家境又颇为富庶,李自成起义之后,傅家各处田产多被侵占。傅山对大顺,应该是有恨意的,"被贼祸"一词,在傅山的著述中也曾多次出现,所以,骤然之下,傅山不能完全理解郭静中和李自成军的合作，也是合情合理的。

对于郭静中和李自成军的合作，傅山在这三首诗中表现出了微微的惊讶，以及深深的钦佩，却没有半点反感，为国家大局，放弃私人恩怨，这种心胸，也是难能可贵的。在其他两首诗中，傅山称赞郭静中"大隐真能混清浊""太上忘情难可学"，就明确表达了这一点。

广阔无垠的江山谁能雄霸一方？天地乾坤之大何处是我的故乡？即便是卓然世外诗酒逍遥也并不是什么罪过，天地存亡有道，流转有序，并不因人的意志而改变。

这首诗，表达了傅山当时苍凉迷茫的心境以及心灰意冷、向往归隐的情绪。以当时的傅山的遭遇和社会环境而言，这也是有情可原的。从一开始的伤心失意想要退隐山林，到后来的四处奔走，散尽家财，全心全意支持反清大业，到最后的坚持始终，一生守节，绝不与清廷妥协，这样的傅山，才更真实，更可敬。

小楼尘土暗窗纱
——护花岂非真侠士

小楼尘土暗窗纱，不见楼头解语花。棋冷文楸香冷篆，床头横着旧琵琶。

——《顶针诗》十四首之一

附 录

这是一个凄婉而忧伤的故事，一个如花女子的一生，被记录在这组组诗之中，传之后世。

根据李中馥的《原李耳载》记载：太原有一名乐伎，名叫秀云，字明霞，是太原府的花魁。她"声容冠一时，工小楷，善画兰，操琴爱《汉宫秋》，又能琵琶"。后来被一轻薄子所迷惑，轻信谎言，倾囊相委，过了许久，方知受骗，最终抑郁而逝。

秀云死后，平日与她经常交游的文人学士都因人言可畏，拒绝援手助殓，致使"淹殡积岁，惨闻乡里"。

傅山听到这件事之后，虽和秀云并无来往，却不畏惧世俗的流言闲语，挺身而出，仗义执言："名妓失路，与名士落魄，赍志没齿，无异也！吾何惜埋香一抔土乎？"于是傅山"设旛旐，陈冥器，张鼓乐，召僧尼导引郊外，酹之酒而葬之"。并写下了这十四首《顶针诗》，用来纪念这位沦落风尘、身世凄凉的才女，寄托深深的哀思。这组诗中每首诗的最后一词，是下一首诗的起首词，顶针续麻，连绵不断。

小楼上落满了灰尘，窗纱也显得陈黯了，曾经凝立楼头如解语花一般的妙龄女子已经不在。棋枰、香炉和书画都冷落在四壁，床头依然横陈着她曾经用过的琵琶。

这一首诗主要描写了秀云身后，故居中的凄凉冷清的境况，诗意并不艰深，却文辞优美，音韵婉转，把那种斯人已逝，余韵流芳的情景，活灵活现地展现了出来。

霙华历乱为谁春
——不生不死中的一片侨民丹心

强言物旧不如新,鬓点霜华泣故人。庾信满天萧瑟眼,霙华历乱为谁春?

余生久矣一蜉蝣,不死朱衣为白头。满目山臊驱不尽,何须炮竹震仇犹!

梅花春信隔天涯,冰霰敲窗响塞笳。帐底羔殇都有岁,山城乌哺独无家。

——《乙酉岁除八绝句》其中三首

历史的车轮滚滚向前,转眼时光飞逝,又是一年,乙酉年(顺治二年)的岁末也来到了。又是除夕,又是万家团圆的佳节,又勾起了傅山国殇之悲。故国已经逝去,遗民仍在苟活,节日的喜气凝在改朝换代的大悲哀中,如骨鲠在喉,让人难以下咽。

这组诗,和《甲申守岁》非常相似,但哀伤渐少,愤懑渐增。此时的傅山,已经深深坚定了反清复明之志,但反清大业的形势却不容乐观,诗中透露出的那种深切的仇恨与惋惜,今天读来,依然令人动容。

八首绝句,八声叹息,百转千回,长歌当哭,为故国之殇,为复国之路。

第一叹:在这辞旧迎新的除夕之夜,人们都勉强接受了旧物不如新的说法,麻木地苟活在这新的朝代。我的两鬓在岁月流逝中增添了白发,暗暗悲泣至交故友一个一个离开人世。我像庾信一样，满怀乡关之思，满眼都是萧瑟景象。纷纷飘落的雪花，历经战乱，将为我们带来一个怎样的春天呢？

第二叹：很早以前，我就悟到，这一生如同朝生暮死的蜉蝣一样微不足道，但我却没有选择殉国，而是朱衣黄冠，苟活全寿。满清入主中原，连山川都沾染了鞑子的腥臊之气，即便是不断炸响的爆竹也不能将他们驱逐。（仇犹，盂县别称。）

第三叹：梅花带来了春的讯息，但那讯息却远隔天涯，冰霜霰雪敲打着窗户，中原大地上响彻着塞外的笳声。遥想那些满人在帐幕中饮酒作乐，庆祝新岁，而我在这山城中，如同想要知恩反哺的乌鸦，却已经找不到自己的故国与家园。

数点遗民血泪，转眼又是一年。

鼓角高鸣日月悲
——铁血男儿的镇魂歌

铁脊铜肝杖不糜，山东留得好男儿。橐装倡散天祯俸，鼓角高鸣日月悲。咳唾千夫来虎豹，风云万里泣熊黑。山中不诵无衣赋，遥伏黄冠拜义旗。

——《风闻叶润苍先生举义》

叶润苍即叶润山，名廷秀，山东濮州人，天启五年进士，曾在明朝任知县。明亡后加入山东榆园起义军。在他的引荐下，阎尔梅也于顺治四年加入榆园军。叶润山为榆园军开创了游击战和地道战的战术,屡挫清军,后于顺治八年被清军杀害。

所谓的"榆园贼"起义军,在明末就在山东一带活动,属于明末农民起义的一支,清朝建立后改为反清斗争,直到顺治十二年被镇压。

傅山的这首诗,很集中地体现了明末知识分子对农民起义军态度的转变。在傅山早年的作品当中,对明末农民起义军以"贼"呼之,基本上是敌视的态度,但清军入主中原之后,民族矛盾成了最大的矛盾,这让明的士族遗民和农民起义军走到了同一条战壕里,叶润山和阎尔梅就是其中的杰出代表,而傅山的这首诗,也明确表明了自己的支持态度。这也从侧面反映了"可禅、可继、可革,而不可使夷类间之"这句话的深入人心。

这铁脊铜肝的义士,即使是刑杖也无法摧折他的意志,他是山东男儿的好榜样。他背负着行李毅然加入义军,散尽了当年在明朝为官时的俸禄。他奏响了驱逐满清的战鼓,让日月也为之悲愤。他振臂一呼,从者云集,成千上万勇猛如虎豹的热血男儿加入了义军,义军气势如虹,像风云席卷万里,让北方侵略者畏惧悲泣。在山中的我不需要诵读《无衣赋》表明心迹,因为我已经遥遥拜服在你们的义旗下面。

最后一句,似乎是在说傅山对这支义军,有实质上的支持和参与,很可能是提供了资助。

"无衣赋"指的是《诗经·国风·秦风·无衣》:
岂曰无衣?与子同袍。王于兴师,修我戈矛。与子同仇!
岂曰无衣?与子同泽。王于兴师,修我矛戟。与子偕作!
岂曰无衣?与子同裳。王于兴师,修我甲兵。与子偕行!

 附录

这首诗气势雄浑,感情热烈,表达了傅山对榆园军起义的热情赞颂和深深期望。

王公昨夜得霜裘
——回梦游仙叹逍遥

王公昨夜得霜裘,又与灵妃赌带钩。戏得紫壶三醖酒,一时飞上九重楼。

——《王公昨夜诗》

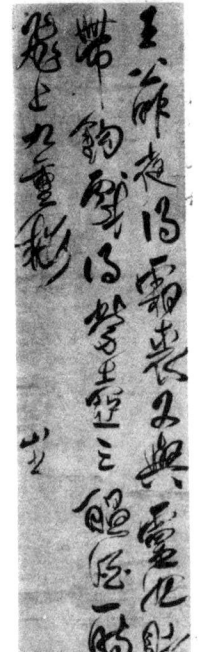

王公昨夜得霜裘

这首诗也出自傅山的一幅书法作品:《王公昨夜诗轴》,水墨绢本,纵159厘米,横46厘米,山西省博物馆藏。

这幅字,通常被认为是傅山晚年的作品,行草相间,朴拙跌宕。

这首诗,可以算是一首游仙诗。

游仙诗是道教诗词的一种体例。指的是歌咏仙人漫游之情的诗。我们可以把游仙诗理解为古代诗歌作品当中的修仙类作品。其题材多半是幻想中的仙境景象或仙人生活,以及抒发对神仙的仰慕和祝颂之情。游仙诗通常想象奇诡,文辞华丽,颇具浪漫主义情怀。本诗就非常有代表性。在傅山想象中的

仙人生活是那样的逍遥自在，醇酒美人，风流潇洒，打破了高高在上的神仙威仪，反倒是带上了三分人间烟火气。

这里的"王公"指的是东王公。东王公与西王母共同被尊为道教尊神。其本源是战国时楚地信仰的"东皇太一"，又称"东君"，也就是被神话了的"太阳神君"。

"灵妃"似乎是指"天灵妃"，为中岳大帝之妻。

真人醉舞挥如意
——雪、乐、舞、肴杂糅的慕仙歌

绛雪花开灵锁寒，仙风吹响碧瑯玕。
真人醉舞挥如意，解酒子梨索一盘。
————《草书七绝立轴》

真人醉舞挥如意

这首诗，出自傅山另一幅书法作品，《草书七绝立轴》。水墨绫本，纵175厘米，横46厘米。台湾何创时书法艺术馆藏。

落款：书为振翁先生政。傅真山。

钤印：傅山之印、司马大夫。

收藏印：沈阳东山宝殉平生珍赏。

"振翁先生"到底是谁，我没有查到资料，也就无从描述此诗的创作背景。从辞意上看，这首诗也只是优美绮丽的写景抒情，似乎也

附 录

可以归入游仙诗的范畴,并无太多的政治和世局背景在里面。

诗意空灵曼妙,绮丽华美,如行云流水一般勾勒出想象中的仙境景象。

也有学者认为这幅字是代笔作品。

春日花飞满四邻
——那一片如诗如画的春色

春日花飞满四邻,不须酤酒漫醺醺。酡颜偏称西螺紫。纳入桃林佛顶云。
——行书《春日》诗轴

这首诗也出自傅山的一幅书法作品——行书《春日》诗轴。绢本,纵161厘米,横48.5厘米,山西省博物院藏。

这幅字的落款只有"山书"二字,这种落款被称为"穷款"。"穷款"是指书画家在他的作品上题款时仅仅只写下他的名字。在傅山的作品中,这样的书法往往带有浓重的商业意味,获赠书法的人可能和傅山没有太深厚的关系,作品也可以很方便地被转赠

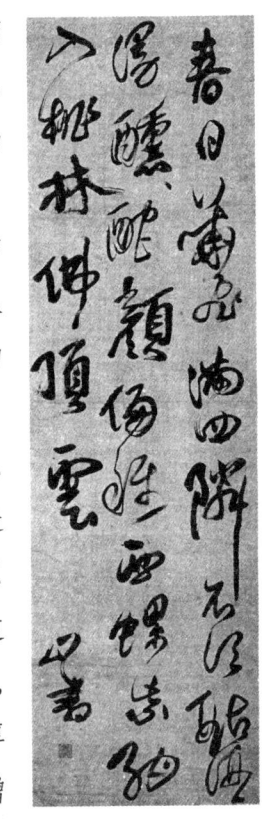

春日花飞满四邻

和出售。傅山晚年，随着名声的日益远播，慕名求字的人也越来越多，这使他产生了"畏人如畏虎"的感慨，这种穷款的书法作品也逐渐增加。

这首诗，是一首关于春天的诗，也是一首由颜色构成的诗。别忘了，傅山不仅是书法大家和医学大家，更是绘画高手，"字不如诗，诗不如画"，在傅山的诗作当中，以中药入诗很是常见，作为一个画家，以颜色入诗也是顺理成章的事情。

酡颜是醉酒或羞怯时脸上微微的绯红色，西螺紫很可能指的是骨螺紫，是以骨螺科的贝类为原料制成的紫色颜料，在西方又被称为"帝王紫"。佛顶指佛头，相传佛的头发为青色，因此人们常常以"佛头青"比喻青黛色的山峦。

春天里的桃花随风飘飞到四邻的庭院，看到这么美好的颜色，还没有饮酒便有了熏熏的醉意。桃林衬着群山与白云，那如同腮边绯红的颜色配上青黛色的远山，是如此的相称，美如图画。

这如同王摩诘一般的意境，诗中有画，画中有诗。

浅粉色与深青黛色的搭配，永远都是中国传统配色中最鲜明美好的一笔。中国风的配色，有很多很多空灵曼妙的美好，藏在历史里，如同遗珠，静静闪耀着辉光。

三百年恩未敢谖
——磐桓志行，建侯不宁

漂泊秋风博一尊，乾坤何处可墙垣。八千里戍相思切，

附 录

三百年恩未敢谖。汉鼎尚应兴白水,唐京亦许用花门。谗言离乱生轮死,不共盘桓痛老昆。

——《甲申避地过起八兄山房令儿眉限韵率意写尊垣谖门昆五字同右玄作》三首七律之一

这首诗的标题很长,意思是:甲申年避难在孙起八的家中,让傅眉限韵和右玄一起做诗,所限的韵一共五字,分别是尊、垣、谖、门、昆。

甲申,又是甲申,明朝的最后一年。国变之年,傅山写下了大量忧国怀思的诗篇,这组诗也是其中之一。

孙起八,名颖韩,字起八。其祖上孙继先为明隆庆年间进士,官至四川道监察御史,为当地的名门望族。甲申国变之后,傅山在孙家寓居了一段时间。

在"八千里戍相思切"一句之后,原诗有注:风传鹿翁入燕,鹿翁实戍黔中。

鹿翁指的是吴甡。吴甡,字鹿友,晚号柴庵。他是明朝崇祯十五年的内阁次辅,在医学上也颇有成就。

吴的一生,仕途几起几落,天启七年因魏忠贤而罢官。崇祯十一年春,改任兵部左侍郎,因病未能赴任,"帝怒,落职闲住"。崇祯十六年奉命督师湖广,又因"越宿忽下诏责其逗留"被罢官,后被遣戍云贵。明亡后,吴甡隐居邑中二十六年,著作等身,《柴庵疏集》、《安危注》等入清后皆被列为禁书。

这句小注说的是这样一件事:吴甡之前被遣戍云贵,其时南京兵部尚书史可法闻讯,驰书援救,崇祯帝不允。三月,李自成攻占北京，五月，福王建立弘光政权，下旨赦还吴甡。民间便有传言说吴甡已经领兵攻入北京，但事实上并不是。当时福王想要重用吴甡，但被刘孔昭等所阻，吴甡此后便一直隐居。由此可以判断，此诗写于甲申年五月之后。

"八千里戍相思切，三百年恩未敢谖。"这一句说的就是吴甡从戍地云贵驱驰八千里北上收复京师，凭借的就是对故国的相思，从未有一刻遗忘过大明三百年的深恩，同时也表达了傅山对于重振大明河山的信心与期望。

原诗最后还有小注：先兄逝三年矣，予避地筮易，得屯，之初故用磐桓云。

"屯"指的是周易中的屯卦。

屯：元，亨，利，贞，勿用，有攸往，利建侯。

彖曰：屯，刚柔始交而难生，动乎险中，大亨贞。雷雨之动满盈，天造草昧，宜建侯而不宁。

象曰：云，雷，屯；君子以经纶。

初九：磐桓；利居贞，利建侯。

象曰：虽磐桓，志行正也。以贵下贱，大得民也。

由此可以看出，傅山占卜得出的是屯卦的初九变爻。

无论是屯卦的卦辞还是变爻的卦辞，意思都是在说暂时不宜有所行动，要积蓄实力，要坚持正道，要以尊贵之身去团结百姓，获得民心，这样才有利于建侯立国。

国家变乱，局势不明，傅山不得不从筮卜中寻找未来的方向，坚定自己的内心。这个屯卦，对傅山的影响应该是很大的，使他坚定了通过武装起义反清复明的信心，接下来的一两年，

附 录

他散尽家财,各处联络义士,甚至亲自组织义兵,都是遵循这卦辞的指示,向着建侯复国的方向迈进。

将军明晦事何如
——红花满城的金陵,不是大明的南京

醉后参横旧晋墟,将军明晦事何如。吴歌子夜随人听,独自伤心《越绝书》。

昆山弦子水晶箫,花月春江桨漫摇。哀思萦回清客梦,大风伧耳倩谁撩。

——《听吴歌》二首

这首诗当写于傅山下江南时。文中也曾提到,傅山到达南京的时候,郑成功军事上失利,败走镇江。这首诗便隐晦地描述了傅山对当时政治军事形势的担忧。诗中的将军指的是郑成功。

参星当空,我醉后不寐,在这晋朝都城的故地南京,担忧着将军的大业,不知是明是晦,结果如何。耳畔响起了子夜吴歌,任由人们聆听,唯独我在为吴越的兴亡而伤心。

昆山弦子与水晶箫的和鸣,粉饰着春江花月,泛舟水上的悠然,我却满怀哀思,难以入睡,期待有谁能用《大风歌》唤醒我的耳朵。

正如文中所描写的那样,听闻郑成功大举进攻南京,傅山

怀着一腔热血南下,但到了南京,听到看到的又是清军大胜郑成功的消息,心中的悲愤苦闷可想而知,借古咏今,寄托忧思,便成就了这两首诗。

铮铮到耳带哀声
——将飞雪幻化成霜白的盔甲

铮铮到耳带哀声,喜杀田翁盼岁登。白眼一同云泪想,弥空素甲下天兵。

——《响雪》

漫天飘落的雪花落在地上,似乎铮铮有声,听在耳中仿佛带着深深的哀伤。但是种田人却因此欣喜若狂,因为瑞雪预兆着来年的好年景。对于这种世俗的观念,我以白眼示之,我宁可把雪花想象成云的眼泪,为这天下江山哀恸,又仿佛凭空降下了无数白衣白甲的天兵。

这是一首写雪的诗。

雪,本是古今中外诗人诗作中最最常见的意象,但傅山此诗,却写得颇为不俗。四句诗,四个场景,全无关联,但又连绵成章,合情合理。

第一句写雪不见雪,无声却有声,奇诡之中,带有一种震慑人心的音韵之美。第二句是个上帝视角的大全景,这种镜头的切换,很有些后现代诗的韵味。第三句又反观作者的内心,

附录

"白眼"二字,承上启下,由外而内,瞬间便把放出去的镜头收了回来。最后一句,则是肆意的想象,将白雪拟人成白衣白甲的天兵。

雨色云香镜里痕
——旧王孙奢靡的琉璃幻梦

冯夷峻骨漾玙璠,雨色云香镜里痕。绿舞红歌无处著,一尊白堕酹清魂。

——组诗《冷云斋冰灯诗》十五首之五,
"冰灯成,即事成咏四绝句"之三

这组诗之前有傅山兄长傅庚的序:"冰灯诗,吾弟青主诗,纪冰灯也。弟生有寒骨,于世热闹事无问。春侧侧寒,辄立汾河冰上,指挥凌上凿千亩琉璃田,供斋中灯具。"这几句序言,说明了这组诗的缘起,也侧面说明了当时傅家的经济状况。"指挥凌上凿千亩琉璃田",就算"千亩"是虚指,也要动用相当数量的打冰工人,而这样大的工程,只是为他的书斋提供照明而已,可见其豪奢。傅山还曾命人将碎冰散放在天井之中,夜赏其荧光,听其铮铮碎裂之声,颇为浪漫。

有学者认为,傅山出生时,傅家已经败落。但综合各处细碎史料,我却不这么认为,此诗便是一例。以冰灯作为书斋室内照明,几乎要每日更换,凿冰的成本不可谓不高,这么高的成本，仅仅为了傅山爱好，家底雄厚，可想而知。另有记载，傅山"六岁，啖黄精，不谷食，强之，乃饭"，以黄精替代五谷作为日常饮食，也不是一般家境能承担的。但傅家的资产，应当主要以土地、房产等不动产为主，农民起义加改朝换代之后，傅家失去了旧王孙的社会地位，田产逐渐被零星侵占，才算真正败落下去。正因为家族有雄厚的经济实力，才能支持傅山筹集大量资金资助反清义军，甚至亲自募集义兵。

傅庚就是傅仁的父亲，卒于崇祯十五年，因此这组诗应当创作于傅山年轻时。

冯夷是传说中的水神，玙璠是两种美玉，白堕是北魏河东人刘白堕，擅长酿酒，后人常常以白堕指代酒。"白堕春醪"作为酒名，在我的游戏作品《仙剑奇侠传三外传问情篇》中也曾出现过。

"雨色云香镜里痕"一句，用来描述冰灯，将冰灯的奇幻与空灵，体现得淋漓尽致。

天涯行在梦魂之
——散尽家财依旧难挽国殇

天涯行在梦魂之，又见仇犹献岁时。买酒未愁囊里涩，典房才得旅中资。飞灰不奉先朝主，拜节因于老母迟。说甚寝兵遵月令，同袍失矣罢王师。

——《乙酉十一月次右玄》

附录

　　这首诗写于乙酉年十一月，也就是顺治二年。"次右玄"的意思是和右玄的诗。右玄，就是陈右玄，陈谧。前面提到过，傅山、陈谧两人在顺治初年在一起积极从事反清复明活动。

　　这个阶段的傅山，依然对南明政权充满希望，依然寄希望于通过起义推翻清王朝的统治，为此他做了大量工作，也付出了几乎全部家产。有关这一点，文中也有相关描述。

　　南明皇帝远在天涯，却始终牵系着我的梦想与灵魂，又到了一年将尽的时分，我却依然在盂县漂泊。如今的我，囊中羞涩，连买酒都觉得窘迫，全靠着变卖房产才有财力支持我四处联络，筹划大业。我恨不能将此身化作飞灰，以昭示我心系大明，不事二主的忠心，但是因为奉养老母，我不得不苟活于世，不能追随故国于地下。说什么遵照月令而停息兵火啊，那只不过是因为我们的军队失利了而已。

　　行在，指天子行銮驻跸的所在。

　　最后这一句，很可能指的是顺治二年十月，定国大将军和硕豫亲王多铎灭李自成、福王，班师还京一事。

　　这首诗，是傅山羞耻心的集中体现，这种羞耻心，在历代爱国者身上都普遍存在。想要殉国，既不甘心，又没有立场，因为傅山并非明的官员，而只是一介生员，一介草民，若强要与国同殉，多少有些牵强。更何况傅山要以此有为之身，做有为之事，不能轻易赴死。但这"有为之事"又必须秘密进行，不能与天下人言说的，于是傅山只得以侍奉老母为理由，以"忠孝不能两全"去解释自己的行为，以博得表面上的内心安宁。

但在傅山的内心深处,那种挥之不去的羞耻心始终都在。尤其当反清复明大业每一次遇到挫折时,傅山的"同袍"们每一次撒手人寰时,那种深刻的羞耻心和厌世情绪,便会重新涌了上来。"吾辈有一毫逃死之心固害道,有一毫求死之心亦害道",傅山的一生,始终被这种矛盾折磨着,没有片刻的安宁。

桃源直处忘情士
——书剑报国一黄冠

东海西昆未得过,秋风吹客上陀罗。陆离云粉凝晴雪,菡萏峦蕤演石波。一撮缁新书剑卷,九原封旧涕洟多。桃源直处忘情士,处士多情奈若何。

——《间关上陀罗山二首》之一

这首诗,也是写于甲申国变之年的,据考证,是在这一年的五到八月之间。从缁衣和秋风两词来看,应该接近八月,此时傅山已经或即将正式加入道门。

甲申年的三个时间节点,对傅山的心境影响甚为巨大:三月,李自成攻占北京,崇祯帝殉国;五月,弘光政权建立;八月,正式入道,朱衣黄冠,立志反清复明。

纵观傅山甲申年间的诗作,三到五月之间,主基调是悲哀,五到八月之间,主基调是彷徨和厌世,到了八月之后,则

附录

坚定了反清之志，诗作中便隐隐带有杀伐之音。

这首诗，是傅山由太原返回忻州时，登陀罗山所作。

陀罗山以佛教经典命名，位于忻州城西北。山形挺秀，高出云表，巍峨磅礴，险峻异常，怪石嶙峋，悬崖欲坠，松柏繁茂，花草丛生。"陀罗孤松"被列为忻州古八景之首。

我没有机缘去领略东海和昆仑的盛景，只在这秋风中登上了陀罗山。色彩绚丽繁杂的山岩如同凝结的晴雪，形似菡萏的山峦草木茂盛，荡漾着石波。我身穿崭新的缁衣却怀着书剑报国的志向，九州大地已经失去了旧封，让人不由得伤心落泪。在这桃源深处我应该学会太上忘情，但是作为隐士我依然多情地怀恋故国，这是谁也无法改变的事情。

知属仁人不自由
——守节与妥协的矛盾心态

知属仁人不自由，病躯岂敢少淹留？民今病虐深红日，私念衰翁已白头。北阙五云纷出岫，南峤复剂遣高秋。此行若得生还里，汾水西岩老首邱。

——《与某令君》

这首诗，也曾出现在文章的情节中，是傅山在康熙十七年被迫应博学宏词科起行之前，写给戴梦熊的。令君的意思就是县令，和戴梦熊身份吻合。另有一说，说此诗为傅山下江南时所作。综合诗意，我更倾向于前一种说法。

　　作为仁人志士，我不能逍遥自在，加上朝廷的催逼，我这病体又不能羁留在此，必须勉力上京。百姓处于苦难之中，犹如被烈日荼毒酷晒，但是我已经衰老不堪，也没能实现复明之志。北方的遗民纷纷出仕做官，南方深山中反清复明的义士也已经年迈。我此行若能生还故里，必定在汾水西岸山中隐居，了却残生，绝不仕清。

　　由于清政府的统治逐渐稳固，此时此刻的傅山，已经对反清复明的大业趋于失望，至少已经不再寄希望于通过武装起义推翻清朝统治。年迈的他，唯一能做的便是保持自己的操守，即使被迫入京，也和清廷采取非暴力不合作的态度，不会入朝为官，若有幸回乡，也将隐居山林。

　　鉴于戴梦熊的官员身份，从另一个角度来说，傅山也通过这首诗，向朝廷表明了自己不会再发起和参与大规模武装反清活动，从某些方面讲，也是一种妥协。

　　这是一首极为矛盾而凄凉的诗，对"敌人"的承诺和妥协，抱定必死的决心，感慨大业未成以及坚守气节的誓言，种种信息混杂在一处，完全再现了傅山当时惋惜、愤懑以及无奈的心境。

柳外明河河外烟
——垂柳如丝，无需问经纬

　　柳外明河河外烟，丝丝缕缕复绵绵。一机经纬无交格，组

附录

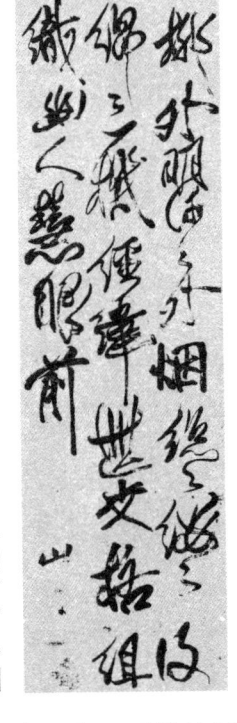

柳外明河河外烟

织幽人慧眼前。

——草书《柳外明河河外烟》诗轴

这又是一首来自于傅山书法的诗,藏于山西博物院。

清丽脱俗的写景诗,配上汪洋恣肆的行草,尽显山林清气,隐逸风骨。

明河畔垂柳如烟,丝丝缕缕的柳条绵绵密密。像是织机上没有相交的经纬,在隐士的慧眼前组织结构却如此分明。

这是一首充满镜头感的诗,首句是大远景,丝丝柔柳远远看去如雾如烟,次句镜头推至近景,丝丝缕缕十分分明。末两句是特写,以丝织物的组织结构做比喻,巧妙地写出了垂柳枝条垂而不交,轻盈如丝的曼妙姿态。

河山文物卷胡笳
——复明的基业,心灵的契合

河山文物卷胡笳,落落黄尘载五车。方外不娴新世界,眼中偏忍旧年家。乍惊白羽丹阳策,徐颔雕胡玉树花。诗咏十朋江万里,阁吾伧笔似枯槎。

傅山诗歌赏析

——《晤言宁人先生还村途中叹息有诗》

这首诗,是康熙初年傅山写给顾炎武的。顾炎武酬答傅山,也做了两首七律,就是文中注释出现过的《又酬傅处士次韵》。

顾炎武,字宁人。著名思想家、史学家、语言学家,与黄宗羲、王夫之并称为明末清初三大儒。和傅山过从甚密,有关这一点,文中也有不少情节涉及。

这首诗应该写于康熙五年,根据张穆的《顾谱》记载,这一年春天,"顾炎武自山东游太原,秀水朱彝尊客晋藩署,过访顾于东郊,南海屈大均亦自关中来会"。这里所说的"东郊"指的就是傅山的松庄寓所,当时顾炎武住在傅山家中近一个月之久。

这段时期,还有一个有趣的小故事:顾炎武住在傅山家,天大亮了还未起床,傅山便呼叫他说:"汀茫久矣!"顾炎武刚醒来,乍然没弄懂傅山的话,一时怔住了,问傅山何意。傅山说:"子平日好谈古音,今何忽自昧?"顾炎武一想也禁不住笑了起来。原来古音"天"字读作"汀"声;"明"字读作"茫"声,"汀茫"就是"天亮"。

满清入主中原,山河大地,故国文化尽被摧残,淹没在一片胡笳声中。幸好还有你这样学富五车的志士风尘仆仆奔走四方,传播文化和思想。我已经是方外之人,无法适应这异族统治的新世界,可是却有缘结识了你,虽是新知,宛若旧交,似乎多年之前便已经熟识。我惊异于你羽扇翩翩,运筹帷幄的奇谋良策,又仔细品味你充满反清思想的诗文作品。你的诗歌所

附 录

吟诵的都是如宋代王十朋、江万里一样的仁人志士，相比之下，我的诗则如同枯槎一样粗俗浅陋。

王十朋，字龟龄，号梅溪，南宋著名的政治家和诗人，以名节闻名于世。

江万里，名临，字子远，号古心，万里是其出仕后的用名。南宋著名的政治家和教育家，国亡时毅然率一百多名家人投水殉国。

这一年，傅山六十一岁，已过耳顺之年，而顾炎武才五十出头，两个人志向相同，但心境已经有了区别。顾炎武依然是一腔热血，四处奔走，矢志抗清；而傅山却因为故友凋零，屡受挫折，转而倾向于向苏武一样，守节终生，采取非暴力不合作的态度，在文化与思想层面和清廷抗争。但是，顾炎武的昂扬斗志，依然激起了傅山的少年血，他如此热情的赞颂顾炎武，也是给精神上给予反清志士的一种支持。

冷浸幽人彻骨寒
——守节不辱的誓言

老来无事可相关，饭后支筇沙草间。野鸟一双红蓼外，垂杨影里看西山。

绿云绿雾绿珊珊，冷浸幽人彻骨寒。嚼雪滩头松桦下，一峰青插半天看。

——《无题二首》

这两首诗看似写景，实则抒情，看似抒情，实则咏志。关键在"嚼雪滩头"四个字上，这四个字，说的是苏武出使匈奴，守节不辱的典故。"一峰青插半天看"说得是傅山自己，傅山字青主，在诗文中经常用"青峰"指代自己。傅山在诗中以苏武自勉，重申身在满清，心怀大明，矢志不渝之意。

芒鞋拾级穿云鸟
——红花会潜藏的深山

石磴鸣筇戛磬微，松风轻拂菉琴徽。芒鞋拾级穿云鸟，一迳天西是崛围。

——《崛围石磴》

这首诗描写的是崛围山的石阶。

崛围山位于太原市区西北，阳曲县境内。"崛围红叶"是晋阳古八景之首。山上有建于唐贞元二年的多福寺，寺中有"傅青主读书处"的石碑。多福寺之畔，傅山曾构筑一庵，名青羊庵，入清后改名霜红庵，这便是傅山文集《霜红龛集》的来历。霜红的意思是"霜打红花"，"红花"指代清朝，"霜雪"指代反清势力，这一点文中也有所提及。

文中提到的土堂村，也在崛围山。

这首诗明白晓畅，描绘了作者拾级登山的感受与崛围山的

附录

景致。"芒鞋拾级穿云鸟"一句，是此诗最精妙的一笔，将人物、行为、风景、动态都描述得鲜活灵动。

满纸悲歌耳后鸣
——不可明言的慷慨悲歌

绛帐谈经笑腐儒，雄州一马刷眉鬚。飞函灏气眸中冷，满纸悲歌耳后鸣。伯况春秋甘自节，仲连纵横漫须逌。白沟河上明秋月，任隔关山看未孤。

——《习仲出金玉远至即事代简》

这首诗创作时代背景不明，但明显可以看出和傅山的反清复明活动有关。

题目很长，很难念，但其实只要一断句，就明了了："习仲出，金玉远至，即事代简"，意思就是说，习仲走了，金玉远道而来，我写了一首诗记载这件事以代替书简。最后四个字似乎在说这首诗是要作为书信，寄给另一个人看的，这样一来，这诗倒是颇具密信意味了。

习仲是谁，金玉是谁，完全不可考，很可能是反清义士的化名。文中借褚仁的口，也描述了这样的情景，家中来来往往，都是些反清义士，就像样板戏中唱的那样："我家的表叔数不清，没有大事不登门。"习仲、金玉与表叔是一样的，都是代称而已。

也有人认为习仲是薛宗周的化名，金玉是王如金的化名。如果是这样的话，此诗应该写于顺治五年到六年左右，姜瓖起义之前。

整首诗豪情万丈，宛若慷慨悲歌。

我们笑那些在红色帐幕中空谈的腐儒难成大事，只有在雄关厉兵秣马才能洗雪遗民的亡国之耻。你信中的刚直悲壮之气激荡着我的眼眸，将它们染上了肃杀的寒气，似乎有隐隐的悲歌，从纸上传递到我的耳中。我们要像春秋时期的伯况那样坚持操守，像战国时期的鲁仲连那样肩负使命。白沟河上的一轮秋月，照耀着你我，就像是大明在看顾着我们，纵使远隔关山也能让我感觉到吾道不孤。

这里所说的白沟，应该就是现在的白沟，北方著名的小商品集散地，当时也是康熙出巡时经常驻跸的一站。这一句貌似又暗示来信者在白沟地区有军事行动，这样看来，似乎又像是和宋谦起义有关了。

十里莲塘仙侣舟
——宦海沉浮等闲事

表里山河属壮猷，驱驰无奈早簪投。九天麾盖军容使，十里莲塘仙侣舟。虎帐牙旗问府主，雁门画角动边愁，尻尻墨绶应停解，共道澄清辔且收。

——《送中丞吴公》

附录

中丞吴公指的是吴甡,关于吴甡,"三百年恩未敢谖"一节有介绍。

这首诗据考证写于崇祯十一年前后,吴甡仕途第二次低谷时期。这是一首送别诗,蕴含了傅山对吴甡罢官的惋惜和劝慰之情。

本文中引用作为回目的这句"十里莲塘仙侣舟"化用自杜甫《秋兴八首》中的"佳人拾翠春相问,仙侣同舟晚更移。"《秋兴八首》是傅山非常喜爱的一首诗,其书法作品常以其为题材。

命寒情热亦奈死
——那年春天,最后的那朵黄花

仆皮迎春不作拿,常年谁复哥谷他。严寒落寞白雪里,稀疏开似黄梅花。主人春盘无彩胜,插向盘中春满钉。影映村酒鹅儿茸,朵零水饼鹍喋冰。凡花浅心向人输,此花之心深更无。不想丽人云鬓戴,不期墨客唅咏污。坚贞有恒正在此,命寒情热亦耐死。不厕繁华娇养群,独得我贵知音稀。

——《迎春花》壬戌立春作

这首诗,是傅山七十七岁那年立春时创作的。

那一年,是清康熙二十一年(公元1682年),三藩平定,天下太平,康熙赐字琉球国王"中山世土",大学士冯溥请老归里，施琅复任福建水师提督之职。盛世的大幕，正在徐徐拉开。而此时，傅山也走到了生命的最后两年。一个时代终将落幕，另一个时代蓬勃兴起，历史的车轮滚滚向前，把一切旧时代的辉煌，碾压成车轮后滚滚的红尘。

那朵开在雪中的，寂寞的迎春花，正是傅山自己一生的写照。

健壮朴实的迎春花从不娇柔做作，一年到头也没有人去看顾它。它寂寞地开放在风雪严寒当中，那稀疏的花朵犹如黄色的梅花。主人家的春盘没有出彩之处，便把它插在盘中，瞬间便春意盎然。在酒的映照下，花朵的影子呈现出粲然的鹅黄色，但那花却缓缓飘落，凄绝如死，连善于鸣叫的黄鹂也震惊得噤口不鸣。寻常的花总是把浅陋的心境向人诉说，以博得人们的赏识，但这种花却将心事深深藏在心中，不会轻易与人言说。它既不会戴向丽人的发鬓，也不期望被文人墨客吟咏赞赏，这些对于它来说，都是一种玷污。它坚贞不屈，坚持始终，深藏不露，不求闻达，因此它的命运悲苦但感情炽烈，生命力顽强不会轻易凋零。它不愿意侧身于繁华世界，与那些被人豢养的娇花为伍，它这种品格只有我一个人敬重，天下之大，找不到其他的知音。

春盘：唐宋以后，立春之日有食春饼与生菜的习俗。饼与生菜以盘装之，即称为春盘。

这首诗，完全是"傅山进京"事件的一个总结。

主人暗喻清廷与康熙，凡花指的是那些仕清的明的遗民，而迎春花，指代的自然是傅山自己。春盘则是比喻博学宏词科。

附 录

"影映村酒鹅儿茸,朵零水饼鹇嗉冰"两句,声色俱备,惨烈凄绝,那花宁可萎落,也不愿为"主人"春盘增色。联想到傅山在午门前匍伏于地,誓死不肯屈膝的场景,让人更觉震撼。

不娇柔做作,甘于寂寞,不求人知,不求理解,不求称颂,不求显耀。只是固执地坚持这自己的"坚贞有恒",即使面对悲寒的命运,也依然保有如火的热情,不会轻易被摧折。孤芳自赏而又持之以恒,遗世独立而又渴慕知音,那种坚强而脆弱的坚持,就像那黄色的小花,凝寒绽放却又柔弱无依。

一生固守的苦节,没有同行相伴的知音,那种凄凉,不是孤独,而是人生的大寂寞。

王世颖

中国著名游戏制作人,作家。
从事游戏策划制作工作近二十年,
现任蓝港互动发行中心常务副总经理。
作为中国游戏行业最资深的游戏制作人,
始终坚信:游戏让世界更美好。
人生目标:做好游戏,写有价值的文字
已出版作品:《仙剑前传之臣心似水》、《人本游戏》等

微博:http://weibo.com/duki

杏花如梦作梅花

责任编辑｜张奇　特约编辑｜LaLa　后期制作｜白少飞
视觉创意｜宋晓亮　绘图｜金丹
策划｜张海　出品人｜布狄

制作出品：北京永恒藏书文化传媒有限公司
版权抢订微信：bieyi2010